METADE DE UM ARCO-ÍRIS

LORNA READ

Traduzido por
JU PINHEIRO

Dedicado à memória de Louise Cooper, uma amiga maravilhosa, musicista e autora que amava a Cornualha.

PRÓLOGO

Apenas um número de celular. Provavelmente um celular descartável. Sem instruções. Ela estava tremendo de nervosismo e empolgação. Esta era sua única chance de fazer uma grande quantidade de dinheiro de maneira muito rápida e ela não podia se dar ao luxo de cometer um erro.

Naquela noite, com nada além de café em seu corpo, já que o álcool poderia entorpecer seus sentidos e ela não queria ser enganada por um homem que, por seu perfil público, sabia ser inteligente e atento, ela escreveu por extenso e praticou sua escrita. Então, ela discou.

Ela esperava que fosse direto para o correio de voz, mas ele devia estar esperando sua ligação.

"Clyde!" Ele gritou.

Ela inalou de maneira brusca. "Paula." Ela falou seu nome falso rapidamente, esperando que ele não ouvisse o tremor nervoso em sua voz.

"Exatamente de quanto estamos falando?"

Ela sorriu para si mesma. Ela estava gostando disso, sua primeira tentativa de chantagem, ainda mais porque ele acabara de tropeçar e se incriminar. Ela já havia decidido uma quantia, não

1

absurdamente grande, mas não tão pequena que ele a consideraria uma idiota, uma amadora. Ela sabia que ele poderia pagar facilmente, pois seu pai era um milionário.

"Cem mil é o suficiente."

CAPÍTULO UM

E m uma terça-feira turbulenta no final de março, com uma chuva oblíqua e um vento que batia repetidamente na penugem da grama dos pampas no jardim, Leah Mason mudou-se para Shangri-la. Ela estava cumprindo uma promessa que havia feito a si mesma: assim que tudo estivesse acabado, concluído com sucesso, as linhas pontilhadas assinadas e as condições atendidas, ela deixaria Londres e encontraria um lar à beira-mar e começaria uma vida nova e muito tranquila.

Maldito Stephen! Ela balançou a cabeça para clareá-la das lembranças, as boas e as dolorosas e sentiu sua trança castanha grossa bater entre suas omoplatas. Nem tudo era culpa dele, ela lembrou a si mesma. Afinal, tinha sido sua própria decisão idiota se envolver com um homem casado. Ela poderia ter dito não…

Shangri-la não era nada para se olhar, apenas um pequeno bangalô cinza dos anos 60 em Trenown Close, uma rua de casas idênticas, que tinha aquele ar levemente melancólico de uma casa que não tinha sido habitada há meses, um fato que era enfatizado pela pilha amarelada de correspondência não solicitada chutada para o lado pelo agente quando ele destrancou a porta principal.

O aluguel era razoável pois o proprietário idoso tinha ido morar com seu filho na Escócia, deixando a casa desleixada e sem mobília. Eles estavam dispostos a alugá-la por um preço baixo para alguém que a redecoraria por eles, com o objetivo de que a deixassem para os turistas assim que o aluguel do ano terminasse. Leah havia aceitado de imediato. Após passar os dois últimos meses em uma pousada enquanto procurava um lugar para morar, ela precisava de algo para fazer, algo para se envolver por completo que a ajudasse a esquecer os últimos meses. Se algum dia conseguisse.

A placa de madeira com o nome Shangri-la em letras brancas desbotadas estava pendurada torta, a madeira rachada suspensa por um prego. Enquanto os homens da mudança pingando de molhado estavam marchando por ela, erguendo móveis pelo caminho de concreto rachado, Leah puxou a placa, tentando removê-la.

"Você aí! Não faça isso!" Leah olhou em volta e se viu murchando sob a cara feia de uma idosa pequena com cabelo dourado claro estilizado de maneira imaculada que estava de pé, braços cruzados, no jardim da casa ao lado. "Você sabe o que Shangri-la significa?"

"Desculpe, não, eu não sei."

A mulher fez um som de desaprovação. "Significa um paraíso remoto e bonito. O Sr. e Sra. Edwards escolheram esse nome quando se mudaram. Eles foram meus vizinhos por muitos anos. Pessoas muito boas também."

Leah se irritou. *Ela está insinuando que não sou uma boa pessoa? Ela nem me conhece!* "Desculpe. É que estava prestes a cair. Irei substituí-la. Na verdade, o Sr. Edwards é meu senhorio e irei redecorar a casa para ele. Sou Leah Mason, a propósito. Vou ser sua vizinha pelos próximos doze meses."

Ela caminhou em direção ao muro baixo que dividia seus gramados da frente, a mão direita estendida, mas a mulher se retirou para dentro da sua casa e fechou a porta, deixando Leah parada ali sentindo-se tola e um pouco culpada. Ela não queria chatear ninguém, especialmente alguém que morava na casa ao lado. Ela podia sentir as lágrimas alfinetando seus olhos e piscou para afastá-las. Ela tinha chorado muito nos últimos meses.

"Ei, Senhorita, onde você quer esta estante?"

Quando tinha orientado o homem da mudança, localizou a chaleira e as canecas, remexeu na mochila que continha os mantimentos que tinha comprado na aldeia e ofereceu aos homens chá e biscoitos, seu humor sombrio tinha mudado para um de propósito abrupto enquanto procurava a caixa em que tinha embalado seus lençóis e edredom.

Mas quando a empresa de mudança foi embora …quando a escuridão da tarde úmida se transformou na noite mais densa e escura que já tinha visto … quando as lembranças ruins que a seguiram de Londres à Cornualha vieram rodopiando em sua mente como vapores malignos, como demônios opressores, ela se encontrou se perguntando se tinha, por um ato descuidado, começado muito mal.

Leah ansiava por ficar sozinha, até mesmo ficar solitária. Era o que ela precisava. Tempo para si mesma, para aceitar as coisas, para pensar, para curar. Ela não se importava se ninguém falasse com ela. Ela estava de volta a St. Jofra, a aldeia da Cornualha que amava, o lugar onde havia passado tantas férias felizes de infância com seus pais e irmã. Ela se sentia feliz e segura aqui. Nos anos anteriores, havia explorado cada pequena trilha e todas as vielas estreitas e pedregosas que conduziam entre as lojas até as casas no alto da colina perto do Mirante, o ponto mais alto da vila, de onde havia uma vista maravilhosa do mar em todas as direções.

Ela amava a qualidade desordenada de uma aldeia antiga

que havia crescido como consequência natural; a maneira como uma residência encostava em outra em um ângulo estranho de uma maneira estranhamente aleatória, mais como uma manada de animais do que prédios. Ela adorava o pequeno rio que rolava sobre as rochas até o mar; os chalés, os peitoris das janelas iluminados por gerânios; gatos sentados nas soleiras das portas como espíritos guardiões; ruas íngremes que desciam até a parte inferior da vila, onde o bar dos surfistas, Surf's Up e as lojas que vendem roupas de mergulho e pranchas de bodyboard e roupas largas e tingidas de hippie estavam localizados e a estrada que serpenteava até a Praia de Jofra. Ela se sentia em casa aqui. Foi um alívio tão grande sair de Londres, onde tantas coisas ruins aconteceram.

No entanto, ela logo percebeu que, por mais que quisesse se manter para si mesma, um recém-chegado era objeto de curiosidade para os aldeões e, uma a uma, uma série de pessoas se apresentou na porta do nº 36 da Trenown Close, de maneira ostensiva para se apresentarem, mas principalmente para tentarem angariar uma cliente para seja qual fosse o serviço que desejassem vender.

Um dos primeiros foi o vigário local trazendo uma lista de serviços e dizendo que esperava ver Leah em sua congregação em breve. Em seguida, houve a loira pequena e saltitante com os cachos como ouropel que organizava aulas de dança, exercícios e ioga no salão da aldeia. Leah pegou seu folheto com um pouco mais de entusiasmo do que o do vigário. No dia seguinte, foi a vez de duas senhoras idosas, doces e sorridentes, que administravam um grupo que produzia cobertores e pediram que ela considerasse entrar.

O dono da Sea Deep, a peixaria na rua principal, também ligou. Bonito de um jeito desprezível, com cabelo cinza prateado tão espesso e ondulado que parecia como se tivesse um poodle enrolado em sua cabeça, ele entregou a Leah mais um folheto, este listando as Ofertas Especiais. "Sou John. Fazemos entregas em domicílio. Algo que você goste?" Ele

disse. E piscou, realmente piscou, de uma maneira desconfiada a la Benny Hill, que a fez se sentir enjoada.

E assim continuou.

"Doença do nariz!" Sua irmã Emma disse quando Leah
ligou para reclamar.

Leah deu uma risadinha. Era um termo que elas inventaram quando crianças, assim poderiam dizer que alguém era
bisbilhoteiro sem que essa pessoa soubesse o que elas
queriam dizer, já que 'doença do nariz' poderia significar
qualquer coisa, desde um forte resfriado a um desvio de
septo. Certamente houve uma praga de doença do nariz em
St. Jofra, de proporções de Cyrano de Bergerac.

"Você tem certeza de que está bem sozinha aí?"

Havia um resmungo de preocupação na voz de Emma que
Leah percebeu e ela sabia que seu tom era muito alto e caloroso quando assegurou a sua irmã mais nova: "Sim, claro.
Estou bem. É ótimo aqui, você sabe disso. Eu vim ao lugar
certo."

"Sinto saudades de você," Emma disse. "Vou descer e te
ver nas férias de verão. Grande abraço. Te amo. Mas ainda
não sei por que você deixou Londres."

Leah ignorou suas últimas palavras. "Um grande abraço
para você também e dê a Poppy um beijo desleixado meu.
Você sabe como ela odeia isso. Estou com saudades de você e
da Mamãe. Falo com você em breve."

Emma, seu marido Alan e sua filha de cinco anos Poppy,
moravam a algumas ruas de distância da sua mãe em Canterbury. Nenhuma das duas foi informada do verdadeiro motivo
da deserção repentina de Leah de Londres, onde ela parecia
estar tão feliz e indo tão bem como designer para uma
empresa de publicidade. Ela tinha se apegado à história de
ser despedida, recebendo uma boa rescisão e decidindo dar
um tempo para ver se conseguiria se sair bem como artista e
sua família engoliu isso. Ela também havia dito a mãe para
não dar seu endereço ou seu novo número de telefone para

ninguém, nem mesmo a seus velhos amigos de Canterbury e especialmente a Cassidy, já que ela estava se escondendo de um namorado ciumento e não queria que ele tentasse rastreá-la.

Quando sua mãe expressou preocupação, Leah riu.

"Só quero começar do zero, Mãe." Isso, pelo menos, era verdade.

A casa à direita de Leah era alugada para férias e ficava vazia na maior parte do tempo. Passaram-se três semanas antes que a vizinha no n° 38, a senhora idosa com quem Leah havia brigado no dia da mudança, finalmente se apresentou como Nat Fleming e convidou Leah para um café. Nat entregou a Leah uma fatia grossa de bolo de cenoura caseiro, úmido e polvilhado de laranja vívida, o que a fez pensar, de maneira um pouco bizarra, em peixinho dourado desfiado e ela se acomodou em uma almofada dourada clara no sofá verde claro para comê-lo. Nat estava aninhada em uma poltrona que parecia muito funda para ela. Suas pernas balançavam na beirada como as de uma boneca em uma prateleira. Ela estava usando pantufas azul celeste com borda de pele falsa, que combinava com o azul do seu suéter e dos seus olhos também, Leah percebeu.

"Por aqui, demoramos para conhecer alguém," Nat disse de maneira solene.

"Não parece," Leah disse. "Perdi a conta do número de visitantes que recebi."

"Oh, não dê atenção a isso. Eles são sempre assim com os recém-chegados. Uma vez que acreditem que a conhecem, eles a deixarão em paz. De qualquer maneira, a maioria deles está procurando riqueza, de uma maneira ou de outra. Uma pessoa nova que chega significa uma nova fonte potencial de renda. A propósito, sinto muito por estar tão irritadiça no dia em que você se mudou. Não estava me sentindo muito bem e havia muita gritaria e batidas acontecendo."

"Sou eu que deveria me desculpar," Leah confessou.

Ela foi recompensada com um sorriso de alta voltagem e um flash brilhante dos olhos azuis animados da sua vizinha. "Eu não sabia que tipo de pessoa viria morar ao meu lado. Você poderia ter sido o tipo de pessoa que dá festas descontroladas e tem uma série de jovens desagradáveis a visitá-la."

"Como você sabe que não fiz isso?" Leah provocou, começando a gostar desta mulher espirituosa.

Nat riu. "Tenho orgulho de ser um bom juiz de caráter. Não demoro muito para avaliar alguém. Às vezes, alguns segundos são tudo de que preciso. É a aura. As vibrações." Ela ainda estava olhando nos olhos de Leah. Leah descobriu que não conseguia desviar o olhar, especialmente porque sabia exatamente o que Nat queria dizer. Ela também era assim.

Nat piscou e pareceu se sacudir. Ela escorregou da cadeira, atravessou a sala e tocou de leve no braço de Leah. "Venha e veja o que eu fiz na minha casa. A sua está em um estado muito ruim, não é? Eu deveria saber. Estive lá dentro com bastante frequência. Eu costumava limpar e tirar o pó para o Sr. Edwards depois que sua esposa morreu. Ele não tinha mais ninguém, pois a família do seu filho mora em Aberdeen. Nina, xô!" Ela bateu palmas e uma gata branca delicada com olhos tão azuis quanto os de Nat se afastou do prato que estava tentando lamber.

Enquanto Leah seguia Nat, admirando o piso de carvalho, a grande cozinha campestre e o solário que tinha vista para o mar, pois o n° 38 ficava vários metros mais alto na colina do que o n° 36, ela perguntou: "Há quanto tempo você mora aqui então?"

"Trinta e dois anos. Mudamos de Birmingham quando meu marido se aposentou precocemente da força policial.

Costumávamos vir aqui de férias e nos apaixonamos pelo lugar."

Leah queria perguntar se Nat tinha família, mas sentiu que poderia estar ultrapassando o limite. Talvez, quando se conhecessem melhor, Nat mencionaria filhos, filhas, netos, embora não houvesse fotos de família em exibição.

"Vejo que você não tem carro," Nat disse. "Você sabia que o supermercado em Truro faz entregas nesta área?"

"Não, eu não sabia. Obrigada."

Leah estava genuinamente grata. Provavelmente ela conseguiria um carro em algum momento. Ela não tinha realmente pensado sobre isso. Ela não se preocupou com um em Londres já que o transporte público era tão bom e o estacionamento tão terrível. De qualquer maneira, ela ainda estava muito ocupada se adaptando às novas circunstâncias para pensar sobre aspectos práticos. Ela podia ser uma senhora desocupada no momento, mas decorar a casa constituiria um trabalho em tempo integral. Um carro poderia ser uma ajuda para ela quando se tratava de transportar latas de tinta, mas ela estava administrando por enquanto. A loja de bricolagem local entregaria a maioria das coisas que ela precisava. O resto, ela encomendou online.

"Dependo da entrega deles," Nat continuou. "Tive de desistir de dirigir quando minha visão piorou. Não estive atrás do volante há cinco anos. Sinto saudade. Mas o serviço de ônibus não é ruim, uma vez que você se acostuma com o fato de que só passa uma vez por hora. Não é como na cidade, quando você sabe que haverá outro em alguns minutos. Embora não use muito o ônibus hoje em dia."

Nat suspirou e, apenas por um instante, pareceu bastante frágil, Leah pensou. Pálida também, com sombras arroxeadas como hematomas sob os olhos.

"Você já esteve aqui antes? Em St. Jofra, quero dizer?" A pergunta educada de Nat interrompeu as reflexões de Leah.

"Sim, várias vezes com meus pais, quando era criança.

Foram as melhores férias que já tive." Leah sorriu com as lembranças. "É por isso que decidi me mudar para cá."

Quando relembrei as férias e Nat respondeu com suas próprias lembranças de férias, viagens com seu marido falecido para a Alemanha, Itália, Escandinávia, Leah se encontrou começando a gostar com cautela da sua vizinha, 'cautela' sendo a palavra-chave. Não adiantaria apressar nada mais. Ela sabia muito bem aonde isso poderia levá-la. 'Impetuosa' deveria ser seu nome do meio. Ou seu primeiro nome: Impetuosidade Mason, como Endeavor Morse, o nome cristão que o famoso detetive de ficção sempre manteve em segredo.

Cassidy também nunca usava seu primeiro nome, mas quem gostaria de ser conhecido como Tuesday Cassidy? Ela realmente sentia falta de Cassidy. Elas eram amigas íntimas há quatro anos, desde que Leah conseguiu seu emprego em Londres. Ela deve ter pensado que Leah era horrível, desaparecendo sem dizer uma palavra, mas foi isso que Stephen tinha insistido: que ninguém deveria saber para onde ela tinha ido e que, na medida do possível, ela não poderia ser rastreada. Ele até tinha sugerido a Austrália.

Nat ainda estava falando, comentando coisas, dando a Leah os nomes de montadores de cozinha, decoradores, encanadores. Uma abelha foi pega atrás das cortinas xadrez amarelas e brancas da cozinha. Seu zumbido frenético a distraiu. Nat pegou um copo, prendeu habilmente a abelha e enxotou-a para fora da janela aberta. "Pronto. Voe livre, minha linda."

Leah suspirou profundamente e, ao exalar, parecia que estava dissipando meses de tensões e ansiedades reprimidas, livrando-se de todas as coisas tóxicas que a infectaram em Londres, como Stephen.

Ela percebeu que, como a abelha de Nat, era hora dela também voar livre.

CAPÍTULO DOIS

Todas as mulheres deprimidas deveriam receber uma *prescrição de batom*, pensou Cassidy, aplicando triunfantemente Vampiro Violento na boca e imediatamente sentindo um estímulo em seu espírito. Ela estalou os lábios, removendo o excesso suavemente com um lenço de papel e em seguida olhou-se de maneira crítica no espelho do banheiro. A linha não estava muito reta. Sua mão deve ter tremido quando alcançou o canto esquerdo do lábio inferior.

"Merda, vou chegar atrasada," ela disse em voz alta, mas não importava. Ela não podia ser vista no metrô com o batom torto. Ela só teria que limpar e começar de novo.

Era sexta-feira de manhã em Kentish Town, norte de Londres. Em breve, ela enfrentaria outra noite de sexta-feira sem nada para fazer. Quando era adolescente, e mesmo quando chegou aos vinte e poucos anos, não ter nada para fazer nas noites de sexta e sábado era um suicídio social. Você não se atreveria admitir isso para ninguém. Você *teria* que inventar algo. Qualquer coisa, não importa quão ultrajante ou inacreditável.

Eu gostaria que Leah ainda estivesse por perto, ela pensou, arrumando as toalhas já perfeitamente dobradas e empilhadas na prateleira de vidro ao lado do armário cromado alto do banheiro. *Que diabos aconteceu com ela? Foi algo que eu disse? Algo que fiz?*

Como poderia uma amiga – uma boa amiga – simplesmente desaparecer sem deixar vestígios e sem dizer uma palavra? Foi exatamente o que a mãe dela tinha feito quando ela tinha dez anos. Tendo deixado um bilhete com o objetivo de informar que havia conhecido outra pessoa, ela simplesmente foi embora um dia enquanto Cassidy estava na escola, deixando seu marido para criar Cassidy sozinha. Como filha única, não havia ninguém próximo em quem Cassidy pudesse confiar. Ela não podia falar com o pai, pois ele deixara bem claro que o nome da sua mãe nunca mais deveria ser mencionado. Não havia primos por perto, nem tios ou tias, ou até mesmo pais de amigos da escola, a quem ela pudesse revelar seus sentimentos confusos, zangados e magoados. Ela tinha certeza de que, de alguma maneira, era a culpada pela deserção da sua mãe. Ela era uma criança difícil? Era egoísta? Não tinha demonstrado a sua mãe que a amava?

Agora, já adulta, ela podia ver que sua mãe simplesmente se apaixonou por outro homem e fugiu de suas responsabilidades em casa. *Ela* tinha sido egoísta. No entanto, de alguma maneira, Cassidy sabia que, emocionalmente, ela permanecia presa ao passado e, mesmo aos 28 anos, ainda era uma jovem magoada e desnorteada que não era digna do amor de ninguém. Ela havia decidido anos atrás não deixar ninguém chegar muito perto dela no caso dela se machucar e se decepcionar novamente, mas quando conheceu Leah através de um projeto conjunto em que as empresas de ambas haviam trabalhado, gostou tanto dela que tinha baixado a guarda.

Agora Leah a abandonou também e toda aquela mágoa profunda e aqueles sentimentos amargos e angustiados voltaram à tona mais uma vez. Isso apenas serviu para enfatizar a crença de longa data de Cassidy de que o dinheiro era mais seguro e mais recompensador do que o amor e a amizade, porque o dinheiro não poderia cravar uma adaga em seu coração como um ser humano traiçoeiro poderia.

Quando uma semana havia passado sem um telefonema ou mensagem de texto de Leah, quando estava acostumada com o contato quase diário, Cassidy havia deixado uma série de mensagens. Ela estava doente? Sofreu um acidente? Estava no hospital? Então, o número do celular parou de funcionar de repente e seus e-mails começaram a voltar. Foi quando Cassidy foi ao escritório de Leah, apenas para ser informada pela recepcionista que ela tinha ido embora.

"Ido embora? Mas por quê? Como? Ela não recebeu aviso prévio de três meses?" As perguntas escaparam da língua de Cassidy e ela percebeu que estava tremendo enquanto a garota repetia que não poderia ajudá-la ... que Leah havia deixado a empresa e não, não havia endereço de encaminhamento ou número de telefone que pudessem dar a ela.

Ela havia atravessado Londres até Ealing, até o apartamento alugado de Leah. Não havia ninguém lá. Ela foi até um pub local. Quando voltou, depois de duas vodcas com tônica e um sanduíche velho e tocou a campainha mais uma vez, uma estranha atendeu, uma garota que olhou para ela sem expressão e disse que tinha acabado de se mudar e não conhecia ninguém chamado Leah. Ela tinha ligado para hospitais, enviado mensagens para ela no Facebook, tentado de todas as maneiras que conseguiu pensar para fazer contato, mas parecia que todas as rotas para Leah estavam fechadas. Ela havia desaparecido com tanto sucesso quanto a mãe de Cassidy e a dor da rejeição era nova, aguda e horrível.

Isso foi há quatro meses e Cassidy ainda não tinha aceitado isso. Ela ainda se atormentava repassando os últimos encontros delas repetidamente em sua memória, examinando em detalhes cada olhar, cada fragmento de conversa, finalmente concluindo que não havia nada, absolutamente nada que ela tivesse feito de errado. *Ela* não poderia ser o motivo do desaparecimento de Leah. Mas quanto mais pensava sobre isso, mais se convencia de que algo havia dado muito errado na vida da sua amiga.

Leah tinha sido muito reservada sobre sua vida amorosa nos últimos meses. Normalmente, elas compartilhavam cada detalhe dos seus relacionamentos, felizes uma pela outra quando as coisas estavam dando certo, lamentando quando as coisas davam errado. Mas desta vez, apesar de sondar muito, o namorado de Leah permaneceu um homem misterioso. Ela havia se apaixonado brevemente por um cara chamado Stephen, mas só o mencionou uma ou duas vezes, então Cassidy achou que o caso devia ter fracassado. Tudo que Leah diria a ela sobre o homem misterioso era que ele se ausentava muito e trabalhava em algo secreto. MI6? Um mafioso? Um policial infiltrado? Cassidy ficou fascinada, mas não conseguiu arrancar mais detalhes de Leah, embora sentisse que, quem quer que fosse, não estava deixando Leah muito feliz. Ela deu desculpas, evitou várias noitadas e festas boas. Ela parecia preocupada, um pouco deprimida. Ela parecia diferente também; mais magra, esgotada, cansada, talvez até doente. Era isso? Ela havia desenvolvido alguma doença terrível ou ...? Ela não se atreveu a contemplar o pior cenário possível.

Havia um grande mistério a ser resolvido, mas ofuscando-o havia o fato de que Cassidy sentia terrivelmente a falta da sua amiga e companheira de brincadeiras. Cassidy era uma mulher que era popular com os homens, não com as mulheres. Ela não fazia amizades com mulheres com facilidade, diferente de algumas mulheres que ela sabia que tinha um grupo inteiro delas. Durante toda a sua vida, ela teve apenas uma melhor amiga por vez, uma amizade íntima e intensa com uma alma gêmea que se tornava como uma irmã ... não, mais como uma irmã gêmea. E agora que Leah se foi, ela sentia como se um tivesse membro amputado.

Ela balançou a cabeça e suspirou. "Trabalhar!" Ela disse a seu reflexo com firmeza. Ela não queria se atrasar. Ela tinha uma entrevista para escrever. Ela passou o brilho labial sobre o batom recém-aplicado, escovou flocos imaginários de caspa dos ombros e arrancou uma mecha de cabelo coberto de mousse com o cabo da escova para que não parecesse tão de papelão. Esse era o problema com o cabelo castanho maçante, ela pensou, se você não fosse cuidadoso, isso poderia decepcionar todo o resto com facilidade. Talvez fosse hora de optar pelo castanho. A tonalidade de Leah, talvez; espesso, rico e brilhante. De qualquer maneira, ela nunca acreditou que a cor de Leah fosse natural. Tudo que ela precisava fazer era encontrar a tintura certa.

Se pudesse apenas pegar o telefone e perguntar a Leah. Não tê-la por perto para se divertir, para ter fofocas de irmã e viagens de compras, estava incomodando Cassidy. Havia uma lacuna em forma de Leah em sua vida. Ela não tinha ninguém com quem sair de férias agora. Ninguém a quem pudesse contar as histórias malucas do que tinha acontecido quando pegou o último homem. Simplesmente não era justo Leah fazer isso com ela. Por que ela a estava punindo? Maldição Leah!

Bufando para si mesma, Cassidy saiu do banheiro, seus saltos altos ecoando no chão de ardósia preta brilhante, pegou sua enorme bolsa vermelha da Mulberry que pesava uma tonelada, mas parecia profissional e saiu de casa, dez minutos depois do que deveria.

O escritório onde Cassidy e sua equipe montavam uma revista mensal de negócios de posição relevante ficava em Blackfriars, perto de onde Leah havia trabalhado. A última vez que se viram foi tão estranha, pensou Cassidy, enquanto se sentava desconfortavelmente achatada no vagão sacolejante do metrô. Elas se encontraram para um drinque em um bar de vinhos, mas, pela primeira vez desde que a conheceu, Leah bebeu apenas água mineral. Ela parecia ... bem, Cassidy só poderia chamar de 'assombrada', como uma mulher com segredos. Piaf tinha aquela aparência, e Garbo, e Judy

Garland e até mesmo a princesa Diana tinha um pouco daquela aura de dor e cautela.

Houve uma época quando Cassidy, sob a influência de algum filme antigo ou outro – *Doutor Jivago*, não foi? Ou *Elvira Madigan*? – havia tentado engendrar a mesma expressão em si mesma. Ela cortou a comida, fumou e bebeu mais, ficou acordada deliberadamente até tarde por dez noites seguidas, mas acabou parecendo menos com uma Cathy assombrada que ansiava por Heathcliff e mais com uma velha cachaceira acabada.

Mas, afinal, Piaf e Garland também haviam sido velhas cachaceiras acabadas, velhas cachaceiras acabadas cheias de talento. *Ao contrário de mim*, Cassidy pensou melancólica, puxando sua bolsa Mulberry mais para perto do peito quando um homem sentado em frente parecia estar olhando para ela um pouco atentamente demais. Então ela se recompôs. Ela tinha talento, embora não fosse para cantar ou atuar. O talento de Cassidy era atrair homens, homens lindos e sensuais. Ela tinha padrões elevados quando se tratava de escolher o parceiro ideal. Primeiro, o homem tinha que ser bonito. Em segundo lugar, ele tinha que ser rico. Não apenas ganhando um bom salário, mas rico-rico. Possuidor de pelo menos uma casa enorme mais uma casa de férias em algum lugar exótico, uma frota de carros caros, um jato particular - por que não? - e, se não um título, então uma boa dose de celebridade.

Ela ainda não havia conhecido ninguém que se qualificasse, mas tinha um plano. Ela certamente não desperdiçaria sua vida dirigindo uma revista de negócios entediante para sempre. Pelo menos o trabalho de Leah em uma agência de publicidade e relações públicas a colocava em contato com algumas pessoas famosas, não apenas empresários e contadores.

Enquanto o vagão estremecia em direção à parada do metro antes da dela, Cassidy deixou sua mente vagar. Ela imaginou-se em uma casa palaciana com um enorme corredor de mármore; uma casa de estrela de cinema com sua própria academia e piscina e terrenos extensos onde poderia manter um cavalo; não, uma manada inteira de cavalos. Cavalos de corrida, de concursos hípicos, pôneis de pólo. Ela nunca teria que trabalhar novamente, nunca teria que viajar no metrô fedorento e horrível. Ela pensou em sua conta de poupança especial. Já fazia três que ela vinha guardando dinheiro. Ela o chamava de seu Fundo do Futuro e ela pretendia usar uma parte do dinheiro acumulado para valorização própria. Assim que tivesse o suficiente, faria uma cirurgia nos seios, Botox, desistiria do seu aluguel e alugaria um apartamento mais caro em uma área melhor para conhecer homens ricos, como Chelsea ou Westminster, ingressaria na academia certa, usaria as roupas certas, seria vista nos lugares certos e pegaria um bom partido e casaria com ele antes que atingisse a idade de trinta e cinco anos. Depois disso, ela sabia que seria tarde demais.

Ela jogou seu jogo de, 'se o mundo estivesse para acabar e eu tivesse que escolher um homem neste vagão para fazer amor pela última vez, com quem seria?', e decidiu por um homem negro de aparência fria em um terno risca-de-giz azul-marinho imaculado e sapatos lindamente engraxados e sem arranhões. Ele usava óculos de armação vermelha da moda e segurava uma pasta no colo, tão preta e brilhante quanto seus sapatos. Talvez ele fosse um funcionário do governo. *Droga, provavelmente ele é um maldito corretor de seguros*, ela pensou enquanto o trem parava de repente. Então: *Oh, maldição, eu perdi minha parada!*

CAPÍTULO TRÊS

L eah se sentia cansada. Não apenas o cansaço que vinha da falta de sono, embora certamente estivesse sofrendo disso. Não, este era um cansaço profundo que doía até os ossos, um mal-estar geral. Todas as manhãs, ao acordar, ela rezava para ter uma cabeça limpa e um corpo cheio de energia, mas até agora isso não tinha acontecido e ela não acreditava que sua exaustão fosse completamente resultado da decoração que estava fazendo, arrancando aparas de madeira de cor de pêssego e pintando paredes e artesanato em madeira. Ela se perguntou se era puramente físico - ela havia sofrido um trauma de saúde alguns meses atrás, afinal de contas - ou se tinha um componente psicológico também. Talvez os dois estivessem conectados. Talvez ela estivesse sofrendo de depressão. Não seria surpreendente se estivesse.

Ela suspirou com força e equilibrou o pincel em cima da lata de emulsão de vinil-seda 'branco com um toque de limão'. Ela esfregou os braços, tentando forçar um pouco de vitalidade neles. Café, isso ajudaria.

Sentando-se com sua bebida quente e um chocolate simples Hobnob, ela se sentiu cair e respirou fundo mais uma vez. De repente, os eventos dos últimos meses pareceram voar pela sua mente, como diziam que acontecia quando você estava se afogando ... em seu último suspiro, dedos arranhando a água, procurando desesperadamente algo em que se agarrar para salvar sua vida. Ela viu seu antigo apartamento em Londres, seus colegas de apartamento, seus rostos se afastando como se ela estivesse passando por eles em um trem em alta velocidade. Cassidy, sua melhor amiga, seu oposto, sua irmã morena. Seu escritório. A enfermaria do hospital - *não, não, não quero me lembrar disso. Vá embora!* Ela sentiu sua garganta apertar como se mãos invisíveis estivessem apertando seu pescoço e ela tossiu e estendeu uma mão trêmula para a xícara de café, que estava sobre uma mesa que parecia estar se afastando dela quando se inclinou sobre ela.

O movimento repentino parou de repente e lá estava Stephen Clyde, com o terno que usava no dia em que ela o conheceu. Ela piscou com força, tentando tirar a imagem dele da sua mente, mas não conseguiu. Era como se tivesse sido gravado em suas retinas.

Quando ela o viu pela primeira vez em uma reunião de negócios, ele parecia o tipo de homem que deveria ser capa de um romance de Mills & Boon. Alto, magro, com cabelos escuros brilhantes, olhos cinzentos esfumaçados e um sorriso que fez seus dedos do pé dobrarem e sua respiração ficar presa na garganta. Ele teve um efeito tão forte sobre ela que depois disso, ela não conseguia se lembrar de nada que tinha sido discutido durante a reunião. Ela podia pensar em suas sobrancelhas bem-cuidadas, os dentes brancos, a voz clara e profunda, os olhos como seda cinza-claro, como água parada. Quando ela a convidou para sair, ela não pensou duas vezes antes de aceitar. Sim, havia o pequeno problema dele ser casado com uma francesa, mas todo mundo sabia que estava acabado. Contos de seus flertes com homens muito mais jovens foram espalhados por todas as revistas de fofoca.

Stephen era um político, filho de um milionário imobiliário; inteligente, culto, espirituoso, acostumado a que as pessoas sigam suas ordens. Ele era amigável com o tipo de pessoa sobre quem ela só tinha lido nas colunas de fofoca e revistas de celebridades. Todos os dias, ela se olhava no espelho e se perguntava o que um homem como ele estava fazendo com Leah Mason, uma artista em dificuldades.

Ela podia ver agora que estava completamente enfeitiçada, incapaz de vê-lo como o ser humano comum e imperfeito que ele realmente era. Ele disse a ela que estava separado e aguardando o divórcio e que, enquanto os termos estavam sendo discutidos por seus respectivos advogados, ele teria que manter o romance em segredo. A maneira como o caso foi conduzido fez Leah se sentir como a protagonista de um thriller de espionagem. Ele tinha um motorista que os levava a restaurantes e clubes, onde teria reservado uma sala particular com antecedência e eles entrariam sorrateiramente pela entrada dos fundos, dando risadinhas como alunos travessos em vez de uma mulher de vinte e seis anos e um homem de quase quarenta.

Ele comprou presentes para ela: joias, perfume; sapatos com saltos vertiginosos que eram impossíveis de andar, mas bons para andar de limusine; um suéter de cashmere, um vestido de grife. Ele prometeu a ela férias nas Maldivas, na Ilha Necker, em Cannes. Ele a fez se sentir especial, mimada, adorada.

"Assim que o divórcio terminar, podemos ficar juntos de maneira adequada. Chega de se esgueirar por aí", ele prometeu. O pensamento a emocionou. Ela não se importava com a posição dele e o glamour associado a ela, embora soubesse que Cassidy teria se deleitado com isso. Tudo que ela queria era estar com o homem que amava e ser livre para contar as pessoas sobre ele; apresentá-lo à sua família, aos seus amigos.

Ela sabia que ele tinha dois filhos que moravam na França com a esposa. Ele havia insinuado que talvez gostaria de mais algum dia. Mais do que tudo, era por isso que, quando as coisas terminaram da maneira que terminaram, ela achou tão difícil aceitar. Certamente ele não pretendia ser tão cruel? Tudo tinha a ver com os advogados e sua ex-mulher, não era?

"Não, não era." Ela disse seus pensamentos em voz alta. Ninguém que realmente a amasse poderia tê-la expulsado da sua vida do jeito que ele fez, como se ela fosse um saco de lixo. Como ela pôde ter sido tão ingênua? Ela cometeu um erro enorme ao confiar nele ... ao amá-lo.

Ela decidiu tirar o resto do dia de folga e se deitar no sofá assistindo a velhos filmes em preto e branco da época em que canalhas eram canalhas e os heróis tinham o cabelo bonito e usavam ternos elegantes como o de Stephen e salvavam a heroína de ser baleada, atropelada ou roubada de sua herança. Os filmes sempre pareciam terminar com confetes e sinos de casamento. Isso lhe deu um gosto amargo na boca e ela desligou o aparelho e foi para a cama, determinada a acordar no dia seguinte sentindo-se um pouco mais como antes; seu antigo eu, sua versão pré-Stephen.

E ela acordou. Na verdade, ela se sentiu animada o suficiente para dar uma chance à aula de dança 'Salto com Lindsey', Lindsey sendo o nome da garota de cabelos dourados como ouropel que foi uma das pessoas da procissão de visitantes durante sua primeira semana em Trenown Close.

Em Londres, antes que *isso* acontecesse, ela costumava fazer hidroginástica assim como correr três vezes por semana, mas desde que estava em St. Jofra, a única forma de exercício que fazia era decorar. Mas ela ainda tinha suas roupas de ginástica velhas e ficou surpresa ao descobrir que as leggings elásticas estavam largas. Ou ela tinha perdido peso?

Ela tinha visto Lindsey pela aldeia algumas vezes. Ela era

considerada um pouco como a excêntrica local, já que era vista frequentemente em roupas brilhantes com um par de asas de lantejoulas amarradas às costas e Nat disse que ela era conhecida pela maioria das pessoas pelo apelido, Fada. Leah até a viu usando uma tiara de plástico brilhante, do tipo que era vendida em pacotes no Costcutter local para festas de aniversário de crianças de cinco anos. Ela não soube que nome usar quando se encontrou com ela hoje, mas como ela chamava a si mesma de Lindsey em seu folheto, Leah decidiu chamá-la assim. Afinal, não era como se elas estivessem propensas a se dar bem em termos de 'Fada'. Parecia que se Lindsey poderia estar interessada em cosplay e Leah certamente não estava.

Além disso, ela não precisava de uma amiga, não é? Ela teve uma, muito íntima e graças a Stephen, foi obrigada a romper a amizade e todos os dias se punia por isso. Ela estava se saindo muito bem sozinha e se precisasse conversar, só tinha que ir até a porta ao lado e tomar uma xícara de chá com Nat. Apesar de uma diferença de idade de quase cinquenta anos, ela sentia que as duas eram almas gêmeas.

Na entrada do salão do vilarejo, ela se viu hesitando. Ela queria realmente entrar? *Oh, vamos lá*, ela se repreendeu. Até mesmo Stephen não poderia esperar que ela se escondesse pelo resto da vida, nunca falando com outra alma, nunca tendo amigos ou saindo. Ela só tinha que ter cuidado para não revelar muito sobre seu passado.

Ela suspirou e abriu a porta rangente do salão. Um pouco de dança, um pouco de música. Era disso que ela precisava. Uma vez que ela se perdesse nisso, tudo iria embora. Bem, por uma hora, pelo menos. Ela parou no saguão de entrada, abriu a bolsa que carregava e se preparou para trocar as sandálias por tênis. Então, endireitando os ombros, ela entrou.

CAPÍTULO QUATRO

N aquela terça-feira, quando fez uma visita para inspecionar a nova ocupante de Shangri-la, Fada não tinha certeza se gostou do que viu. Havia algo um pouco ... suspeito nela. Algo arisco, como se ela estivesse tentando dar um sinal de 'caí fora e me deixe em paz'.

"Tive a impressão de que ela estava fugindo de alguma coisa," ela disse a Mick naquela noite, assim que colocaram os meninos mais novos na cama.

"Não está todo mundo? É por isso que eles inventaram aquela série de TV, *Fuga da cidade*." Ele sorriu e tomou um gole barulhento de uma lata de Fosters.

"É *Fuga para o Campo*," Fada o corrigiu.

"Tanto faz. É a mesma coisa, não é?" Mick balançou os pés para cima do braço do sofá velho e flácido, que estava envolto em uma manta de estampa indiana vermelha e azul desbotada. Quando seus calcanhares bateram, uma nuvem de poeira e pelos de cachorro voou para cima.

"Gostaria que você não fizesse isso, Mick," Fairy reclamou. "Você sabe que não podemos pagar por outro."

"Não precisamos. Meus clientes parecem mudar seus móveis toda vez que mudam a cor da decoração, então vou

24

ver o que posso pegar." Mick sorriu. Seu cabelo, um loiro escuro que estava oleoso e salpicado de tinta branca da decoração do dia, estava espetado para cima. Ele parece um papagaio comido por traças, pensou Fairy exasperada, mas quando o conheceu em uma festa de surfistas na praia três anos antes, pensou que ele se parecia com Jamie Oliver, pois tinha o mesmo tipo de feições tortas e sorriso peculiar.

"O que quero dizer é que talvez ela tenha um passado criminoso ou algo assim."

Mick soltou uma gargalhada ruidosa. "Não seja tola! Ela provavelmente está superando um divórcio desagradável ou escrevendo um romance. Qualquer coisa. Conhecendo você, logo descobrirá."

Um estrondo alto, seguido por um tilintar metálico, veio de algum lugar acima das suas cabeças. Fada olhou para Mick. Ele olhou para baixo, brincando com o pentagrama de latão que usava no pescoço. Quando Fada conheceu Mick Laine, ela ficou intrigada, se perguntando se ele era membro de um conventículo de bruxas que dançava no sentido anti-horário no Mirante à meia-noite, lançando feitiços à luz de uma lua minguante, mas descobriu que ele o comprou quando se tornou membro de um clube de motoqueiros adolescentes, pois acreditava que isso o fazia parecer um verdadeiro Hell's Angel.

Outra pancada no andar de cima.

Meninos! Pararem com isso imediatamente!" Fada gritou, batendo o pé nos degraus sem carpete com um ruído e velocidade que desmentiam sua constituição franzina. "Se quebrarem a cama, vou puni-los. Não haverá mesada por um mês e estou falando sério!"

Tudo estava em silêncio quando ela alcançou o patamar. Então ela ouviu uma risadinha minúscula e abafada. "Tudo *bem*!" Ela gritou, abrindo a porta do quarto dos meninos.

Duas camas de solteiro, dois travesseiros, uma cabeça cortada rente em cada travesseiro. Dois pares de olhos fechados, embora um par de cílios estivesse piscando levemente, como se os olhos por baixo estivessem rindo. Fada sorriu para si mesma. Embora fossem gêmeos idênticos, havia maneiras de dizer quem era quem. Ross tinha uma cicatriz em forma de lua crescente na sobrancelha direita onde Wayne o acertou com um caminhão de brinquedo quando começavam a andar e a voz de Wayne era um pouco mais rouca que a de Ross, que era um pouco estridente. Eles eram bons meninos, realmente, ela pensou, considerando tudo que eles haviam passado quando a mãe deles foi embora.

Ela era a mãe substituta dos gêmeos há pouco mais de um ano. Wayne e Ross, batizados em homenagem aos heróis do motociclismo de Mick, Wayne Rainey e Valentino Rossi, tinham oito anos agora e, graças ao clínico geral deles, que os colocou sob medicação durante todo aquele ano terrível em que Mick se mudou e sua prole parecia decidida a destruir a casa e chutá-la até a morte, agora eles se comportavam muito melhor. Bem, na sua presença, pelo menos. Ela tinha ouvido algumas histórias, mas sabia que era melhor não contar a Mick, embora ela o fizesse como último recurso.

Uma coisa boa sobre ser a mãe substituta e não ser casada com Mick, era que não somente ela estava livre para expulsá-los se tudo se tornasse demais, mas curou qualquer desejo dentro dela de gerar seus próprios filhos. De qualquer maneira, ela gostava demais da sua figura esguia e atlética e quem já ouviu falar de uma fada grávida?

Foi o irmão mais velho deles, Rory, de quinze anos, quem realmente levou a sério a deserção de sua mãe. *Quando eu o vi pela última vez?* Fada se perguntou. *Foi quinta-feira? Ou antes disso?* Ele raramente se juntava a eles para as refeições, preferindo comer na casa dos seus amigos. Ele costumava dormir na casa de um amigo ou então se esgueirava furtivamente muito depois dela e Mick terem ido para a cama e se deitar e dormir no sofá com o cachorro, em vez de correr o risco de acordá-los ao subir até a toca que havia feito para si mesmo no sótão. Ela percebia que algumas pessoas poderiam pensar que ela negligenciou Rory, mas na verdade ele era responsabilidade de Mick, não dela. Ele era grande para sua idade - poderia facilmente passar por dezessete ou dezoito anos - e era desajeitado, ranzinza, independente. Ele poderia cuidar de si mesmo, ela pensou, sentindo uma pontada de preocupação em sua consciência que fez o possível para banir.

Sua vida tinha sido tão fácil e simples antes que os meninos chegassem chutando e gritando, destruindo sua paz, invadindo seu mundo privado de faz-de-conta de magia e milagres, impedindo-a de passar muito tempo conversando com as pessoas no Fada Febril, seu website favorito. Ela havia embalado todas as suas porcelanas de fada depois que três das suas favoritas foram arremessadas da escada e quebradas por Wayne em um acesso de raiva. Ela havia embalado a maioria de suas fantasias também, depois de ser ridicularizada por Rory com muita frequência. Mas a única coisa que ela se recusou a embalar, e ainda vestia de maneira desafiadora porque eram parte da identidade que queria projetar para o mundo, eram suas asas de fada. Ela tinha mais de uma dúzia de pares em cores e estilos diferentes e as usava sempre que possível, mesmo em público, às vezes até durante as aulas, quando brilhava pela sala em um top de lantejoulas, saltando estrelas com um par de asas de seda esvoaçantes presas às suas costas.

Fada cresceu neste chalé apertado na rua principal e desde que seus pais se mudaram para a Nova Zelândia há alguns anos para ficarem perto do irmão de Fada e de sua família, ela morava lá sozinha. Bem, sozinha até dezenove meses atrás. Tinha apenas dois quartos e nenhum jardim nos fundos, apenas uma área de 2,5 metros por 1,8 metros de pedras de pavimentação irregulares cheias de potes contendo amores-perfeitos e ervas, sobre os quais balançava o varal que estava sempre em uso.

Até o ponto em que Janine, a esposa de Mick, fugiu de

repente com 'O Homem de Truro' - um músico hippie, de acordo com Joanie da mercearia - Fada nunca se permitiu fantasiar sobre estar com seu amante de maneira permanente. Ela estava muito feliz com sua vida sexual esporádica, turbulenta, terrena e excitante, que geralmente acontecia durante o dia entre suas aulas de ginástica, quando Mick encontrava uma desculpa para se esquivar do seu trabalho atual de decoração ou construção por uma hora para 'comprar suprimentos'.

Fada nunca soube se Janine tinha descoberto sobre ela e Mick ou se Janine também esteve transando com alguém durante um tempo. Depois que ela foi embora, Mick teve que parar de trabalhar para cuidar dos filhos. Logo ele estava endividado, o conselho estava demorando muito para organizar os benefícios e quando eles estavam a ponto de serem despejados pelo senhorio, Fada lhes ofereceu uma casa 'temporária' com ela. Ela não tinha cem por cento de certeza se a situação funcionaria. Ela ainda não tinha certeza agora. Uma parte dela ficou emocionada, pois agora ele estava livre para passar todas as noites com ela. Mas, por outro lado, havia os meninos; três moscas agitadas e barulhentas no unguento do seu relacionamento

No último ano, ela passou a gostar muito dos gêmeos (não de Rory, ele era simplesmente indigno de amor - grande, desarrumado, idiota rabugento que ele era), mas ... amor? Ao olhar para seus rostos atrevidos agora, ela não sentiu nenhuma onda de emoção, não despertou nenhum sentimento forte. Ela os tolerava, fazia o possível para que estivessem limpos e alimentados, mas isso era tudo. Eles eram apenas meninos. Meninos de Mick.

Dois quartos não se dividiam facilmente entre dois adultos, um par de gêmeos e um irmão mais velho. Qualquer que fosse a maneira que tentassem arranjar, sempre se resumia a uma pessoa ter que dormir na sala de estar no sofá, o que não era popular com nenhum deles, pois a porta da frente se abria direto para a sala de estar vindo da rua e ali havia uma grande abertura com correntes de ar sob a porta e todo o barulho e sujeira entravam. E de qualquer maneira, Barney, o cachorro grande, grisalho e peludo de Mick, precisava dormir na sala de estar também, pois a cozinha era pequena demais para uma cama de cachorro.

Foi o próprio Rory quem resolveu o problema. Ele simplesmente desapareceu uma noite e quando foram procurar por ele, foi somente o fato de que podiam ouvir os passos fantasmagóricos e abafados e ver a luz de archotes tremeluzindo através das frestas nas ripas de madeira da escotilha do sótão que os levou a descobrir seu esconderijo. Ele havia escalado a escada e puxado atrás dele como uma ponte levadiça, isolando-se dos seus inimigos. A partir de então, o sótão passou a ser conhecido como Poleiro do Rory. Mick tinha encontrado um colchão de solteiro de aparência nova em uma caçamba e isso, mais um saco de dormir e um tapete grande de pele de carneiro comprado em uma liqui-dação de porta-malas de carro, constituíam sua cama um tanto fedorenta.

Após colocar uma mão fria na testa de cada gêmeo 'ador-mecido' e descer a escada na ponta dos pés, Fada deixou sua pontada de ansiedade assumir o controle. "Acho que deve-ríamos relatar o desaparecimento de Rory," ela disse a Mick, removendo seus pés do braço do sofá e jogando-os no chão para que pudesse se espremer ao lado dele.

"Por quê? A escola não o denunciou por faltar às aulas, então ele deve estar aparecendo para as aulas. Ele vai voltar quando quiser," Mick respondeu sonolento. Ele tirou os pés das botas de trabalho desamarradas e colocou as meias fedo-rentas em Barney, que soltou um longo suspiro sofrido e se permitiu ser usado como banquinho. "De qualquer maneira, não os queremos bisbilhotando por aqui, queremos?" Ele deu uma tragada profunda em seu baseado e prendeu a respira-ção. Em seguida, ele tossiu e a fumaça rançosa de maconha saiu de suas narinas em duas baforadas, como o bafo de um dragão.

Fada sabia que se a casa sofresse uma batida por drogas, então ela, como proprietária, poderia ser responsabilizada e multada. Ela não queria isso. Ela era uma Fada e queria permanecer assim: ilusória, imaculada por qualquer coisa mundana e desagradável, vivendo em um plano ligeiramente mais alto do que outros mortais, usando suas asas de fada e cercada por belas cores e música, sua pele delicadamente escovada por brisas perfumadas e seu cabelo penteado pelo zumbido das asas de libélulas verde esmeralda e azul safira. A Titânia de St. Jofra.

Enquanto caminhava em direção à porta do corredor onde sua aula de dança seria realizada, ela não conseguia tirar Rory de sua mente. Talvez *fosse* hora de chamar a polícia. Ele poderia ter caído do penhasco e se afogado. Ele poderia ter pego carona até Exeter ou Plymouth e caído nas mãos de homens maus que queriam transformá-lo em um prostituto. Então ela teve um momento eureca: *talvez ele tivesse encontrado a mãe e ido morar com ela!*

Uma sensação de alívio tomou conta dela e ela girou e esbarrou em uma mulher ruiva com um rabo de cavalo, que deixou cair a bolsa que carregava.

"Sinto muito," Fada disse, reconhecendo-a como a recém-chegada de Trenown Close.

"Não se preocupe," sua nova recruta disse. "Sou Leah, a propósito. Sei seu nome, é claro."

"Então você vai dar uma chance à minha aula, não é? Estou feliz por ter deixado aquele folheto então, embora você tenha demorado um pouco, não é?" Fada sorriu para ela.

O sorriso que Leah retribuiu continha um afeto genuíno e seus olhos castanhos brilharam. "Adoro exercícios," ela disse. "Preciso malhar mais. Veja bem..." Ela beliscou o bíceps direito com os dedos da mão esquerda. "Acho que não vou precisar mais limpar minhas janelas. Isso vai ser um grande alívio."

"Oh? Por que disso?"

Leah sorriu mais uma vez. "Acabei de conseguir um limpador de janelas."

"Quem? Você está falando do sujeito careca com o furgão azul?"

"Não, o adolescente com a bicicleta," Leah respondeu. "Rory. Ele veio ontem e se apresentou e eu o aceitei."

"Não pode ser *nosso* Rory. Ele não tem uma bicicleta e definitivamente não é um limpador de janelas. De qualquer maneira, ele nunca limpou a minha. Mas não conheço nenhum outro Rory por aqui. Como ele é?"

Leah o descreveu e Fada franziu o cenho.

"Bem, parece com ele. Talvez ele tenha adquirido uma bicicleta e guardado com um amigo. Veja você, não há nenhum lugar para ele manter uma onde vivemos," Fada explicou. *Que diabos ele está fazendo, visitando a casa das pessoas pedindo trabalho?*

Algo deve ter aparecido em seu rosto porque sua nova aluna perguntou: "Você parece preocupada. Você está bem?"

"Rory desapareceu há alguns dias. Olha, tenho que começar a aula agora. Venha tomar um café depois e eu conto a você e você pode me contar o que ele disse. Qual era o seu nome mesmo, aliás?"

A aula de uma hora pareceu acabar em dez minutos. Leah apreciou muito a escolha de música e a maneira entusiasmada e encorajadora com a qual a pequena instrutura estimulava sua turma de onze, dos quais Leah era a mais jovem por pelo menos quinze anos. Enquanto balançava os braços e as pernas para aliviar os músculos no final da aula não muito extenuante, ela refletia sobre as poucas coisas que sabia sobre Lindsey.

Ela a tinha visto com um cara mais velho de aparência desleixada e dois meninos, seus filhos, Leah presumiu. Ela parecia ter quase 30 anos, então esse Rory de quem ela falou não poderia ser seu filho. Ele era seu irmão mais novo, então? Ela havia se referido a ele como 'nosso Rory'. Ela sorriu para si mesma enquanto esperava Lindsey terminar de trancar as portas do salão.

Havia um café na rua principal, virando a esquina do salão. Leah se virou, prestes a entrar, assumindo que era o destino delas, mas um puxão em seu braço a parou.

"Não podemos ir lá. Ninguém no vilarejo entra lá," e Leah se viu sendo impelida ao longo da rua e passando pelos Correios.

"Por que não?" Leah tinha estado lá algumas vezes. Uma mulher perfeitamente agradável havia feito para ela um cappuccino perfeitamente aceitável e colocado uma fatia de bolo de cenoura muito bom (embora não tão bom quanto o de Nat) em um prato listrado de azul e branco, enquanto conversava o tempo todo sobre o tempo e o próximo festival da aldeia.

"Porque os proprietários se opuseram ao pedido de planejamento da Sra. Williamson."

"Planejamento para quê, exatamente?" Leah pressionou, enquanto entravam no pub Jofra Arms.

"Três chalés de madeira em seu jardim. Chalés independentes, para que a Sra. Williamson pudesse ganhar algum dinheiro com as formigas, desculpe, turistas. Ela precisa do dinheiro. Ela é uma viúva sem família."

Nat também, Leah pensou, se perguntando como se sentiria se sua vizinha quisesse encher seu jardim com pequenos chalés suíços, que era como ela imaginou que eles pareceriam; chalés com varandas cheias de baldes, pás e sapatos de praia; maiôs de cores vivas e toalhas encharcadas penduradas na varanda para secar; rádios tocando, crianças gritando e cachorros latindo. Não, ela não supunha que iria gostar, não mais do que os proprietários da lanchonete rejeitada, por quem ela sentiu uma onda de simpatia. Ela sentiu que estava conseguindo uma visão interna da vida da aldeia, um curso intensivo sobre a política de St. Jofra.

Elas pediram um cappuccino para cada uma e se acomodaram em um banco acolchoado na janela da frente (alta demais para ver, Leah observou com melancolia), seus cafés fumegando em uma mesa redonda de madeira escura manchada na frente delas.

"Então… me conte sobre Rory."

"Ele simplesmente apareceu, Lindsey. Ele disse que estava sondando a área, tentando desenvolver seu negócio."

"Oh, me chame de Fada. Todo mundo faz isso. Como ele era? O que ele estava vestindo?"

"Tudo bem, então. É Fada. Ele parecia queimado de sol por estar ao ar livre. Ele estava vestindo uma calça Levi's surrada com buracos nos joelhos…"

"Sei qual," Fairy intrometeu-se.

"…e uma camiseta preta de manga curta com uma caveira."

"Sim, sim." Fada assentiu como se mentalmente assinalando cada item. "Ele parecia estar morrendo de fome?"

"Em absoluto." Na verdade, Leah pensou que o adolescente era uma lufada de ar fresco, com sua pele macia, dentes brancos perfeitos e sobrancelhas pretas brilhantes e lindas. Seu cabelo escuro estava na altura dos ombros, penteado para trás e parecia úmido, então ela notou a roupa de mergulho amarrada atrás da sela e percebeu que ele devia ter vindo da praia. Ela havia prometido quinze libras em dinheiro se ele voltasse na manhã seguinte e limpasse todas as janelas, por dentro e por fora.

"Ele disse alguma coisa sobre onde esteve?"

"Não. Nós não conversamos. Eu não teria pensado em perguntar a ele. Ele parecia um dos surfistas locais e eu ..."

"Ele tem apenas quinze anos, sabe," Fada interrompeu. "Ele tem faltado às aulas. Nós ..." Fada fez uma pausa. Ela parecia estar tentando decidir o quanto contar a ela.

Leah sentiu o desejo de ajudá-la, de acalmá-la e tranquilizá-la. "Você não precisa ..." ela começou.

Mas parecia que Fada havia decidido confiar nela. "Não sou a mãe dele. As crianças são do meu namorado Mick. Veja você, sua esposa, Janine ..."

"Você não precisa me contar. Não é realmente da minha conta," Leah a lembrou, dando a ela outra chance para recuar, se quisesse. Mas sua curiosidade tinha sido despertada, enquanto se perguntava se Fada também tinha começado um caso com um homem quando ele ainda era casado.

Enquanto Fada tirava com a colher a espuma doce polvilhada com chocolate da sua xícara de café, a mente de Leah voou para a última vez que ela e Stephen fizeram amor, no apartamento de Stephen em Pimlico. Era sua hora de almoço, estava quente, julho, a janela estava aberta e todos os sons do tráfego de Londres entravam estrondosos e estridentes. Os dois estavam rindo, felizes, satisfeitos e suando - oh, aquele cheiro sexy dele! - e ele disse as palavras, 'Te amo' e então, de maneira muito sincera, acrescentou: "Eu realmente amo, sabe."

Ela sentiu seus pulmões se contraírem e seus olhos arderem com lágrimas de felicidade. Então, um caminhão buzinou alto do lado de fora da janela e os dois riram e o momento se foi, mas não tinha sido arruinado. Por que ela não as disse também? Essas palavras mágicas e importantes? O encantamento dos amantes? Se tivesse, talvez as coisas tivessem sido diferentes.

Ela se arrastou de volta ao presente e voltou sua atenção para o que Fada estava dizendo. Algo sobre Janine ter fugido com outro homem e deixado as crianças com o pai.

"Então, agora que você sabe que Rory ainda está na aldeia, com certeza ele não será tão difícil de encontrar?" Ela perguntou. "Não há funcionários que investigam ausências não autorizadas da escola ou pessoas que poderiam ajudar? Ou a polícia?"

As sobrancelhas douradas de Fada se ergueram e baixaram. "Não queremos envolver as autoridades," ela disse, então pegando a xícara e esvaziando o resto.

Leah não conseguia pensar por que não, a menos que estivessem com medo de ter as crianças tiradas deles. "Ok, então eu tenho uma sugestão a fazer," ela disse. "Ele vem amanhã às dez e meia. Não quero que você o afaste antes que ele termine o trabalho, mas não consigo imaginá-lo levando mais de uma hora para limpar todas as janelas, por dentro e por fora. Se você não tiver chegado antes que ele termine, vou atrasá-lo até você chegar, fazer uma xícara de chá para ele ou algo assim. Tenho o número do seu celular, está no seu folheto."

Fada deu um sorriso cintilante. "Estou tão feliz que você veio hoje." Ela consultou seu relógio. "Não tenho outra aula por duas horas, então vamos beber."

Elas pediram spritzers de vinho branco. Elas tinham a desculpa perfeita. Elas haviam forjado uma amizade e feito um plano, um conluio feminino. Leah sentiu que seus destinos estavam entrelaçados.

CAPÍTULO CINCO

Junto com muitas outras cidades e aldeias rurais, St. Jofra tinha sua própria lenda que dava origem a um festival anual. Helston tinha sua Dança Floral. Padstow tinha seu Obby Oss - costume popular que acontecia a cada primeiro de maio em que duas procissões separadas percorriam a cidade, cada uma contendo um cavalo de pau de mesmo nome conhecido como Obby Oss. St. Agnes tinha o Gigante Bolster. St. Jofra tinha o Jofra Worm. Algumas pessoas argumentavam que Worm – verme – deveria ser dragão, como o Lambton Worm e o Linton Worm, 'wyrm' sendo a palavra em inglês antigo para dragão. Estes 'wyrms', assim o livreto vendido na Galeria Jofra, a galeria de artes e ofícios na rua principal, informou a Leah, eram na verdade dragões sem asa, embora fossem diferentes dos vermes por terem cabeças de dragão e vários pares de pés com garras grandes.

Era uma manhã de quinta-feira de junho. A casa de Leah estava terminada, o novo piso laminado instalado - o orçamento do seu senhorio, Sr. Edwards, não se estenderia a madeira de verdade - a cozinha e o banheiro repaginados, a sala de estar resplandecente em Mulberry e Papyrus, os nomes excêntricos da cartela de cores para roxo rosado (na parede oposta) e branco amarelado (em todas as outras) e seu sofá de couro cinza, comprado em uma liquidação em Falmouth, tinha finalmente chegado. Ela havia enviado fotos das suas melhorias para Ian Edwards e seu pai e, até agora, eles tinham aprovado tudo o que ela havia feito.

Agora, ela só precisava acrescentar os toques finais. Algumas obras de arte seriam agradáveis. Na verdade, ela poderia tentar pintá-las. Se ao menos ela não se sentisse tão cansada o tempo todo! Certamente as pessoas da sua idade não sentiam uma necessidade urgente de deitar no meio do dia como ela tantas vezes sentia? E havia momentos em que ela se sentia fraca e trêmula, quase a ponto de desmaiar. Ela atribuía isso ao estresse, lembrando que o que ela havia passado era o suficiente para enviar muitas pessoas correndo ao psicoterapeuta mais próximo. Em vez disso, ela veio para a Cornualha e essa era toda a terapia de que precisava. Ela tinha certeza de que mais alguns meses de ar marinho e sol a animariam. Talvez então ela se sentisse inspirada a pintar uma tela em vez de apenas uma parede.

Ela precisava de algumas frutas, então caminhou até a rua principal, em seguida se esquivou para dentro da Galeria Jofra para se proteger de uma chuva tempestuosa repentina. Já era o sol! O clima da Cornualha, especialmente o norte da Cornualha, ela descobrira, tinha vontade própria e não hesitava em assá-lo em um minuto e ensopá-lo no outro.

"Você! Você é perfeita! Precisamos de você! Venha para a reunião de planejamento no domingo à tarde, duas e meia, no campo de esportes. No pavilhão se estiver chovendo."

A mulher que abordou Leah com tanto entusiasmo era alguém que ela tinha visto pela aldeia com bastante frequência, mas nunca tinha sido apresentada. Bonita, Leah pensou, ao invés de linda; ela era muito impressionante para isso. A palavra 'cornucópia' surgiu na cabeça de Leah. Tudo nela era abundante e generoso, desde sua saia longa de veludo azul escuro e o kaftan curto azul mais claro que ela usava por cima, até os colares de pedras semipreciosas e cristais que caíam em cascata sobre seu busto extravagante e cabelo na altura da cintura e quase preto com mechas cinza-prateadas que pareciam como se um artista tivesse passado um pincel bem carregado graciosamente por sua crina.

Leah percebeu que a mulher ainda estava parada ali, esperando por uma resposta. "O quê?" Leah piscou para ela. "Que reunião? Sobre que diabos você está falando?"

"O festival, é claro. Oh, desculpe. Então, você é uma turista, afinal. Pensei que você estava morando aqui. Tinha certeza de ter visto você por aí."

"Você viu. Moro. Quero dizer, estou morando aqui, não sou uma turista. Merda, isso está saindo tudo errado!"

"Bom. Bem, sou Melissa. E você é...?"

"Leah."

"Nós moramos no alto da colina, por aquele beco." Melissa apontou e os olhos de Leah seguiram seu dedo por um arco entre o cabeleireiro e a livraria de segunda mão.

"Moro em Trenown Close." De repente, pareceu importante para Leah que a New Age Melissa não deveria considerá-la um tipo de pessoa chata de bangalô, então acrescentou, "Sou uma artista."

Por que diabos eu disse isso? De imediato, ela desejou que pudesse retirar as palavras pois soaram tão presunçosas e afetadas. Nenhum artista de verdade divulgaria sua ocupação assim. Melissa pensaria que ela era uma daquelas diletantes preguiçosas que nocauteava borrões amadores de iates brancos em oceanos parecidos com papelão de um azul não natural. Ou naturezas mortas de vasos de anêmonas. Ou - ela olhou ao redor para os objetos na galeria - *coisas assim*, ela pensou, seus olhos pousando em uma exibição de gaivotas feias, de madeira e desajeitadas que nunca poderiam ter voado se tivessem tentado, já que suas asas eram muito pequenas para seus corpos comuns.

Talvez eles pegassem parte do meu trabalho se eu começasse a pintar novamente. Não poderia ser pior do que algumas das coisas aqui. Embora também houvesse sinais de verdadeiro talento. Aquarelas delicadas e lindas, peças de madeira flutuante esculpidas em formas fantásticas de bestas míticas, joias de prata requintadas com águas-marinhas e turmalinas em filigranas sinuosas de inspiração celta. Talvez as estúpidas gaivotas presas à Terra tivessem como alvo as crianças e tivessem a intenção de serem engraçadas, ela pensou.

"Meu marido é um artista. Patrick Leman," Melissa informou. "Talvez você já tenha ouvido falar dele. Há alguns de seus trabalhos aqui. Mas não as coisas grandes. Isso está tudo na galeria de Londres."

Londres … Leah ficou em guarda de imediato. Ela teria que ter cuidado com o que dizia a Melissa e Patrick, que era um nome bastante famoso no mundo da arte.

Ela olhou para a parede que Melissa havia indicado. Os abstratos em acrílico de Patrick, todos com tema marítimo, eram tão talentosos que Leah se sentiu envergonhada por ter reivindicado ser uma artista. Ela se virou para Melissa, com um "Uau!"

"Que bom que você gostou deles. Agora, esta reunião … Você sabe sobre o Jofra Worm? E nosso festival no próximo mês? Bem, estamos precisando de uma Lady Jofra e você seria simplesmente perfeita, com todo esse seu cabelo ruivo comprido."

Enquanto Leah caminhava de volta pela Trenown Close, ela viu Nat saindo de um táxi. Claro, era quinta-feira. Nat sempre ia passar o dia em algum lugar às quintas-feiras. Quando sua vizinha começou a subir o caminho até a porta da frente, Leah a viu tropeçar e correu para ajudá-la.

"Não é nada," Nat assegurou-lhe, "Apenas dei uma topada com o dedo do pé em uma pedra."

Ela parece tão pálida. "Deixe-me entrar com você e preparar uma xícara de chá para você," Leah ofereceu.

Ela meio que esperava que Nat recusasse. Ela era uma pessoa muito reservada. Mas, para sua surpresa e prazer, Nat disse: "Isso seria muito gentil da sua parte, querida."

Posso perguntar para onde ela vai? Não, não posso. Pareceria muito intrometido, Leah pensou, enquanto seguia as instruções de Nat sobre onde o chá era guardado. Ela sabia que Nat preferia chá a granel a saquinhos de chá. Além disso, ela gostava dele preto com uma rodela de limão, servido em um copo alto em um suporte de metal prateado com uma alça.

Leah decidiu ter o dela da mesma maneira. Tinha um gosto forte, picante, diferente. O cheiro dele se misturou com o cheiro forte do limão e Leah o imaginou enrodilhando-se pelo seu nariz e limpando seus seios da face.

Nat havia se acomodado em seu sofá verde, cujo tecido, Leah notou pela primeira vez, na verdade tinha um padrão floral rosa e branco desbotado. Era bonito e feminino e combinava perfeitamente com a Nat organizada, mas não era de maneira alguma o que Leah teria escolhido para si mesma. Nat havia apoiado os pés em almofadas, então eles estavam levantados acima do nível de sua cabeça e Leah sentou-se do lado oposto na poltrona combinando no outro lado da mesa de centro com tampo de vidro.

"Você poderia buscar meus comprimidos, querida?"

Com esforço, Leah lutou para se livrar do aperto mole da poltrona e pegou os comprimidos no aparador. Nat os engoliu com a boca cheia de chá.

"Para que servem?" Leah perguntou, esperando que Nat não pensasse que ela estava sondando.

"Oh, isso e aquilo. Pressão sanguínea, esse tipo de coisa. Tenho que fazer um check-up todas as semanas."

Leah não conseguiu evitar, isso simplesmente irrompeu dela. "Oh. É para lá que você vai todas as quintas-feiras?"

Nat deu um sorriso tenso que fez Leah ficar tensa. Ela

sabia que não deveria ter perguntado. A pergunta era pessoal demais. Ela queria tanto que Nat gostasse dela, mas continuava dizendo a coisa errada. "Por favor, não pense que passo meus dias com o nariz grudado na janela, observando as idas e vindas de todos," ela acrescentou, agravando as coisas.

Os lábios tensos de Nat relaxaram em um sorriso. Ela deu um tapinha na mão lisa e imaculada de Leah com suas unhas curtas e sem esmalte, com a própria mão ossuda com suas sardas alaranjadas e a pele como papel de seda enrugado. As unhas de Nat estavam com esmalte rosa claro. Leah deu uma olhada mais atenta e avaliadora em Nat e viu que sua boca tinha traços de batom rosa combinando e seus olhos estavam levemente delineados com lápis azul escuro, suas pálpebras quase transparentes levemente polvilhadas com sombra azul clara. Ela ficou tocada pelo fato de que Nat ainda cuidava tanto de sua aparência - *não como eu*, ela pensou, com ironia. Nenhum batom ou sombra de olho tinha chegado perto do seu rosto por meses. Não desde que deixou o emprego, na verdade.

"Sei que você não é do tipo intrometido," Nat disse, interrompendo os pensamentos de Leah. "Você está apenas sendo tagarela. Você não é intrometida. Você gosta de mim. Você se mantém para si mesma. Essa é a melhor maneira de ser. Agora, quando terminar seu chá, apenas feche a porta ao sair, querida, se você não se importar. Acho que vou dormir um pouco."

Leah foi embora, passando por cima do muro divisório de pedra baixa para seu próprio jardim. A grama precisava ser cortada novamente. Ela a cortou na semana anterior. Por que a grama tinha que crescer tão rápido? Deve ser toda a chuva. Ela entrou no número 36, tentando abrir a porta da frente da maneira mais silenciosa possível para não perturbar Nat, mas então o homem em frente, cujo nome Leah não sabia, saiu com seu cachorro enorme, uma criatura enorme com uma cabeça enorme e uma pelagem grossa, dourada como um leão e a coisa soltou seu latido igualmente enorme, que não era um 'au-au' normal, mas um 'auuuuuuuu' capaz de acordar a rua inteira. Coisa maldita!

Quando entrou em sua cozinha, ela soltou um suspiro cansado. Por que ela se sentia tão cansada quando tinha apenas metade da idade de Nat? Ela estava dormindo muito melhor do que em Londres; bem, na maioria das vezes. Ainda havia noites estranhas em que ela se encontrava deitada acordada e inquieta às 2 da manhã, revivendo os dias com Stephen e o sangue, a dor, o hospital, a miséria e o vazio que se seguiram.

Cansada, ela se serviu de um copo de suco de maçã, levou-o para a sala de estar e se acomodou no sofá com os pés apoiados nas almofadas, imitando Nat. E, assim como sua vizinha, adormeceu.

CAPÍTULO SEIS

A reunião de planejamento do festival estava acontecendo na quadra de esportes na periferia da aldeia. Leah tinha ouvido falar muito sobre bêbados no bar do clube esportivo, embora nunca tivesse estado lá. Fada tinha dito a ela que Mick costumava ir muito lá antes de se tornar um pai solteiro. Agora, Fada o proibiu de ir a qualquer lugar que não fosse o Jofra Arms, que ficava perto o suficiente para ela aparecer na rua e ficar de olho nele.

Sentindo uma vibração de nervosismo em sua barriga, Leah atravessou o campo em direção ao grupo de pessoas reunidas na frente do pavilhão de madeira pintado de verde, se perguntando se conheceria alguém além de Melissa. Na verdade, havia uma série de rostos que ela reconheceu, incluindo o homem do Sea Deep que era conhecido por todas as mulheres da aldeia como Lascivo John, a surfista que trabalhava na mercearia, um casal do bar do St. Jofra Arms, mais alguns membros da tripulação do bote salva-vidas que ela conhecia de ir à praia. Alguns deles usavam fantasias, túnicas de aspecto medieval, mantos com capuzes. Uma mulher usava um enfeite de cabeça feito com um cone de papelão pintado, do topo do qual fluía uma cascata de longos cabelos loiros de náilon entrelaçados com fitas vermelhas.

Leah franziu o cenho, perguntando-se que tipo de fantasia ela deveria usar. Ela nunca conseguiria que uma daquelas coisas de cone permanecesse em seus cachos escorregadios. Ela ouviu alguém chamar seu nome e ficou aliviada ao ver Fada. Hoje, ela estava usando asas cobertas com lantejoulas verde-esmeralda que brilhavam à luz do sol e carregava uma varinha combinando. Perto dali uma mulher de aparência atormentada que ela supôs ser uma professora estava dando instruções a um grupo de crianças que lutava com um pedaço de tecido marrom.

Um homem baixo e quadrado, por volta de quarenta anos, com uma voz alta e clara bateu um tambor e chamou a atenção de todos. "Agora, todos vocês sabem por que estão aqui," ele disse. Ele desfiou uma lista de instruções, horários, datas e terminou com a exortação: "Vamos fazer do festival deste ano o melhor de todos!" que ele deu seguimento com um barulho estrondoso do seu tambor, recebendo aplausos da multidão, alguns dos quais estavam bebendo cerveja em copos de plástico.

Apesar das chuvas do início da semana, o solo sob os pés de Leah estava seco, rachado e empoeirado. A grama parecia como se estivesse ofegando seu último sopro de vida e as margaridas estavam esmagadas e murchas. Ela se sentia ligeiramente esmagada e murcha. O sol estava batendo forte em um céu azul claro e ela estava seca e desejou ter trazido um pouco de água com ela. Talvez pudesse comprá-la no bar.

Tudo parecia muito divertido até que um pouco depois, Melissa, que parecia estar organizando tudo, foi aos mínimos detalhes. "Precisamos conversar sobre sua roupa, Leah. É um toque de Lady Godiva, receio. A propósito, você pode cavalgar?"

"Você *tem* que estar brincando! Sim, posso cavalgar, mais ou menos, mas *nua*? De jeito nenhum!"

Leah plantou os pés bem separados, cruzou os braços e olhou com cara feia para Melissa, seu marido Patrick e Helen Birchall, a esposa do vigário. Ao ouvir uma risada dissimulada atrás dela, ela virou-se para ver Fada segurando a barriga e quase quebrando sua varinha em um ataque de riso. "Estava entre você e eu e você tem o cabelo mais comprido," ela gaguejou.

"Então você *pode* cavalgar." Melissa ainda estava prendendo Leah com seu olhar intenso. Leah se sentiu como se estivesse presa em um campo de força ou sob um holofote quente. Ela nunca tinha sentido uma energia tão forte vindo de alguém, além de Stephen. Mas sempre suspeitou que sua capacidade de projetar sua personalidade havia sido cultivada de maneira profissional.

"Sim, mas não bem. Apenas nas férias quando estava crescendo."

"Sally é fácil de cavalgar. Ninguém poderia cair dela. Ela é à prova de balas," Patrick disse. Pequeno e franzino, havia algo que parecia um tanto élfico nele, com seu cabelo castanho encaracolado salpicado de prata e um cavanhaque tão fino e sedoso que parecia que ele o desenhou. Ele parecia um deus pagão. Tudo que ele precisava era de chifres brotando dos seus cachos e um conjunto de flautas de Pã.

"Você vai usar um macacão. Não esperamos que você esteja completamente nua," Helen disse.

"Sim, nós esperamos!" Lascivo John gritou. "Seja camarada, garota! Pense na publicidade que a aldeia teria."

"Pense no filme," Fada disse em voz baixa, dando uma cutucada nas costas de Leah.

Melissa disse de maneira reconfortante: "Ninguém verá muito de você, de qualquer maneira. Você terá uma coluna de cavaleiros marchando ao seu lado."

"Estaremos todos lá com nossos binóculos e câmeras," Lascivo John disse, o olhar malicioso ainda persistente em seu rosto bronzeado e envelhecido. "Você vai direto para o Facebook!"

Leah se sentia como se estivesse presa. Então, um recém-chegado se juntou ao grupo. Leah passou os olhos sobre ele. *Hmm, bom.* Seu rosto moreno exibia sardas bastante fofas e ele estava usando shorts azul marinho estampados com palmeiras rosa, como as que ela vira penduradas na loja de surfe. Seu torso, em sua camiseta preta justa sem mangas, era largo e musculoso. Ele certamente era bonito, talvez mestiço, ela pensou e seu rosto tinha imperfeições suficientes para capturar seu interesse como artista: um nariz ligeiramente torto, uma cicatriz na bochecha esquerda. Leah foi instantane-amente atraída por ele, uma sensação que ela aprendeu da maneira mais difícil a não confiar.

"Este é Joshua Gray. Doutor Gray. Ele trabalha para nossa clínica local de Clínica Geral," Melissa explicou. "Josh, esta é Leah. Ela acabou de se mudar para a aldeia."

"O que você acha de ter Leah como Lady Jofra?" Patrick perguntou, com uma piscadela lasciva.

Os olhos de Josh - castanho-dourado, ela percebeu - brilharam para ela e seu coração traiçoeiro deu um pequeno salto. "Brilhante. Vá em frente!" ele disse, sorrindo.

"Se você não aceitar, Leah, teremos que vestir Patrick com uma peruca e seios falsos como fizemos no ano passado," Lascivo John disse.

Leah encontrou-se juntando-se às risadas. Foi sua queda. Parecia que, ao rir junto com o comitê, considerou-se que ela aceitou o papel de honra no Festival de St. Jofra.

De alguma maneira, a tarde se transformou em noite sem que Leah percebesse. Ela percebeu de repente que sentia frio, as longas sombras na grama, uma sensação ardente de indi-gestão após o consumo de um sanduíche de presunto bastante seco e meio litro de cidra local, o tipo de cidra que ela conhecia muito bem da sua época de estudante de belas artes, que tinha um gosto totalmente inócuo, como suco de maçã diluído, mas tinha o hábito de drenar de repente toda a força dos seus membros para que você se sentisse entorpecido, com a cabeça cheia de luzes giratórias e ruídos ecoantes e a sensação de que seus lábios tinham sido esticados de orelha a orelha e, em seguida, colado aos dentes. Ela se sentia cansada, com fome e tonta, mas não muito bem.

"Estou indo," ela disse a Fada.

"Vou caminhar com você. Quero ver se podemos persuadir Rory a ficar em casa hoje à noite," ela disse.

Seu plano para recapturá-lo havia funcionando perfeitamente, com Fada aparecendo como se por acaso, justo quando Rory estava esvaziando o balde plástico alaranjado de Leah na grade sob o cano de esgoto. Houve uma forte discussão e as cortinas tremeram em Trenown Close. Então Rory cedeu e empurrou sua bicicleta pela calçada para acompanhar Fada de volta para casa. No dia seguinte, ele foi obedientemente para a escola e, por um tempo, pareceu estar andando na linha e passando todas as noites no Castelo do Rory, de vez em quando criando um ritmo na antiga guitarra acústica de Mick. Mas agora a escola havia fechado para o verão e Fada estava reclamando que Rory começou a se ausentar sem permissão mais uma vez.

"Ele tem um trabalho de férias alinhado?" Leah perguntou.

"Ele vai trabalhar ao lado de Mick para ganhar um dinheiro para pequenas despesas," Fada disse. "Ei, cuidado!" Ela pegou o braço de Leah quando Leah sentiu que cambaleava.

Leah levou a mão ao rosto e percebeu que seus dedos tremiam.

"Você está bêbada? Você não parecia estar bebendo muito para mim," Fada observou.

"Eu … eu …" Algo a puxava para trás, para longe de Fada. *É um tornado, estou em um tornado,* Leah pensou. Então não havia nada.

. . .

Uma luz em seus olhos. Confusão balbuciante. Algo molhado. Ela agitou a mão, sentiu o rosto. Estava úmido. Alguém a segurava, os braços ao redor dela, puxando-a, empurrando-a. Uma luz brilhava em seus olhos.

"Ela está bem, ela recuperou a consciência," alguém disse, pressionando os dedos em seu pulso. "O pulso está um pouco filiforme."

Ela respirou fundo. Ela se sentia enjoada e com uma dor de cabeça terrível. Alguém segurou uma garrafa plástica de água nos seus lábios. "Beba devagar." Ela reconheceu a voz como pertencente a Josh, o jovem médico e abriu os olhos para se encontrar olhando para seus olhos castanhos dourados.

Ela tentou sorrir, mas seus lábios tremeram e quando tomou um gole da água, ela escorreu pelo seu queixo e pelo seu pescoço. "O que aconteceu?" Ela perguntou, enxugando o pescoço molhado. "Eu caí? Alguém me derrubou?"

"Você desmaiou." Era Fada.

"Eu... Eu nunca desmaiei na minha vida."

"Quanta água você bebeu nesta tarde?" Josh perguntou.

"Nenhuma," Leah confessou com timidez.

"Foi uma tarde quente. Você deve se manter hidratada," ele disse. "É muito importante. E marque uma consulta com o seu médico."

Leah passou uma mão trêmula sobre o rosto. "Não tenho um. Não estou morando aqui há muito tempo."

Josh ainda estava ajoelhado ao seu lado, dando-lhe aquele olhar gentil e preocupado e ela não sabia se o súbito aumento no ritmo dos seus batimentos cardíacos tinha a ver com o desmaio ou sua proximidade com aqueles músculos firmes em uma camiseta preta justa.

"Vá até lá o mais rápido possível e cadastre-se. Ok?" Ele sorriu.

"Ok," Leah concordou com um sussurro.

Melissa estava aqui agora, emprestando um braço para ajudá-la a se levantar. "Você vai ficar bem?"

"Vou te dar uma carona para casa," Helen ofereceu.

"Vou voltar com você também para me certificar de que você está bem," Fada disse.

Leah sabia que Fada realmente queria voltar para resolver as coisas com Rory. "Obrigada por oferecer, mas vou ficar bem. Vou com Helen, fazer algo para comer e depois vou para a cama."

"E certifique-se de beber pelo menos meio litro de água antes de dormir," Dr. Josh ordenou.

Assim que voltou para casa, fez o que o médico disse, tomou um paracetamol também e quando acordou no dia seguinte, ela se sentia perfeitamente normal. E esqueceu por completo sua promessa de se registrar no consultório. Seja o que for que a afligiu no dia anterior havia desaparecido. Talvez Dr. Gray estivesse certo e ela estivesse apenas desidratada. Nada para se preocupar. Ela estava bem agora. Diferente do ano passado…

CAPÍTULO SETE

Cassidy caminhava devagar ao longo da margem sul do Tâmisa, passando pela Torre Oxo. Sua missão era comprar algo para o almoço e conseguir uma revista de quebra-cabeças para Carol do escritório, que gostava de fazer Sudoku no trajeto para casa, mas não conseguia parar de pensar em Leah. Era como uma ferida aberta, uma úlcera dentro da sua mente. À medida que o tempo passava, a ausência de Leah e a falta de comunicação a chateava cada vez mais. Certamente deve haver alguma maneira de rastreá-la? Ela vasculhou sua memória em busca de pistas. Leah tinha uma irmã ... Emma, não era? E ela não morava em Canterbury? Mas era casada, maldição, ela teria um sobrenome diferente. E a mãe de Leah? Ela tinha um perfil nas mídias sociais? Ela devia dar uma olhada.

Ela alcançou o Cais de Gabriel e passou pela exposição externa de cadeiras e criaturas estranhas e esculpidas de maneira grosseira. O entalhador já vendeu alguma? Você não poderia exatamente entrar no ônibus para a estação Waterloo com um coelho pesado de pinho de 1,2 m de altura e 60 de largura debaixo do braço. Ela torceu o nariz para o cheiro de pizza e continuou perambulando, passando pelos estúdios, até as livrarias do lado de fora do NFT - National Film Theatre. Lá, ela fez uma pausa, pegando um livro sobre a moda dos anos 30 e largando-o novamente. Ela entrou no NFT, pagou por um café e uma barrinha de cereal e sentou-se em uma das mesas do lado de fora.

Era um daqueles dias quando as nuvens fofas obscureciam o sol por um minuto ou dois e depois passavam rapidamente. Quando o sol apareceu, a brisa que soprava do rio era muito fria. Cassidy não sabia se devia colocar ou tirar a jaqueta de linho preto e optou por dobrar as mangas e arregaçá-las até a altura do cotovelo. Ela mexeu o café e depois ajustou os óculos de sol Chanel retrô branco e vermelho na ponte do nariz, sabendo que estava deliberadamente atraindo atenção para eles. Ela esperava que o homem bonito e bem vestido sentado mais adiante na mesa também os tivesse notado… notado que eram artigos genuínos, não os falsos do mercado de rua, portanto, tornando-a digna de ser conhecida. Ainda olhando, o homem se levantou.

Aí vem, Cassidy pensou, ciente da sua pulsação acelerada, do súbito aguçamento e clareza dos seus sentidos. *Qual será sua cantada? Gostaria de me encontrar com ele para uma bebida depois do trabalho? Jantar com ele? Ou ele é apenas um turista estrangeiro que quer saber o caminho para a Tate Modern?*

Não foi nada disso. Não houve nenhuma cantada. O homem se levantou, passou por ela e foi embora sem dizer uma palavra. *Estou perdendo meu toque*, ela pensou com ironia.

Então ela viu que ele havia deixado o jornal sobre a mesa. Com um 'com licença' para o neozelandês desengonçado sentado ao seu lado, que estava se gabando sobre suas façanhas em Bali para uma garota sentada à sua frente (se era uma transa que ele estava atrás, estava usando a tática totalmente errada, Cassidy pensou), ela puxou o jornal em sua direção. Estava dobrado e aberto nas páginas do meio, que eram dedicadas a um artigo sobre festivais campestres durante as férias de verão.

Cassidy sorriu para si mesma ao ler sobre Welly Whanging[1] (o quê?), caça ao tesouro e festivais de fósseis. As pessoas que viviam nessas zonas rurais deviam ter muito pouco a fazer e muito tempo disponível, ela pensou. A fotografia colorida que estava espalhada bem no centro de ambas as páginas mostrava uma coisa horrível, marrom, parecida com uma cobra, com cabeça e cauda de dragão. Pés pequenos de tênis eram visíveis através das franjas que pendiam dos seus lados e varriam o chão. Era amador. Patético. Nenhuma tentativa de fazer o monstro parecer real. E também no mundo atual de efeitos especiais especializados.

Ela olhou para o relógio. Era hora de voltar para a prisão do escritório. Ela tinha uma entrevista gravada com um finlandês chato que havia falado de maneira monótona por uma hora e meia sobre seguro saúde na Finlândia, o tempo todo ostentando a casca da cauda de um camarão na dobra da gravata, para transcrever e digitar no computador. A tarde toda plugada em um conjunto de fones de ouvido digitando, em um dia lindo como este. Uma piscina turquesa zombava dela em sua imaginação. *Logo*, ela disse a si mesma.

Ela não devia esquecer a revista de Carol. Para o caso da banca de jornal perto do escritório não ter uma, ela pegou o jornal descartado. Se necessário, daria isso a Carol. Devia haver um quebra-cabeças Sudoku nele em algum lugar. Ela se perguntou ociosamente se conseguiria encontrar uma correlação filosófica entre Sudoku e a vida, mas desistiu quando viu um artista fazendo esculturas de areia nas margens do Tâmisa. Com a areia úmida e marrom, ele moldou uma cadeira gigante com um homem sentado lendo um jornal e agora estava moldando um dragão comprido e cheio de corcovas. De maneira inesperada, ela encontrou-se sorrindo sobre aqueles muitos pezinhos de tênis e se perguntou onde aquele festival em particular iria acontecer. Talvez fosse divertido passar as férias em casa este ano.

Embora fosse feriado, Fada, Wayne e Ross estiveram na escola todos os dias por algumas horas, trabalhando nas fantasias para o festival. Fada estava feliz porque estava mantendo os meninos ocupados, o que significava que não precisava quebrar a cabeça pensando em coisas para eles fazerem. Eles, e cerca de vinte outras crianças e mães, estavam costurando triângulos de feltro verde em seções de sacos grossos e marrons sob a tutela de Ann Barlow, sua professora. O comitê decidiu que um novo Worm tinha que ser feito, pois o antigo estava caindo aos pedaços, mas, aos olhos de Fada, este não parecia muito melhor e nem tinha feito sua primeira exibição ainda.

"Não, não aí, está muito perto do último. Todos eles têm que ser equidistantes. Jonathan, diga-nos o que significa 'equidistante'," Ann ordenou.

Jonathan, um menino ruivo com um joelho enfaixado, abriu a boca: "A mesma quantidade de espaço entre eles, Senhorita."

"Muito bem, Jonathan. Agora, Jane, se você não se importasse de ajudar a mamãe a cortar a língua do dragão daquele material vermelho ali …"

Houve um coro de "Oh, não posso fazer isso, Senhorita?", "Oh, Senhorita!", "Eu, Senhorita, eu!"

Ela apontou para uma menininha gordinha em um vestido rosa com meias na altura do tornozelo combinando e uma fita vermelha no cabelo, "Você e Marie podem fazer o sorriso dele."

"Ei, Professora! E quanto a mim e Wayne?" Ross gritou com hostilidade. Fada fez uma careta. A última coisa que ela queria era mais problemas. A noite passada tinha sido o suficiente.

"Vocês dois podem fazer a cauda dele. Jonathan e Andrew, vocês podem fazer os dentes. Já os cortei e vou mostrar como colá-los em um minuto. Certo. Agora que está decidido, vamos fazer uma pausa para que possamos todos tomar uma bebida e comer um biscoito," Ann disse.

"Er, Lindsey ..." A mãe de Jonathan se aproximou dela assim que as crianças estavam fora do alcance da voz. "Ouvi dizer que você está tendo problemas com Rory."

De imediato, Fada ficou cautelosa. Que diabos ela quis dizer? O que ela ouviu? Ela ficou quieta e esperou que a mãe de Jonathan continuasse. Ela parecia como se estivesse explodindo de vontade de dizer algo e o instinto a avisou que poderia ser algo que ela realmente não queria ouvir.

"Você sabe que eu moro ao lado dos Trewins?"

Callum Trewin era o único amigo de Rory que Fada realmente gostava. Ao contrário dos outros, que entravam cambaleando sem reconhecê-la, serviam-se de tudo o que havia na geladeira e desapareciam no Poleiro de Rory, Callum realmente se dignava a dizer 'olá', 'por favor' e 'obrigado'. Em uma ocasião memorável, ele até lavou sua caneca de café e colocou uma garrafa de Coca-Cola na caixa de reciclagem. Se ela ao menos pudesse trocar Rory por Callum. Que sorte, Sra. Trewin!

Ela acenou com a cabeça para a mãe de Jonathan, desejando que pudesse se lembrar do seu nome. Ela alguma vez soube qual era? Fada sempre foi incapaz de combinar rostos com nomes. A menos que visse a pessoa regularmente ou houvesse algo memorável sobre ela, ela simplesmente esquecia. Havia um nome para isso, não havia? Algo-agnosia. A ver com Prozac... *Prosopagnosia, consegui!* Engraçado que ela conseguia se lembrar disso, mas não tinha ideia do nome dessa mulher parada ao lado dela vestindo uma blusa preta com decote em V e calça de moletom cinza, além de 'mãe de Jonathan'.

"E daí?" Fada aceitou distraída um pedaço de feltro amarelo que Ross empurrou em sua mão e descobriu que estava empapado de suco de laranja. Ela podia ouvir os meninos rindo e não deu atenção. "O que você ia me dizer?" Ela perguntou novamente.

"Miranda Trewin está preocupada com Callum. Ela… não sei como dizer isso a você, me sinto mal…" Mas não tão para que não continuasse, embora com uma expressão encabulada. "Olha, Lindsey, não tenho nada contra *você*." A maneira como ela enfatizou 'você' deu a Fada uma sensação pesada de mau agouro. "Nem qualquer uma das outras mulheres. Todas nós a admiramos por ter assumido os filhos de Janine. É só que Miranda sente que Rory é uma má influência para Callum."

Fada sentiu como se a mãe de Jonathan tivesse acabado de dar um tapa em seu rosto, mas este não era o lugar para ter uma briga. Com um sorriso tenso, ela brincou: "E aqui estava eu, esperando que Callum fosse uma *boa* influência para Rory!"

"Você não sabe o que Rory apronta, então?" A mãe de Jonathan disse, em um tom condescendente.

"Eu … eu não tenho a menor ideia," Fada respondeu fracamente, pensando, *drogas, devem ser drogas. Ele está invadindo o estoque de Mick. O número de vezes que eu disse a ele para não fumar maconha na frente dos meninos.*

Nesse momento, Ann Barlow bateu palmas. "Certo, pessoal, de volta à fabricação de dragões."

A mãe de Jonathan deu a Leah um olhar que ela só poderia descrever como de pena e voltou a empunhar uma tesoura com sua prole, deixando Fada ansiosa e frustrada.

"Ei! Venha e nos ajude," Wayne disse.

'Ei', ou 'ei você', parecia ter se tornado o nome dela no que dizia respeito aos gêmeos. Eles se recusavam a chamá-la de Fada, dizendo que era 'muito bobo' e o nome Lindsey parecia causar problemas de pronúncia. Ela certamente nunca seria 'Mãe' para eles e nem gostaria de ser.

Enquanto tentava juntar a ponta pontiaguda da cauda do dragão, Fada podia se sentir ficando cada vez mais furiosa. Seja o que for que Rory estivesse fazendo, Mick teria que lidar com isso, ela pensou. Ela não queria ter nada a ver com isso, seja lá o que *isso* fosse. Talvez ele tivesse roubado aquela bicicleta de aparência nova, aquela que ele disse ter emprestado de 'um amigo'. Ela ainda não tinha descoberto onde ele a guardava. Um resmungo rápido e rude de "Na casa de um amigo", foi tudo que ela conseguiu dele. Que amigo? Onde ele morava? Poderia ser Callum? Rory estava usando a casa dele para esconder bens roubados?

"Ai." Por não se concentrar no que estava fazendo, ela cortou o polegar com a tesoura.

"Você conseguiu agora!" Wayne gritou. "A Sra. Barlow irá repreendê-la. Você está sangrando por todo o Jofra Worm!"

CAPÍTULO OITO

Poucas pessoas conheciam a trilha para Hidden Cove. Que atravessava abruptamente samambaias na altura da cintura e raminhos de tojo que arranhavam o rosto e envolvia a invasão do limite da terra de alguém. Leah nunca tinha descoberto de quem, mas seu pai seguiu um mapa antigo e os levou até lá quando ela e Emma eram crianças.

Com o coração batendo forte de excitação, ela passou por uma velha casa de máquinas, contornou um monte de excrementos de animais. Ovelhas? Coelhos? E chegou à parte difícil onde você tinha que passar por uma fenda entre duas grandes rochas que se assemelhavam a mandíbulas de um tubarão, a alternativa era ser arranhado e retalhado por tojo espinhoso. Ela passou a mochila primeiro, depois se virou de lado e se espremeu, lembrando-se de que, quando tinha oito anos, podia simplesmente passar sem nem mesmo prender a barriga.

Era a quinta-feira após seu desmaio. Alguns dias chuvosos limparam o ar e agora estava glorioso. Verão adequado, como diria sua avó. Quente, com uma brisa amável que pareceu soprar exatamente quando ela estava começando a precisar. Ela arrancou uma folhagem de samambaia para usar como mata-moscas e perturbou um pequeno roedor que fugiu para se proteger. Uma névoa tremeluzia sobre o mar e o contorno do penhasco parecia piscar como um filme defeituoso.

Mais dez minutos descendo correndo a trilha pedregosa a trouxeram para as rochas verdes e escorregadias que marcavam o início da praia de areia. Ela ficou parada por um instante, absorvendo os sons: gaivotas piando, o *chak-chak* de um par de gralhas, a sucção e o respingo hipnótico do mar. E os cheiros! Coco quente dos arbustos de tojo, um rico amargor amoniacal das algas em decomposição e o aroma de ozônio da água. Era celestial. Abrindo caminho com cuidado sobre as rochas verdes e escorregadias, ela encontrou uma área plana que estava protegida por um semicírculo de pedras grandes, abriu a mochila e tirou um sarongue de algodão verde que ela estendeu na areia áspera. O mundo parecia ter desacelerado. Cada movimento que ela fazia parecia levar o dobro de tempo que o habitual. Ela estava tão relaxada que sentiu suas pálpebras fechando enquanto examinava a água. Nada se movia nela, nenhum barco ou surfista, apenas as ondas gentis, brilhando com diamantes do sol, rolando hipnotica-mente e fazendo um som sussurrante e crepitante enquanto refluíam sobre os seixos.

Leah tirou o biquíni, passou protetor solar nos ombros e calçou os sapatos de borracha de praia, em seguida, foi para a água. Ela havia consultado a tabela de marés e sabia que era seguro nadar, desde que não se aventurasse além das garras salientes dos penhascos em ambos os lados. A água estava flutuando e ela se virou de costas e flutuou por um tempo, desejando que pudesse ser sempre tão pacífico. Ela não conse-guia se lembrar da última vez em que se sentira tão relaxada e feliz.

Depois que seu mergulho refrescante e revigorante na água fria acabou, ela voltou para seu lugar entre as rochas e, certa de que não havia ninguém por perto, tirou o biquíni molhado, se enxugou, vestiu a calcinha e a bermuda e depois fez um travesseiro com sua mochila e deitou-se para tomar sol de topless. Ir à praia era algo que ela nunca tinha feito com Stephen. Eles nunca haviam passado um dia juntos. Ela nunca teve o prazer de deitar na praia com ele.

Saia da minha mente, seu bastardo!

Ela sentiu suas têmporas se contraírem e pressionou os nós dos dedos, massageando-as. Ela não ia permitir que Stephen arruinasse um lindo dia. Ela pensaria em outra coisa. No próximo sábado, ela foi convidada para uma festa na casa de Melissa e Patrick. Como seria a casa deles? Todos seus amigos seriam tão pouco convencionais quanto eles? Melissa disse que estava pedindo a todos que trouxessem algo para comer, de preferência feito em casa. O que ela deveria levar? Se Melissa tivesse contado a Patrick que ela era uma artista, ela morreria de vergonha. E se ele pedisse para ver alguns dos seus trabalhos?

Clique. Uma pedra caiu de algum lugar e ela olhou para cima, assustada. *Alguém está lá, melhor colocar minha camiseta.* Enquanto olhava para cima, ela avistou algo, um borrão de luz e escuridão, não no topo dos penhascos, mas a cerca de cinco metros de altura, movendo-se na protuberante face de rocha cinza. O borrão se desenrolou, se solidificou e Leah percebeu com vergonha e choque que estava olhando para um homem nu. Não qualquer homem também, mas Josh, o médico que cuidou dela quando ela desmaiou no campo de esportes e ele tinha um corpo pelo qual morrer. Fale sobre bem desenvolvido!

Ela tentou escapar da sua linha de visão, mas era tarde demais, o banhista nu a tinha visto. Como em uma velha farsa, talvez um filme da série *Carry On*, suas mãos voaram para cobrir seus seios nus. "Desculpe," ela disse. "Pensei que fosse a única aqui."

"Eu também! Não consegui ver você aí embaixo até que me levantei. Espere ..." Ele virou as costas e vestiu a bermuda, dando a ela um vislumbre do seu traseiro nu, enquanto Leah enfiava um braço no buraco do pescoço da sua camiseta e entrou em um emaranhado.

Ela o ouviu rir. "Não se preocupe. Sem pressa. Sou um médico, lembra? Já vi de tudo antes!"

Ela se perguntou envergonhada se ele acreditava que ela poderia ter visto muitos homens nus antes também. Ela não tinha. Houve apenas três antes de Stephen.

Quando ela estava decentemente coberta, ele tinha vestido a bermuda.

"Posso descer e me juntar a você?" Ele perguntou. "Tenho algumas cervejas na minha mochila. Talvez pudéssemos resfriá-las em uma piscina de pedra."

"Ótima ideia!" De qualquer maneira, ela estava pensando em ir à piscina de pedras e trouxe um pequeno balde de plástico com ela.

Os tênis surrados de Josh, que ele usava como alpargatas sem costas, derraparam encosta abaixo e, com um salto final, ele veio esmagando a praia em sua direção. "Parece uma boa piscina," ele disse, largando a pequena mochila na areia e retirando as garrafas.

Leah se juntou a ele. "Dê-nos uma," ela disse, estendendo a mão e olhando para a água parada e escura. A piscina tinha cerca de um metro de profundidade e ela colocou as duas garrafas em uma borda e continuou a olhar. Então, ajoelhando-se, ela colocou o braço para dentro e cutucou nervosamente a erva daninha gorda, escorregadia, de cor âmbar com seus caroços bulbosos como furúnculos sob a superfície tensa e escorregadia, na esperança de não encontrar um caranguejo. Na verdade, sua exploração não rendeu nada além de algumas criaturas cinzentas parecidas com camarões que dispararam através da piscina para se esconder sob outra moita de erva daninha.

"Olha! O que é aquilo?" Josh disse animado, agachando-se ao lado dela.

Algo flutuou para fora da erva daninha e se estendeu pela

água. Era da mesma cor da erva daninha, mas tinha listras pretas e um focinho como um cavalo-marinho e se destacou de seu esconderijo, cruzou a piscina e depois se enfiou sob as pedras no fundo.

"Uau. Nunca vi nada assim antes."

"Pode ser um peixe-cachimbo," Josh sugeriu. "Espere ... Ele voltou para sua mochila, tirou o telefone, tocou e rolou a tela, em seguida, passou para ela com: "Sim, eu estava certo."

"É lindo." *Assim como você.* Ela estremeceu quando os pelos do braço dele roçaram sua pele. Ela percebeu que cada parte dela estava viva, receptiva, em alerta total. Ela não esperava se sentir assim de novo, nunca. Ela não queria. Ela tinha feito um pacto consigo mesma.

Eles procuraram em mais algumas piscinas naturais. Josh parecia tão entusiasmado quanto um menino quando pescou um pequeno caranguejo rosa e o deixou descansar na palma da mão, agitando as pernas. "Ai! O pequeno desgraçado! Me beliscou. Você vai voltar, companheiro!" Ele abaixou a mão na água e observou o caranguejo deslizar para um esconderijo sob uma moita de erva daninha.

"Você precisa de um kit de primeiros socorros? Sempre carrego um gesso," Leah disse, dando risadinhas. As palavras 'beijo da vida' surgiram em sua cabeça. Ela estremeceu. "Acho que essas cervejas podem estar geladas o suficiente agora." Ela sentiu a necessidade de mergulhar as mãos na água fria e torcer para que o choque gelado afastasse seus pensamentos inadequados. Se ao menos eles se conhecessem melhor. Esta enseada secreta seria o local perfeito para ... "Sim, estão frias agora," ela disse, passando uma para ele.

Ela se jogou na ponta da sua manta de algodão e deu um tapinha nela. Ele se sentou a alguns centímetros dela, tirou os sapatos e esticou as longas pernas morenas à sua frente. "Você nadou?" Ela perguntou a ele.

"O quê? Nadar no mar na Grã-Bretanha? Você deve estar brincando! A água tem que estar pelo menos vinte e dois graus centígrados antes que eu entre nela sem uma roupa de mergulho!"

"Você é um covarde."

"Isso mesmo, eu sou!" Ele esfregou os dedos pelos cachos escuros apertados e sorriu.

Seus olhos sob o sol brilhante pareciam da cor do mel dourado. Os olhos cinzentos de Stephen às vezes podiam parecer frios e reservados. Mas os olhos de Josh ... Ela estremeceu quando um raio de algo - luxúria? - disparou através dela. Este era um território desconhecido.

"Você está bem? Não pegou um resfriado quando foi nadar, não é?"

"Como você sabia que eu..." Sua voz sumiu quando ela percebeu que ele estava olhando para seu biquíni vermelho que estava secando em uma pedra. Ele a tinha visto quando ela o tirou? Melhor não perguntar há quanto tempo ele estava lá antes que ela o notasse. "Oh," foi tudo o que ela disse.

Ele riu, então vasculhou sua mochila por alguma coisa. Ele ofereceu uma banana, balançou a cabeça, guardou-a de novo, mexeu na mochila mais uma vez e tirou um Kit-Kat. "Topa dividir?"

"Sim, por favor!"

Ele partiu a barra em duas e entregou a parte dela, embrulhada em papel alumínio. Eles mastigaram em silêncio. Ela viu a língua dele disparar para fora e lamber o chocolate dos lábios e sentiu aquela sensação de arrepio mais uma vez.

Ele olhou para o relógio, um daqueles à prova da água com um mostrador complicado e uma pulseira de borracha preta grossa e então se levantou. "Desculpe, tenho que voltar. Vou fazer uma cirurgia à noite. O que me lembra. Você já apareceu no consultório?"

"Erm... Desculpe, eu esqueci. Mas irei."

"Por favor, faça isso. Você pode precisar de um exame de sangue para investigar estes desmaios."

"Só houve um." Embora eu esteja com vontade de desmaiar agora, direto em seus braços.

"Ok, então." De repente, ele parecia um pouco tímido, um pouco constrangido. "Foi legal," ele disse.

"Sim, foi."

"Bem, vou embora." Ele pendurou a mochila em um ombro e se virou para escalar as rochas. Deus, até mesmo sua visão traseira era linda.

"Não esmague sua banana." As palavras saíram antes que ela tivesse tempo de pensar e ela cobriu a boca com a mão. O que ele deve pensar dela? Ela tinha arruinado tudo agora com sua boca suja. Ela prendeu a respiração, esperando uma reação dele.

Ele riu com entusiasmo. Foi uma risada boa, ela pensou. Irrestrita. Não uma risadinha controlada como a de Stephen. "Não me atrevo a dizer mais uma palavra." Ele subiu em uma rocha plana e virou-se para ela. "Não, isso é uma mentira. Há algumas palavras que eu gostaria muito de dizer. Você gostaria de vir tomar uma bebida comigo uma noite?"

Fada voltou da fabricação do Worm, alimentou os meninos e esperou Mick voltar para casa. Ela queria pedir a ele para ter uma palavra com Rory, mas, para sua surpresa, quando ele entrou, Rory estava com ele.

"Nós nos encontramos no lado de fora do Sea Deep. Comprei isso para você."

Mick estendeu um saco plástico frio e pegajoso. Fada pegou o saco dele, olhou dentro e viu camarões aninhados em cubos de gelo derretendo. "Obrigada. É melhor cozinhar imediatamente. Eles vão estragar rápido com este tempo."

"Persuadi o filhinho aqui a começar a trabalhar comigo em Newquay amanhã. Um amigo meu faleceu enquanto trabalhava e vou precisar de um assistente. Quatro quartos para pintar e cozinha para renovar. Organizei com Bob Griffiths para ajudar com isso. É um bom dinheiro."

"Estou muito feliz em ouvir isso," Fada disse.

O verão sempre foi uma época difícil para ela financeiramente. Ela tinha que interromper as aulas imediatamente, pois muitas pessoas se ausentavam ou passavam o tempo com seus filhos, então ouvir a notícia sobre o trabalho foi fabuloso. Apesar de seu amor por bebida e maconha, Mick era um trabalhador esforçado.

Ela avistou Rory esgueirando-se porta afora. "Ei!" Ela chamou. "Onde você pensa que está indo? O que você tem feito o dia todo?"

Rory olhou para os pés e murmurou, "Brincando. Com Luke."

"Brincando com o quê? Jogos de computador?"

Ele olhou para cima e moveu a cabeça ligeiramente em um gesto que ela interpretou como um aceno de cabeça.

Barney se aproximou de maneira desajeitada e empurrou o focinho em sua coxa. Ela afastou o focinho dele, enredando os dedos nos pelos ásperos dos ombros do cachorro e coçando-o com as unhas. Ele se apoiou nela, suspirando satisfeito.

"Luke Boscoe, você quer dizer?"

"É claro. Apenas um Luke por aqui. A mãe dele vai para uma de suas aulas idiotas."

Seu tom era insolente, hostil e ela sentiu vontade de esbofeteá-lo, mas sabia que a única maneira de manter a vantagem era ignorar sua zombaria.

"O que você joga? Aquelas coisas de Gameboy?"

"Oh, *Pai*! Você é um dinossauro! Gameboys são *tão* antigos. Tablets. Jogamos em tablets agora."

"Mas você não tem um," Fada comentou.

"Tenho." O rosto de Rory ficou ligeiramente vermelho.

"Nós não compramos um para você, então onde você

conseguiu?" Fada viu desconfiança nos olhos de Mick enquanto ele questionava seu filho mais velho.

"Usei meu dinheiro de limpar janelas. Cobro quinze libras por vez."

Fada riu da expressão de espanto no rosto de Mick. Ele deu um tapinha nas costas de Rory. "Muito bem, filho. Você tem iniciativa própria, está a caminho de se tornar um empreendedor." Mick pronunciou 'em-priem-dor'. "Vamos ver você no *Dragon's Den* em breve."

Rory deu um sorriso enorme, nitidamente deleitando-se com a aprovação do pai. Um Rory sorridente era a única versão que Fairy gostava. Ele tinha um sorriso ótimo, um sorriso que iluminava uma sala. Pena que ele não o usasse com mais frequência. Pela primeira vez, Fada percebeu que, embora ele normalmente se escondesse atrás de uma capa rabugenta e temperamental de adolescente mal-humorado, o menino tinha carisma. Talvez ele não fosse uma perda total, afinal. Talvez ele ainda fosse surpreendê-los e deixar seu pai orgulhoso dele.

CAPÍTULO NOVE

Resplandecente de suas horas na praia, Leah subiu Trenown Close e estava prestes a entrar no número 36 quando decidiu ligar para a casa ao lado e perguntar se sua vizinha idosa precisava fazer compras.

Nat pareceu encantada em vê-la. "O que eu realmente amo é um bolinho de cereja do padeiro. Você comerá um comigo se eu lhe der o dinheiro?" Ela ofereceu. "Também estou sem leite e sei que você toma seu chá com leite, então coloque isso na lista também. Eu dei a Nina o resto." Então era por isso que a gata branca lavava delicadamente os bigodes no jardim da frente.

Quinze minutos depois, Leah estava de volta, tendo conseguido embalar os últimos dois bolinhos de cereja da loja. Depois que Leah fez o chá, elas se acomodaram confortavelmente no solário de Nat.

"Eu realmente gostaria de ter sua vista." Leah suspirou e olhou. Estava particularmente bom hoje. Nenhuma névoa de calor, nada para estragar a vista daquela faixa distante de azul deslumbrante e dançante. "Eu estava na praia mais cedo," ela disse. "Não na praia de St. Jofra, a próxima, a pequena enseada, aquela que meu pai costumava chamar de

Enseada Oculta. Eu tinha tudo para mim." Bem, quase tudo para ela.

"Há muito mergulho nu lá, ouvi dizer."

O brilho perverso em seus olhos não deixou Leah em dúvida de que Nat havia nadado nua em sua época. Algo mudou no relacionamento delas naquele momento. Aqueceu, moveu-se para outro estágio em direção à verdadeira amizade.

"Se eu fosse a dona desta casa," Leah disse, banindo com firmeza a imagem de Josh nu que havia entrado em sua mente, "E se tivesse dinheiro, pensaria em construir um sótão assim eu teria minha própria vista para o mar."

"Pensamos em fazer isso aqui," Nat disse. "Sei que já temos uma vista muito boa – 'um vislumbre distante do mar' foi como o agente descreveu nos detalhes da propriedade - mas pensamos que talvez pudéssemos colocar um quarto no sótão com varanda e ter uma vista ainda melhor."

"Então por que não fizeram isso?"

"Porque quando George subiu lá em cima com um construtor, ele descobriu que as telhas são feitas de concreto sólido e pesam uma tonelada e o construtor disse que se você começasse a mexer nelas, a casa inteira poderia mover-se conforme você muda o equilíbrio ou danifica a estrutura, ou algo assim. Basicamente, esse telhado mantém a casa inteira unida."

"Então a minha tem o mesmo tipo de telhado que a sua?"

"Idêntico, minha querida. Todas as casas da rua foram construídas pelo mesmo construtor. Elas são conhecidas como casas Gillingham, porque seu nome era Terry Gillingham. De qualquer forma, não há muito espaço em que você possa realmente ficar de pé e você nunca teria permissão para aumentar a altura do telhado. Esta é uma área de preservação."

Leah não sabia qual era a altura do sótão, pois não tinha ido além de abrir a escotilha para jogar algumas caixas de papelão. "Ah, bem. Lá se foi minha grande ideia. Pensei em perguntar se poderia colocar uma janela para ter um estúdio lá em cima. Sei que não é minha casa, mas pensei que se pudesse fazer isso e talvez ficar mais um ano ..." Ela fez uma pausa, suspirando.

Nat ergueu suas sobrancelhas finas e desenhadas a lápis. "Então, você pinta?"

"Mais ou menos. Passei três anos na faculdade de belas artes, mas já faz um tempo que não faço nada. Pensei em pedir a Patrick, marido de Melissa, algumas aulas."

"Oh, então você os conheceu. Eles são um casal interessante. Eu gosto de pessoas interessantes, você não?" Leah se perguntou se Nat a considerava interessante. "Ouvi Melissa cantar uma vez," Nat continuou. "Ela tem uma voz maravilhosa. Agora, há algo que quero mostrar a você. Aguarde só um instante."

Ela pescou dentro do decote do seu vestido e retirou uma longa corrente de ouro velho, pesado e rosado, na qual estavam penduradas duas letras douradas, NA e duas pequenas chaves. Leah observava fascinada, enquanto Nat selecionava uma chave e a inseria na fechadura do armário de porcelana que ficava na parte de trás do solário. Ela enfiou a mão dentro, pegou um objeto que estava equilibrado em um pequeno pedestal e o envolveu com ambas as mãos, rolando-o entre as palmas. Então ela abriu as mãos e as estendeu para Leah, dizendo: "Se você aprecia arte e eu posso dizer que sim, então você gostaria de ver isso."

"Oh!" A respiração de Leah ficou presa na garganta enquanto olhava para objeto dourado em formato de ovo nas mãos de Nat.

"Vá em frente, pegue. Apenas tome cuidado para não deixar cair, é muito valioso."

De maneira tímida, Leah estendeu a mão e pegou o objeto. Era mais pesado do que ela esperava. "Oh, uau," ela sussurrou, olhando para a maneira como a luz do sol que fluía através do vidro do solário atingia as faixas de prata e pedras multicoloridas que modelavam o ovo, criando pequenos arco-íris que dançavam no ar empoeirado. "É primoroso."

Na metade de um lado havia algo que parecia um pequeno fecho. "Posso?" Ela perguntou.

Nat assentiu. "Seja gentil." Ela estava parada na beirada da cadeira, seus olhos azul-centáurea brilhando e seu sorriso como o de uma criança travessa com um truque na manga. Leah abriu o pequeno fecho e com cuidado abriu a tampa em suas dobradiças prateadas.

"Oh! Puxa, é ... é incrível. É mágico!"

Aninhado dentro do ovo, cujo forro era pintado com um brilho verde iridescente, como a asa de uma borboleta tropical, estava um pequeno veado prateado. Seus olhos eram da cor do rubi, certamente não podiam ser rubis de verdade? Eles deviam ser de vidro colorido e a ponta de cada chifre foi coroada com uma pedra vermelha correspondente. Em seguida, ela deu outro "Oh", pois, aninhado aos pés do veado, havia um pequeno veado jovem, suas longas pernas dobradas, seus olhos azuis, a cor exata dos olhos de Nat e no lugar das manchas brancas de um veado jovem, estava pontilhado com minúsculas pérolas brilhantes. Leah achava que nunca tinha visto nada mais bonito em sua vida. Ela não conseguia pensar em uma palavra para dizer enquanto olhava do tesouro em suas mãos para Nat e vice-versa. Ela estava muda de admiração.

"Os especialistas acreditam que oito ainda estão desaparecidos, mas conheço pelo menos mais dois. Este está na minha família há mais de cem anos," Nat disse.

Não poderia ser um ovo Fabergé de verdade, Leah pensou. Estavam todos em museus, certo? Eles valiam milhares. Não. Alguém deve ter brincado com um membro da família de Nat todos aqueles anos atrás - dado a eles um presente e feito com que eles pensassem que era real quando era apenas uma cópia. Nenhuma pessoa comum teria um desses e se tivesse, seria mantido em um local muito seguro, não dentro de um armário no solário de um bangalô sem graça na Cornualha, colocado entre uma miniatura pintada de um homem de peruca e um caprichoso unicórnio de vidro.

"É realmente lindo," ela disse, fechando a tampa do veado prateado e prendendo o pequeno fecho.

Ao devolver o ovo a Nat, ela se sentiu triste pela velha senhora que convivera com essa mentira por toda a vida. Ela estava obviamente convencida de que era algo especial, mas, se fosse, pense no tamanho dos prêmios de seguro. Ela nunca teria tido permissão para mantê-lo em exibição em sua casa, onde qualquer aspirante a ladrão rastejando pelo jardim poderia vê-lo através do vidro. De qualquer maneira, como a família de Nat teria conseguido um ovo Fabergé real? A menos que houvesse um ladrão talentoso entre seus ances- trais ... Não, um falsificador talentoso, muito provavelmente.

Nat deu as costas para trancar o armário, ainda com aquele sorriso malicioso fazendo seus olhos dançarem. "Sei que você tem perguntas que quer me fazer e um dia irei respondê-las. Mas agora não. Agora devo tomar meus comprimidos e tirar minha soneca da tarde."

Quando Leah estava saindo, Nat gritou atrás dela: "Sei que posso confiar em você, Leah."

"Claro que pode," ela respondeu.

Pobre Nat, ela realmente acreditava que a coisa era real. Leah esperava que ela nunca descobrisse. Ela parou na porta, mas não houve mais resposta de Nat e então ela saiu, descar- tando o objeto bonito e falso da sua mente. Ela estava ficando boa nisso.

Na manhã seguinte, o dia antes da festa de Melissa, Leah tentou fazer um esboço em pastel. Ela não tinha um cavalete, então sentou-se em uma rocha em seu jardim com um caderno de desenho de capa dura no colo, pintando a vista da parte de trás da casa: uma bétula prateada esguia e graciosa e uma faia avermelhada e entre elas, uma fatia do campo, uma velha casa de máquinas e além disso, o mar, que iria acrescentar de qualquer maneira, embora não conseguisse vê-lo sem ficar em pé no jardim de rochas. Mas, por mais que tentasse, medindo a perspectiva com um lápis e o cabo do seu pincel, ela não conseguiu acertar. As árvores estavam demais no primeiro plano, o toco da casa de máquinas estava muito longe e a faixa azul que representava o mar parecia uma faixa trêmula que uma criança poderia ter desenhado.

Ela desistiu, arrancou a página do bloco e amassou. Talvez seja verdade que nunca se esquece como andar de bicicleta, mas certamente se pode esquecer como desenhar. Ela esticou as pernas e recostou-se nos blocos de concreto rebocados de brancos da parede da casa. Deus, era bom não estar trabalhando. Ela pensou em Cassidy, presa em seu escritório. Pobre Cassidy ... Ela sentiu uma pontada de culpa. Se pudesse ligar para ela. Tinha sido uma coisa terrível de se fazer a um amigo, desaparecer sem uma palavra de explicação desta maneira. Mas ela não poderia ter dito nada. Ela havia escondido muitas coisas de Cassidy e haveria muitas perguntas para responder e muitas críticas para se esquivar.

De qualquer maneira, ela assinou documentos legais para dizer que não contataria ninguém, mas, é claro, as circunstâncias haviam mudado desde então e Stephen não sabia. Se soubesse, mudaria de ideia e a deixaria fora do isolamento, deixaria que ela voltasse a ter contato com seus amigos e voltasse para Londres? Mas ela queria? Ela se sentia tão feliz aqui, tão relaxada. Foi tão bom ter recomeçado.

Seu celular tocou no bolso da bermuda. Era Melissa. "Só queria saber que tipo de comida você vai trazer, para ter certeza de que temos o suficiente de tudo."

Comida? Droga! "Desculpe, Melissa, eu esqueci. O que você precisa? Sou uma péssima cozinheira," ela avisou.

"Que tal salada então? Sem pimenta, no entanto. Patrick é alérgico a elas."

"Ok. Que tal arroz? Ele tolera milho doce?"

"Milho doce o faz peidar um pouco, mas pimenta lhe dá diarreia."

"Muita informação," Leah brincou. "A que horas tudo vai começar amanhã?"

"Qualquer hora depois das oito. Você não toca um instrumento, não é?"

"Não. Quem me dera."

"Oh, tenho certeza que podemos encontrar para você um pandeiro ou um tambor," Melissa prometeu alegremente. "Te vejo amanhã."

"Oh, antes de você ir, existe um código de vestimenta?"

Uma risada forte explodiu no telefone. "Código de vestimenta, de fato! Vocês, londrinos, me fazem rir! Vale tudo em St. Jofra."

Ela massageou as têmporas onde uma dor de cabeça começava a latejar, o que sinalizava com frequência o fato de que sua menstruação estava chegando. Elas eram irregulares e tinham ficado um pouco escassas desde o aborto. Ela preparou uma caneca de café, sentou-se no sofá e ligou a televisão para o noticiário da hora do almoço. Uma jornalista de TV que parecia ter dezesseis anos - ela até tinha uma espinha mal camuflada no queixo - estava conversando fiado sem fôlego em um microfone. Havia gotas de chuva nas lentes da câmera. Ha-ha, Leah pensou presunçosa. Outro lindo dia em St. Jofra, mas estava chovendo em Londres.

Um homem atravessou um gramado e Leah reconheceu as Casas do Parlamento atrás dele. Quando ele entrou na tomada, o coração de Leah deu uma sacudida desagradável quando reconheceu o rosto sorridente.

"Parabéns pela sua nova nomeação, Sr. Clyde," a entrevistadora estava dizendo. Que nova nomeação? Leah não tinha ouvido nada sobre isso. Mas por outro lado, ela não queria acompanhar o que estava acontecendo na política. Os únicos jornais que lia atualmente eram os locais. "Você pode nos contar sobre alguma mudança que pretende fazer na maneira como nossas cidades lidam com problemas de estacionamento?"

Certamente, ele não tinha sido nomeado Ministro dos Transportes? Ele estava atrás de um emprego na Defesa. Seus olhos cinzentos nebulosos, que ela havia considerado outrora tão incomuns e atraentes – olhos que quase podiam parar seu coração quando se ligavam aos dela – estavam agora olhando diretamente para a câmera. Ele parecia tão sincero, tão persuasivo, com a testa franzida em uma expressão de carinho fingido e aqueles pequenos sulcos de sorriso espreitando os cantos da sua boca. E pensar que ela tinha deixado aqueles lábios beijarem os dela! Ela cerrou os punhos. Ela sentiu vontade de quebrar a tela, pulverizando seu rosto mentiroso e trapaceiro. O bastardo!

"… E é claro que pretendo fazer provisões extras para os deficientes e para mães com filhos pequenos. Tendo dois filhos …" Ele riu de uma maneira que ela sabia que pretendia insinuar empatia com outros pais, mas apenas soou falso. "… Sei o que é lidar com crianças turbulentas e muitas compras."

Dois filhos pequenos, de fato! Seus filhos tinham cinco e oito anos. Dificilmente eles eram os bebês problemáticos que ele estava descrevendo. E chega de lutar com as compras! Eles moravam na França com sua esposa, que tinha babás e au pairs para cuidar deles, deixando-a livre para se divertir. E Stephen também. Ele era um pai ausente se é que algum dia houve um. E isso, sem dúvida, ajudava a explicar sua frieza em relação a ela quando ela contou sua novidade. Quando se tratava de instintos paternos, ele tinha feito uma revascularização miocárdica.

Ela se lançou para o controle remoto. Ao se levantar para reabastecer seu copo de água mineral, ela sentiu uma sensação estranha no peito, como se as asas de um pássaro estivessem tremulando dentro dele. Ela colocou a mão nas costelas e respirou fundo. Era só nervosismo, ela disse a si mesma; choque por ter visto Stephen. Ela teria que evitar programas de notícias no futuro, se ele fosse o novo assunto do dia. Ela não queria que ele invadisse sua nova vida, inco-modando-a aqui, em seu canto secreto do sudoeste, onde ela estava apenas começando a se curar, a reconstruir sua vida. Agora, depois de vê-lo, ela podia sentir as feridas reabrindo. Ela sentia vontade de chorar, mas não se permitiria. Seria como admitir que ele venceu. De qualquer maneira, chorar só faria sua dor de cabeça piorar.

No final, sentindo-se exausta, cansada e com dor, ela tomou um analgésico e foi para a cama, determinada a melhorar a tempo da festa de amanhã. Ela queria beber, dançar e tirar Stephen da cabeça. Talvez Josh estivesse lá. Ele estava falando sério sobre levá-la para tomar uma bebida? Como ele entraria em contato se ela não tinha lhe dado seu número? Será que ele apareceria na porta com aqueles olhos castanhos-dourados cintilantes e aquela risada profunda e maravilhosa? E ela o convidaria para um café? Ela puxou um travesseiro para si e o abraçou. Seria tão bom ter um homem na cama ao seu lado. Alguém para abraçar, alguém para cuidar. Nesse momento, ela certamente precisaria de um médico bonito para esfriar sua testa febril.

Às 21h57, enquanto Leah estava se debatendo em um sono agitado, Cassidy fugia de táxi. Dez minutos do seu primeiro encontro com Federico, o banqueiro, foi tudo que foi neces-sário para ela perceber que jamais poderia ter um relaciona-mento com ele, não importa quão rico ele fosse. Ele a convidou para jantar em um restaurante no West End e ela nunca conheceu um maníaco por controle tão grande em sua vida. Ele a presenteou com uma rosa vermelha completa-mente sem cheiro que não a impressionou nem um pouco. Então, ele não apenas pediu a comida para ela, ele disse a ela como comê-la, explicando exatamente como tirar a carne do seu lagostim da casca e ela retaliou ao espetá-lo com o garfo, que saltou no prato e borrifou molho na toalha de mesa e em toda a frente da sua camisa.

"Não se preocupe, tenho muitas outras," ele disse sobre a camisa. "Você tem sorte que esta era uma das minhas mais baratas."

Se fosse uma das suas favoritas, ela se perguntou, ele teria pedido a ela para comprar uma substituta para ele? E o que ele estava fazendo vestindo uma camisa barata para ir a um encontro com ela, afinal? Ele obviamente não estava se esforçando muito para impressionar! Seu peito era muito cabeludo. Ela podia ver tufos pretos no decote aberto. Eca! Provavelmente ele também tinha ombros peludos. Ela odiava costas e ombros peludos. Seria como ir para a cama com um gorila.

Ela pegou o copo de água mineral com a intenção de limpar levemente a camisa dele, mas Federico a impediu. "Esse é o trabalho do garçom, não seu," ele disse de maneira fria, como se a acusasse de uma violação calamitosa dos modos à mesa.

"Eu só ia …"

Ela ficou em silêncio, pensando *qual era o sentido?* Ela estava com fome quando chegou, mas não tinha vontade de comer agora. Federico continuava entediando-a com seu emprego na City, que, segundo ele, era à prova de recessão, gabando-se dos seus bônus, do apartamento que estava comprando em Milão, das propriedades de investimento que estava adquirindo em várias partes emergentes de Londres. Era tudo 'eu, eu, eu', pensou Cassidy. Ele nunca perguntou uma única vez sobre ela. Ele era completamente obcecado por si mesmo e se era assim que todos os homens ricos eram, então ela iria fugir para uma das outras casas do seu futuro marido rico o mais rápido possível e se certificar de que eles só se encontrassem em festas deslumbrantes.

Ela se desculpou, dizendo que estava indo para o banheiro feminino, depois, em vez de se juntar a ele à mesa, encaminhou-se para a porta. Oh, como era bom estar do lado de fora, inalando a fumaça do tráfego de Londres e imaginá-lo pagando a conta mal-humorado, sabendo que sequer conseguiria uma transa.

No meio do caminho, ela recebeu uma mensagem. VC ESTÁ OK? ONDE VC ESTÁ? VC ESQUECEU SUA ROSA

Fui para casa. Obrigada pela refeição, ela respondeu. Ela esperava que soasse decisivo o suficiente para deixá-lo saber que ela não estava interessada. E ele poderia enfiar sua rosa na sua bunda italiana, com espinhos e tudo. Ela esperava que doesse. Muito.

Uma vez em seu apartamento, ela tirou os sapatos, o vestido sexy e justo e vestiu o pijama de algodão fresco White Stuff, serviu-se de um copo de água mineral no qual colocou cubos de gelo e uma fatia de limão e em seguida esparramou-se na cama. Ela tinha guardado o jornal que tinha comprado no lado de fora do NFT e decidiu terminar de ler o artigo sobre os eventos de verão em todo o país. Depois do encontro desastroso, a degustação de vinhos na mansão perdera o encanto. Assim como o rali de carros antigos. Os homens seriam só filhinhos de papai, cheirando a Labradores fedorentos ou então entediantes obcecados por si mesmos como Federico. Ela precisava de uma mudança, algo completamente diferente. Ela queria rir.

Ela olhou para a foto do dragão de muitos pés e sorriu. Sua expressão era realmente cativante. *O Jofra Worm sai do esconderijo para aterrorizar o povo de St. Jofra, na Cornualha, no primeiro sábado de agosto de cada ano.* Faltavam apenas três semanas. Ela nunca tinha estado na Cornualha, embora Leah tivesse lhe dito como era adorável, especialmente St. Jofra, onde Leah tinha passado as férias com sua família. Bem, se conseguisse colocar os olhos em Leah novamente, ela teria o prazer de dizer a ela que também tinha estado lá e que era uma pocilga!

Talvez não fosse uma pocilga. Talvez fosse tão bom quanto Leah havia dito que era, mas ela duvidava e, por segurança, não tinha nenhuma intenção de ficar lá. Ela havia lido um artigo em uma revista colorida sobre um belo hotel spa novo com uma vista incrível para o mar e uma piscina com borda infinita. Se conseguisse uma entrevista com o gerente para sua revista, poderia conseguir um quarto grátis e todas as despesas pagas. E se seu chefe concordasse em financiar um voo e aluguel de carro …

Planejando seu guarda-roupas de férias, ela adormeceu.

CAPÍTULO DEZ

O Hideaway Cottage, onde Melissa e Patrick moravam, era um chalé de madeira dos anos 30 aninhado em um grupo de árvores altas e que fazia jus ao seu nome. A varanda da frente estava enfeitada com luzes de fadas multicoloridas e sinos de vento tilintavam nos galhos.

Leah esbarrou com Fada e Mick e subiu o caminho entre as árvores com eles. Patrick os cumprimentou na porta. "Entrem, entrem. Vocês estão entre os primeiros a chegar. Por que você não trouxe os meninos, Mick? Estaria tudo bem. Eles poderiam ter brincado de esconde-esconde com as outras crianças. Elas estão realmente se divertindo."

Leah viu Mick lançar a Fada um olhar rápido. "Eu deveria...?"

"Não, você não irá!" Fada respondeu enfática. "Se você voltar e pegar os meninos, Rory vai sair, você sabe que ele irá. E então sabe-se Deus quando o veremos novamente. Desde que ele esteja de babá hoje à noite, sabemos onde ele está."

Patrick aceitou a oferta de salada de arroz de Leah e se ofereceu para mostrar a ela seu estúdio, um grande galpão de madeira no fundo do jardim. Ela o seguiu até lá, em alerta máximo para o caso dele tentar alguma coisa, mas ele não o fez. Ele apenas mostrou a ela seu último trabalho em andamento. Ela perguntou a ele sobre as aulas e ele concordou, dizendo que poderiam discutir o pagamento outro dia.

Enquanto caminhava de volta para a casa, ela foi chamada por Melissa. "Ei Leah, venha conhecer alguns Jofrans alegres. Este é Dan. Ele é músico de jazz, toca saxofone e este é …"

A próxima meia hora passou em uma confusão de rostos e nomes que Leah sabia que nunca se lembraria no dia seguinte. Havia apenas um nome que ela queria ouvir e até agora, ele não estava aqui. Talvez ele não fosse a festas por medo de ser preso em um canto por alguém querendo discutir uma erupção vergonhosa com ele.

Alguns convidados trouxeram instrumentos musicais e iniciou-se uma sessão de canções de marinheiros no jardim. Leah ouviu um pouco e sentindo-se ligeiramente sobrecarregada, procurou um pouco de solidão dentro da casa e encontrou Fada sentada sozinha na sala de estar parecendo taciturna.

"Qual é o problema?" Ela perguntou.

Fada deu de ombros. "O mesmo de sempre. Mick, os meninos … Rory está fora de controle. Ele está andando por aí com meninos mais velhos, como Ben, filho do Lascivo John. Ben tem dezenove anos, pelo amor de Deus! Sei que ele leva Rory para beber com ele. Eles vão a pubs fora da aldeia onde não são conhecidos. Você viu Rory. Ele poderia passar por dezoito anos, não poderia?"

"Sim," Leah confirmou. "Quando a conheci, pensei que você devia tê-lo tido quando tinha cerca de doze anos! Acho que Janine deve ser um pouco mais velha do que você."

"Ela é seis anos mais velha que Mick. Ele tem trinta e dois anos."

"Como ele …?" Leah fez uma pausa, sem saber como se expressar.

"Como uma mulher de vinte e dois anos engravidou de

um menino de dezesseis? É isso que você está se perguntando?"

"Bem, sim," Leah admitiu.

"Às vezes me pergunto se Rory realmente é de Mick ou se Janine estava procurando alguém para culpar," Fada disse. "Quanto às circunstâncias, se você perguntar a Mick, ele apenas ri e diz que todos os meninos deveriam perder a virgindade com uma mulher mais velha."

"Olá." Ambas olharam para cima quando um homem que Leah nunca tinha visto antes entrou na casa. Ele parecia ter trinta e poucos anos, cabelos louros, alto e magro, vestindo uma camiseta verde desbotada e jeans. Ele olhou ao redor da sala como se procurasse por rostos familiares, então se virou para elas, parecendo um pouco perdido.

Leah se levantou e estendeu a mão. "Oi. Sou Leah. Acabei de me mudar para cá, então não conheço muitas pessoas ainda."

"Fraser Murray," ele disse, segurando a mão dela com firmeza. Seus olhos eram verdes como um trevo. "Conheço Patrick do pub. Você gosta de cabras?"

Cabras? Para começar uma conversa, isso era original, pensou Leah. Enquanto ela o encarava boquiaberta, ele continuou: "Você deve vir conhecer meu rebanho algum dia. As cabras são criaturas muito interessantes." Enquanto Fraser tagarelava sobre diferentes raças, Leah viu Fada rindo dissimuladamente por trás da sua mão. Ela não sabia se Fraser estava falando sério ou era um dos excêntricos locais.

"Por que não vem amanhã de manhã? Pego você do lado de fora do pub às dez?"

Ela não sabia se concordava ou não. Quando pensou sobre isso mais tarde, ela pensou que poderia ter feito isso, embora estivesse hesitante sobre o que dizer, mas foi distraída por uma mão tocando seu braço e uma voz familiar dizendo: "Oi, desculpe, estou tão atrasado. Fui chamado por uma paciente que entrou em trabalho de parto."

"Ela e o bebê estão bem?"

"Bebês. Eram gêmeos. Ei, quem está cantando? Que voz maravilhosa! Vamos." Josh agarrou a mão dela e puxou-a na direção do jardim. Atrás dela, ela podia ouvir Fraser entediando Fada sobre suas cabras.

Melissa estava cantando um blues com uma voz rica e sombria de contralto que jorrava dela como café cremoso. Leah estava hipnotizada. Nat estava certa sobre sua voz. Quando a música acabou, alguém começou a tocar uma dança irlandesa em um violino e um acordeonista se juntou a ela.

"Dança?" Josh perguntou.

Quando ele agarrou a mão ligeiramente fria dela com a mão firme e seca, foi como se ela ainda estivesse impregnada da magia da voz de Melissa, porque de repente ela estava girando, saltando, deixando-se girar, exclamando e gritando com todos os outros, e sorrindo na cara de Josh.

No final da dança, ele a girou e puxou com força para si. Ela podia sentir seu coração batendo forte ou era o dele? Seus peitos estavam pressionados com tanta força que ela não sabia dizer. Com uma das mãos, ele acariciou suavemente o cabelo dela, depois ergueu seu rosto para ele. Seus lábios desceram sobre os dela e ela se entregou ao beijo e flutuou nele, dançou nele.

"Vamos nos sentar. Posso pegar uma bebida para você?"

"Sim, por favor," ela respondeu. "Vinho branco e você poderia jogar um pouco de água com gás?"

"Claro. Não estou dirigindo, então vou arriscar um pouco do ponche letal de Patrick."

Ele voltou com as bebidas e juntou-se a ela em um velho banco de madeira incrustado de líquen. Leah tinha certeza de que pedaços dele estavam grudando em seu vestido.

"Como você está se sentindo?" Ele perguntou a ela.

"Não vou te dizer isso. Você é um médico, então me diga!" Ela tomou um gole de vinho.

"Imagino que você esteja se perguntando se sou um gênio com meu estetoscópio!"

Leah engasgou, cuspindo um borrifo no peito e o limpou.

"Fale-me sobre você," ela disse, ganhando tempo

"Não há muito para contar. Aqui está a versão resumida. Nascido em Bristol. Uma irmã, Lisa. Pai era pediatra. Mãe é professora. Ela é jamaicana." Ele deu um grande sorriso e acenou com a mão na frente do rosto bronzeado. "Com uma linda mãe caribenha e um pai irlandês encantador, não é de admirar que eu seja um espetáculo!"

Ele riu e Leah se juntou a ele, enquanto pensava que sua descrição de si mesmo como deslumbrante estava certa. Mas isso também o deixava convencido? Sem dúvida, ele sempre teve um monte de mulheres que o perseguia. Tome cuidado, ela disse a si mesma. Ela não queria uma repetição da situação com Stephen, luxúria à primeira vista seguida de mágoa e desastre.

"Estudei medicina em Londres, depois trabalhei como médico júnior em Brighton, mas depois comecei a surfar e conseguir o emprego no consultório de St. Jofra me deu o melhor dos dois mundos," Josh continuou.

"Seu pai. Você disse que ele *era* um pediatra. Ele...?"

"Não, ele não está morto, se é isso que você estava pensando." Josh fez uma careta cômica. "Ele se aposentou da medicina e está trabalhando em um centro de jardinagem agora."

"É bom trabalhar com plantas." De maneira tímida, Leah colocou a mão na dele, depois foi removê-la, mas ele estendeu a outra mão para que a dela ficasse presa entre elas. Ela sentiu o calor da pele dele penetrando nela e respirou fundo.

Então, cedo demais, ele retirou as mãos e inclinou-se para pegar seu copo. Ele provou o líquido carmesim e depois estendeu para ela. "Experimente um pouco. É realmente bom."

Ela tocou o líquido com os lábios, tentando evitar uma fatia de pêssego que balançava nele, depois os lambeu. Não era tão doce quanto alguns ponches. Nem tinha um gosto particularmente alcoólico. Ela tomou um gole.

"Puxa, é muito melhor do que este vinho barato que estou bebendo."

"Deixe-me pegar um pouco para você. E quando voltar, você pode me contar a versão Twitter da sua própria vida."

Ela estava feliz por ele ter lhe dado tempo para colocar seus pensamentos em ordem e descobrir exatamente o que era seguro dizer a ele. Quando ele voltou carregando dois copos cheios, ela enfatizou seu desejo de ser artista e manteve sua história inventada de um pagamento de indenização que financiara sua mudança de Londres para a Cornualha. Ela também contou a ele que se apaixonou por St. Jofra nas férias de infância.

"Foi quando você descobriu o caminho para Hidden Cove?" Josh perguntou.

"Sim. Estava no mapa antigo do meu pai. Como você o achou?"

"Fraser me contou. Atravessa suas terras."

Fraser … o homem com fetiche de cabra. Ela pediu a Deus que não tivesse dito que o encontraria pela manhã. O ponche de gosto inócuo estava se revelando bastante letal, estava fazendo sua cabeça girar ou era o efeito de estar tão perto de Josh? Fosse o que fosse, ela sabia que teria uma ressaca amanhã. Ela repetiu a conversa e teve certeza de que não havia concordado com nada. Ufa!

Ambos estavam um pouco vacilantes quando Josh a acompanhava até em casa. Ao se aproximarem da sua casa, Leah começou a entrar em pânico. Ele esperaria ser convidado para entrar? Era muito cedo. Ela não conseguiria. Talvez ela nem devesse ter permitido que ele a beijasse. Mas era tarde demais para arrependimentos. Braços suaves, mas fortes, a envolveram e ela se entregou ao seu abraço. Ela olhou para cima e o céu claro girou com estrelas. Ela estava bêbada. Ela inclinou a cabeça, oferecendo-lhe os lábios. Os lábios carnudos, firmes e lindamente moldados dele cutu-caram sua boca macia e ligeiramente aberta e ele a provocou com a língua, em seguida, deu um beijo profundo e sério que fez sua cabeça girar. Ela percebeu que seus braços o envolveram com tanta força que era de admirar que ele pudesse respirar, então ela relaxou, recuperou o fôlego e disse: "Uau."

Ele a afastou um pouco para que pudesse olhar em seus olhos. "Sim, uau," ele repetiu.

Ele deixou os braços cair para os lados, soltando-a e ela balançou e estendeu a mão em direção à porta da frente para se equilibrar.

"É melhor eu ir," ele disse e ela sentiu que havia muito mais palavras que ele queria dizer, mas estava se contendo. Ela sentia o mesmo. Havia coisas que ela também poderia ter dito, que seria melhor mantê-las privadas por enquanto.

Ela pegou a chave e se atrapalhou com a fechadura. "Boa noite, então."

Ele hesitou. "Há algo que preciso perguntar a você, Leah. Você está saindo com alguém no momento? Eu deveria ter perguntado no outro dia, quando nos conhecemos em Hidden Cove."

Ela sentiu suas sobrancelhas arquearem. "Não. Quero dizer, havia alguém, mas agora acabou. E você?"

"O mesmo. Então ... você está ocupada na terça à noite? Jantar e cinema, não necessariamente nessa ordem?"

"Parece ótimo!"

"Vamos trocar os números então. Claro, sendo médico, é sempre um caso de 'o plano perfeito'. Alguém pode entrar em trabalho de parto ou ..." Ele deixou o silêncio preencher o pior cenário possível.

"É claro. Eu compreendo." O coração de Leah estava batendo forte. Ela ergueu o rosto para ele, esperando outro beijo, mas em vez disso, ele se inclinou e roçou sua bochecha com os lábios, dizendo: "Boa noite então e não se esqueça de beber muita água antes de ir para a cama."

"Não, doutor!"

Ela podia ouvi-lo rindo enquanto descia a rua. Havia um zumbido em seus ouvidos. Ela tinha certeza de que era seu sangue cantando.

———

Naquela mesma noite, Cassidy teve outro encontro. Ela o encontrou em um aplicativo de relacionamentos. Ele se descreveu como 'advogado bonito e bem-sucedido' e quando se encontrou com ele, ela sabia que estava com sorte porque mesmo se ele não fosse um advogado ou bem-sucedido, ele era ainda mais bonito do que sua foto. Ele tinha trinta e oito anos, americano, solteiro (ele disse) e eles se encontrariam às 20h em um bar em Covent Garden e ele disse que estaria usando um cachecol branco. (Cachecol? No verão? Oh, bem. Custe o que custar, ou melhor dizendo, custe o que um cachecol custar, desde que tivesse uma etiqueta de estilista.)

O cachecol era um pedaço de seda que pendia sobre seus ombros como uma gravata cuidadosamente pendurada. Ele parecia uma ilustração de moda de uma revista em sua jaqueta de linho branco sobre uma camiseta cinza e jeans preto. Ele até tinha um toque de barba de grife de aparência viril e havia um diamante minúsculo brilhando em sua orelha esquerda. Ela sentiu suas pernas começarem a tremer enquanto caminhava na sua direção.

"Adam?" Ela perguntou nervosa, perguntando-se por que seu eu normalmente atrevido tinha sido substituído por sua versão nervosinha.

"Eu não a teria reconhecido pela sua fotografia," ele disse, com uma fala arrastada, lenta e sexy.

Oh, meu Deus, eu realmente envelheci tanto assim? "O que você quer dizer?" "Não pense que estou cantando você, mas você parece muito mais bonita do que na sua foto." Ele sorriu e ela retribuiu. Isso não poderia ficar melhor.

Mas ficou. A conversa entre eles fluiu com facilidade. Jantar em um barco no Tâmisa foi *a* refeição mais romântica, mas ela mal percebeu o que estava comendo, estando muito ocupada observando a saliência de seu queixo, os planos das suas bochechas, a perfeição do seu nariz.

"Você gostaria de voltar para a minha casa? Não é longe. Perto da Torre da Ponte. Tenho uma vista maravilhosa do Tâmisa," ele convidou. *Perto de onde eu trabalho, não poderia ser mais prático,* pensou Cassidy, pensando em alegres rapidinhas na hora do almoço.

"Sim, por favor," ela aceitou. Era apenas o primeiro encontro. Ela estava quebrando seu código. Ela não deveria voltar com ele, mas sabia que eles estavam na mesma sintonia e esperava ter dado a ele a impressão de que não era uma puta, mas uma mulher de negócios inteligente que teria sucesso.

Seu apartamento ficava no segundo andar de um quarteirão próximo ao QG do MI6 (talvez ele fosse realmente um espião, que emocionante!). Tinha uma varanda com vista para o Tâmisa. Ele pegou uma garrafa de champanhe do freezer, sério! Ele devia ter bastante certeza de que teria sorte esta noite, ela pensou. Ele serviu uma taça para cada um, trouxe-as para fora e sentou-se ao lado dela.

"Você está com frio?" Ele perguntou, colocando um braço ao redor dela. Quando ele deslizou a mão sobre seus ombros e seus dedos começaram a acariciar delicadamente seu seio esquerdo, ela suspirou e aproximou-se dele, pensando que poderia estar prestes a quebrar sua regra de não ter sexo antes do terceiro encontro.

"Gosto de você, Cassidy... Cassidy o quê?"

"E Adam o quê?" Ela retrucou.

"Eu perguntei primeiro."

"E eu não vou dizer. Eu mal o conheço," ela disse, com afetação fingida.

"Você me conhece bem o suficiente para isso?" Ele disse.

Ele se ajoelhou no pavimento do terraço, levantou a blusa

de renda branca e enfiou a mão dentro do sutiã. Seu mamilo já estava duro e ele o acariciou em um gesto que fez Cassidy se contorcer em seu assento. Oh, Deus, como ela o desejava! Atordoada, ela permitiu que ele a conduzisse de volta para o apartamento. De repente, sem chegarem ao quarto, eles estavam caindo juntos no grande sofá de couro branco e macio e ela estava enganchando os dedos na calça dele e tirando-a dele antes mesmo que ele a desabotoasse adequadamente. Ela estava com as pernas nuas sob a saia, então isso era um obstáculo a menos, uma barreira menos idiota, desajeitada e demorada entre ela e a satisfação sexual.

"Preservativo?" Ela murmurou fracamente.

Seus olhos estavam fechados, mas ela o ouviu se levantar, caminhar até a cozinha e abrir a geladeira. Quem guarda preservativos na geladeira? Então: "Oooh sim, isso é adorável!" Ela nunca teve um homem que fez sexo oral nela com a boca cheia de champanhe gelado.

CAPÍTULO ONZE

eah desejou não ter caminhado para o Jofra Arms às dez da manhã para ter certeza de que Fraser não estava esperando por ela, porque ele estava. Embora soubesse que poderia ter dado a desculpa de estar de ressaca e estar muito doente para uma viagem a Terra das Cabras, isso pareceu rude, então ela se preparou e tentou parecer entusiasmada ao desejar-lhe bom dia.

Foi uma subida íngreme até a fazenda em seu Land Rover velho e enferrujado e agora que havia chegado, tudo que ela conseguia ver eram cabras. As coisas cabeludas miseráveis estavam por toda parte. Marrons, brancas, malhadas, algumas com chifres, outras sem. Cabras cinzentas com barbas, cabras salpicadas com úberes enormes, todas com olhos amarelos de aparência maligna com estranhas barras pretas horizontais sobre elas; olhos do demônio que a fizeram pensar, por algum motivo, em Patrick Leman.

Havia um cheiro predominante pairando sobre a fazenda, almiscarado, azedo e selvagem. Os gatos tinham um odor ácido forte de verde, os cavalos tinham um odor forte de laranja, mas o cheiro de cabra era um fedor forte de sépia que enchia suas narinas como feltro fedorento. Até o cheiro da colônia com a qual Fraser deve ter se encharcado não fez nada para esconder o fedor quando ela ficou ao lado dele, olhando por cima de uma cerca, fingindo admirar os animais horríveis. Quando ela tinha nove anos e Emma onze, eles visitaram uma fazenda no País de Gales e uma cabra arrancou os botões do casaco de Emma, deu uma cabeçada em Leah e a derrubou. Ela havia esquecido o incidente até aquele momento e agora, infelizmente, ela percebeu que tinha pavor de cabras.

"As cinzentas são Toggenburgs, são uma raça suíça. Boas cabras leiteiras," Fraser explicou com entusiasmo, "e as brancas são Saanens britânicas."

"E aquela ali? Não se parece em nada com as outras."

"Aquela não é uma cabra, é uma alpaca," ele informou, fazendo com que ela se sentisse envergonhada por sua ignorância. "Ela é uma experiência. Estou pensando que posso expandir para lhamas ou alpacas. A lã é muito procurada para malhas de luxo. Em um ano, uma lhama pode produzir lã suficiente para fazer cinco suéteres."

O animal em questão veio cambaleando e parou na frente deles, balançando as orelhas com curiosidade.

"Você pode acariciá-la, se quiser, ela é muito gentil e mansa," disse Fraser. "O nome dela é Alice. Alice, a Alpaca. Você sabia que as alpacas podem ser usadas para proteger rebanhos de ovelhas e cabras contra predadores já que possuem um forte traço protetor?"

Nervosa, Leah estendeu a mão para a criatura branca e fofa. "Olá, Alice," ela disse. A criatura esfregou o focinho na palma da sua mão com lábios rosados suaves. Ela ficou tentada a acariciar a lã felpuda entre as orelhas, mas teve medo de que pudesse mordê-la com aqueles enormes dentes da frente.

"Tenho uma carroça puxada por cabras," Fraser disse, com entusiasmo. "Mantenho alguns borregos capão especialmente para puxá-la. Eu mesmo os treinei. Eu os levo para shows às vezes. As carroças puxadas por cabras costumavam ser muito populares nas praias para levar crianças para passear. Tenho uma foto da minha avó em uma carruagem puxada por cabras em Worthing Beach quando ela tinha dois anos."

"O que é um borrego capão?" Leah perguntou.

"Um bode castrado."

"Oh." *Pobrezinhos.* "Há quanto tempo você está no negócio de cabras?" Ela perguntou, sentindo-se como uma jornalista entrevistando o tema para um artigo de jornal. Cassidy estaria em seu elemento aqui, ela pensou de repente. Ela estava sempre entrevistando pessoas. Sem dúvida, ela obteria uma característica fascinante dos aspectos financeiros da criação de cabras.

"Cerca de quatro anos. Esta é uma terra pobre, você não pode cultivar muito nela e foi minha irmã, Jessica, quem pensou em cabras. Ela leu um artigo sobre um cara que teve um hit de sucesso e então usou seu dinheiro para abrir uma fazenda de cabras. Fiz algumas pesquisas e descobri que minha terra é perfeita para elas. Minha irmã e eu somos parceiros de negócios. Ela mora em Falmouth com o marido e os filhos. Eu faço todo o trabalho duro e ela fica de olho nas vendas e no marketing."

Ele estava usando as mesmas roupas da noite anterior. Leah se perguntou se ele tinha dormido com elas. "Vamos tomar uma bebida," ele sugeriu. "O que você gostaria? Chá? Café? Algo frio? Experimente um pouco de leite de cabra." O estômago de Leah embrulhou com o pensamento.

Dentro da cozinha da velha casa de fazenda de pedra cinza, estava abençoadamente fresco e não cheirava a cabra. Enquanto tomava um gole da limonada gelada, turva e deliciosa que Fraser disse que tinha sido feita por sua irmã, ela sentiu os últimos resquícios da sua ressaca desaparecerem.

"Avise-me quando quiser ir e lhe darei uma carona de volta à aldeia," ele disse. "Talvez cabras não sejam sua praia." Ele ergueu uma sobrancelha para ela.

Se ao menos você soubesse. "Elas são muito interessantes.

Nunca tinha encontrado com uma antes. Elas são tão diferentes das ovelhas. Eu preciso ir logo, no entanto. Tenho algumas coisas para fazer hoje."

"Antes de ir, há algo que eu gostaria de mostrar a você. Não é longe."

Ela drenou a última gota da sua limonada e seguiu suas costas largas e cachos louros saltitantes para o sol quente. Ele a conduziu por um caminho estreito ao lado da casa, passou por um galinheiro e um grupo de galinhas marrons ciscando na poeira, depois subiu uma colina e atravessou um bosque de árvores torcidas pelo vento, até chegar ao topo do cume. De repente, toda a linha costeira ficou visível, de um promontório proeminente a outro, o mar de um profundo azul mediterrâneo, o horizonte ligeiramente nebuloso, como se um artista tivesse confundido a linha entre o mar e o céu com um pincel seco. Quando Leah desviou os olhos do oceano e olhou ao redor, ela viu em uma clareira à sua esquerda uma casa de máquinas em ruínas de uma velha mina de estanho. Samambaias cresciam na base entre os tijolos caídos e ela podia ouvir o tagarelar de gralhas se aninhando.

"É aqui que venho às vezes para ler ou apenas sentar e pensar," Fraser disse. "Naquele toco de árvore quando está seco, lá quando está molhado." Ele indicou uma pequena cabana, como um galpão de jardim, com um lado aberto para a vista e um banco abrangendo a parede dos fundos. Alguns livros de bolso de aparência úmida com páginas enroladas estavam espalhados no banco.

"Eu também viria se tivesse uma vista como esta. Sempre foi meu sonho ter uma vista para o mar."

"Venha aqui quando quiser, se puder enfrentar a caminhada," ele disse.

Ela sentiu um leve rubor em seu rosto, sabendo que já havia invadido suas terras, não muito longe de onde estava atualmente.

Ela ficou parada por mais alguns minutos, armazenando a

vista, então disse a ele que realmente precisava ir. "Estou cansada depois da festa," ela explicou.

"Eu também. Acordei às cinco e meia para alimentar os animais."

"Mas você não pode ter chegado antes de uma pelo menos." Então ela estava certa... ele tinha dormido com as roupas!

"Estarei na cama antes das nove da noite. Nós, criadores de cabras, não temos muita vida social." Ele olhou para ela, a boca ligeiramente aberta como se estivesse prestes a dizer algo.

Leah ficou tensa. Isso foi uma preliminar para um convite? Ela hesitou, olhando em seus olhos azul-claros, depois afastando-se mais uma vez, mas foi salva por uma pequena forma preta que saiu de um arbusto e se enrolou nos tornozelos de Fraser. "Olá, Holly," ele disse, abaixando-se para acariciar o gato.

Leah estendeu os dedos e Holly os lambeu. "Por que você a chamou de Holly?"

"Ela foi um presente de Natal da minha irmã três anos atrás, quando era apenas uma gatinha. Eu a chamei de Holly porque era mais baixa do que visco e porque ela tem garras irascíveis!"

Leah riu. Qualquer um que gostasse de animais estava bem para ela. Ele seria um namorado adorável para alguém. Só não para ela. Alguém com olhos castanhos-dourados chegou primeiro.

Holly os acompanhou de volta para casa. Fraser colocou alguns biscoitos para gatos em um pires e depois enfiou a mão em uma enorme geladeira com freezer americano. "Aqui, leve um pouco com você. Deixe-me saber o que você acha," ele disse, entregando-lhe um pedaço de queijo com casca verde embrulhado em plástico. A embalagem tinha um rótulo com a foto de uma cabra com os olhos semicerrados e o nome *Fazenda Fraser*.

Ele a deixou perto do Jofra Arms. "Você estará no ensaio do festival no próximo domingo?" Ele perguntou, enquanto ela descia do veículo sujo.

"É melhor eu estar," ela disse. "Tenho que aprender a montar aquele maldito pônei!"

"Estou bancando o Cavaleiro que mata o Worm e salva Lady Jofra." Ele sorriu. "É tradição que o Cavaleiro a beije, sabe!"

Leah esperava que ele estivesse apenas provocando. Não era que ela não gostasse de Fraser, ela só não estava nem um pouco interessada em cabras fedorentas. Ela também não queria beijá-lo. Especialmente com a lembrança do beijo de Josh após a festa ainda formigando em seus lábios.

Enquanto Leah subia a rua íngreme, ela avistou uma figura curvada sentada na parede do jardim. Quando se aproximou, ela reconheceu o cabelo dourado claro e limpo.

"Nat!" Ela acenou. A figura não acenou de volta. Suas mãos estavam cobrindo o rosto. Ela teve algum tipo de acidente? Uma queda? "Nat, você está bem?"

As mãos caíram, expondo um rosto manchado de lágrimas. "Estou tão feliz por você estar de volta, querida. Não sei o que teria feito se você tivesse ficado fora o dia todo. Eu me tranquei do lado de fora, você vê. Estava varrendo o caminho e esqueci de colocar a porta no trinco e Nina colocou as patas nela e a porta fechou. Sou uma *glupaya devochka*." Ela tentou sorrir, mas seus lábios tremiam.

O que é que foi isso? Ela estava falando bobagem? Talvez fosse o choque. Leah colocou um braço consolador ao redor dos ombros da vizinha. "Não se preocupe. Estou sempre fazendo coisas estúpidas como essa. Passei a noite toda na varanda de um hotel espanhol uma vez, porque saí para olhar a lua e a porta se fechou e não havia maçaneta do lado de fora e minha irmã e seu noivo foram para uma boate a noite toda. Estava muito frio e fui picada até a morte por mosquitos."

"Mas você era jovem. Coisas assim são uma aventura quando você é jovem. Mas quando você fica velho, você entra em pânico. Eu estava preocupada com a possibilidade de perder meus comprimidos ou de começar a chover."

"Você sempre poderia ter ido ao pub," Leah sugeriu. "Desculpe, talvez eu não devesse ter dito isso. Eu não estava pensando."

Nat sorriu fracamente. "George e eu adorávamos ir ao pub. Eu gostaria de estar bem o suficiente para caminhar até lá agora. Tenho uma pequena garrafa de conhaque dentro de casa e acho que há um pouco de xerez em algum lugar. Você pode tomar um pouco como recompensa se puder me levar de volta para dentro de casa."

Leah estremeceu por dentro com o pensamento de mais bebida. "Há alguma janela aberta?"

"Acho que não."

"De qualquer maneira, vou buscar a escada. E você parece cansada. Entre e sente-se e vou preparar um pouco de chá para você. Acho que tenho limão. Desculpe, não tenho um daqueles copos especiais de chá."

Deixando Nat na mesa da cozinha com uma caneca e um prato de biscoitos, Leah arrastou a escada até a casa ao lado. Uma rápida patrulha ao redor mostrou a ela que a trave da janela do banheiro estava com uma fresta aberta. Ela colocou a escada para cima, subiu e tentou enrolar os dedos ao redor da trava, mas estava fora de alcance. Ela precisava de algo com um gancho ou um laço na ponta. Olhando ao redor do jardim de Nat, ela notou um arbusto trepador preso na cerca com arame verde de jardim.

"Desculpe, planta," ela disse enquanto removia o suporte. Ela fez um laço e conseguiu laçar a extremidade da barra de metal. "Te peguei!" Ela puxou-a para cima, mas o arame, enfraquecido após muitos anos no jardim em todos os climas, quebrou e a janela se fechou. Leah disse uma palavra muito rude. Que diabos ela ia fazer agora?

Ela desceu e usou o que restava do arame para ajustar a planta novamente. Não havia outras janelas abertas, então, como último recurso, ela experimentou a porta do solário, que se abriu com uma facilidade bem oleada. Ela se sentiu um pouco como um ladrão ao andar na ponta dos pés pela casa de Nat em direção à porta da frente. Ela deveria dizer a ela que a porta da estufa estava aberta todo esse tempo e qualquer um poderia ter roubado seu precioso ovo de ouro? Melhor não, ela pensou. Ela não queria que a pobre Nat se sentisse uma idiota.

Ela entrou, trancou a porta com segurança atrás de si, caminhou pela casa de Nat, abriu a porta da frente, colocou-a no trinco e voltou para seu próprio bangalô.

"Eu consegui. Você pode entrar! Ela chamou do corredor.

Não houve resposta, então ela foi para a sala de estar e congelou na porta. Nat estava deitada no sofá de couro dormindo profundamente, a cabeça rosa pressionada em uma almofada e lá no chão, parecendo um gato adormecido, estava seu cabelo.

CAPÍTULO DOZE

"Há quanto tempo você sabe?"

As cinco palavras parecem aterrissar como tijolos pesados batendo no tapete entre elas. Foi tão, tão horrível. Terrível. Nat era uma pessoa muito boa para sofrer assim. Por que ela deveria ter câncer? Não era justo. Por que eram sempre as pessoas simpáticas, boas e interessantes que eram surradas por algo desagradável quando bastardos malvados como Stephen nunca pegavam um resfriado? A mente de Leah, que antes estava cheia de pensamentos agradáveis e calorosos sobre Josh e a praia, agora estava cheia de nervosismo, raiva e simpatia.

Nat pegou a peruca que havia caído quando ela caiu tão de repente em um sono pesado e com cuidado a posicionou em cima dos fios brancos e esparsos que se agarravam ao couro cabeludo rosa como fios de algodão. "Oh, não sei. Deixe-me pensar ..." Nat fechou os olhos.

Leah esperou paciente enquanto Nat fazia seus cálculos. Sua peruca não estava totalmente reta, ela notou. Estava um pouco inclinada para a esquerda, onde os cachos loiros translúcidos cobriam metade da sua orelha, deixando a direita livre. "Encontrei o caroço há cerca de dezoito meses, quando

96

estava no banho, mas não fiz nada a respeito por um tempo. Eu esperava que fosse embora, que eu estivesse enganada."

"Um caroço? No seu seio, você quer dizer?"

"Meu seio?" Nat respondeu de maneira vaga, abrindo seus olhos azuis. "Não, não foi no meu seio, foi na minha perna. Mais tarde, eles encontraram algo em meu seio e eu fiz uma operação. Eu tenho isso em todo lugar agora. Eles nunca sabem onde vai aparecer a seguir. O último caroço estava no meu pescoço. Vê?"

Ela puxou para baixo a gola de blusa verde claro e mostrou a Leah uma cicatriz roxa bem cuidada. Leah percebeu que ela só tinha visto Nat com roupas que prendiam até o pescoço e com frequência ela usava um lenço de seda enfiado no decote. Agora ela sabia por quê.

"Eu sei o que você deve estar pensando," Nat disse.

Leah mordeu o lábio. Parecia que ela não podia esconder muito de Nat, embora fosse o pensamento óbvio em tais circunstâncias.

"Quanto tempo eu tenho?" Nat deu de ombros. "É a coisa normal. Disseram até um ano, mas isso foi em dezembro passado, então são meses agora, suponho. Tenho dias bons e dias ruins. Eles têm uma clínica de controle da dor no hospital e se as coisas ficarem insuportáveis, posso ir e eles vão me avaliar e me dar um analgésico mais forte para a dor. Não fique tão preocupada, querida. Não estou sofrendo muito. É apenas um aborrecimento abençoado. Não posso fazer todas as coisas que gostaria, como nadar. Nem estive na praia este ano. Eu consegui no ano passado. Agora, não consigo caminhar tão longe. Isso mostra que estou no caminho descendente, suponho." Nat deu de ombros e fez uma careta.

"Há algo que eu possa fazer?" Como balançar uma varinha mágica e fazer o câncer ir embora. *Se apenas...*

"Você poderia fazer outra xícara de chá para mim?"

Leah planejou aparecer para ver Nat todos os dias, para ver se poderia fazer alguma coisa por ela, mas havia perdido alguns dias porque ela mesma não se sentia bem e agora era quinta-feira. Ela até adiou o encontro para jantar e cinema com Josh, pois se sentia tão cansada que cada passo era um esforço. Ela desistiu de tentar pintar e ficou em casa e não fez muito além de ler e ouvir música. Ela ainda estava tendo dores de cabeça também e o que parecia ser a menstruação finalmente chegando, foram apenas alguns dias de manchas. Pelo menos ela não estava grávida. Ela havia lido que às vezes você se sente pior muito depois de um evento, depois que a adrena-lina que o mantinha em movimento diminuía. TEPT – Trans-torno do Estresse Pós-Traumático. Ela tinha certeza de que todas as suas doenças poderiam ser reduzidas à mesma coisa; estresse, choque retardado. Esta era a primeira vez que rela-xava em meses e seu corpo estava deixando transparecer a tensão.

Talvez Josh estivesse certo e ela devesse ver um médico, mas de que adiantava? Só iriam sugerir aconselhamento ou dar-lhe tranquilizantes, nenhum dos quais ela queria. De qualquer maneira, como ela poderia ser uma paciente do consultório onde Josh trabalhava? Ela não queria que ele soubesse os detalhes íntimos da sua saúde e da sua vida sexual anterior. Nos seus momentos mais sombrios, ela se perguntava se apaixonar-se novamente valia o risco, depois do que aconteceu na última vez. Ela não sabia se poderia confiar em um homem novamente.

Embora se sentisse tão cansada e desanimada, ela teve que ir ao correio comprar um selo para um cartão de aniversário para sua mãe e tinha acabado de chegar à rua principal quando de repente se sentiu tonta e teve que apoiar a mão na parede para se firmar. Um pensamento horrível surgiu em sua cabeça. Ela e Stephen não usaram preservativos porque ela estava tomando pílula. Mas ele tinha uma esposa que levava uma vida libidinosa na França. E se a esposa dele tivesse contraído o HIV e tivesse passado para Stephen, que então passou para ela e era por isso que ela se sentia tão mal? Talvez nem fosse anemia. Ela sentiu o sangue drenar do seu rosto e suas mãos ficaram geladas.

"Leah! Você está bem? Você disse que não estava bem quando cancelou nosso encontro e devo dizer que você está com uma aparência péssima."

Sim, obrigada, Josh. Você sabe como animar uma garota. Ele era a última pessoa que ela queria ver, vestida como ela estava, com uma calça de moletom azul marinho respingada de tinta, lindamente acompanhada de uma camiseta cinza desbotada e chinelos vermelhos, com o cabelo todo oleoso e penteado para trás em uma faixa. O que era ainda mais injusto era que ele parecia tão limpo, esportivo e vestia uma camiseta branca e bermuda cargo preta, completamente comestível

"Você parece muito pálida."

Ele estendeu a mão em direção ao rosto dela. Ela se encolheu. Que diabos ele estava fazendo?

"Está tudo bem. Apenas me deixe ..." Ele puxou gentilmente para baixo a pálpebra inferior de seu olho esquerdo. "Aha! Está branco e deveria estar vermelho. Olhe para a minha." Ele puxou para baixo sua própria pálpebra, revelando uma faixa escarlate úmida.

"O que isso prova?" Leah sabia que seu tom soava hostil, mas, com toda honestidade, o que ele esperava, maltratando-a na rua como uma mãe removendo um pouco de sujeira do olho de uma criança?

"Que você poderia estar anêmica. Isso explicaria sua palidez e seu desmaio na outra semana." Ele olhou para o relógio, um modelo a prova de água preto e amarelo com uma pulseira de borracha. "Tenho o dia de folga e estava planejando surfar um pouco, mas não importa. Não tenho que estar em nenhum lugar em determinado momento. Nem decidi se fico aqui ou vou para Perranporth ou Newquay. Se você quiser ir até o consultório comigo agora, eu poderia preencher o formulário para você levar ao hospital hoje e fazer um exame de sangue para confirmar meu diagnóstico. Você não precisa de uma consulta. Você apenas pega um tíquete e espera."

"Eu sei. Já fiz isso antes, em Londres." *Droga, por que eu disse isso a ele?* Mas ele descobriria em breve, quando ela se registrasse e seus registros médicos finalmente chegassem do seu consultório de clínica geral anterior. Ele descobriria muito mais também.

Leah o acompanhou colina abaixo até o novo e moderno consultório em Penwirrin Place. Os braços morenos dele brilhavam, fazendo com que os seus parecessem da cor de espaguete cozido. Alguém estava se aproximando com uma criança em um carrinho de bebê e quando Josh se moveu para a esquerda para dar espaço à mulher para passar, seu braço roçou o dela. Foi o mais leve dos toques, mas fez com que cada terminação nervosa formigasse onde a carne deles se encontraram. De repente ela percebeu como ele cheirava - um cheiro forte e doce que a fez se sentir fraca novamente, tão fraca que ela teria dado qualquer coisa para agarrar seu braço e segurá-lo, sentindo a maciez firme sob seus dedos.

Eles estavam no consultório agora e Josh a apresentou à jovem na recepção, que lhe entregou um formulário de Paciente Novo para preencher. Outra mulher estava sentada atrás da mesa, digitando com eficiência nos teclados do computador. Josh destrancou a porta do seu pequeno consultório, que era grande o suficiente apenas para uma mesa de exame, sua mesa e duas cadeiras. "O último a entrar fica com o armário," ele brincou.

Ele abriu a gaveta de cima do arquivo de duas gavetas embaixo de sua mesa e tirou uma pasta de documentos amarela, da qual retirou um formulário frágil.

"Sente-se um momento. Deixe-me fazer algumas anotações para o formulário de solicitação de exame de sangue.

Você pode preencher o formulário de inscrição mais tarde e entregá-lo à recepcionista. Qual é o seu nome completo?"

"Leah Isabel Mason."

"Data de nascimento?"

"Dez de novembro de 1991," ela respondeu, estudando-o atentamente para ver se havia alguma reação. Mas não havia nada além de profissionalismo impassível.

"Então você vai fazer vinte e sete anos no próximo aniversário."

"Sim."

"Bem, eu sei que isso é constrangedor, mas preciso saber quando foi sua última menstruação."

Ela corou. Ela percebeu que havia uma linha distinta entre Josh, o homem e Josh, o médico. Agora, ele estava no modo médico, então ela tinha que responder como uma paciente e esquecer que eles haviam compartilhado aquele beijo depois da festa.

"Não tenho tanta certeza. Elas, er … bem, elas não têm sido muito regulares por um tempo …" *Deixe para lá agora, por favor!*

"Não há chance de você estar grávida, não é?"

Ela balançou a cabeça com raiva. "Nenhuma!" Ela disse de maneira ríspida.

"Entendo." Seu rosto estava inexpressivo.

Por favor, não faça mais perguntas…

"Certo. Vou terminar de preencher esta parte então. Casada, divorciada ou solteira?"

"Solteira."

Josh marcou uma caixa. "Algum filho? Alguma gravidez?"

Ela engoliu em seco. Uma maré quente estava se espalhando pelo seu pescoço e bochechas. Ela sabia que ele tinha que perguntar essas coisas, fazia parte de seu trabalho, mas por que tinha que ser ele? Ela era tão estúpida. Ela deveria ter vindo aqui dias atrás e pedido para se registrar com outro médico da clínica, de preferência do sexo feminino. Esta situação era completamente errada. Médicos não tinham permissão para namorar pacientes. Josh no modo profissional não era o Josh que ela conhecia. Havia anos-luz entre eles. Ele tinha acabado de destruir qualquer chance deles terem um relacionamento.

Ele havia largado a caneta e a fitava em silêncio, um olhar solidário, do tipo que os médicos devem dar aos pacientes antes de lhes dar más notícias. Ela sentiu algo ceder dentro dela. Foi como deixar cair um pacote pesado que ela tinha carregado por tanto tempo que seus braços ficaram dormentes. Ela balançou e Josh agarrou seu braço, mas ela mal sentiu, pois, de repente, de maneira constrangedora, começou a chorar ...soluços profundos, roucos e ofegantes de algum lugar dentro dela. Ela estava chorando por tudo que havia perdido, pelo tratamento cruel de Stephen para com ela, pela perda da sua vida em Londres, seu trabalho, seus amigos e especialmente seu bebê. Mas ela não podia contar a ele.

Depois que ela se acalmou e secou o rosto, Josh insistiu em levá-la ao hospital.

"Você gostaria que eu ficasse e a levasse de volta?" Ele ofereceu, enquanto ela saía do seu carro no estacionamento do hospital.

"Eu pareço tão doente?"

Ele estremeceu ligeiramente. "Não, eu não quis dizer isso. Apenas pensei..."

Ela passou a mão pelo cabelo desgrenhado. Que precisava muito de uma lavagem. "Desculpe, eu só estava brincando. Não pretendia falar de maneira ríspida com você. Olha, estou realmente grata pela oferta, mas não quero estragar seu dia de folga. De qualquer maneira, o ponto de ônibus fica bem em frente ao hospital, então vou ficar bem." Ela tinha notado o ponto no caminho.

"Bem, se você tem certeza ..." Ele sorriu. Ela não sabia se o sorriso era reconfortante de médico ou de amigo solidário. "Ligarei para você mais tarde, se estiver tudo bem, para ver como você está." Ele apertou a mão dela e foi embora, deixando-a intrigada. Onde estavam as coisas entre eles, agora que uma linha foi cruzada? Ela se sentia desconfortável em sua presença agora e desejou que aquele dia mágico em Hidden Cove nunca tivesse acontecido.

Enquanto estava sentada em uma cadeira dura cinza, segurando um tíquete que dizia que ela era o número 97, ela o imaginou em uma roupa de neoprene, sua prancha de surfe balançando sobre as ondas. Ele foi tão bom, prestativo e amigável. Que pena que ela foi e estragou tudo. Se ao menos ela não tivesse saído esta manhã ... Se ao menos Josh não tivesse passado bem naquele momento, quando ela estava se sentindo tão estranha.

A anemia era uma coisa trivial, certo? Poderia ser curada com alguns comprimidos de ferro, então por que ele estava fazendo um drama tão grande? Se ao menos ela pudesse ter mantido seus segredos mais sombrios para si mesma. Ele nunca iria querer sair com ela agora. Ela estava manchada. Assim como sua adorável vida nova em St. Jofra. Ela poderia até dar um nome à força maligna que havia arruinado tudo para ela: Stephen. Enquanto esperava sua vez, ela deixou sua mente voltar ...

CAPÍTULO TREZE

No verão passado, o espanto e o horror iniciais de Leah ao descobrir que estava grávida logo se transformaram em espanto e entusiasmo. Ela abraçou seu segredo por um tempo, sem contar a ninguém, especialmente Cassidy, pois ela teria sondado todos os detalhes e Leah sabia que não seria capaz de manter seu caso ilícito em segredo. Muito antes de dar a notícia a Stephen, ela tinha fantasiado sobre sua vida juntos após o divórcio: ela e sua alma gêmea compartilhando sua vida, criando um lar para o menino e a menina do seu primeiro casamento, assim como seu novo filhinho ou filhinha. Ela seria a dona de casa que Adrienne, sua atual esposa, nunca foi, de acordo com ele. Ela seria o poder forte, prático e de apoio por trás do seu trono político. Como eles estavam em um relacionamento apaixonado e intenso nos últimos sete meses, ela nunca duvidou que ele ficaria ao seu lado. Como ela poderia ter sido tão crédula e confiante?

Eles se conheceram quando a agência de publicidade e relações públicas onde ela trabalhava havia defendido o contrato para a promoção do negócio de construção de propriedade do pai milionário de Stephen, que havia financiado as ambições políticas de seu filho. Stephen tinha acompanhado o pai pois ele 'tinha algumas ideias para jogar no ringue'.

Após a apresentação, o chefe da agência sugeriu que todos fossem para o bar de vinhos ao lado e em algum momento, conforme o tempo passava e os níveis das garrafas dimi- nuíam, ela e Stephen descobriram que eram as únicas duas pessoas restantes na mesa, ainda conversando, ambos relu- tantes em encerrar a noite. Ele pediu o número dela, ela deu e algumas semanas depois, quando descobriu que ele e sua esposa viviam vidas separadas, ela o aceitou em sua cama.

Ele parecia tão emocionado, tão terno. Eles se deram nomes de animais de estimação - Coelhinha para ela e Urso para ele - e o fato do seu relacionamento ser conduzido em segredo, horas roubadas, para não dar à esposa dele qualquer munição que ela pudesse usar contra ele no divórcio, tornou- o ainda mais emocionante.

Quando, brilhando com orgulho tímido, contou a notícia da sua gravidez, ela descobriu rapidamente que Stephen era uma estátua de mármore em vez de um ursinho de pelúcia fofo. Não houve alegria, nenhuma congratulação, nenhuma palavra de amor ou abraço carinhoso, nenhuma especulação se o bebê seria um menino ou uma menina e como eles deve- riam chamá-lo, apenas um olhar frio e palavras frias, cuspidos em um tom amargo. "Pensei que você disse que estava sendo cuidadosa. Não consigo acreditar que caí nessa. Não pensei que você fosse esse tipo de garota."

Suas palavras aterrissaram como golpes e ela se sentiu mal com o choque. "Não sou!" Ela protestou. "Estou tomando pílula. Nunca parei de tomar. Mas tive um vírus estomacal por alguns dias, então talvez isso impediu que a pílula funcio- nasse corretamente."

"Não me dê essa velha desculpa!" Ele zombou. "Você planejou isso deliberadamente para tentar me prender. Você sabe que isso poderia destruir minha carreira? Você vai se livrar disso, é claro."

Não era uma pergunta, era uma ordem.

"Me livrar disso? Claro que não! Eu não poderia fazer isso com meu próprio bebê!" Ela agarrou sua manga, mas ele a afastou.

Enquanto ela continuava parada ali, atordoada, ele terminou seu discurso com: "Suponho que terei de pagar a você para não ir aos jornais com uma história reveladora."

"Por quem você me toma?" Ela gaguejou. "Você realmente acha que sou o tipo de mulher que faria isso? Você acha que só dormi com você para tirar dinheiro de você? Eu ... eu pensei que você me amava! Pensei que você ficaria feliz por eu ter seu bebê. Pensei que você disse que estava se divorciando ... que ficaríamos juntos em breve ..."

"Nunca disse nada disso."

Ele cuspiu as palavras de maneira tão venenosa que ela recuou. Dissolvendo-se em mágoa, ela caiu no tapete, cabeça baixa, nariz escorrendo, lágrimas caindo em seu colo e no tapete. *Por favor, coloque seus braços ao redor de mim. Diga que você sente muito, que está feliz, que me ama*, ela orou em silêncio. Mas tudo que ela ouviu foi, "Você terá notícias do meu advogado," e o som da porta fechando atrás dele com um clique de finalidade.

Quando chegou em casa, tristeza transformou-se em raiva quando ela percebeu que ele não lhe tinha dado a chance de falar e se defender ou fazer qualquer uma das perguntas que estavam queimando como ácido em sua mente. Quanto a ser 'aquele tipo de garota'... essa foi a acusação mais dolorosa de todas. Certamente ele percebia que seus sentimentos por ele eram genuínos? Certamente cada palavra dela, cada beijo, cada ato de fazer amor tinha dito isso a ele? Ou talvez ele simplesmente não se importasse. Talvez ela tivesse sido apenas uma transa conveniente, alguém cuja adoração por ele havia impulsionado seu ego frio e patético.

A raiva dela se intensificou quando a carta do seu advogado chegou pelo correio no dia seguinte. Quando ela leu a lista de condições que ele esperava que ela assinasse: fazer um aborto, evitar jamais dizer uma palavra à imprensa. Ela escreveu uma carta para ele e a entregou em seu apartamento, dizendo que a gravidez tinha sido um acidente genuíno e que ela não tinha intenção de fazer revelações por dinheiro e que não conseguia entender a atitude dele. Certamente, se ele a amava como disse que amava e se ele já estava separado, então qual era o problema? Ele poderia levar o divórcio adiante e eles poderiam ter um casamento tranquilo antes que o bebê nascesse e ela não via como isso poderia prejudicar sua carreira.

No dia seguinte, antes de sair para o trabalho, ela recebeu uma liminar proibindo-a de se aproximar diretamente de Stephen novamente. Todos os contatos posteriores tiveram de ser efetuados através do seu advogado. Ela já havia decidido continuar com a gravidez, apesar dele. Ela queria o filho deles. Ela o amaria, valorizaria e devotaria sua vida a criá-lo. Talvez a reação de Stephen tenha nascido do choque. Havia muito tempo para ele mudar de ideia. Ela lhe daria o benefício da dúvida.

Ela informou ao advogado dele da sua intenção de manter o bebê. A resposta foi mais uma carta na qual ele estabelecia os termos financeiros, quanto estava disposto a pagar para comprar o silêncio dela. Uma quantia total, no entendimento de que ela nunca viria atrás dele no futuro, pedindo mais dinheiro. Ela também foi obrigada a prometer que nunca revelaria o nome do pai do seu filho. Jogo, set e ponto final. Acabou. Nada de amor sensual na hora do almoço, nada de bebidas roubadas em bares mal iluminados sob os arcos de ferrovia, nada de encontros de olhos, mensagens sinalizadas, textos enigmáticos enviados de seu celular secreto pré-pago.

Como ela poderia contar a Josh tudo isso? Como ela poderia contar a alguém? Ela não podia. Ela jurou não contar. E sua família nem sabia que ela ficou grávida, pois ela sempre usava a desculpa de ter muito trabalho para visitá-los. Mas o que ela teria feito se ...

Uma enfermeira colocou a cabeça para fora de um cubículo. "Número noventa e sete, por favor."

Leah ficou de pé e seguiu o uniforme azul até um cubículo. Sua cabeça girou enquanto observava o sangue carmesim entrar no frasco de plástico. Sangue ... Na manhã em que *isso* aconteceu, ela nunca tinha visto tanto sangue. Ela pensou que todo seu corpo estava esvaziando no chão do banheiro.

"Desculpe, você pode ter um hematoma aí. Basta pressionar esta bola de algodão enquanto pego um curativo."

"Ok," Leah disse, pressionando com força. Ela se lembrou das dores lancinantes em sua barriga. Ela gritou e Tina, uma de suas colegas de apartamento, a ouviu e chamou uma ambulância.

"Você está bem, querida?" A enfermeira perguntou em um tom gentil.

"Sim," Leah sussurrou. Ela se levantou, abaixou a manga e saiu cambaleando para o corredor.

Quando se aproximou das portas giratórias, elas se abriram com um ruído sussurrado e uma paciente em um carrinho foi empurrada para a sala de espera, uma senhora idosa vestindo uma camisola de hospital, com equipo de soro que ia do seu braço a uma bolsa em um suporte. Leah parou para abrir caminho. A pobre mulher deve estar muito doente, ela pensou. Ela estava pálida como cera, com depressões profundas, afundadas e arroxeadas sob os olhos fechados.

O auxiliar de enfermagem parou para ajustar o gotejamento e Leah não resistiu olhar mais uma vez e se viu olhando para um par de olhos azuis familiares. Os lábios secos e rachados se abriram. "Olá, Leah. O que você está fazendo aqui?"

Leah esperava que seu rosto não mostrasse seu choque.

"Nat! Fazendo um exame de sangue, nada sério. O médico acha que posso estar anêmica."

"Junte-se ao clube!"

Leah não sabia como Nat conseguia fazer uma piada quando parecia tão doente. "O que ... o que você está fazendo?" Ela perguntou hesitante.

"Só mais drogas. Eles vão me manter aqui esta noite, então não faz sentido esperar por mim, mas há uma coisa que você poderia fazer por mim, querida, se não se importar, é fazer uma visita rápida na minha casa e se certificar de que Nina está bem. Enfermeira?" Ela pediu à enfermeira que lhe passasse a bolsa que estava enfiada atrás do travesseiro, pegou algo nela e entregou uma chave a Leah. "Deixei muita comida para ela, mas ficaria mais feliz sabendo que ela teria um pouco de companhia. Basta passar dez minutos e dar um abraço nela. Ela vai sentir minha falta, sabe. E talvez você possa dar uma olhada nela pela manhã também."

"Claro que irei! Boa sorte. Te vejo amanhã."

Enquanto caminhava pelo terreno do hospital em direção ao ponto de ônibus, o rosto de Josh, com aqueles olhos castanhos dourados calorosos, âmbar escuro ou castanho acinzentado? Ela não conseguia decidir e aquele sorriso preocupado surgiu em sua mente, mas ela afastou a visão com determinação. Não adiantava mais pensar nele, ela disse a si mesma. Ela tinha estragado tudo agora. De agora em diante, ele apenas a veria como uma paciente, não como uma namorada em potencial.

Enquanto esperava pelo ônibus, que demoraria mais dezoito minutos para chegar, ela se lembrou severamente de que havia se mudado para a aldeia para se curar, não para se lançar em outro relacionamento. Homens não estavam na agenda. Na verdade, ela não acreditava que poderia confiar em um novamente. Muito menos se apaixonar.

· · ·

Eram quase dez horas e Josh não tinha ligado, o que não era mais do que ela esperava. Quando os homens ligavam quando diziam que ligariam? E Nina não se encontrava em lugar nenhum. Seus gritos repetidos de "Nina ... gatinha, gatinha" não tiveram nenhum resultado. Seu pires de biscoitos de gato parecia intocado.

Leah iluminou o jardim de Nat com sua lanterna, chamando o nome da gata. Quando estava prestes a ir embora, sentindo que havia decepcionado Nat, pensou em vasculhar os quartos do número 38. O quarto de hóspedes continha uma cama de solteiro com um cobertor dobrado e nenhum gato. Leah pairou na porta do quarto de Nat sentindo que não tinha o direito de entrar, mas a porta estava mantida aberta com um calço e quando ela olhou para dentro, tudo que conseguiu ver a princípio foi um edredom branco. Um movimento leve, uma fatia repentina de azul cerúleo e um gato se transformando nele. Um bocejo, um movimento de orelha e Nina puxou o rabo sobre o nariz rosa mais uma vez e desapareceu em sua camuflagem.

Leah decidiu não incomodá-la. Provavelmente ela estava chateada e com saudades da mãe. Ela foi embora, trancando a porta duas vezes atrás de si. Ela passou por cima do muro divisório baixo entre os jardins da frente, abriu caminho entre dois arbustos de hortênsias desgrenhados ...e gritou.

CAPÍTULO CATORZE

F ada chegou tarde de uma noitada na aldeia vizinha, comemorando o aniversário de um amigo. "Não acredito nisso!" Ela bateu o pé e olhou com cara feia para Mick, que estava esparramado no sofá com uma embalagem de seis cervejas ao lado dele. Ele serviu um pouco em um prato para Barney, que estava lambendo a cerveja entusiasmado.

"O quê? Não acredita que cachorros ficam bêbados?" Mick deu seu sorriso preguiçoso e deu uma longa tragada em seu baseado, sugando a fumaça da maconha com três inalações sibilantes.

"Aquilo! Bem ali! Não posso acreditar que você apenas ficou deitado aí, ficando bêbado e chapado e deixou isso acontecer."

"Deixar o que acontecer?" Mick virou a cabeça devagar, como se fosse um grande esforço para ele se mover, o que, pensou Fada, provavelmente era se ele tivesse ficado chapado o tempo todo em que ela esteve fora.

"Oh, *aquilo*." Ele deu um sorriso vazio. "Aquilo não é nada. Eu posso pintar."

"Você chama aquilo de *nada*?" Fada gesticulou para a parede que os gêmeos haviam rabiscado com canetas com pontas de feltro. "O que você estava fazendo enquanto isso acontecia? Por que você não os impediu?"

"Eu estava no banho."

Fada conhecia os banhos de Mick. Eles consistiam de pelo menos uma hora de imersão, deixando repetidamente mais água quente correr (ai, as contas!) e lendo uma revista de motocicletas enquanto ouvia uma estação de rock no rádio. E durante todo o tempo em que ele esteve desfrutando, seus garotos estavam se rebelando.

"Aquela é a *minha* parede. Esta é a *minha* casa!" Ela se enfureceu.

"E eles são *meus* meninos. Você sabia qual era o resultado. Você sabia que eu vinha com bagagem." Ele colocou o baseado no cinzeiro transbordando no chão de madeira, equilibrando-o com cuidado na beirada para que a ponta em chamas não ficasse submersa em todas as outras gimbas e apagasse.

"Eu gosto dos meninos, você sabe que gosto, mas eles precisam de um pouco de disciplina em suas vidas. Deus sabe que tento bastante e veja onde isso me leva! Eles me odeiam por isso e amam você porque você nunca os repreende por nada."

Mick se espreguiçou e bocejou. "Não se preocupe com a parede. Tenho um pouco de tinta branca no furgão. Farei isso amanhã," ele prometeu.

Ela não estava preparada para deixar isso para lá. "Quero ouvi-lo repreendendo-os por desfigurar minha casa."

"O que há com toda essa coisa de 'meu', de repente? É *nossa* casa agora. Eu trago a maior parte do dinheiro," Mick disse. Havia um tom beligerante em sua voz quando ele acrescentou: "Espero que você perceba que, se nos expulsasse, provavelmente eu seria capaz de reivindicar metade da casa. Você teria que vendê-la e dividir o lucro."

"Nunca!" Fada sentiu a fúria girar dentro dela como um

tornado. "É a casa dos meus pais, na verdade. Está no nome deles. Você nunca vai ganhar um centavo dela!"

"Centavo de quê?"

Confie em Rory para entrar naquele exato momento. Ele nunca estava lá quando deveria e sempre por perto quando não deveria. "Nada," Fada retrucou. "Isso não tem nada a ver com você."

Rory deu de ombros. "Como quiser," ele disse. Ele se serviu de uma lata de cerveja de Mick e disparou escada acima. Fada o ouviu subindo a escada rangente até seu poleiro, em seguida o som abafado de uma música reverberando.

"Você permitiu que ele tomasse aquela cerveja!" Ela gritou com Mick. "Ele tem apenas quinze anos, ainda não tem idade para beber. Você não percebe os hábitos ruins está permitindo que ele adquira? Você o está encorajando. Aposto que você permitiu que ele fumasse maconha também!"

Mick deu seu sorriso mais irritante e superior. "Se tivéssemos de educar nossos filhos a beber com responsabilidade como fazem na Europa Continental, dando-lhes vinho aguado desde a infância, não teríamos toda essa bebedeira e pessoas vomitando nas ruas e se tornando incômodos," ele disse, falando devagar e enfatizando certas palavras como se explicasse um conceito difícil para uma criança pequena. Isso levantou imediatamente o nariz de Fada.

"E você? Seus pais ensinaram-*no* a beber com responsabilidade? Ou até mesmo fumar com responsabilidade! Você não percebe como isso é um mau exemplo para as crianças? Quero dizer, drogas, pelo amor de Deus!" Ela mirou um chute violento em uma lata vazia. Isso atingiu Barney, que ganiu e deu a ela um olhar acusador.

"Desculpe, cachorro," ela disse.

"Agora veja o que você fez. Aqui, garoto. Venha com o Papai." O cachorro deitou a cabeça na barriga de Mick e olhou para ele com adoração enquanto seu mestre acariciava suas orelhas.

"Bem, vou colocar algo confortável." Ela subiu a escada batendo o pé.

Assim que entrou no quarto que compartilhava com Mick, o quarto que outrora fora só dela, com sua cama branca confortável e cortinas de musselina, os guarda-roupas brancos e a cortina rosa e branca que Mick tinha arrancado e substituído por cortinas horríveis, carecas, de veludo vermelho que sua mãe estava jogando fora, ela percebeu que algo estava errado. As gavetas estavam abertas, assim como o guarda-roupa. Havia pedaços de alguma coisa no carpete e na cama. Pedaços de papel colorido, fragmentos de material, lantejoulas brilhantes, pequenos fios brilhantes e pedaços de penugem rosa e penas brancas falsas.

"*Não!*" Ela gritou, jogando-se na cama e pegando um punhado de gaze dourada e rede azul. "Oh não, como eles puderam?" Lágrimas encheram seus olhos. "Como eles podem ser tão cruéis?"

Cada roupa brilhante e par de asas de fada que os meninos conseguiram colocar as mãos foram cortados em pedaços com a tesoura de cozinha, que foi jogada com desleixo na cama onde as lâminas abriram um buraco na colcha de cetim branco. Enterrando o rosto nas ruínas da sua identidade, sua fantasia, seus sonhos, Fada soluçava desanimada enquanto Mick continuava lendo seu jornal, fumando sua maconha e bebendo sua cerveja em seu sofá, em sua casa. Destruindo sua vida.

Algo grande farfalhava na grama dos pampas. Uma raposa? Um cachorro? Uma sombra estava se destacando, se aproximando. O que, ou quem, poderia estar espreitando em seu gramado tão tarde da noite? Leah girou a lanterna e saltou quando a sombra assumiu uma forma humana. Um assaltante! Ela procurou freneticamente por suas chaves, então parou quando a figura tropeçou no feixe da luz de segurança e de repente foi iluminada.

"Josh! Que diabos você está fazendo aqui?"

"Fui chamado para atender um paciente no final da rua, com suspeita de ataque cardíaco, ele foi para o hospital. Como estava tão perto, pensei em ver se sua luz estava acesa e implorar um café para me manter acordado até chegar em casa, mas tropecei naquela grama estúpida dos pampas e saí voando. Coisa horrível!"

"Eu sei. Quero me livrar dela. Li em algum lugar que ter grama dos pampas em seu jardim é um sinal de que você é um boémio! O que é claro que não sou," ela disse apressadamente. "Entre. Estava na casa ao lado, vendo a gata de Nat. Pensei que você tinha o dia de folga?"

"Sim, eu tinha, mas não a noite. Estou de plantão." Ele indicou o bipe preso ao cinto. "Não deveria ter passado tanto tempo surfando. Houve um grande swell em Perranporth hoje e foi excelente, mas eu me cansei."

"Vou fazer aquele café para você." Ela liderou o caminho para a sala e acenou para o sofá. "Sente-se."

"Não devo ficar muito confortável, posso cair no sono."

"Então vou fazer o café bem forte."

"Eu não iria…" Ele começou e depois parou.

"Não iria o quê?" Leah perguntou.

Ele balançou a cabeça. "Deixa para lá. Nada."

Havia poucas coisas mais irritantes do que alguém começar a dizer algo e então se calar, ela pensou, enquanto ele a seguia para a cozinha.

"Hmm, muito bom. Você deveria ver a minha," ele disse.

"Onde você mora?" Ela percebeu que mal sabia alguma coisa sobre ele, mas não foi uma sensação assustadora, foi emocionante. Ela queria descobrir o máximo que pudesse.

Tudo, na verdade. Mesmo que o relacionamento deles não levasse a lugar nenhum, eles ainda poderiam ser amigos.

"No outro lado do vale, subindo a próxima colina. Cerca de meia hora de caminhada se suas panturrilhas estiverem em boa forma."

Ela corou, perguntando-se se ele estava olhando para suas pernas. Haveria um ensaio do festival no próximo domingo. Ele certamente obteria uma boa visão então. Ela liderou o caminho de volta para a sala de estar onde ele se sentou no sofá e colocou sua caneca na mesa de centro na frente dele.

"Há quanto tempo você está aqui?" Ele perguntou, olhando ao redor.

"Desde março."

"Você a deixou com uma aparência muito boa. Gosto daquela pintura ali. De quem é?"

"Minha." Ela esperou tensa pela sua reação.

"Uau. Estou impressionado. Você é um artista em tempo integral, então?"

Ela balançou a cabeça. "Eu gostaria. Eu deveria pintar mais. Na verdade, nunca tive tempo. Mas o dinheiro da indenização..." Ela estremeceu quando a mentira saiu de sua língua. "Não vai durar para sempre, então devo começar a procurar um emprego logo."

"O que eu realmente vim fazer foi pedir desculpas. Sobre esta manhã ... sobre forçá-la a reviver o que devem ter sido lembranças dolorosas. E para ver se você estava bem. Você estava tão chateada e, acima de tudo, fiz você fazer um exame de sangue. Foi indelicado da minha parte. Eu deveria ter dado a você a chance de se recuperar em vez de deixá-la no hospital daquele jeito, mas senti que precisávamos chegar ao fundo dos seus desmaios o mais rápido possível e, se deixasse por sua conta, talvez você não o tivesse conseguido por semanas."

Ela ergueu os olhos ao estudar o vapor subindo da sua caneca de café e deu a ele um sorriso pálido. "Está tudo bem.

Sinto muito por desmoronar assim. Eu me senti uma idiota. Sei que você estava apenas tentando ajudar, com seu chapéu de médico."

"Sim e isso me colocou em uma posição estranha." Ele franziu o cenho. "Não importa, vou resolver alguma coisa," ele disse. "Olha …" Ele colocou a mão na dela. "Acho que devemos conversar. Não estou falando sobre coisas médicas. Estou falando sobre você e eu."

Como posso? Renunciei ao meu direito de ser honesta. Nunca posso contar a ninguém.

Ele interpretou sua hesitação como relutância. "Está tudo bem." Ele deu um aperto suave em sua mão. "Também tenho coisas sobre as quais prefiro não falar. Muitos esqueletos no meu armário."

Sejam quais fossem, não poderiam chocalhar mais alto do que os dela.

"Como você está se sentindo agora?"

"Hum… bem, eu imagino." Ela tomou um gole de café. Que desceu do jeito errado, provavelmente porque sua garganta estava apertada de tensão e ela começou a tossir, sacudindo a caneca de modo que o café espirrou em suas roupas. "Olhe para mim, sou uma bagunça. É melhor eu…"

"Você parece bem para mim, Leah. Venha aqui…"

Ele se aproximou dela, colocou o braço ao redor dela e puxou-a para si. Ela não resistiu. Ela não queria. Ele definitivamente não estava no modo médico agora. Ela largou a caneca, fechou os olhos e sentiu os lábios dele nos dela e foi como se alguém tivesse ligado um interruptor e enviado eletricidade disparando através dela. Ela estava viva, vibrando, ciente de cada pequeno movimento de sua boca, o empurrão suave da sua língua, a leve barba por fazer em seu queixo, seu cheiro masculino, a maneira como sua respiração acelerou para que ela pudesse ouvir e sentir seu coração batendo forte contra o peito dela.

Seu timing foi perfeito. O beijo não foi muito longo nem

muito curto. Ele interrompeu exatamente no momento certo e eles se encararam em silêncio, bocas ligeiramente abertas e ela não conseguia pensar em nada para dizer, só queria continuar experimentando esses sentimentos. Ela sentia como se estivesse à beira de um penhasco, sentindo o vento soprando em seus cabelos, ouvindo os gritos das gaivotas e olhando para um mar azul sem fim. Se perdesse o equilíbrio, ela cairia, cairia, girando como uma folha, como uma gaivota morrendo, e não haveria como escapar do seu destino nas ondas.

Mas não preciso perder o equilíbrio. Eu poderia pular e voar ou dar um passo para trás. A decisão é minha.

Exatamente como tinha sido com Stephen. Naquela época, ela saltou. Mas agora...?

"Eu, er, é melhor eu ir," ele disse. "Preciso ligar para o hospital, verificar como está meu paciente. E olha, por favor, marque uma consulta no consultório. Os resultados dos seus exames de sangue podem demorar três ou quatro semanas para chegarem, mas assim que chegarem, podemos decidir o que fazer a seguir." Josh se levantou. "Obrigado pelo café. Tive uma semana ocupada. Te vejo no ensaio."

Nenhuma menção a um encontrou ou sequer um telefonema. Ela sentiu seu afastamento dela. Isso a fez pensar em um cabo de aspirador de pó, você pressionava um botão e ele voltava ao seu recipiente. Ele havia recolhido seus sentimentos, acumulado sua energia novamente. O fluxo elétrico foi interrompido e ele era um estranho em sua sala de estar.

Um estranho que estava indo embora.

CAPÍTULO QUINZE

F *altam duas semanas,* Cassidy pensou na sexta-feira à tarde, passando as imagens em seu laptop quando deveria estar cortando e revisando uma página dupla. Ela havia decidido usar quatro dias do seu subsídio de férias, embora sempre pudesse estendê-lo se estivesse se divertindo. Afinal, deviam dez dias a ela. Embora a Cornualha não fosse Cannes, ela estava bastante ansiosa para sua pequena viagem. Havia algo estranho e antiquado sobre férias na Inglaterra; algo tingido de sépia e salpicado com palavras como 'quermesses' e chás com creme'.

Ela tinha seu itinerário planejado. Voar para Newquay na sexta-feira de manhã, pegar o carro alugado no aeroporto, fazer o check-in em um hotel com vista para o mar que ela encontrou na internet (não há vagas naquele adorável hotel spa) e depois visitar o Projeto Eden. No domingo, ela pensou que poderia ir a St. Ives e visitar a Tate Gallery, em seguida, viajar para Land's End para que pudesse ficar na ponta do dedão da Grã-Bretanha e tirar uma selfie para suas páginas do Facebook e Instagram. Em seguida, voltaria para o hotel e se trocaria, pois à noite ela reservou uma mesa no famoso restaurante de peixe de Rick Stein em Padstow.

No sábado, é claro, ela iria a St. Jofra, se conseguisse encontrá-la, para ver o dragão-verme bobo com seus próprios olhos e rir dos camponeses se divertindo. Ela não tinha planos para segunda-feira. Ao viajar, ela descobriu que valia a pena deixar algum tempo livre caso encontrasse um homem interessante, embora fossem muito escassos ultimamente.

Talvez fosse hora de riscar 'rico' da sua lista. Talvez 'bonito' também. Isso deixaria 'sexy'. Hmm, nada mal. Sexy serviria. Ela deveria acrescentar 'legal'? Ou Bom senso de humor? Não. 'Legal' poderia significar que ele era um covarde, um capacho e, quanto ao humor, ela preferia o tipo de humor inteligente e aguçado da revista Time ou da The New Yorker ao tipo de piada suja de pub. Ela sorriu. Em toda a Cornualha, devia haver um gato muito sexy e, camponês ou CEO – ela esperava que fosse o último – ela iria encontrá-lo.

Rindo consigo mesma, ela voltou ao trabalho.

Era o dia que Leah temia: o dia em que encontraria o cavalo que montaria no desfile do festival. O feitiço do tempo quente havia se dissipado. Enquanto Leah caminhava em direção ao campo de esportes, de cabeça baixa na chuva, o capuz da sua capa de chuva vermelha à prova de água puxado em um pico sobre os olhos, ela ouviu um relincho e olhou para cima para ver uma mulher conduzindo um pônei castanho gordo, molhado e peludo.

Graças a Deus por isso, ela pensou, *é tão pequeno, então não vai doer muito se eu cair*. Então ela ouviu um relincho em resposta e viu, se aproximando do outro lado do campo, outra mulher conduzindo um cavalo marrom muito maior. *Oh, merda!* ela pensou. *Aposto que aquele é o meu.*

Não era e por isso, ela ficou muito aliviada. O enorme cavalo era destinado a Sir Jofra, o cavaleiro mítico que mataria o Jofra Worm. Foi quando ela percebeu que 'Jofra' provavelmente era uma grafia antiga e engraçada do nome, Jeffrey. George e o Dragão parecia bem. Tinha dignidade. Mas Jeffrey e o Worm?

O pônei sacudiu sua crina, borrifando-a com gotas de chuva. Ela estendeu a mão nervosa. Além de ter levado uma chifrada de uma cabra na infância, ela também foi mordida por um cavalo. Ela aprendera a lição de que você sempre deveria estender a mão aberta para qualquer equino, sem dedos espetados que pudessem ser confundidos com cenouras.

"Suba," disse a mulher segurando as rédeas. "Apenas me deixe limpar a sela de Sally." Ela tirou uma toalha verde suja da *shouder bag* que carregava.

Patrick, em um impermeável azul que o fazia parecer o Urso Paddington, segurou o estribo para Leah. Ela agarrou um punhado da crina de Sally e balançou a perna por cima e ficou surpresa quando pousou com facilidade e conforto na sela, em vez de cair de cara do outro lado do pônei. A mulher, que Patrick havia apresentado como Kim, a dona dos estábulos locais, entregou-lhe as rédeas e verificou se Leah estava segurando-as da maneira correta. Uma rédea de condução foi presa à focinheira da Sally. Kim estalou a língua e Sally começou a andar.

"Parece que você já cavalgou antes," Kim disse, colocando a gola de seu macacão de montaria para cima e prendendo-a com mais força ao redor do pescoço. Ela não estava usando um capuz e seu cabelo curto e grisalho estava grudado em seu crânio pela chuva.

"Há muitos anos," Leah confessou. "Meus pais pagaram algumas aulas para mim e minha irmã quando éramos crianças."

"Bem, você obviamente se lembrou do que foi ensinado. Você tem uma postura natural. Acho que podemos eliminar isso, não é?" disse Kim, soltando a rédea de condução. "Aí está. Leve-a para o outro lado do campo por conta própria.

Mas não a deixe colocar o freio entre os dentes, pois é provável que ela vá para casa. Ela tem uma mente focada, essa égua. Ela só consegue pensar em comida."

"Conheço alguns humanos assim,", disse Patrick, dando um tapinha na barriga.

Ela fez um círculo pelo campo e trotou de volta para uma salva de palmas de Patrick e Melissa, que se juntou ele. De maneira sensata, todos haviam se abrigado no pavilhão. Todos, isto é, exceto dois outros: a mulher que conduzia o cavalo alto e o homem que atualmente o montava, em trajes medievais completos. Fraser. Ela esperava que não esperassem que eles ensaiassem o beijo.

"Desculpe, mas você deve experimentar sua fantasia agora," Melissa disse. "Este deveria ser um ensaio completo. Maldito tempo!"

Enquanto Leah desmontava, ouviu-se um trovão e ela ficou tensa, imaginando se Sally empinaria ou pularia. O pônei sequer se mexeu, apenas abaixou a cabeça e aceitou um tapinha e uma massagem na orelha.

"Eu disse que ela era à prova de balas," Patrick disse triunfante. "À prova de trovões, à prova de tambor …"

Só então, a batida rítmica começou no pavilhão e o primeiro de uma fila de homens vestidos de vermelho e preto surgiu. Cada um tinha algum tipo de tambor ou recipiente de metal preso a eles, que eles batiam com alegria.

"Vamos," Melissa disse, dando o braço a Leah. "Helen está com sua fantasia. É feita de um material elástico, então tenho certeza de que vai caber."

Elas entraram no pavilhão, onde Leah gritou: "Oi!" para Fada, que estava usando galochas rosa cintilantes. Ela olhou ao redor para ver se conseguia localizar Josh, mas ele não parecia estar lá, o que provavelmente seria bom se ela estivesse prestes a usar uma fantasia que a fazia parecer nua. Embora não fosse a primeira vez que ele a veria em seu traje de aniversário. Ela sorriu, pensando naquela tarde na praia.

Helen entregou a Leah sua fantasia fina com um sorriso arrependido. "Quem desempenhou este papel ano passado?" Leah perguntou, curiosa para saber quem tinha sido corajosa o suficiente e idiota suficiente para desfilar pela rua principal em um pônei, usando nada além de um macacão nude com três folhas de figueira colocadas de maneira estratégica nele. Deve ter sido alguém jovem e magra, Fada talvez.

"Eu!" A esposa do vicário confessou.

Onde estava Josh? Por que ele não estava no ensaio? Ou ele estava de plantão de novo? Enquanto Leah estava sentada em sua cama com o secador de cabelo, depois de tomar banho e trocar de roupa assim que chegou em casa, ela ouviu um som fraco, uma espécie de baque. Ela ficou tensa e prendeu a respiração, apurando os ouvidos, então pulou quando algo saltou em sua direção.

"Nina! Como você entrou? Você me assustou muito. Acho que você deve ter me seguido, mas onde você estava se escondendo?" A cabeça branca dura bateu em sua mão. "Só um minuto ..." Ela pegou o secador de cabelo que estava zumbindo no carpete onde ela o deixou cair em estado de choque e o desligou. Graças a Deus não tinha quebrado.

A gata pequena pulou na cama e começou a se lamber. Leah suspirou. "Você tem que ir para casa, sabe. Sua mãe vai se preocupar com você." Ela a pegou no colo e a gatinha ficou mole e relaxada em seus braços. Aninhando o rosto no pelo macio e liso de Nina, ela a carregou até a casa ao lado, mas quando a colocou em sua própria porta da frente, Nina fugiu por cima do muro e foi para a casa de Leah novamente.

Leah tocou a campainha de Nat, esperando que ela não estivesse cochilando. Sem resposta. Ela deveria tocar de novo? Não, melhor não. Nina provavelmente iria para casa na hora do jantar, de qualquer maneira, agora que Nat havia voltado do hospital.

Justo quando estava se dirigindo para sua própria porta da frente, ela ouviu a porta de Nat abrir.

"Desculpe incomodá-la," Leah disse. "Apenas queria informar que Nina decidiu me visitar. É a primeira vez que ela faz isso. Devo ter deixado minha porta dos fundos aberta. Não queria que você pensasse que ela estava desaparecida."

"Entre, querida, entre. De qualquer maneira, eu queria falar com você."

"Se você tem certeza de que não estou incomodando. Você parece cansada."

"Estou cansada hoje. É assim. Um dia você está bem e no seguinte, você mal consegue sair da cama."

Ela parecia mais magra, Leah observou. A blusa amarela prímula que Nat estava usando, que tinha um caimento justo alguns meses antes, agora pendia frouxa ao redor do seu corpo esguio, as dobras reunidas no cós de uma saia pregueada creme.

"Você parece bem…" Leah disse de maneira encorajadora.

"Bobagem!" Nat sacudiu a cabeça e fez um som de desa-provação. "Pareço uma velha mendiga. As bolsas estão sob meus olhos!" Ela brincou. Ela realmente tinha dobras roxas sob cada olho, como se sua pele também estivesse perdendo o acolchoamento interno. "Venha para a minha sala," ela convi-dou, com um floreio da mão.

Leah a seguiu para a sala de estar que, neste dia nublado, estava cheia de escuridão e sombras. Nat acendeu um abajur de mesa com uma base pesada de latão em forma de dragão, sua cauda formando o suporte e seu corpo se enroscando para dentro da cúpula, que parecia feita de um pergaminho velho e grosso, amarelado e nodoso. Talvez o dragão fosse um Jofra Worm, pensou Leah. Teria ficado perfeito no set de um filme de Harry Potter.

"Você sabe o que costumávamos fazer quando eu era

menina, em dias desagradáveis como este? Normalmente no inverno, quando a neve era profunda e você não podia sair ..."

"Não, o quê?" A curiosidade de Leah foi inflamada.

"Ler a sorte," Nat disse.

"Com o quê? Cartas de tarô? Folhas de chá?"

"Muitas pessoas usavam borra de café, mas minha maneira favorita de fazê-lo era com cera de vela. Minha avó me ensinou quando eu tinha dez anos. Ela disse que eu tinha o dom."

Leah pensou em sua própria avó, uma mulher galesa severamente religiosa para quem a astrologia e a leitura da sorte eram obras do Diabo. Ela arrancaria as colunas de astrologia das revistas e jornais e as queimaria. "Alguma coisa que você previu se tornou realidade?"

"Oh, sim", disse Nat. "Certamente que sim. Você apenas espere para ver."

Nat fechou as cortinas e estendeu um pano de veludo azul escuro sobre a mesa e em seguida, saiu da sala, deixando Leah formigando de antecipação. O que iria acontecer? Nat ficaria toda esquecida e começaria a falar em línguas desconhecidas? Era bom para a saúde de Nat se esforçar psiquicamente? Talvez ela devesse ter dito não. Mas Nat parecia interessada em fazer isso.

Nat voltou com um candelabro de prata ornamentado segurando uma vela branca gorda, estilo igreja, que ela já havia acendido. "Demora um pouco para que cera suficiente seja coletada," ela explicou. Ela desapareceu de novo, desta vez voltando com uma tigela azul escura que encheu com água de uma jarra de vidro. "Tenho que usar algo escuro para ver o que a cera faz," ela disse de maneira misteriosa.

"Como isso funciona?" Leah perguntou. Ela se sentia um pouco nervosa. Cassidy tentou colocá-la na cabine de uma vidente em Brighton uma vez, durante uma saída diurna. Leah recusou, mas Cassidy entrou e, mais tarde, quando Leah perguntou a ela o que a vidente havia previsto para ela, ela foi vaga e murmurou algo sobre: "Nada de homens altos, morenos e bonitos, se é isso que você estava pensando e sem bolas de cristal também, ha-ha!"

"Oh, nada assustador," Nat a tranquilizou. "Não sou uma bruxa. Se fosse, teria um gato *preto*, não é? Apenas pinguei a cera derretida na água. Ela se solidifica e forma formas e eu prevejo seu futuro a partir do que vejo nelas."

"Quer dizer que se parece um mapa da Espanha, vou passar férias em Maiorca?"

Nat riu. "Não é tão simples assim. Olho para as gotas de cera e vejo imagens na minha mente, às vezes filmes inteiros!" Ela riu e acrescentou: "Embora às vezes possa ser claro e simples."

Leah se perguntou se isso era um risco muito grande. E se Nat 'visse' uma imagem de Stephen? Era tarde demais para desistir?

Nat deu um tapinha na mão de Leah. Mais uma vez, ela parecia ter lido a mente de Leah. "Prometo que não direi nada que possa chateá-la. Os videntes ... bem, aqueles com uma boa reputação, têm um código. Eles não diriam a você que seu pai estava prestes a morrer, que você se machucaria em um acidente, ou qualquer coisa horrível assim. Em vez disso, eles diriam algo vago como: 'Se eu fosse você, veria seu pai um pouco mais nos próximos meses', ou 'Cuidado com um homem dirigindo um carro vermelho'. Então cabe a você dar sua própria interpretação disso, mas pelo menos você estará pronta, aconteça o que acontecer. E outra coisa a lembrar é que nada acontece antes que esteja destinado a acontecer, não importa o quanto você deseje."

Leah estremeceu. Ela realmente queria saber o que o futuro reservava para ela? Ela se imaginava desenvolvendo sua arte e se tornando uma pintora muito procurada. Ela pensou em Josh. Sim, ela queria saber.

CAPÍTULO DEZESSEIS

Naquela noite, Fada ligou e perguntou se ela poderia ajudá-la a separar algumas quinquilharias para uma venda de porta-malas de carro que estava fazendo com sua amiga de Redruth, então Leah ligou logo depois das 19h para discutir isso e se viu contando a ela sobre a sessão de cera de vela.

"Foi tudo muito estranho. Todas aquelas gotas e rabiscos de cera estavam flutuando na água e eu não conseguia ver nada neles, mas Nat conseguia. Ela disse que alguém próximo a mim teria um bebê."

"Oh, Deus, espero que não seja eu!" Fada exclamou.

"Ela mencionou pintura, disse que eu começaria a vender minhas pinturas, o que é altamente improvável, já que não faço nada há anos. Ela disse que eu faria exposições também."

"E as cabras? Ela as mencionou?"

"Não." Leah riu e acrescentou: "Ela também disse e, isso foi um pouco estranho, que alguém que foi uma grande influência na minha vida estava se aproximando. Não sei o que ela quis dizer com isso." A pessoa que imediatamente veio à mente de Leah foi Stephen. Oh, Deus, certamente não? Não, é impossível. Ele havia fechado todas as portas com

LORNA READ

firmeza. "Ela disse que eu tinha um futuro longo e feliz pela frente e muito sucesso e sorte e que o amor chegaria eventualmente, mas poderia haver alguns solavancos no caminho primeiro. Muito misterioso!"

"Ooh! Parece ótimo! Você acha que ela faria uma leitura para mim?"

"Ela poderia. Vou perguntar."

Uma coisa que Leah não disse a Fada foi que Nat olhou atentamente para as bolhas de cera, balançou a cabeça e disse: "Querida, querida. Há uma encruzilhada pela frente em sua vida amorosa. Você terá que escolher entre o passado e o futuro e isso é tudo que estou preparada para dizer."

O passado? Tinha que ser Stephen, certo? Mas não havia nenhuma escolha a ser feita, pois ele já tinha feito esta escolha quando a obrigou a deixar Londres. De qualquer maneira, ela nunca iria desejá-lo de volta. Não depois de toda dor que ele lhe causou. Ele podia sentir que, ao compensá-la financeiramente, tinha feito a coisa certa, mas havia outras coisas que importavam muito mais do que dinheiro. Coisas que iam muito mais fundo, como simpatia, ternura, apoio emocional. *Amor.* Ela podia sentir a sensação familiar de asfixia em sua garganta e respirou fundo algumas vezes, enchendo os pulmões com o ar com cheiro de meia velha e maconha. De imediato, ela queria sair, respirar um pouco de ar fresco antes que engasgasse.

"Mick se importaria se eu arrastasse você para uma bebida rápida?" Leah perguntou. Ela sentiu a atmosfera na casa e estava mais densa do que o cheiro. Ela sabia que algo não estava certo. Embora Fada parecesse interessada em ouvir os resultados da leitura da cera da vela, seus sorrisos e risadas não haviam alcançado seus olhos.

Mick farfalhou o jornal que estava lendo. "Certifique-se de que *seja* rápido, pois prometi encontrar os rapazes às oito e meia para uma cerveja e um jogo de dardos."

"Isso nos dá uma hora, mais ou menos," Leah disse. "Vamos. Pegue seu guarda-chuva."

A mesa favorita delas, ao lado da caixa de vidro contendo uma sereia de gesso pintada e o leme de um navio, estava vazia, então Leah colocou Fada para guardá-la e comprou dois copos grandes de Pinot Grigio. "Certo," ela disse, colocando os copos com cuidado na mesa um pouco vacilante. "Qual é o problema?"

Fada deu um grande suspiro. "Você escolhe. Mick, os meninos ... estou farta até aqui," ela disse e começou a chorar.

Depois que Fada contou a história dos rabiscos nas paredes, das asas destruídas e das ameaças de Mick, Leah sentiu pena dela. E ficou furiosa também. Fada tinha feito o melhor por Mick e seus filhos e era assim que ele retribuía. Simplesmente não era justo.

"Ele não pode fazer isso com você. Você tem direitos," ela disse. "Descubra se existe um Gabinete de Aconselhamento ao Cidadão em Truro e ... Então vá e veja onde você está. Você não é casada com Mick e como a casa não pertence a você, não acho que ele poderia reivindicar um centavo. Seus pais o mandariam fazer as malas. Eu irei com você, se quiser."

"Isso seria ótimo. Obrigada, Leah, você é uma verdadeira amiga," Fada disse.

"E enquanto estiver na cidade, compre algumas asas novas e que todos eles se fodam!" Leah acrescentou. "Você pode mantê-las na minha casa, se quiser."

"Sim, que todos eles se fodam!" Fada engoliu em seco, tomando um enorme gole de vinho. Estendendo o copo vazio, ela disse: "Vamos tomar outro!"

Fada chegou em casa muito depois do horário que havia prometido a Mick, para descobrir que o único ocupante aparente da sua casa era Barney. Assim que abriu a porta, o fedor a atingiu como um golpe no rosto, um fedor composto de gordura de cozinha estragada, maconha e cachorro molhado. Ela quase engasgou, engoliu em seco de maneira convulsiva, soprou pela porta algumas vezes na esperança de limpar o ar e depois entrou. Barney olhou para ela esperançoso, balançando o rabo.

"Aposto que ele não saiu com você," ela disse.

"*Eu* sai," disse uma voz mal-humorada da cozinha e Rory apareceu, carregando um prato cheio de batatas fritas embebidas em ketchup de tomate. "Tirei as batatas fritas do congelador. Espero que você não se importe." Ele disse de maneira desafiadora, como se a desafiasse a se opor.

"Tanto faz," ela disse, acenando com a mão para ele de maneira vaga.

"Seus irmãos estão na cama?"

"Sim." Rory voltou para a cozinha, ressurgiu com o ketchup e espremeu outra grande quantidade sobre suas batatas fritas, esvaziando a garrafa.

"Quando seu pai saiu? Oh, sente-se. Você é alto demais para esta sala."

Rory se jogou no sofá ao lado dela. Fada ouviu as molas darem um 'bong' fraco. Ele comia as batatas fritas com os dedos, que agora pareciam ter acabado de assassinar alguém com muito sangue. Fairy se sentiu um pouco enjoada.

"Pai saiu por volta das sete e meia, quando cheguei em casa. Onde você estava?" Ele não ergueu os olhos enquanto falava, apenas continuou a olhar para o prato e enfiar batatas fritas ensanguentadas na boca.

"Estava no Jofra Arms com a Leah. E você? Onde você estava?"

"Em lugar nenhum," Rory disse. Então ele virou a cabeça, olhou para ela com uma expressão muito desagradável no rosto e disse: "Tudo bem você ir ao Jofra, mas fique longe do Surf's Up. Isso é para os jovens."

Fada sentiu como se ele tivesse batido fisicamente nela. "O

quê? Desculpe, você pode repetir! Como você se atreve a me dizer onde posso ou não ir? Tenho vinte e oito anos. Isso não é velho! E não é um clube privado. Não há limite de idade, além do fato de que você, Rory, não deveria beber álcool lá. Você ainda não tem idade para entrar em bares."

Aposto que ele entra. Aposto que Surf's Up é onde ele conhece suas namoradas e não quer que os funcionários do bar descubram que ele tem apenas quinze anos.

"Estou apenas dizendo a você, só isso," ele disse, com a boca cheia de batatas fritas.

"Ouça-me, Rory Laine." Fada sabia que ela tinha que assumir o controle. Ela e Rory raramente ficavam sozinhos e esta era uma oportunidade de ouro. "Vou tirar uma foto sua no Surf's Up amanhã e dizer a eles para de maneira nenhuma servirem álcool para você porque você é menor de idade. É para o seu próprio bem."

Rory jogou seu prato nela. Que a acertou na maçã do rosto, encharcando-a de batatas fritas e ketchup.

"Ai!" Sua mão voou para o rosto, era ketchup ou sangue nos seus dedos? "Seu pequeno bastardo!"

"Sua vadia. Estávamos bem até que Pai nos trouxe para cá. Eu gostaria que você caísse morta!"

Fada nunca o tinha visto parecer tão zangado e sua pele arrepiou-se alarmada. Ele era muito grande para sua idade, os gêmeos estavam dormindo no andar de cima e ele sabia onde as facas afiadas eram mantidas. Uma imagem disparou em sua cabeça dela de pé, de costas para a parede, Rory segurando uma faca em sua garganta e um Barney rosnando, atacando-o por trás e puxando-o de cima dela. Ela olhou para baixo. O vira-lata peludo estava comendo as batatas fritas caídas. Sem chance disso, então.

Ele se levantou, pairou sobre ela por alguns segundos, em seguida subiu pisoteando ruidosamente até sua toca. Fada foi ao banheiro para tomar um banho para se livrar da bagunça. Não havia água quente. Ela soluçava enquanto tentava enxaguar o ketchup e a gordura do cabelo com água que não estava nem morna. Ela sabia que se repetisse a conversa que acabara de ter com Rory para Mick, ele não acreditaria nela. Ele iria rir, dizendo algo sobre adolescentes mal-humorados. Ele não entenderia seu terror. Ele pensaria que ela estava exagerando. Ele pensaria que ela estava louca.

No entanto, até Mick voltar, ela não se atreveu a ir para a cama caso Rory entrasse furtivamente enquanto ela estava dormindo e a esfaqueasse até a morte. Então ela secou o cabelo, ligou o laptop e leu o último bate-papo no site Fada Febril para se distrair. Mas não funcionou. Ela ainda estava muito, muito assustada.

CAPÍTULO DEZESSETE

Naquela noite, Leah foi acordada por um distúrbio na rua. Ela foi na ponta dos pés até a sala de estar no escuro e viu a rua iluminada como Piccadilly Circus, enquanto luzes azuis brilhantes piscavam como luzes estroboscópicas, transformando a sala em uma discoteca. Sua mão voou para a boca e ela agarrou o roupão, enfiou os pés nos chinelos que havia tirado no corredor, colocou a porta da frente no trinco e saiu a tempo de ver Nat sendo levada para uma ambulância em uma maca.

"Sou sua vizinha, somos boas amigas, eu alimento o gato dela. O que aconteceu?" Ela perguntou sem fôlego.

Nat virou a cabeça ao som da voz de Leah. "Estou bem. Só não consigo mover meu braço idiota."

"Posso ir com ela?"

O paramédico balançou a cabeça. "Você é parente?"

Leah negou com a cabeça.

"Então sugiro que você ligue para o hospital amanhã."

"Irei vê-la," ela gritou enquanto Nat desaparecia dentro do veículo. "Vou cuidar de Nina, não se preocupe!" Ela estava grata por Nat ter dado a ela uma chave reserva.

O sono não viria depois disso. Ela estava muito preocupada com Nat. Parecia que ela teve um derrame. Era tudo que ela precisava, além do câncer. Por que a vida era tão cruel? Nat não poderia morrer. Ela era muito adorável, muito interessante, muito cheia de vida. Ela tinha que melhorar. Uma sensação de pânico tomou conta dela com a ideia de Nat não estar lá. Em poucos meses, ela passou a gostar muito da mulher mais velha. Quando estavam juntas, a diferença de idade desaparecia e elas eram apenas dois espíritos afins compartilhando suas ideias e pensamentos. Não havia ninguém que pudesse ocupar o lugar de Nat. Leah percebeu que estava sendo egoísta, mas, afinal de contas, ela precisava dela. Como uma rocha em um rio, Nat era o ponto pacífico em sua vida turbulenta.

Leah passou as horas antes da hora de visitar o hospital pintando um cartão de melhoras. Era uma pintura de Nina sentada no gramado do solário de Nat, lambendo uma pata delicada. Assim que teve certeza de que estava seco, ela o deslizou para dentro de um envelope e escreveu Sra. Natalie Fleming na frente, desenhando um rosto sorridente na cauda do 'g'. Ela também reuniu alguns itens essenciais, como lenços de papel, lenços umedecidos, escova e pasta de dentes, roupão, chinelos e uma camisola extra que pegou do quarto de Nat.

Ela acabara de avistar o ônibus à distância quando seu celular tocou. Seu coração saltou quando viu que era Josh.

"Oi Josh, espere um pouco, estou entrando no ônibus." Fazendo malabarismo com bolsas e telefone enquanto procurava seu passe de ônibus, de alguma maneira ela conseguiu encerrar a ligação. Depois que se sentou, ela ligou de volta. Ocupado! Que sorte a dela, ela pensou. Ela tentou mais três vezes, sempre obtendo o sinal de ocupado. Bufando de frustração, ela enfiou o telefone de volta na bolsa, com a intenção de tentar novamente mais tarde.

Ela ficou satisfeita em ver Nat sentada na cama. Ela tinha um soro preso ao braço, mas sua tez estava fresca e rosada e, embora ela não estivesse usando a peruca, a prata fina em sua cabeça parecia brilhante e limpa, como o cabelo de um bebê. Ela estava inclusive, Leah notou, usando um toque de batom. Ela entregou-lhe o cartão.

Nat olhou atentamente para o envelope e depois riu. "Gosto bastante do nome Natalie. Acho que posso adotá-lo."

"Você quer dizer que Nat não é apelido de Natalie?" Leah se sentiu mortificada. "Sinto *muito*! Pensei…"

"Como você poderia saber se eu não contei? É Natasha. Natasha Ludmila." Ela pronunciou como 'Lyudmila'.

"Isso é russo!" Leah disse, surpresa. "Achei que você tivesse dito que era de Birmingham." Sua mente voltou para aquelas palavras estranhas que ela tinha ouvido Nat dizer um tempo atrás. Talvez fossem russas.

"Nasci em Birmingham, mas meus pais eram russos. Meus pais e os pais deles fugiram para a Inglaterra pouco antes da Revolução de 1917. Meus pais eram apenas crianças. Muitos russos deixaram seu país natal na época. Eles se estabeleceram em todos os lugares: França, Alemanha… Meu avô tinha um primo, um marinheiro que havia se estabelecido em Liverpool, então foi para lá que eles se dirigiram primeiro, mas meu avô encontrou trabalho como carpinteiro e acabou em Birmingham. Cresci bilíngue. Sempre falávamos russo em casa."

"Algum de vocês já voltou para a Rússia?" Leah perguntou.

"Meus avós, nunca. Era muito perigoso e então eles morreram. Minha mãe não queria ir. Ela disse que a deixaria muito chateada ver outras pessoas morando em sua casa, aquela em que ela havia crescido. Mas meu pai voltou, apenas uma vez. Ele tirou fotos. Eu vou te mostrar algum dia, quando sair daqui."

"Alguma ideia de quando você terá permissão para voltar para casa?" Ela perguntou.

Nat deu de ombros. "Eles ainda não me disseram os resultados dos exames, embora meu braço esteja se movendo um pouco melhor hoje. E olha, Leah, minha querida ..." ela deu um tapinha na mão de Leah, "não perca seu tempo vindo aqui todos os dias. Você é jovem. Você tem muitas coisas a fazer. E tem o festival também. Se você não me ver de volta em casa em um ou dois dias, apenas apareça com outra camisola e leve minha roupa suja de volta, se você for muito boa."

"É claro. Há alguém que você gostaria que eu entrasse em contato? Família ou amigos?"

Nat deu uma risada suave. "Temo que minha única boa amiga na aldeia morreu no ano passado. Pobre Heather, sinto saudades dela. Você pode contar a Helen se quiser e talvez para as damas das colchas. Eu costumava costurar muito quando era mais jovem. Quanto à família, pelo que sei, não tenho mais nada. E George e eu nunca pudemos ter filhos. Mas não estou sozinha, tenho Nina. Como ela está?"

"Sem comida, receio." Maldição, por que ela disse isso? Ela não queria que Nat ficasse ali se preocupando.

"Ela é uma pequena madame temperamental. Se você não se importar, peça a John na peixaria alguns restos para ferver com leite para ela. Isso trará de volta seu apetite. Nunca falha."

A peixaria fechava nas tardes de quarta-feira para que John e Ben pudessem ir pescar, então a guloseima de Nina teria que esperar. Em vez disso, ela compraria uma lata de atum.

"Também tenho outro trabalho para você," Nat disse. "Eu gostaria que você pintasse uma versão ampliada da imagem no cartão que você fez para mim, mostrando a vista do meu jardim. Dessa maneira, se algum dia eu ficar completamente acamada, ainda poderei ver o mar."

Assim que Leah chegou em casa, ela tentou Josh novamente e desta vez ele atendeu.

"Desculpe. Sei que você está tentando me ligar de volta, mas estou muito ocupado. Minha irmã e sua família estão vindo passar alguns dias para que possam ir ao festival e eu me pergunto se você gostaria de vir jantar conosco amanhã à noite?"

Leah sorriu. Não era bem o tipo de encontro romântico e individual que ela gostaria, mas era uma espécie de encontro e, na verdade, ela achava que conhecer membros da família dele era, de certa maneira, ainda mais íntimo do que um encontro.

Naquela noite, Leah entrou na casa de Nat e descobriu que Nina ainda não havia tocado na comida que havia servido para ela naquela manhã. Ela chamou por ela, saiu para o jardim e chamou de novo, mas não houve nenhum miau em resposta. Ela tinha ouvido falar de animais de estimação que viajavam centenas de quilômetros para se reunir com seus donos. Talvez Nina estivesse, neste minuto, a meio caminho de Truro! E se ela tivesse sido atropelada? Como diabos ela contaria a Nat?

Ela jogou fora a comida não comida na lata de lixo e colocou comida nova, depois trancou a casa de Nat e voltou para a sua. Eram cerca de onze e meia quando ela foi para a cama. Ela já estava dormindo há algum tempo quando algo a acordou. Ela estendeu a mão, tateando em busca do abajur da cabeceira e pulou quando sua palma encontrou algo quente. A protuberância pequena e lisa na cama deu um pequeno chiado, um 'prreeep' e Leah percebeu que era Nina, que deve ter se esgueirado para dentro de casa atrás dela e estava se escondendo em algum lugar. Rindo, ela começou a acariciá-la e sentiu uma cabecinha dura com o nariz molhado batendo em seus dedos.

"Era de companhia que você precisava, em vez de comida, não era, garotinha?" Ela disse. Nina rastejou sobre a barriga de Leah e Leah adormeceu com um peso reconfortante nela e o som consolador de um ronronar estrondoso.

Ela chegou um pouco atrasada, tendo entendido errado as orientações de Josh e continuou subindo Jericho Hill até que a rua se reduziu a uma charneca arbustiva e então refez seus passos, desta vez encontrando o portão verde e o jardim com a palmeira sem nenhuma dificuldade.

"Desculpe," ela se desculpou, quando ele abriu a porta da varanda da pequena casa branca. "Eu me perdi."

"A maioria das pessoas se perde na primeira vez. Foi uma gentileza da sua parte caminhar até aqui. Eu deveria ter me oferecido para buscá-la, mas tinha que preparar a comida."

Um homem que cozinhava: uau! Ele estava lindo também, em uma camisa vermelha solta sobre jeans desbotados e cheirava levemente a limão. Ao fundo, ela podia ouvir os gritos e risos de crianças brincando. Ele deu-lhe um beijo rápido na bochecha, apenas um roçar seco com os lábios que, no entanto, a fez estremecer. "Entre e conheça a turma."

Ela entrou nervosa na sala de estar, mas sua timidez logo desapareceu quando uma mão pequena e quente se inseriu na dela e a puxou para um jogo que todos estavam jogando. "Sou Rachel," disse uma vozinha alegre. "Eu tenho cinco anos! Quantos anos você tem?"

"Rachel!" A mãe da menina gritou, entre risos. "É rude perguntar a uma senhora adulta sua idade!"

"Está tudo bem," Leah assegurou a ambas. Virando-se para a criança, ela disse: "Sou velha em alguns dias e jovem em outros."

A menina olhou para ela com curiosidade. "Quantos anos você tem hoje, então"

"Vinte e um!" Ela disse, pensando, *Quem dera*.

Josh entrou atrás dela e entregou-lhe uma taça de vinho,

dizendo: "Não sabia se você era uma garota que gosta de tinto ou branco, então trouxe isto para você." Ele a presenteou com uma taça de rosé.

"Obrigada!" Ela disse, tomando um gole. "Você acertou na mosca!"

Rachel puxou seu braço, tentando arrastá-la para o outro lado da sala para se juntar a um jogo que seu irmão e seu pai estavam jogando envolvendo um grande tabuleiro com animais de brinquedo. Josh apresentou todos. Rachel escorregou seus dedos pegajosos das mãos de Leah, abaixou-se e entregou a Leah um anel de borracha.

"Você tem que colocá-lo no cachorro," ela instruiu. "E depois no gato e depois na ovelha e se você conseguir colocá-lo no tronco do *elefante*, você venceu."

"Elefante," sua mãe disse.

"*Ei* ensaquei o *elefante* dez vezes!" Rachel anunciou.

Leah se juntou às risadas e logo estava conversando com a irmã de Josh, Lisa e seu marido, Phil, como se os conhecesse há muito tempo. Seus dois filhos mais novos, Rachel e Su-Ann, uma criança de dois anos, eram uma delícia. O irmão deles, Ryan, era mais velho, onze ou doze anos e tinha uma aparência mal-humorada, como se preferisse estar fazendo outra coisa além de ficar sentado com adultos chatos. Ele a lembrava um pouco de Rory.

Leah perguntou se poderia ajudar com alguma coisa e Lisa a levou para a cozinha, mas parou no meio do corredor. "Espero que você não se importe que eu pergunte, mas você e meu irmão estão em um relacionamento?"

Leah piscou e olhou para ela. Suas feições eram mais suaves que as de Josh, seu nariz era menor e empinado, seus olhos grandes e de um tom mais escuro de castanho. Suas sobrancelhas estavam levantadas de maneira inquisitiva, mas ela não estava sorrindo. Havia algo acontecendo, uma intenção oculta; ela tinha certeza disso.

"Na verdade, não," ela disse. "Bem, ainda não. Nós nos conhecemos recentemente. Mal nos conhecemos."

Ela podia jurar que Lisa parecia aliviada. Isso tinha algo a ver com os esqueletos no armário a que Josh havia se referido?

O jantar foi muito prático, com todos servindo-se de pratos e tigelas na mesa. O prato de peixe com molho de limão de Josh estava delicioso e depois havia merengues faça você mesmo, que você enchia de frutas, chantilly ou sorvete. As pessoas continuavam enchendo sua taça de vinho e, embora ela tentasse beber não muito rapidamente, havia algo na mistura de conversa animada e o ligeiro nervosismo causado por estar em uma sala cheia de estranhos, que resultava em sua taça estar se esvaziando com muita frequência.

Depois que as crianças foram colocadas para dormir, Phil sentou-se ao piano no fundo da sala e começou a desfiar antigas canções dos Beatles e todos cantaram *Hey Jude* e *All You Need Is Love*. Quando Phil começou a tocar os acordes iniciais de *Yesterday*, ela sentiu Josh se aproximando e o braço dele passando ao redor dos seus ombros.

"Estou feliz que você veio," ele disse. Ele encostou a cabeça na dela e ela sentiu o hálito quente dele em sua orelha. Sua respiração acelerou. Ela mal tinha ar suficiente em seu pulmão para continuar cantando. *"There's a shadow hanging over me,"* ele cantou, em um tenor leve e ligeiramente rouco, então parou de maneira tão abrupta que ela se perguntou se ele estava tentando transmitir algo significante. Seu braço apertou por um instante, em seguida ele a soltou e se afastou para encher sua taça, deixando-a com a sensação de que o ar ao redor dela havia ficado de repente mais frio.

"Por que você não fica hoje à noite?" Ele disse ao voltar.

"O quê? Com sua família aqui?"

Ele riu. "Eu não quis dizer assim. Não na mesma cama! Este sofá se transforma em um sofá-cama," ele explicou.

Era tentador. Ela se sentia muito relaxada e feliz para

encerrar a noite de maneira abrupta ao ir para casa. "Ok. Obrigada."

"Nesse caso, posso dizer ao meu cunhado para beber o quanto quiser agora, pois ele não precisa lhe dar uma carona para casa!"

Leah mal percebeu a passagem do tempo, mas de repente percebeu que Phil e Lisa tinham ido para a cama, uma música romântica de fundo tocava suavemente e Josh estava sentado no banquinho do piano, girando lentamente a haste da sua taça de vinho e olhando para ela. Não, não apenas olhando, encarando. Ela piscou, arregalou os olhos e encarou também.

"Um centavo por eles," ele disse com um sorriso.

"Estava apenas pensando que foi uma noite maravilhosa, muito agradável e me sinto mais feliz do que nunca. A vida tem sido um pouco difícil para mim nos últimos meses."

"O mesmo aqui." Ele se levantou, se aproximou e se sentou ao lado dela no sofá de veludo cinza que estava salpicado com migalhas do pacote de batatas fritas de Ryan.

Leah estava quase a ponto de revelar um pouco do que havia passado, mas se conteve, ciente de como era fácil falar muito quando você estava um pouco bêbada. Em vez disso, ela disse: "Gosto muito da sua irmã e da família dela."

"Fico feliz."

"Por quanto eles vão ficar?"

Seu braço se esgueirou ao redor dos ombros dela e ele a puxou para si. "Tenho coisas sobre as quais prefiro do que sobre a minha família," ele disse. Ele abaixou a cabeça até seu ombro e acariciou seu pescoço. Seu hálito estava quente em sua pele. Ela estendeu uma mão atrevida e alisou seus cabelos com os dedos. Era macio, grosso e flexível. Ele suspirou.

"Não sei o que há sobre você," ele disse. "Você faz algo comigo. Eu ... eu simplesmente não consigo colocar em palavras."

"Tente."

Ele suspirou de novo e se virou para encará-la obliquamente e sua coxa pressionava o quadril dela. "Tive muitas namoradas, tenho vergonha de dizer. Eu me imaginei apaixonado por algumas. Bem, você não pode chegar à idade de trinta e três anos sem ter um passado."

"Não há necessidade de se desculpar. Todos nós temos um passado." *E o meu é mais sinistro do que alguns.* Seu coração estava batendo forte, muito vinho ou era o fato de que ele estava tão perto?

"O que suponho que estou tentando dizer é que você é especial e … oh, Deus!" Ele passou a mão pelo cabelo, depois se virou e ergueu as pernas dela para que ela ficasse na horizontal no sofá, com ele em cima dela.

Os braços de Leah envolveram as costas de Josh, puxando-o para si. Tudo que ela disse a si mesma sobre os homens serem bastardos indignos de confiança e que ela nunca se envolveria com outro foi colocado de lado enquanto ela se arqueava em direção a ele e recebia seu beijo com os lábios entreabertos e os olhos fechados. Ele pressionou a boca na dela, suas línguas emaranhadas e ela se contorceu debaixo dele e começou a puxar as roupas, tirando a calcinha. Então suas mãos encontraram o botão da calça jeans dele e o desabotoou e ela começou a deslizar o zíper para baixo.

"Não!" Sua exclamação abrupta a chocou e ela afastou as mãos dele como se o zíper de metal de repente tivesse ficado eletrificado. Um calor abrasador disparou em direção ao seu rosto e, terrivelmente constrangida, ela endireitou as roupas, ciente de que sua pequena calcinha fio dental de renda preta estava no chão.

"Sinto muito," ela disse. Como ela poderia ter interpretado tão errado a situação? Ela pensou que ele queria fazer amor com ela. Por que ele parou?

Ele se levantou e se acomodou a alguns metros de distância, no braço do sofá. "Não, *eu* sinto muito. Não deveria tê-la apressado assim … especialmente porque você bebeu muito. Você pode me perdoar? Você deve saber o quanto eu gosto de você, mas é muito cedo, não é? Os corpos parecem ter sua própria escala de tempo que não tem nada a ver com seus donos." Ele deu uma risadinha seca que parecia conter um toque de amargura.

"Apressar-me cedo demais me causou problemas no passado," ele continuou. "Cometi alguns erros horríveis. É melhor não fazermos algo de que possamos nos arrepender pela manhã." Ele virou a cabeça e ela o ouviu suspirar.

Ela o encarou, mas ele não deu mais detalhes e ela não sentiu que era o momento certo para perguntar a ele sobre os 'erros'. Talvez quando ela o conhecesse melhor … Esse pensamento a fez perceber que, se eles não se conheciam bem o suficiente para revelar seus passados, então certamente ainda não se conheciam bem o suficiente para fazer amor.

Ele se levantou. "Sem ressentimentos?"

Ela balançou a cabeça, suas antenas emocionais lhe dizendo que havia muita coisa acontecendo na mente dele. Ela estremeceu um pouco. A noite previamente feliz de repente pareceu fria e triste. Ela sentiu falta da sensação dos seus braços ao redor dela.

Ele começou a caminhar em direção à porta que dava para o corredor. Ao alcançá-la, ele parou. "Acho que talvez seja melhor se acalmarmos as coisas um pouco. Levar as coisas devagar. Durma bem. Te vejo no festival."

Acalmar? O que ele quis dizer? Que ele não queria vê-la por um tempo? Ou era essa sua maneira de dizer a ela que estava acabado antes mesmo de ter começado de maneira adequada? "Boa noite," ela murmurou quando ele fechou a porta. Ele nem tinha mostrado a ela como abrir o sofá-cama ou onde estava a roupa de cama.

Depois que ele saiu, ela derramou algumas lágrimas. Ela se sentiu uma completa idiota. Ela se jogou em um homem que não estava pronto para levar as coisas tão longe. Como sedutora, ela era um fracasso total. Ela podia imaginar o que Cassidy diria sobre ela ter se oferecido a um homem que a rejeitou. Aposto que nunca aconteceu com ela, Leah pensou de maneira sombria.

Duas e vinte da manhã... Ela podia muito bem ir para casa. Ela enxugou os olhos, pegou sua calcinha fio dental, endireitou suas roupas, vestiu a jaqueta jeans e saiu desanimada para uma noite fresca e úmida suavemente iluminada por uma lua embaçada pelas nuvens.

CAPÍTULO DEZOITO

Cassidy estava deslizando vagarosamente pela piscina do hotel. Havia um copo alto e embaçado de Pimms cheio de morangos e folhas de hortelã esperando ao lado da sua espreguiçadeira. Após saboreá-lo lentamente, ela iria ao salão do hotel para arrumar o cabelo. Ela havia decidido usar o mogno rico e já havia escolhido a cor em uma tabela. Rosa Púrpura, chamava-se. Exótico. Como ela.

Embora tivesse tido alguns escrúpulos antes de partir naquela manhã, agora que estava aqui, estava feliz por ter decidido vir. Isso tirou sua mente de Adam e mais alguns drinques o tirariam de sua mente de maneira ainda mais bem-sucedida.

Após nadar, ela se jogou na toalha branca e fofa e decidiu mandar uma mensagem de texto para ele mais uma vez, embora ele não tivesse respondido a última. *Deitada ao lado da piscina azul com um Pimms gelado. Gostaria que você estivesse aqui?* ela digitou. Ela deveria acrescentar um 'x'? Não, ele não merecia.

Ela esvaziou sua bebida, tomou banho, trocou de roupa e foi para o salão de beleza. Ela faria uma massagem nas costas de meia hora antes de sua hora marcada no salão. Ela precisava disso. Perambular com sua maleta com rodinhas em dois aeroportos fez suas costas e braços doerem. Ela suspirou de prazer enquanto a massagista provocava e esmurrava os nós dos seus músculos. Quem precisava de porcos como Adam? Na verdade, quando uma massagem era tão boa, quem ainda precisava de sexo?

Mais tarde, quando Cassidy ficou em frente ao espelho em seu quarto decidindo o que vestir para sua refeição naquela noite, ela mal se reconheceu. Ela estava certa ao escolher Rosa Púrpura. Realmente fez algo por ela, deu-lhe um brilho que ela não possuía desde ... bem, o fim de semana anterior, provavelmente. Ela checou seu telefone mais uma vez. Ainda nada de Adam. Bem, era isso. Cortinas. *Finito*. Ele tinha sido uma escolha errada. Mas o sexo tinha sido bom. Ela certamente não se arrependia disso. Ela nunca teve tantos orgasmos consecutivos em sua vida, nem mesmo com seu vibrador, que trouxe consigo e colocou debaixo do travesseiro.

Debaixo do travesseiro ... oh, meu Deus! Alguém havia entrado e dobrado a roupa de cama e colocado um chocolate no travesseiro e lá estava seu vibrador ao lado dele, com uma rosa vermelha em cima. Que pervertidos! Existem algumas pessoas tristes neste mundo, ela pensou. Ela fez uma pausa e murmurou para si mesma: "Ou sou eu a pessoa triste por trazer um vibrador comigo nas férias porque não tenho a coisa de verdade?"

Leah tinha acabado de sair do banho quando Fada mandou uma mensagem para perguntar se ela estava em casa. Esta era uma Fada completamente diferente da Fada sombria das últimas semanas. Ela havia recuperado seu brilho, Leah observou. Nina, que, na ausência de sua mãe humana, passava a maior parte do tempo com Leah, mergulhou atrás do sofá quando viu a visitante.

"Acho que ela tem medo de estranhos," Leah disse. "Então, alguma novidade? Você falou com alguém?"

"Sim. Entrei em contato com a advogada online de direito da família e foi ótimo! Ela me disse que eu não tenho nada com o que me preocupar. Porque deixei claro para ele desde o início que era apenas uma situação temporária, para ver como seria e como ele não está me pagando o aluguel e a casa não é minha, de qualquer maneira, posso simplesmente pedir a ele para sair e ele não tem o direito de fazer qualquer reivindicação. Sabe, com toda honestidade, pensei que meus pais poderiam perder a casa deles! Que bobagem da minha parte, mas eu estava tão preocupada."

"Que alivio!" Leah deu um abraço em Fada.

"Mas não consigo imaginar um cara durão como Mick indo em silêncio," Fada continuou. "De alguma maneira, não acho que pedir educadamente para ele ir embora vai funcionar, não é? De qualquer maneira, eu não poderia jogar os gêmeos na rua."

"Dê a ele algum aviso então. Diga a ele que você procurou aconselhamento jurídico e que está dando a ele um mês para encontrar uma acomodação alternativa. Melhor ainda, encontre Janine e veja se ela gostaria de ter seus filhos de volta."

"Não é uma má ideia," disse Fada, pensativa. "Eu me pergunto se ela entrou em contato com eles? Eles têm seus próprios celulares e não consigo imaginar nenhuma mãe interrompendo o contato por completo por um ano inteiro. As crianças provavelmente foram obrigadas a jurar, sob pena de morte, que não contariam ao pai."

"Então, tudo que você precisa fazer é pegar um dos telefones e dar uma olhada. Eles podem até ter um telefone extra secreto escondido em algum lugar, só para troca de ligações entre eles. Valeria a pena vasculhar seus quartos, mochilas e bolsos. E de Rory também, é claro."

"Eu nunca encontraria nada em seu chiqueiro," Fada resmungou. "Acho que vou voltar e olhar agora. Os gêmeos estão na casa de um amigo e quanto a Rory ... quem diabos sabe onde ele está? Provavelmente roubando um banco em algum lugar."

Leah contou a Fada sobre sua encomenda de arte.

"É melhor deixar você se dedicar a isso então. Você não terá muita chance de pintar amanhã, não é? Ligarei para você se encontrar alguma coisa e te vejo amanhã para o desfile."

Elas gemeram juntas.

"Espero que o sol brilhe," Leah disse, cruzando os dedos na frente dela. "Se chover, minha fantasia poderia ficar transparente."

"Oh, a vergonha!" Fada disse e elas se despediram com risinhos.

Assim que Fada foi embora, Leah pegou seu maior bloco de desenho e uma caixa de aquarelas na porta ao lado, com Nina andando em silêncio atrás dela. Ela havia pensado em usar acrílicos, mas achava que Nat gostava mais de aquarelas ou pastéis. Justo quando estava montando o cavalete, seu celular tocou.

Maldição! "Olá?"

Seu coração estava batendo forte, caso fosse o hospital com más notícias sobre Nat, mas em vez disso, uma voz familiar disse em um tom de reclamação: "É sua mãe aqui. Você esqueceu que tinha uma? Você prometeu me ligar de volta e isso foi há alguns dias."

"Oh, Deus, eu esqueci?" Isso começou a voltar para ela. Ela estava correndo de volta da padaria na chuva com bolos para si e Nat e ofegou um pedido de desculpas e, embora não conseguisse se lembrar, ela deve ter prometido ligar mais tarde. Ela odiava quando sua mãe fazia o ato de mártir.

"Sinto muito. Tem havido muita coisa acontecendo. Você vê, minha vizinha…"

Ela contou a mãe tudo sobre Nat e conseguiu mudar as coisas de modo que, no final, a mãe a elogiou por ser uma amiga tão boa para sua vizinha idosa.

"Mas o motivo da minha ligação," sua mãe acrescentou, "era para pedir permissão para uma Visita Oficial. Eu, Emma e Poppy. Alan não, ele tem muito trabalho para tirar férias agora. O que você acha?"

"Isso seria adorável!" Leah disse, atingida por uma onda repentina de saudades de casa. "Quando?"

"Quando for conveniente para você, querida. Somos flexíveis. Desde que seja antes do final das férias escolares."

"A qualquer momento a partir do próximo fim de semana," ela disse. "Estou bastante ocupada com algumas pinturas agora e não acho que Poppy e pintura no mesmo cômodo seja uma boa ideia, você acha?"

"Vamos deixar você terminar sua decoração, então. Não se esqueça de abrir todas as janelas e arejar bem a casa. Você sabe que tinta me dá enxaqueca, especialmente tinta acetinada."

E isso resumia a diferença entre ela e sua mãe sempre prática, pensou Leah. Não teria passado pela cabeça de sua mãe que sua filha pudesse estar usando tinta à base de água para criar uma obra de arte, em vez de espirrar vinil acetinado na parede.

Enquanto Leah continuava com sua imagem para Nat, ela se pegou cantarolando uma melodia. Surpresa consigo mesma, ela parou. Ela não conseguia se lembrar da última vez que se sentiu feliz o suficiente para cantarolar ou cantar. No passado, ela adorava ir a shows de música em pubs, clubes folclóricos, concertos clássicos na hora do almoço, mas parou quando se envolveu com Stephen, pois não parecia certo ir se ele não pudesse ir com ela. Ela não teria nenhum prazer em ir sozinha.

Que vida superficial ela teve com ele, ela pensou. Que relacionamento limitado e restrito, mais ou menos confinada a um pequeno apartamento em Pimlico e uma cama. Como ela poderia ter tolerado todos aqueles meses? Como ela poderia ter imaginado que o amava? Era luxúria, não amor. Ela também tinha ficado um pouco impressionada. Ali estava um homem rico e poderoso, alguém que estava nos jornais, na TV, nas colunas de fofoca, mostrando interesse por ela, uma ninguém. Quando estava com ele, ela se sentia como alguém. Ela se deleitava em sua glória refletida. Ele a polvilhava com encanto. Ela se perguntou com quantas outras mulheres ele tinha dormido durante seu casamento.

Por mais que ele fosse um bastardo sem coração, ela sentiu uma pontada de culpa ao pensar no dinheiro que ele lhe dera: dinheiro que deveria ser usado para criar seu filho. Provavelmente ele já a tinha dispensado de sua mente como uma aventura divertida, uma aberração temporária, um incômodo, como uma mosca zumbindo que ele espantou para longe. Já era hora dela confessar o aborto e devolver seu dinheiro. Ela se sentia culpada por se agarrar a ele, embora sua mente mudasse prontamente para outra direção, fazendo com que ela sentisse que parte disso deveria ser dela por direito, criança ou não, em compensação por tudo que ele a fez passar.

Ela estava superando isso devagar. Ela descansou a cabeça nas mãos salpicadas de tinta com um suspiro cansado e sentiu um leve baque quando Nina pulou em seu colo.

"Garotinha," ela cantarolou baixinho, a tristeza presa em sua garganta enquanto acariciava a cabeça dura e lisa da gata delicada. "Doce garotinha." Ela foi recompensada por um nariz rosa empurrando em seus dedos. "Estamos bem, não estamos?"

CAPÍTULO DEZENOVE

"Vou na cabeça do Worm e você fica apenas na cauda. Nah-nah, nah, nah-nah!" Wayne entoou.

Ross voou para ele com um robô de brinquedo de metal na mão.

"*Meninos!*" Mick gritou.

Eles pararam de imediato, parecendo envergonhados. Eles não teriam feito isso se eu tivesse gritado com eles, pensou Fada com tristeza. Mesmo assim, não seria por muito mais tempo agora. Não se ela tivesse o que queria. Ela estava tão feliz por ter seguido o conselho de Leah. Ela se sentia muito mais feliz agora, muito mais confiante. Em breve, ela recuperaria seu espaço e encheria seu quarto com a parafernália de fadas de novo, sem risco de zombaria ou sabotagem.

Mick tinha subido para repreender os meninos depois do incidente de destruição das asas, mas, embora tivesse gritado com eles, ele estava principalmente repreendendo-os por usar uma tesoura sem supervisão, em vez do pecado de rasgar as roupas dela. Mas ele fez com que eles se desculpassem. Dois rostinhos angelicais balbuciaram "*Disculpe, Faida*" e, embora ela ainda se sentisse chateada e com raiva, não pôde deixar de sorrir e dizer: "Tudo bem, meninos. Só não façam isso de novo, ok?" Que ótima disciplinadora ela era!

Mick estaria entre os bateristas que acompanhariam Lorde e Lady Jofra e o Worm pela aldeia amanhã. Ao lado do Worm, certificando-se de que a besta extensa não acabasse de costas com todos os pezinhos balançando no ar, estaria ela mesma, trajando um dos seus últimos pares de asas restantes. Ann Barlow, alguns dos outros professores e Helen Birchall estariam com ela. O drama viria quando o Worm erguesse a cabeça (Wayne e seus co-Wormers pulando para cima e para baixo) e fingisse atacar Lady Jofra, sendo depois devidamente despachado por Sir Jofra.

"Vou morder o cavalo!" Wayne insistiu.

"Não se atreva. E não chegue perto demais, poderia dar um coice em você," Fada avisou.

Tanto a montaria de Sir Jofra e o pônei de Sally haviam participado do desfile nos últimos anos, então havia pouca chance deles se assustarem e atacarem, mas nunca se sabe, Fada pensou. Um cachorro poderia assustá-los ou câmeras piscando. Quem sabia quais cavalos provavelmente se assustariam?

Pare com isso! Ela disse a si mesma com firmeza. *Pare de se preocupar e divirta-se. Amanhã vai ser um dia ótimo e tudo vai ficar bem de agora em diante.*

O sábado amanheceu fresco, com névoa marítima e uma leve garoa. O coração de Leah afundou quando ela olhou pela janela. Se não tivesse esquentado ao meio-dia, que era quando o desfile deveria sair do campo de esportes e serpentear ao redor da aldeia, ela congelaria em seu traje sumário.

Toda a aldeia fez um esforço. Bandeirolas atravessavam a rua principal, arranjos de flores estavam por toda parte, pendurados em postes de luz e glorificando os peitoris das janelas, as vitrines das lojas estavam cheias de souvenirs de St. Jofra, os pubs e cafés estavam oferecendo almoços especiais com pratos da feira Olde Tyme e quando o desfile acabasse, Fraser estaria oferecendo passeios de charrete na praia. Bandas estariam tocando e a alegria continuaria até de madrugada. Todos os hotéis e pensões estavam lotados e quartos extras por toda a aldeia estavam sendo colocados em uso. Leah se sentiu culpada por não ter convidado sua família para vir neste fim de semana. Ela tinha certeza de que eles teriam adorado, mas de maneira nenhuma ela correria o risco de que eles a vissem se passando por uma Lady Jofra quase nua!

Por volta das onze, a névoa e a garoa estavam se dissipando e uma brisa amena balançava os gerânios e afastava as nuvens. Leah vestiu sua fantasia, vestiu um cardigã comprido por cima e correu para o clube de esportes, onde os bateristas mais resistentes já estavam bebendo cerveja. Não havia sinal de Josh, ela notou com uma pontada. Como ela gostaria de ter sido um pouco mais direta e lhe assegurado que queria continuar a vê-lo. Como Cassidy teria lidado com isso? Leah quase podia ouvir os tons francos e estridentes de sua amiga dizendo: "Oi, cara! Eu disse sem sexo agora, mas isso não significa sem sexo para sempre. Se me quiser o suficiente, você apenas terá que esperar até que *eu* decida que é a hora certa."

Não apenas a hora certa também, no que lhe dizia respeito, Leah meditou. O ambiente, as emoções, o clima… tudo tinha que estar certo. Ela saberia quando fosse a hora certa… se Josh lhe desse a chance. Se não desse, então não valia a pena se preocupar com ele. No entanto… por que ela estava se sentindo com o coração tão pesado? Por que ela estava desejando tanto vê-lo?

Ela observou Melissa ajudando Ann e Helen a preparar as crianças. Elas deveriam usar tênis branco, para que todos os pés do Worm parecessem iguais, mas um par de pés azuis estava estragando o efeito e eles pertenciam a Ross.

"Você deve ter outra coisa em casa, Ross," Ann estava repreendendo. "E suas sapatilhas de ginástica?" Ross fez uma careta e esticou o lábio inferior de maneira rebelde.

Mick estava no bar, mas não havia sinal de Fada, então Leah procurou o celular no bolso do cardigã.

"Fada, onde você está? Há um pequeno incômodo. Você pode trazer sapatos diferentes para Ross? Ele precisa de sapatos brancos."

"Mick deveria cuidar de tudo isso," disse uma Fada que parecia farta. "O que ele está usando?"

"Sapatos azuis. Ann está ficando zangada!"

Houve um palavrão com F abafado e Fada. "Estarei aí em breve. Estava apenas secando meu cabelo."

Leah se aproximou e disse a Ann para não se preocupar. Pouco tempo depois, uma Fada de aparência úmida se aproximou correndo com uma sacola e fez o Ross, que protestava, trocar de calçado. A essa altura, dezenas de pessoas estavam circulando, a maior parte com as roupas pretas e vermelhas dos bateristas.

"Algum sinal dos cavalos?" Ela disse a Melissa, que estava passando.

Melissa balançou a cabeça. "Provavelmente estão recebendo uma boa limpeza final. Agora, devo fazer com que Patrick e sua cerveja se separem, caso contrário, ele vai deixar cair o tambor e tropeçar."

Ao ouvir um relincho, Leah olhou para o outro lado do campo de esportes. "Oh, veja, lá está Kim agora com o ..." Sua voz morreu. Ela não conseguia acreditar no que estava vendo. "Com os c-cavalos," ela gaguejou fracamente.

"Com toda honestidade, você não espera que eu suba ... *naquilo*?" Leah olhou para a enorme besta branca em consternação total. "Preciso de uma escada! E se isso me derrubasse, eu teria um caminho terrivelmente longo para cair. O que aconteceu com Sally? Eu me senti segura nela."

"Ela perdeu uma ferradura hoje de manhã e não conseguimos o ferrador. Ele está tão ocupado que você precisa agendá-lo com antecedência," Kim explicou. "Ela tem apenas 1,52m altura. Isso é bom para a sua altura."

"Não me interessa. Quero que meus pés estejam mais próximos do chão," Leah protestou. Ela estava genuinamente assustada. Seu coração estava disparado. "Olha, você vai ter que deixar outra pessoa ser Lady Jofra. Por que você não faz isso, Kim?"

"Porque não me pareço com o papel como você. Não sou jovem e não tenho cabelo comprido."

"Helen não era jovem quando fez isso no ano passado," Leah comentou. "De qualquer maneira, por que não pedir uma peruca emprestada? Que tal aquela senhora ali?" Ela apontou para a mulher que usava o chapéu medieval em forma de cone com o cabelo falso caindo dele. "Na verdade," ela acrescentou, "por que ela não poderia fazer isso?"

"Aquela é Jo e ela fez uma operação no joelho há alguns meses. Além disso, até onde eu sei, ela nunca montou a cavalo em sua vida. Você não é uma má cavaleira, Leah. Eu vi como Sally responde a você. Você vai descobrir que Snow aqui também é uma montaria fácil. Ela é uma criatura gentil, apesar do seu tamanho. De qualquer maneira, eu fiz isso para você." Kim entregou a Leah um capacete que tinha sido enlaçado com uma fita azul e bordado com flores. "Agora, vamos lá, não seja tola, é apenas por meia hora. Achei que você fosse uma verdadeira atriz!"

"Atriz? Huh!" No entanto, com seus membros tremendo assim como seu ânimo, Leah se permitiu ser içada em cima de Snow.

Então Fraser apareceu em seu traje de Cavaleiro com botas de couro preto brilhante, túnica vermelha, luvas de couro, cota de malha, seu visor de prata obscurecendo seu rosto. Ele acenou com a cabeça para ela e balançou seu corpo alto desajeitadamente na sela, deu um tapinha em sua montaria e de repente, todas as diferentes batidas dos tambores se fundiram em um ritmo sólido e o trompetista tocou seu solo estranho e agudo e eles partiram, seguindo pela pista do campo de esportes na direção da rua principal, com Leah pendurada na crina grossa de Snow como se sua vida dependesse disso, sua cabeça girando em um tipo estranho de vertigem, como tinha sentido quando estava empoleirada na bicicleta alta na primeira e única aula de spinning que frequentou na academia.

Por favor, não me deixe cair, ela implorou em silêncio, dirigindo sua oração a Deus, aos anjos da guarda ou a quem quer que por acaso estivesse lá em cima agora, olhando para ela através dos seus binóculos celestiais. *Por favor, não me deixe desmaiar.* Como uma reflexão tardia, ela acrescentou: *E por favor, não deixe meus seios aparecerem através do bordado.*

CAPÍTULO VINTE

Cassidy, vestindo calça de linho preta, blusa branca, jaqueta vermelha, chapéu de palha preto de aba grande e seus óculos de sol Chanel vermelhos e brancos, havia chegado às dez. Ela conseguiu obter uma vaga conveniente no estacionamento e passou as próximas horas investigando as lojas. Algumas das joias de prata eram legais, mas não era seu estilo e as roupas com babados eram um pouco hippie e anos 70 demais, mas por outro lado, ela pensou, o que você esperaria em um lugar no interior como este, onde as pessoas provavelmente ainda usavam aventais e os pescadores usavam pulôver Guernseys marinho e fumavam cachimbos?

Multidões estavam começando a se formar, então ela foi para um ponto de vista privilegiado, uma seção mais alta do pavimento. O som de tambores rítmicos podia ser ouvido à distância, uma batida sinistra, do tipo que poderia ter acompanhado as carroças francesas enquanto rolavam para a guilhotina. As crianças gritavam e saltitavam. As pessoas estavam saindo dos pubs e lojas em antecipação ao desfile. Um cachorro branco muito grande e extremamente peludo empurrou com o focinho sua perna e passou por ela.

"Eca!" Ela disse, olhando para os pelos brancos agarrados à sua calça. Ela fez o possível para limpá-los. As batidas dos tambores estavam se aproximando: *brrrrum, brrrum, brrrum*. Pausa. *Brrr-brrr brrrum, brrrum*. Uma batida 4/4 que de vez em quando era preenchida por um floreio da pessoa com o tambor mais alto, que era obviamente o mais experiente dos percussionistas. A cada poucos instantes, um solo fino e agudo de trompete flutuava acima dos tambores, uma melodia misteriosa em um tom menor triste. Cassidy sentiu seus braços formigarem. Era como ser uma criança no circo novamente.

Estava quente no sol e ela estava feliz por ter usado um chapéu, mas o sol estava se esgueirando sob a aba e encontrando seu nariz e ela não tinha protetor solar e se fosse à farmácia para comprar um, perderia seu lugar. Seu hidratante era fator 15, então ela esperava que fizesse o serviço. Inclinando o chapéu em um ângulo, ela pegou sua câmera digital. Os bateristas estavam se aproximando agora, descendo a colina, quase dobrando a esquina para a rua principal.

Um garotinho saiu correndo da padaria com um pastelão de carne na mão. Ele acenou com o pastelão em sincronia com a música e se partiu em dois e ele rugiu com lágrimas de raiva quando metade dele caiu na rua e o mesmo cachorro que tinha destruído as calças dela saiu correndo da multidão, se lançou sobre o pastel e o comeu. Cassidy riu alto. Ela se sentia parte da comunidade agora, pegando a corrente de excitação que corria por todos os presentes.

Aqui estavam os bateristas agora, seu líder era um homem enorme com um bumbo gigante preso a ele. Ele girou suas baquetas, jogou-as no ar e pegou-as, em seguida, tocou outro rufar na pele branca e esticada do tambor. Oh, Deus, cada baterista estava usando preto e vermelho, assim como ela! Talvez ela devesse ir e se juntar a eles. Ela tirou algumas fotos, mas se esqueceu de usar a lente de zoom, então apertou o botão e a próxima foto que conseguiu enquadrar foi de uma hippie idiota em um enorme cavalo branco de puxar carroça, vestida como Lady Godiva, com folhas de figueira e meia floricultura em seu cabelo.

Kim estava certa sobre Snow, Leah pensou, enquanto se acomodava na marcha do cavalo. Ela tinha uma boca responsiva e um passo fácil e era, até agora, um passeio muito confortável e seu nervosismo e vertigens começaram a diminuir. O primeiro baterista havia dobrado a esquina fechada da aldeia e ela e Fraser seriam os próximos. Leah olhou de relance para ele. Ele acenou com a cabeça de volta e ela teve certeza de que ele estava sorrindo de maneira encorajadora sob seu capacete de papelão, então ela respirou fundo e de repente estava enfrentando a multidão, dezenas de pessoas, lotando a rua em ambos os lados, inclinando-se para fora das janelas, aplaudindo e gritando. A maioria estava vestida de maneira casual com camisetas, jeans, shorts, vestidos de verão, mas uma mulher se destacou porque ela parecia uma fashionista em seu enorme chapéu de palha preto e óculos de sol enormes. Provavelmente alguma celebridade local esperando ser filmada ou mencionada na imprensa, pensou Leah. A mídia compareceu com força. Uma jornalista estava falando ao microfone e ao lado dela estava um homem com uma câmera de televisão.

Leah sorriu e percebeu que, apesar dos seus receios, ela estava se divertindo. Na verdade, era mais do que isso. Ela se sentia orgulhosa. St. Jofra a escolheu, uma recém-chegada, para ser a estrela do dia e foi muito mais do que ela poderia ter esperado. Que pena que Nat não poderia ter visto seu momento de glória. Charles, o proprietário da Galeria, um homem alto e esguio que sempre estava mergulhado em fragrâncias caras e envolto em lenços de seda, havia se nomeado fotógrafo oficial do evento. Ela compraria a melhor foto sua em Snow e presentaria Nat.

O desfile, com Worm e tudo, serpenteava pela aldeia, descendo uma colina, passando por um lado da aldeia e subindo pelo outro, multidões cobrindo as ruas por todo o caminho. O final seria no jardim atrás da igreja, um lugar adequado para o bem triunfar sobre o mal, Leah pensou.

À sombra das árvores, o Worm empinou-se com gritos de gelar o sangue, a maioria dos quais ela teve certeza que foram fornecidos por Wayne e foi 'massacrado' com muita eficácia por Sir Jofra e imediatamente após, em vez de todas as crianças deitadas humildemente de lado para indicar que o dragão estava morto, elas optaram por rolar de costas e chutar as pernas no ar. Enquanto os gritos de medo fingido do público se transformavam em gargalhadas, Sir Jofra cavalgou até ela, tomou-a nos braços, quase a arrancou de Snow, ergueu o visor e beijou-a. Então, Fraser não estava provocando, afinal. Realmente fazia parte do ritual anual. Não foi um beijinho casual também, foi um beijo completo, lábios colados a lábios. Isso a deixou sem fôlego e o rugido em seus ouvidos não era apenas o aplauso da multidão.

Ela tentou afastá-lo, mas ele não parava. Ela sentiu sua língua sair e explorar sua boca. Não não, não! Isso estava errado. Havia apenas um homem que ela queria beijar e não era Fraser. Ela ouviu uma risada. Ela a reconheceu. Ela estendeu a mão, agarrou o capacete de papelão e puxou-o. Aquele rosto sorridente certamente não pertencia a Fraser.

"Seu bastardo!" Ela disse. Mas estava sorrindo.

Cassidy não esperava se divertir tanto. Ela adorou assistir o Worm serpenteante virar e ver todas aquelas perninhas acenando no ar. Um coitadinho estava doente e sua mãe aproximou-se correndo e fez um estardalhaço e levou-o junto com um garotinho muito parecido para longe; o garotinho doente tropeçando e o garotinho saudável gritando e protestando sobre querer ir à praia e montar uma cabra. *Montar uma cabra? Certamente não!* Mas isso disse a ela que havia outras coisas acontecendo na praia e ela tinha a opção de ficar na aldeia e ouvir os músicos e almoçar em um pub ou café lotado ou descobrir onde ficava a praia e ver o que estava acontecendo lá.

Espere um segundo ... A garota hippie no cavalo branco estava presa em um abraço tão apaixonado com o cavaleiro em armadura de papelão que parecia que eles estavam prestes a se entregar a sexo em público no lombo de um cavalo. Agora, isso *seria* excitante! Ela tirou uma ou duas fotos do casal antes de decidir almoçar. O cardápio do pub parecia tentador, então ela entrou e o encontrou meio vazio, adorável e fresco, canecas de estanho e placas de latão, usadas para decorar os arreios de cavalo, pendurados sobre o bar e uma âncora e um leme de navio envolto em uma rede de pesca decorando a longa parede apainelada. Ela estava ciente de olhos masculinos observando-a enquanto ela se aproximava do bar e alguém assobiou, mas ninguém falou com ela além da garçonete.

Ela pediu uma salada de frango, um vinho branco e uma garrafinha de Perrier e sentou-se à mesa para dois perto da janela. Quão distante Londres parecia. Era difícil imaginar que ela ainda estava no mesmo país. Com esse clima lindo, não importava que ela não estivesse passeando pela Quinta Avenida ou cruzando o Nilo. Ela percebeu, com um pouco de tristeza, que tinha sido um pouco esnobe em relação às férias na Grã-Bretanha, acreditando que eram o último recurso das pessoas muito fora de moda. Agora, ela estava começando a sentir que estava errada.

"É isso, amor, você cuida dessa sua cintura ou não vai ficar bem na capa da sua próxima revista," comentou um velho grisalho quando a salada dela chegou. Havia sorrisos nos rostos dos seus companheiros de aparência deformada. Cassidy mostrou os dentes para eles e se ateve ao seu almoço. Mmm, pinhões torrados e molho de azeite adequado. Pelo menos eles sabiam fazer uma salada decente aqui, mesmo estando tão longe de Islington e Camden.

Ela teve a breve ideia de comprar uma casa de férias aqui e andar à deriva com saias esvoaçantes, flores mortas no jardim de sua casa de campo enquanto um copo de algo fresco, branco e borbulhante esperava por ela em uma mesa sombreada. Ela completou sua visão ao pintar um jovem bronzeado e com uma barriga de tanquinho, vestindo nada além de uma gravata borboleta e uma toalha de garçom sobre um braço e sorriu para si mesma enquanto terminava sua bebida. Uma viagem até o banheiro feminino - limpo, mármore, espelhos grandes - e ela estava pronta para explorar qualquer outra coisa que esta pequena aldeia engraçada pudesse ter a oferecer. Mas ela sabia que não poderia ir embora sem ver a praia.

Ela não esperava que ficasse tão longe. Ela seguiu a placa de sinalização, mas a estrada parecia não ter fim e também era muito íngreme. Por que ela não tinha usado os tênis, em vez de sandálias estúpidas de salto alto? Ela teria que ter cuidado para não torcer o tornozelo. Ela cantarolou *The Long and Winding Road* baixinho, para ajudá-la. Seus pés doíam quando a estrada terminou em um hotel, um café, algumas lojas e um estacionamento. Por que diabos ela não havia dirigido em vez de andar? Mas, é claro, ela esperava que fosse uma praia normal, como a de Brighton onde você apenas saía da estrada. Para chegar a esta, é necessário ter sérias habilidades de montanhismo.

Era realmente mais uma enseada ampla do que uma praia, já que era flanqueada por pedras em ambas as extremidades, mas havia um trecho largo e plano de areia e algumas barracas vendendo sorvetes e bebidas geladas e alguns jovens muito atraentes estavam dando uma demonstração de surf, para deleite de uma multidão de jovens com pranchas de bodyboard. A luz do sol refletida no mar era tão forte que ela teve que apertar os olhos, embora estivesse usando óculos escuros. Era lindo, mas seus pés doíam e ela precisava de um lugar para se sentar e todas as pedras e paredes planas já estavam ocupadas.

Ouvindo um som estranho acima da sua cabeça, um cruzamento entre um grito e um miado, Cassidy ergueu os olhos e viu três pássaros enormes voando em círculos ao redor um do outro, parecendo estar patinando no céu.

Uma mulher percebeu que ela estava olhando e disse: "São abutres. Pais e um filhote. Não é maravilhoso vê-los?"

"Abutres? Na Grã-Bretanha? Achei que só existiam em países como a Índia," Cassidy respondeu.

A mulher riu. "Acho que você está confundindo com urubus," ela disse. "Não temos muitos desses por aqui. Bem, não em forma de pássaro, de qualquer maneira!"

Cassidy riu junto com ela, mas sua risada se transformou em um estremecimento quando deu um passo à frente. *Eu sei. Vou tirar os sapatos e andar na areia. Talvez caminhar na água.*

Ela saiu pela areia, os olhos tão fixos na água à frente que não percebeu nada se aproximando até que ouviu um balido e pulou. Ovelha? Na praia? O que ovelhas estavam fazendo puxando uma carroça? Ela tirou os óculos de sol para ver melhor. Ovelhas, de fato! Ela riu da sua própria idiotice. Eram bodes. Conduzidos por um homem vestindo um jeans velho desbotado e uma camiseta branca. Eles puxavam uma carroça de bodes antiquada em que duas crianças estavam sentadas, rindo deliciadas e balindo de volta para os bodes, que eram animais bonitos, suas peliças bem cuidadas e lustrosas

Quando ela deu um passo para trás para dar-lhes espaço suficiente para passar entre ela e um grupo familiar sentado na areia, uma brisa repentina pegou seu chapéu de palha e o arrancou da sua cabeça. Que saiu rolando pela areia e no

LORNA READ

minuto seguinte, um dos bodes pegou o chapéu com a boca e estava mastigando-o.

"Ei!" Cassidy gritou. O chapéu não era qualquer chapéu de sol barato e velho. Tinha custado 70 libras na Harvey Nicks.

Enquanto marchava em direção ao bode ofensor, o homem responsável por eles deu a ela um olhar pesaroso. "Eu realmente sinto muito," ele disse. "Esse é o problema com os bodes. Eles vão comer qualquer coisa. Eles comeriam até esses seus sapatos." Ele acenou com a cabeça para as sandálias de couro vermelho penduradas em sua mão.

"É melhor que não!" Cassidy disse de maneira ríspida. Os dois pequenos passageiros estavam dando risadinhas como se nunca tivessem visto nada tão engraçado em suas vidas.

O homem arrancou os restos do chapéu da boca do bode e devolveu a ruína despedaçada para ela. "Sinto muito," ele repetiu. "Há algo que eu possa fazer? Posso comprar outro chapéu para você? Há uma loja lá atrás ..."

Sim, havia e vendia o tipo de bonés de beisebol baratos e chapéus de algodão flexíveis com os quais Cassidy não seria vista nem morta. "Está tudo bem," ela disse, de repente notando seus olhos extraordinários. Com seu cabelo claro, ela esperava que fossem azuis, mas não eram. Eles eram de um verde claro maravilhoso e seu rosto, assim como seus braços, estava bronzeado em um tom dourado atraente. Ela sentiu seu pulso acelerar de excitação. Ele era muito bonito. Ela não tinha notado a princípio. Isso lhe deu uma ideia.

"Você sempre poderia me pagar o jantar hoje à noite para se redimir," ela sugeriu, arqueando as sobrancelhas e mordendo o lábio inferior.

"Posso fazer mais do que isso," ele disse. "Percebi que você estava mancando. Se você não se importa em esperar mais ou menos uma hora, também posso lhe dar uma carona até o cume da colina."

Assim é melhor, Cassidy pensou. Ela não tinha perdido

seu toque com os homens afinal. Uma garota não podia passar todos os seus dias esperando por um milionário, ela meditou; às vezes valia a pena se rebaixar a um camponês, um pastor de cabras. Se nada mais, isso daria a seu carma um impulso e Deus, ou Buda, sabia que precisava disso.

CAPÍTULO VINTE E UM

S e Ross não tivesse vomitado - ele tinha comido um pacote inteiro de ursinhos de goma, de acordo com Wayne - Fada nunca teria voltado para casa de maneira inesperada. E se ela não tivesse ido para casa, nunca os teria pego. Rory e uma garota. Na *sua* cama!

Foi horrível. Eles estavam nus, seus membros entrelaçados ao redor um do outro. Ela teve a sensação perturbadora de que eles fizeram sexo e depois, saciados, adormeceram. Se ela não tivesse subido para buscar uma camiseta limpa para Ross e se eles não tivessem deixado a porta do quarto aberta, ela nunca os teria visto.

Ela ficou parada na porta, tremendo, sem saber o que dizer. Ao ver os olhos de Rory se abrirem, ela perguntou fracamente: "Há quanto tempo isso está acontecendo?" e Rory respondeu: "Oh, séculos. De qualquer maneira, o que isso tem a ver com você? Você não é minha mãe."

Ao ouvir vozes, os gêmeos correram escada acima e ela fechou a porta às pressas, com uma ordem murmurada para se vestirem rápido. Então - agradeça a todos os deuses e fadas! - Mick voltou, tendo ouvido de Melissa que Ross não estava bem.

"Você deveria ter visto a maneira como Mick invadiu lá," ela disse a Leah. "Você sabe quão relaxado ele normalmente é? Bem, eu nunca o vi subir aquelas escadas de maneira tão rápida. E você sabe o que ele fez?"

Quando Leah não respondeu, Fada continuou sem fôlego. "Ele bateu em Rory e o chamou de idiota estúpido! A pobre garota estava se escondendo sob a roupa de cama, mas Mick agarrou seu braço, puxou-a para fora, completamente nua e jogou as roupas dela nela, chamou-a de vadiazinha e expulsou-a! Em seguida, deu um sermão para Rory sobre sexo envolvendo menores de idade, a lei e também sobre preservativos. O maldito hipócrita! Acho que ele se esqueceu de que me disse que fez sexo pela primeira vez quando tinha quatorze anos com uma garota que trabalhava na loja de peixes e batatas fritas e que ele tinha apenas dezesseis quando foi pai de Rory. Tal pai, tal filho, hein?"

"Puta merda! Não sei o que dizer. Você reconheceu a garota? Era alguém da escola de Rory?"

"Nunca a vi antes nem Mick. Ela parecia mais velha. Dezoito, talvez. Mas como você pode saber? Especialmente quando…"

"… eles estão sem roupas!" Leah terminou a frase.

"Ela tinha um corpo lindo," Fada disse, um pouco melancólica.

"Talvez isso faça Mick finalmente perceber que Rory está fora de controle. Talvez ele pense em mandá-lo de volta para a mãe, para afastá-lo da garota."

"Mas seu aniversário de dezesseis anos é daqui a dois meses," Fada disse. "Então ele está livre para transar quantas vezes quiser. Mas não na minha cama. Não vou aceitar isso. Vou colocar uma fechadura na porta e levar a chave comigo."

"Hum … você não acha que Mick o considera como seu quarto também? E se ele chegar em casa mais cedo do trabalho e quiser descansar?"

"Então ele pode dividir o sofá com o cachorro!" Fada fez

uma pausa. "Mas há outra coisa também. Tanto Rory quanto sua namorada pareciam chapados. Eu podia sentir o cheiro no ar, mas nossa casa sempre cheira a maconha de qualquer maneira."

"Onde você acha que Rory conseguiu as drogas? Com a garota? Ou ele roubou o estoque de Mick?"

"Se foi o último e depois a garota conta as pessoas que minha casa é um antro de drogas? Oh, não consigo suportar, Leah. Simplesmente não consigo suportar. Minha casa parece poluída. Quero isso limpo. Cachos de sálvia e encantamentos, tudo. Quero trazer de volta sua magia e seu brilho."

E o seu também, pensou Leah.

Enquanto Cassidy saltitava no Land Rover de Fraser, que estava rebocando uma mini caixa para cavalos contendo a carroça de bodes e os dois bodes, ela foi revisitada pela sensação que tivera antes, de que estava em outro país. Grécia, talvez. Eles tinham muitos bodes. Adônis loiros também. Na verdade, o nome Adônis não veio da Grécia? Ou foi Roma? Que diabos! Não importa. Ele era lindo e ela tinha um encontro com ele; isto é, se conseguisse suportar calçar suas sandálias dolorosas de volta. Mas assim que chegaram à fazenda, Fraser encontrou a solução.

"Acho que essas podem servir em você," ele disse, entregando-lhe um par de Crocs fúcsia que estavam alinhados ao lado de vários outros pares de botas e sapatos na varanda da casa da fazenda. Ele deve ter notado suas sobrancelhas erguidas porque explicou rapidamente: "São da minha irmã."

As sandálias de plástico leves eram um pouco grandes, mas as palmilhas salientes massageavam seus pés doloridos de maneira maravilhosa. Cassidy se sentiu bastante rejuvenescida enquanto ele mostrava a fazenda. Ele a levou até os currais internos onde uma das cabras tinha acabado de gerar um filhote. Fraser pegou a criatura sedosa, branca e de pernas finas e colocou-a nos braços de Cassidy. O filhote começou a tentar sugar seu polegar e ela suspirou quando uma onda de emoções surgiu nela e inundou o cabrito pequeno e quente. Em seguida, o cabrito lambeu seu nariz e havia algo em sua afeição inocente que ela achou quase irresistível. Pela primeira vez na vida, ela experimentou um momento de pura alegria. Escondendo suas reações de Fraser, ela se abaixou e o devolveu à palha, onde sua mãe correu até ele, balindo.

"Agora, você gostaria de ... ei, você está chorando! Qual é o problema?" O braço de Fraser passou ao redor dos seus ombros e ela se viu sorrindo, fungando e rindo, tudo ao mesmo tempo.

"Não... n-não é nada," ela soluçou. "É... bem, é tão maravilhoso."

"O quê? Minha velha fazenda de cabras?"

Seu braço ainda estava ao redor dela. Seus pensamentos voltaram ao fim de semana anterior. Exatamente sete dias atrás, ela estava na cama com Adam, mas apesar do sexo fantástico e imaginativo, os braços dele ao redor dela não pareceram nem de longe tão fortes e seguros e, sim, sexy, como os de Fraser. Ele tinha um cheiro limpo, de suor fresco, colônia e maresia e se havia um cheiro almiscarado de cabra no ar também, ela não se importou. Na verdade, ela gostou bastante. O cheiro de cabra era masculino, ela pensou. Havia algo gostoso e selvagem nisso. Ela gostaria que Fraser simplesmente a empurrasse para a palha e a possuísse, afogando-a em seus olhos verdes, da cor do musgo atrás de uma cachoeira.

Seu braço ainda estava ao redor dela enquanto ele a conduzia de volta para a casa e quando ele o removeu para fazer café, seus ombros sentiram a perda. Ele sentou-se na frente dela e seus olhos se encontraram através da mesa, que parecia ter sido cortado de alguma árvore velha enorme caída. Parecia o tipo de madeira de que as vigas da mansão e dos navios de guerra de Henrique VIII seriam feitas. Ela se sentiu confortada por isso. Ela se sentia eterna como se sempre tivesse estado aqui, sentada nessa cozinha que era tão simples e desprovida de confortos modernos que era quase o estilo Shaker perfeito do Instagram.

"Você é o tipo de mulher que se destaca na multidão. Essa é a primeira coisa que notei em você. Você tem uma aparência de … bem, só posso descrever isso como uma independência feroz. Não acho que você seja do tipo que faria concessões. Você sabe quem é. Gosto disso em uma mulher," ele disse.

Cassidy sentiu sua boca se abrir, mas nenhuma palavra se formou em sua mente. Ela não costumava ficar sem palavras, mas este foi um daqueles raros momentos. Ela tinha recebido muitos elogios em seu tempo, mas essas foram as melhores coisas que um homem já tinha dito a ela. As melhores coisas que alguém, homem ou mulher, já tinha dito a ela. Ele a identificou, definiu… e, o mais incrível de tudo, gostou dela exatamente pelo que ela era.

Ela disse as únicas palavras apropriadas para tal situação. "Obrigada."

Mais tarde, Cassidy estava sentada em seu quarto de hotel pensando, *Não acredito. Estive em um encontro com um homem adorável, adorável por dentro e por fora, e eu não fiz, não consegui, dar em cima dele.*

Ela nunca antes tinha conhecido um homem que era simplesmente muito bom para ela seduzir. O que aconteceu com ela? *Eu o respeito*, ela pensou. *Ele é o primeiro homem que já respeitei.* Isso realmente causou uma mudança. E uma mudança ainda maior foi o fato de que ele a respeitou o suficiente para não dar em cima dela, embora ele obviamente tivesse se sentido atraído por ela. Tão, tão diferente de Adam e de todos os outros como ele. Ele bebeu pouco e a levou de carro de volta ao seu hotel em Newquay e sequer tentou beijá-la. Mas ele abriu as portas para ela, certificou-se de que ela não tropeçasse, colocou a mão sob seu cotovelo para ajudá-la a mancar até a porta. E os olhares que ele deu a ela tinham muito mais poder e significado do que um beijo de boa noite.

Na manhã seguinte, por volta das nove, alguém bateu à porta. Apertando apressadamente o robe ao redor do corpo – ela tinha acabado de tomar banho – ela foi abrir a porta e encontrou-se olhando para um grande buquê de flores. "Entrega para a Srta. Cassidy," disse o rapaz cheio de espinhas atrás do buquê.

"Só um minuto." Cassidy encontrou uma moeda de 2 libras em sua bolsa e deu a ele.

O cartão que acompanhava as flores dizia: *Bom dia, senhora adorável. Ligue para mim me quiser se encontrar hoje à noite. Fraser.*

Essas poucas palavras simples a afetaram tão profundamente que ela teve que se sentar, agarrando o cartão e lendo-o repetidamente. Ele realmente gosta de mim, ela pensou. Ele gosta de mim por mim mesma, não apenas pelo meu corpo. Ela se sentiu comovida, como uma adolescente com seu primeiro buquê. Este não foi um gesto vazio como a rosa de Federico. Foi um presente do coração. Do coração de Fraser. Um coração humano que batia, que era frágil e muito fácil de quebrar. Isso não era um jogo, era o começo de algo real, algo que era muito mais do que apenas uma trepada. E valia a pena ir devagar, valia a pena saborear.

Se ao menos ele não vivesse na maldita Cornualha e tivesse todas aquelas cabras para cuidar. Ele era a montanha e ela era Maomé e ela teria que ir até ele. E ela sabia que ele estaria esperando e que ela queria que ele estivesse lá, esperando por ela, dando-lhe as boas-vindas, seu cabelo como manteiga derretida, seus olhos cor de esmeralda. *Eu poderia estar ... estou ... me apaixonando?* Tão de repente, tão rápido, de maneira tão inesperada? Ela sabia que o amor à primeira vista poderia acontecer, mas nunca esperou que isso acontecesse com ela. Ela não tinha tanta sorte. Mas talvez finalmente tivesse.

Leah ficou surpresa ao descobrir que nem Fraser nem Josh estavam na festa pós-festival naquela noite. Nem Fada, mas Leah achou que ela tinha o suficiente para lidar em casa. Ela ficou até as onze, sem beber muito, conversando principalmente com Melissa, já que Patrick estava no centro de um grupo barulhento de amigos de bebedeira no bar.

"Você está bem?" Melissa perguntou. "Eu perguntei duas vezes como Nat está e você não respondeu."

Leah estava revivendo mentalmente o clímax do desfile, o momento quando ela viu aquele rosto pairando sobre o dela, bloqueando o sol e o visor de papelão sendo empurrado sobre aquele nariz inconfundível e lábios sensuais. Ela estava revivendo a maneira como sentiu seu corpo formigar com o choque e alívio de descobrir que não era Fraser, mas Josh e o poder daquele beijo demorado. Mas onde estava Josh agora? Talvez ele estivesse de plantão e tivesse que permanecer sóbrio. Ele não poderia simplesmente ignorá-la depois daquele beijo memorável!

Ela balançou a cabeça, dissipando as lembranças e respondeu a pergunta de Melissa. "Ela ainda está no hospital. Vou visitá-la na segunda-feira. Eu perguntei se posso falar com o médico dela. Nat não tem mais ninguém, entende? Na verdade, é melhor eu ir. Tenho algumas coisas a fazer antes de amanhã." Como passar as roupas limpas que estava levando para Nat.

Quando ela chegou em casa, a luz estava piscando em sua secretária eletrônica. "Olá, querida, é Mamãe." Pausa. "Acho que você não vai atender então." Pausa mais longa. "Suponho que você esteja fora. Eu deveria ter lembrado que é sábado à noite, quando nenhuma garota gosta de estar em casa. Lembro-me de como você e Emma eram quando adolescentes. Vocês costumavam pensar que eram um fracasso completo se não tivessem uma festa para ir." *Oh Mãe, pare de jogar conversa fora!*

"Emma e eu conversamos e gostaríamos de ir na quarta-feira e ficar até a próxima segunda-feira, se estiver tudo bem para você. Eu perguntei e posso tirar segunda-feira de folga do trabalho. Você me avisa, querida? Tchau!"

Leah ligou para ela na manhã seguinte e disse que seria ótimo. E naquela manhã, ela começou uma nova pintura, uma versão diferente da vista para o mar de Nat, a fita azul do oceano emoldurada por árvores desta vez, em vez dos vidros das janelas do solário. Conforme as cores balançavam sobre a tela, ela sentia como se sua própria mente também estivesse recebendo um banho de cores. Ela tinha ouvido falar de cromoterapia; talvez ela pudesse se curar através da pintura. Se ao menos isso também pudesse curar Nat.

A Dra. Sundera tinha o tipo de olhos castanhos e suaves de filhote de cachorro que pareceriam tristes e simpáticos em quaisquer circunstâncias, Leah pensou. Ela não tinha visto Nat ainda, tendo sido abordada pela médica enquanto caminhava pelo corredor que levava à enfermaria e rezou para que, seja o que fosse que estivesse prestes a ouvir, fosse capaz de colocar um rosto alegre e sorridente quando visse Nat e fingisse que nada estava errado.

A médica robusta, de meia idade, cujo rosto estava atormentado, como se ela tivesse testemunhado décadas de triunfos e tragédias médicas, conduziu-a até um consultório e fez um gesto para que ela se sentasse. "Imagino que você seja a parente mais próxima da Sra. Fleming."

"Acho que não. Sou a vizinha da casa ao lado, só isso."

A Dra. Sundera folheou alguns papéis na pasta acartonada

marrom que carregava, tirou uma página e entregou a Leah. "No meio da página. Vê? Parente mais próximo, Leah Mason, Trenown Close, 36."

"Essa sou eu, sim." Leah franziu o cenho. "Não somos parentes, mas somos muito próximas. Estou lisonjeada por ela ter me nomeado, mas não sei o que significa ser a parente mais próxima."

"Significa que podemos ser honestos com você sobre sua condição e suas necessidades de saúde." A médica fez uma pausa, olhou para Leah como se a estivesse avaliando e acenou com a cabeça. "A Sra. Fleming me disse que você é como uma filha para ela."

"Isso é gentil da parte dela," Leah disse. "Nós nos vemos muito. Acho que ela tem se sentido bastante solitária desde que o marido morreu."

A médica pigarreou. "Não são boas notícias," ela disse. "A paralisia da Sra. Fleming não tem nada a ver com um derrame, é causada por um grande tumor no pulmão esquerdo que está pressionando um nervo."

Leah ficou tensa em estado de choque e se inclinou para frente em sua cadeira, olhando diretamente nos olhos tristes da médica. "Não entendo. Ela não tem tosse. Como ela pode ter câncer de pulmão?"

A médica deu-lhe uma breve palestra médica, apenas uma fração da qual Leah entendeu. "Existe algo que você possa fazer?" Ela perguntou. "Você pode removê-lo?"

A Dra. Sundera balançou a cabeça. "Receio que não. Quando as coisas atingem esse estágio, operar não faz sentido, especialmente quando você tem a idade da Sra. Fleming. É apenas uma questão de tempo agora e tudo que podemos fazer é dar a ela cuidados paliativos."

"O que isso significa?" Leah sentiu frio por toda parte. Nat ia morrer e ela não suportaria.

"Significa ter certeza de que ela está confortável e sem dor. Temos uma clínica de controle da dor aqui, então podemos alterar a dosagem de morfina, se necessário. Vou providenciar para que uma enfermeira distrital apareça para vê-la, pois ela mora sozinha. Ou ela pode preferir ir para uma casa de repouso."

"Quanto tempo ela tem?" Leah perguntou hesitante.

"Algumas semanas, alguns meses, é impossível prever. Mas não acho que ela verá o Natal. Sinto muito," ela acrescentou, enquanto os olhos de Leah se enchiam de lágrimas. "Você tem minha palavra de que faremos o nosso melhor por ela. Ela é uma senhora muito especial."

"Sim, ela realmente é," Leah concordou.

Uma caminhada pelos terrenos do hospital secou suas lágrimas e ela foi capaz de reunir um sorriso no momento em que se aproximou da cama de Nat. "Olá, Natasha!" ela disse.

"*Dobrý den*! Boa tarde! Estou me sentindo muito melhor," Nat disse. "E o melhor de tudo, eles dizem que posso ir para casa amanhã ou quarta-feira."

"Isso é fantástico! Eles irão levá-la para casa de ambulância? Caso contrário, talvez uma das enfermeiras possa ligar para me avisar quando você estiver pronta para ir embora e eu poderia vir buscá-la de táxi. Minha mãe e minha irmã vão chegar na quarta-feira com minha sobrinha, mas provavelmente não chegarão aqui antes do meio da tarde, pelo menos."

"Estou ansiosa para conhecê-las e dizer a sua mãe que ela tem uma filha da qual se orgulhar."

"Nina vai ficar feliz em ver você," Leah disse. "Ela está sentindo sua falta. Vou comprar um pouco de peixe para você cozinhar para ela. Então ela saberá realmente que sua mãe está de volta."

Eu deveria cancelar a visita delas? Leah se perguntou enquanto viajava de volta no ônibus lotado. *Terei meu trabalho interrompido, certificando-me de que Nat está bem e fazendo suas compras. Não posso simplesmente abandoná-la para sair com o meu grupo. Não é justo.*

Mas como ela poderia cancelar quando elas estavam ansiosas para vê-la e passar alguns dias de férias na Cornualha? De qualquer maneira, Nat estava ansiosa para conhecê-las. Talvez isso a animasse. As coisas seriam muito mais fáceis se ela tivesse um carro e pudesse levar e trazer Nat do hospital sem que ela tivesse que pagar por táxis caros. Mas o que a impedia de comprar um? Sua mãe e irmã adorariam ajudá-la a escolher um. Ela compraria um jornal local quando voltasse e daria uma olhada nos anúncios de carros à venda.

Sua mãe havia comprado um carro para ela em seu vigésimo-primeiro aniversário, um Nissan Micra usado em azul elétrico, o primeiro carro que ela já teve, embora tivesse passado no teste quando tinha dezenove anos. Ela adorava aquele carro e quando ele foi destruído por um motorista descuidado uma noite enquanto estacionava na rua em frente ao seu apartamento – um motorista que saiu em alta velocidade sem deixar suas informações – ela se sentiu como se ela mesma tivesse sido destruída, como uma frágil borboleta azul. Depois disso, ela jurou nunca mais ter outro carro em Londres. Não valia a pena.

Mas isso não era Londres. Essa era uma aldeia da Cornualha com um ônibus que só circulava de hora em hora e parava às 21h. Havia apenas um táxi na aldeia também e, se já estivesse em uso quando você precisasse, era preciso pedir um em Truro, que custava muito mais. Sim, ela realmente precisava de um carro.

Enquanto estudava o jornal, ela teve visões de conduzir Nat ao redor do Lizard e levá-la a lugares como os Jardins Perdidos de Heligan. Se Nat não tivesse muito tempo sobrando (Leah não poderia contemplar isso sem que um caroço asfixiante se formasse em sua garganta), ela poderia pelo menos ter certeza de que os últimos dias da sua vizinha fossem passados fazendo coisas adoráveis. E se Nat ficasse muito frágil para viajar ou estivesse com muita dor, ela simplesmente se sentaria com ela e pintaria. Ela lhe faria companhia até …

Leah balançou a cabeça, tentando afastar o inevitável.

Não pense nisso agora … Haverá um momento para isso e esse momento ainda não chegou, ela lembrou a si mesma. Agora era a hora de tirar o máximo possível da vida, não para si mesma, mas para Nat. Ela via os dias que viriam como um monte de balões cheios de hélio, uma cor diferente para cada dia. No final do dia, aquele balão flutuaria para o céu, para ser seguido pelo dia seguinte e pelo balão seguinte. E com cada um, ela faria um desejo de que Nat melhorasse, mas, se não pudesse ser assim, que seus últimos dias fossem felizes e sem dor e cheios de lembranças alegres.

CAPÍTULO VINTE E DOIS

No dia seguinte, Leah ligou para a enfermaria e foi informada de que Nat provavelmente voltaria para casa na quinta-feira. Ela a visitou, foi ao Tesco, fez uma compra enorme e voltou de táxi. Na tarde seguinte, depois de limpar duas casas e regar inúmeras plantas, Leah tomou banho, trocou-se e sentou-se no sofá com um café. Quando percebeu, havia algumas batidas e gritos irritantes acontecendo na rua. Enquanto lutava para acordar, ela ouviu seu nome sendo chamado por três vozes familiares. Sua família havia chegado.

"Desculpe," ela disse, enquanto abria a porta para deixar entrar um pequeno redemoinho carregando um brinquedo grande, peludo e macio. "Adormeci. Que horas são?"

"Cinco e dez," disse Emma rapidamente. "Viemos com calma."

"Vamos dar uma olhada em você. Você mudou seu cabelo," Leah observou. O cabelo castanho claro normal da sua irmã agora tinha mechas loiras glamorosas e era um estilo definitivo, em vez de ter autorização fazer o que quisesse.

"Seu cabelo está tão comprido que deve cair até a bunda quando está solto," Emma disse. "E está tão castanho."

"Bum, bum, bum. Diga olá para Betty Bunny," Poppy insistiu.

Leah beijou obedientemente o brinquedo, ficando com a boca cheia de penugem branca.

"Você não tem um beijo para sua mãe?"

"Claro, Mãe. Não estou bem com isso no momento. Deixe-me ajudá-la com suas coisas."

À medida que mais e mais coisas saíam do porta-malas do carro, Leah se perguntou se havia se enganado sobre a duração da visita e elas ficariam por um mês, não apenas cinco dias. Poppy parecia ter trazido todos os brinquedos fofinhos que possuía. Leah estava cedendo seu quarto com cama de casal para Emma e Poppy, que não se importavam de dormirem juntas. Sua mãe ficou com a cama de solteiro do quarto de hóspedes, enquanto ela mesma ficaria no sofá-cama da sala.

"Posso ver um gatinho! Não sabia que você tinha um gatinho!" Poppy tinha visto Nina encolhida de medo na porta da cozinha. Ao ver uma criança de cinco anos saltando em sua direção, ela girou no local e antes que Poppy pudesse se abaixar para acariciá-la, a ponta de um rabo estava desaparecendo atrás do sofá.

"Ela pertence à senhora da casa ao lado, aquela de quem lhe falei, que está no hospital. Eu a tenho alimentado," Leah explicou. Então foi a vez dela alimentar três humanos famintos que viajaram por mais de sete horas, contando paradas para comida e intervalos para o banheiro.

"É tão bom ver você. É realmente maravilhoso," ela disse.

"Já faz muito tempo. Por que você não veio nos ver?" Sua mãe repreendeu.

"Estive bastante ocupada, Mãe. Você deveria ter visto este lugar quando me mudei."

"Está ótimo agora. Gosto da cor que você escolheu para a parede do fundo. E esses sofás de couro são fantásticos," Emily disse, com admiração.

"Hmm. Nunca tive tanta certeza sobre o couro. Sempre parece um pouco frio para mim," disse a mãe delas. "Mas você fez um bom trabalho, Leah. Deve ter custado um pouco. Como você está se saindo?"

Leah congelou. Ela não tinha preparado uma resposta para essa pergunta. "Fiz alguns bicos para as pessoas aqui e ali ... e ainda tenho algumas economias," ela disse desajeitadamente. "Ah, e fui contratada para pintar um quadro."

Ela esteve quebrando a cabeça para pensar em coisas para fazer que interessassem a todas elas, mas, para seu alívio, essa responsabilidade em particular foi tirada dela quando Emma e sua mãe revelaram que tinham planos próprios, que incluíam quase todos os monumentos históricos e locais de beleza na Cornualha.

"Há apenas uma coisa," ela disse, enquanto os mapas eram espalhados na mesa de jantar. "Nat, a senhora da casa ao lado, está saindo do hospital amanhã e eu prometi que ajudaria."

"Tenho certeza de que todas gostaríamos de ajudar,", disse a Sra. Mason. "E o que foi que eu ouvi você dizer a Emma sobre querer comprar um carro?"

No final da quinta-feira, ainda não havia nenhuma notícia de Nat ou do hospital e Leah estava se sentindo mal por não ter podido visitá-la. Ela também não teve notícias de Josh, mas ele sabia que sua família estava visitando. Leah se sentia culpada por não tê-lo convidado para conhecê-las, como ele a convidou quando sua própria irmã chegou, mas não havia nenhuma maneira de submeter Josh ao escrutínio de sua mãe e fazê-la tirar conclusões precipitadas quando na verdade não havia nada acontecendo. Ela não podia chamá-lo de namorado. Eles nem haviam passado muito tempo juntos. Mas se *beijaram* ...

O semanário saía às quintas-feiras e a Sra. Mason atirou-se

com ímpeto nele, dizendo: "Devo olhar as páginas de propriedades."

"É o seu novo hobby," Emma explicou. "Ela encontra casas lindas para vender e fantasia sobre comprá-las."

"Nem sempre pode ser apenas uma fantasia," disse a mãe delas. "Oh, quer dar uma olhada nessa? Tem sua própria atracação no rio Helston. Apenas olhe para essa vista! Estive pensando, por que preciso ficar em Canterbury? Estou ficando um pouco entediada de ver os mesmos rostos e lugares antigos. Talvez eu precise de uma mudança."

"O quê? E nos deixar?" Emma disse. "Tenho certeza de que Vovó está apenas brincando," ela assegurou a Poppy, cujo rosto estava começando a se contorcer.

"Não estou! Olhe para mim! Você não acha que já estou a meio caminho da Cornualha com estes?"

Leah ficou surpresa e se perguntou por que não havia registrado antes que sua mãe estava usando jeans. Essa era a primeira vez! Barbara Mason era normalmente uma pessoa inteligente que usava calças pretas, uma imagem que combinava com seu trabalho em um escritório de uma sociedade de construção. O cabelo de sua mãe também estava um pouco mais longo do que o normal, seu estilo um pouco mais solto, mais cinza aparecendo em seus cachos escuros. Ela parecia mais natural e até, ela pensou, mais jovem. Talvez ela estivesse finalmente superando o divórcio do seu pai. Demorou realmente quatro anos para se redescobrir? Talvez, quando você tinha quase 60 anos, isso acontecesse.

Sua mãe voltou ao jornal. De repente, ela o apunhalou com o dedo indicador e deu um pulo. "Aqui está seu carro!" Ela gritou triunfante.

No dia seguinte, elas foram até Falmouth para dar uma olhada nele e um test drive depois, um Fiat Panda 4X4 usado, tangerina brilhante, era de Leah por pouco mais de 2.000 libras. O carro tinha as letras HEL no registro.

"Acho que vou chamá-lo de Heligan," Leah disse, pensando nos famosos jardins perto de Mevagissey.

"Não!" Emma riu. "Com essa cor laranja flamejante, parece mais com uma Bruxa!" Então Bruxa o carro se tornou.

Enquanto dirigia para casa, com sua família seguindo atrás, ela recebeu um telefonema do hospital para dizer que Nat teria alta naquela tarde. Que momento incrivelmente bom, ela pensou, ao virar para a A39, com sua família seguindo-a como lemingues. Era quase como se fosse para ser, já que agora ela poderia dirigir direto até lá e pegar Nat.

Nina voltou a morar com Nat imediatamente. Bom. Posso guardar a bandeja sanitária, Leah pensou. Ela nunca tinha ouvido a gatinho branca ronronar tão alto. Ela se encostou nas pernas de Nat, quase fazendo com que ela tropeçasse enquanto Leah a ajudava a entrar no quarto. Leah ficou satisfeita ao ver que a pele de Nat estava mais rosada e, além de uma pequena tosse seca, ela parecia muito melhor. Será que os médicos estavam errados?

"Mãe disse que adoraria que você jantasse conosco esta noite, mas apenas se você estiver com vontade," ela disse.

"Claro que estou disposta. Oh, aqui está minha pintura. E você fez outra!" Nat bateu palmas com entusiasmo. Leah percebeu que seus olhos tinham um pouco do brilho antigo de volta. Esta foi uma notícia muito boa.

"Não há como me parar agora," ela prometeu. "Charles disse que se eu puder fazer uma dúzia de pinturas, ele fará uma pequena exposição para mim na Galeria."

Mais tarde, Leah e Emma levaram Nat lentamente até o número 36 e a acomodaram em uma cadeira de jantar, apoiada em almofadas.

"Receio que você terá que cortar o meu para mim. Ainda não consigo usar essa mão miserável de maneira adequada," Nat reclamou.

METADE DE UM ARCO-ÍRIS

Enquanto Leah cortava e picava, ela interceptou um olhar de sua mãe e não tinha certeza do que significava, mas tinha certeza de que Nat estava encantando sua mãe e Poppy parecia particularmente cativada por ela.

"Eu gostaria que você fosse minha avó," ela disse, segurando timidamente a mão esquerda de Nat, a que não funcionava.

"Ssh!" Emma disse.

"Realmente, Poppy! *Sou* sua avó assim como a Vovó Grant," a Sra. Mason a lembrou.

"Vovó Grunt!" Poppy soltou uma risadinha alta.

"Acho que uma garotinha deveria ter quantas avós ela quiser," Nat disse, colocando seu braço bom ao redor dela e dando-lhe um abraço.

O dia seguinte estava calmo, o oceano como vidro azul. Elas passaram o dia em Perranporth, nadando, tomando banho de sol e explorando as lojas interessantes cheias de roupas exóticas no estilo hippie. A mãe de Leah comprou um caftan. Leah viu o olhar de Emma enquanto ela estava pagando por isso. Definitivamente, algo estava acontecendo. Um ano atrás, Barbara Mason não teria sido vista nem morta em algodão amassado e bordados.

Eles pararam na aldeia para comprar algumas provisões para a viagem de volta para casa no dia seguinte e enquanto Leah esperava do lado de fora do pequeno supermercado, aproveitando os últimos raios quentes do sol poente, ela avistou um Land Rover familiar se aproximando.

"Oi, Fraser!" Ela chamou, acenando.

Ele parou, uma perna fora do veículo, a outra ainda dobrada dentro dele. Ele ficou assim como se estivesse congelado, a boca entreaberta, uma expressão curiosa no rosto, como se estivesse assustado ou envergonhado.

"Quem é aquele?" Perguntou Emma, caminhando ao lado dela, carregando duas sacolas volumosas.

"Apenas um amigo," ela respondeu rapidamente.

"Desculpe por não ter entrado em contato. Tenho estado muito ocupado," Fraser disse.

"Está tudo bem. Também estive ocupada. Minha família está visitando. Esta é minha irmã, Emma."

Fraser saiu do carro, aproximou-se e apertou a mão de Emma, ainda com aquela expressão curiosa e tímida no rosto. Ela se perguntou se a expressão culpada dele estava ligada à troca de papéis de última hora no festival. Ela gostaria de saber o que havia acontecido nos bastidores.

"Hmm. Nada mal!" Comentou Emma, assim que ele entrou na loja. "Você não, não é?"

"Não o que, Mamãe?" As orelhas afiadas de Poppy nunca perdiam nada.

"Nada, querida. Isso é conversa de adulto. Vá caminhar com a Vovó."

Mais tarde, enquanto sua mãe estava tirando areia do cabelo de Poppy, Leah aproveitou a chance para continuar a conversa, pois percebia que Emma estava morrendo de vontade de ouvir todos os detalhes.

"Acho que Fraser se interessou por mim uma vez, mas nada aconteceu," Leah explicou. "Ele me convidou para ver sua fazenda e percebi que ele queria me convidar para sair, mas não havia nenhuma faísca entre nós, se é que você me entende."

"Você conheceu mais homens desde que chegou aqui?" Perguntou a irmã com curiosidade.

"Bem, sim, na verdade ..." Leah contou à irmã tudo que havia acontecido entre ela e Josh, desde o momento em que ela desmaiou no campo de esportes. Não havia muito o que contar.

Emma foi muito simpática. "É realmente a lei de Murphy,"

ela disse. "Se ele fosse qualquer outra coisa… um açougueiro, um padeiro, um lixeiro, até …nada ficaria no seu caminho."

Leah franziu o cenho. "O que você quer dizer?"

"Certamente você sabe que os médicos não podem namorar suas pacientes? Eles seriam eliminados do conselho médico se o fizessem."

Leah ficou boquiaberta. De repente, muita coisa fez sentido. "Preenchi o formulário de registro, mas ainda não voltei ao consultório, estou esperando os resultados dos meus exames de sangue. Mas tenho certeza de que Josh não teria sido estúpido o suficiente para se nomear como meu clínico geral habitual. Ele deve conhecer as regras, certo?"

"Talvez ele não tivesse escolha. Se ele é novo na clínica, então eles gostariam de passar todos os pacientes novos para ele, para preencher sua lista. Você deve perguntar se pode mudar de médico. Isso é, se eles permitirem."

"Eles só perguntariam o motivo, então o que eu diria?" Ela colocou a mão na testa. De repente, tudo parecia impossível.

Emma deu de ombros. "Você vai pensar em alguma coisa, tenho certeza. Basta dizer que você prefere uma médica."

"Sim, eu poderia tentar isso." Sua melancolia se dissipou um pouco. Em seguida, retornou com um baque. "Eles podem me deixar solicitar uma consulta com uma médica, mas mesmo assim me deixam na lista de Josh. Como diabos eu poderia ter certeza de que não estava mais registrada para ele? É muito complicado. Não é como se eu pudesse entrar furtivamente depois do expediente e me registrar novamente no computador deles, não é?"

Outra lembrança voltou para ela. Na noite em que Josh caiu na grama dos pampas e ela fez café para ele, ele disse algo sobre o fato de que a doença dela o deixara em uma posição complicada. Foi isso que ele quis dizer?

"Você poderia deixar essa clínica e se registrar em outro lugar? Isso pode ser mais fácil."

Leah balançou a cabeça. "É o único consultório médico em quilômetros."

Emma tocou seu braço. "Você pode entender por que a regra foi posta em prática, para proteger as pacientes de charlatães atrevidos, mas aposto que as coisas ainda continuam …" Ela ergueu uma sobrancelha de maneira significativa.

"Eu não sonharia em arriscar a carreira médica de Josh ao me jogar em cima dele."

"O que vai acontecer quando você pegar uma dose de candidíase e ele tiver que examiná-la … *lá embaixo?*" Emma disse.

Leah sentiu suas bochechas queimarem como sóis se pondo. "Deus me livre!"

Enquanto Leah ajudava a mãe a preparar o jantar, Emma foi até a casa ao lado para ver se Nat se sentia bem para ler a cera da vela para ela. Meia hora depois, ela estava de volta, com o rosto rosado e encantado. Ela estava obviamente louca para contar a Leah o que Nat previra para ela, mas elas tiveram que esperar até que sua mãe tivesse subido para ler uma história de ninar para Poppy.

Assim que ela saiu, Emma balbuciou animada: "Vou ter outro bebê!"

"O quê? Que notícia fantástica!" Leah disse, lembrando-se de repente da sua própria leitura, quando Nat mencionou que havia um bebê a caminho.

"Eu tive minhas suspeitas, mas não disse nada porque estava apenas duas semanas e meia atrasada. Fiz um teste um dia antes de partirmos para a Cornualha e deu positivo, mas como é muito cedo, decidi não contar a ninguém antes de fazer um segundo teste. Nat disse que seria um menino."

Leah jogou os braços ao redor da irmã e deu-lhe um grande abraço. "É uma notícia maravilhosa. Parabéns! Ela disse mais alguma coisa?"

"Ela disse que uma mudança de casa era possível."

"Uau! Isso é excitante. Alguma ideia para onde?"

Emma balançou a cabeça. "Nat não disse. Tem havido conversas sobre a empresa de Alan abrir uma nova filial e a mudança da sede, mas eles ainda não decidiram onde. Northampton, Liverpool e Plymouth foram mencionados."

"Plymouth seria ótimo! Estaríamos muito mais próximas uma da outra. Mas e a Mamãe? Onde quer que você vá, tenho certeza de que ela gostaria de ficar perto dos netos."

"Ela tem apenas cinquenta e oito anos," Emma a lembrou. "Ela ainda poderia encontrar outro homem e se casar novamente."

"Oh, posso?" A mãe delas declarou, descendo a escada precisamente no momento errado. "Prometo a vocês que não tenho nenhuma intenção de desperdiçar a herança das minhas filhas e da minha neta em algum velho tolo que só me quer pelo meu dinheiro."

"Você disse 'neto' no singular? Tenho algo para contar, Mãe," Emma disse.

Leah acenou para elas na segunda-feira de manhã, tendo colocado furtivamente queijo de cabra de Fraser na bolsa de sua mãe no último momento, pois não teve coragem de experimentá-lo no caso de ter gosto de algo parecido com o cheiro daquelas cabras! Ela fechou a porta, afundou no sofá para relaxar após o turbilhão de fazer as malas e esquecer coisas e idas de última hora ao banheiro e imediatamente sentiu seu ânimo despencar. Ela sabia que deveria se sentir feliz … que a visita da sua família deveria ter terminado com uma nota de alegria e celebração com a perspectiva de uma nova sobrinha ou sobrinho. Foi culpa da sua maldita mãe que não tivesse.

Sua mãe havia dito duas coisas que agiram como pedras atiradas na lagoa (quase) calma da sua vida, agitando a lama e causando ondulações cada vez maiores. Confie nela. Barbara Mason tinha agitado não apenas as emoções de Leah, mas sua sensação de estar felizmente instalada em St. Jofra também, com duas frases pronunciadas com gentileza, ambas acompanhadas por aquele olhar de 'mãe preocupada', que era muito familiar para Leah desde sua juventude.

A primeira veio ao final de uma breve conversa sobre como Nat era uma pessoa agradável e como era uma pena sua doença. Barbara Mason havia inclinado a cabeça para um lado, franzido o cenho e dito baixinho: "Eu não me envolveria muito, Leah, se fosse você. Ela não é parente nossa. Deixe isso com os Serviços Sociais. Se começar a fazer coisas para ela, você vai acabar sendo sua cuidadora em tempo integral, então siga meu conselho e fique longe."

Leah ficou tão chocada que olhou para a mãe em descrença silenciosa. Ela nunca teria acreditado que ela fosse capaz de fazer uma sugestão tão egoísta. Não era permitido a uma jovem na casa dos vinte anos forjar uma amizade íntima e sincera com uma mulher mais velha na casa dos setenta? E alguém não se importava com os amigos, quer fosse parente deles ou não?

As palavras magoaram. Elas foram cruéis. Enquanto Leah as repassava em sua mente, a verdade evidenciou-se para ela. Sua mãe estava com ciúmes. Por trás das suas palavras cuidadosamente elaboradas estava a verdadeira mensagem oculta, que era: *Se eu adoecesse, você abriria mão de tudo para cuidar de mim?* Claro que sim, mas como poderia dizer isso a ela? Seria quase como tentar o destino. O que sua mãe diria se Leah dissesse a ela que Nat a nomeou seu parente mais próximo?

Em seguida, houve as últimas palavras de sua mãe antes de se espremer no banco do passageiro do carro, cujo compartimento para os pés estava abarrotado de sacolas: "Espero que você não tenha cometido um erro ao vir para cá, querida. Não gosto de pensar em uma jovem da sua idade mofando no fim do mundo."

Era verdade que ela não tinha feito muita coisa nos cinco meses em que estava aqui. Havia algo na brisa do mar que o enchia de uma letargia relaxada, que fazia você adiar uma tarefa porque sempre havia amanhã para pintar, para fazer as compras, para arrumar o jardim. Não havia nenhuma pressão de qualquer fonte. Como Fada disse uma vez, "Não espere que construtores, decoradores ou pessoas assim cumpram um cronograma como fariam em uma cidade. Aqui, tudo funciona no tempo *mañana*. Eles têm uma palavra para isso: 'dreckly', ou seja, algo será feito diretamente, mas pode levar anos. Pergunte a qualquer um quando será capaz de começar um trabalho e sempre dirão 'dreckly', então aparecerão em sua porta em dois meses, quando você tinha desistido por completo deles."

Era verdade que os dias pareciam amorfos em St. Jofra sem nenhum prazo de trabalho, sem necessidade de estar em qualquer lugar em um determinado momento. O próprio tempo parecia elástico. Vinte e quatro horas, que teriam passado em um piscar de olhos em Londres, parecia durar uma semana aqui. Sim, talvez ela *estivesse* mofando, mas também voltava a ser ela mesma, como uma roseira transplantada criando raízes e espalhando-as nesta e naquela direção, testando o solo, contornando obstáculos, extraindo nutrição dos seus arredores. St. Jofra era bom para ela. Ela sentia como se estivesse começando a se recuperar tanto física quanto emocionalmente, começando a florescer como uma artista e os amigos que fez, Fada, Melissa, Nat – especialmente Nat – eram parte do processo de cura.

De qualquer maneira, nem sempre havia 'amanhã'. Não para Nat. Ninguém sabia quantos amanhãs ela ainda tinha. E por esse motivo e porque ela gostava muito dela, Leah iria desafiar sua mãe e fazer o máximo que pudesse por Nat, o que começaria com uma volta até lá agora e abrindo algumas latas e pacotes de comida de gato e humana com antecedência, já que abrir caixas e latas era algo que Nat, com seu braço debilitado, achava difícil fazer. Ela tinha certeza de que Nat teria feito o mesmo por ela.

CAPÍTULO VINTE E TRÊS

Nos cinco dias desde seu retorno a Kentish Town, Cassidy recebeu dois cartões, quatro telefonemas e mensagens de texto diárias. Fraser não enviava e-mails porque odiava computadores e deixava todas as coisas de tecnologia para sua irmã. Apesar da enxurrada de comunicações, ela não se sentiu perseguida ou bombardeada. Em vez disso, ela se sentiu cortejada.

No sábado seguinte ao feriado, ela fez uma longa caminhada em Hampstead Heath. Ela bufou até o topo da Colina do Parlamento, sentou-se em um banco e colocou a cabeça para trás para observar pipas vermelhas, amarelas e azuis brilhantes como joias aéreas no céu. Uma se destacava de todas as outras, pois era verde com um dragão vermelho pintado nela e a lembrava do Jofra Worm que, por sua vez, a fez perceber que ainda não tinha feito o upload das fotos do seu telefone. Farei isso amanhã, ela pensou com preguiça.

Enquanto estava sentada ali, ela pensou em Fraser. Eles não haviam feito sexo, o que era algo que ela ainda mal conseguia acreditar, mas o tempo que passaram juntos foi como preliminares prolongadas. Deve ter sido assim nos séculos anteriores, ela pensou; momentos em que um olhar demorado podia conter todo o poder de um encontro sexual e quando um toque na mão ou o vislumbre de um tornozelo exposto podia fazer todo o seu corpo queimar. Ela deu um suspiro cansado enquanto tentava imaginá-lo nu. Não foi difícil. Suas roupas revelaram que ele era duro, em forma e musculoso. Especialmente duro ... Ela tinha visto e sentido sua excitação quando ele lhe deu um beijo de despedida no aeroporto e o desejo latejante que isso criou nela durou todo o voo. Ela sabia que quando eles finalmente consumassem seu relacionamento, seria bom. Não, mais do que bom; seria fantástico, talvez o melhor de todos os tempos.

Quanto a Adam, ele agora parecia menor do que um pedregulho, menor do que a sujeira sob seus tênis. Ela esfregou a ponta do sapato na terra seca e empoeirada e imaginou que o rosto dele estava por baixo. Ela triturou e pisou ferozmente, até que avistou um casal de idosos dando a ela um olhar bastante assustado.

"Algo ficou preso no meu sapato," ela disse a eles de maneira animada e eles a recompensaram com sorrisos radiantes e aliviados.

Como Fraser não podia deixar as cabras, ela prometeu visitá-lo novamente nas próximas três semanas. Ela também prometeu fazer algumas pesquisas para ele. Foi algo que eles prepararam juntos, um comentário casual que de alguma maneira pegou fogo. Produtos de beleza à base de leite de cabras. Eles já existiam, mas ela tinha certeza de que, com sua imaginação, poderia pensar em uma nova abordagem. Talvez ela e Fraser pudessem abrir um negócio na Internet juntos, um que exigiria viagens frequentes à Cornualha, tudo dedutível de impostos, é claro. Ela imaginou a si mesma e Fraser em um banho de leite de cabra, lambendo-o do corpo um do outro. Talvez tivesse propriedades afrodisíacas ainda a serem descobertas. Pena que 'cabra' era uma palavra tão dura e feia. Não era uma palavra sensual, apenas uma palavra libidinosa, cabras velhas excitadas. Havia também outra frase, não é? 'Pegando a cabra de alguém'. O que isso significava exatamente?

Como eles poderiam chamar uma nova linha de produtos de beleza à base de leite de cabras? Só Brincando? A Vovó Sabe das Coisas? Talvez eles pudessem ter uma classe voltada apenas para os homens: Billy, the Kid?

Seu celular tocou para avisar que ela tinha uma mensagem. Era uma fotografia em close da alpaca de Fraser, seus lábios gorduchos entreabertos em um sorriso torto. Cassidy sorriu para si mesma. Outro bipe, uma mensagem desta vez. *Oi de Alice x.* Ela digitou uma resposta: *Beijo grande para ambos, xxx,* pressionou enviar e se levantou. De repente, ela estava ansiosa para ver as fotos que havia tirado dele. Tudo que ela conseguia imaginar agora era o rosto peludo de Alice que, embora fosse adorável, não tinha o mesmo efeito sobre ela que uma foto de Fraser teria.

Quando voltou para seu apartamento em Leighton Grove, eram seis e meia, seus pés doíam e ela decidiu tomar um longo banho de imersão, pedir uma comida para viagem e passar a noite lavando o cabelo, olhando suas fotografias e rememorando. Ela ligou o telefone ao laptop. As primeiras imagens que apareceram foram as da rua principal de St. Jofra, os arranjos florais brilhantes, as multidões, o cachorro branco que havia comido o pastel da Cornualha daquele pobre garoto.

Ela passou por elas, ansiosa para chegar às fotos de Fraser. Enquanto clicava de uma foto para a outra, ela parou em uma que chamou sua atenção. Lady Jofra, em seu cavalo branco, uma coroa de flores em sua cabeça. Foi aquele cabelo que a fez dar um zoom para olhar mais de perto, uma rica cabeleira castanha que ondulava pelas costas da amazona. Ela não conseguia ver o rosto da mulher com nitidez pois o cavalo tinha escolhido aquele momento para jogar a cabeça, então ela clicou para frente e alcançou o close-up daquele beijo apaixonado, quando o Cavaleiro agarrou Lady Jofra e quase a arrancou do cavalo para seus braços.

Não havia nada obscurecido ou embaçado nesta foto e ela teria reconhecido aquele rosto voltado para cima em qualquer lugar. Aquele nariz reto e aqueles lábios salientes pareciam muito com os de Leah. Seu coração deu um pulo de excitação. Ou era um sósia ou *era* realmente Leah. Seu pressentimento foi tão forte que ela teria apostado que seria Leah. E ela conhecia a pessoa certa para ajudá-la a descobrir com certeza.

───────

Quando Leah sugeriu visitar St. Ives, os olhos de Nat brilharam de expectativa. "Não vou lá há muito tempo. Eu adoraria ir, mas não amanhã. Tenho gente vindo amanhã e na quarta-feira. Talvez pudéssemos sair na quinta-feira."

"Tudo bem," Leah disse. "Você gostaria de alguma ajuda com algo? Talvez eu possa aparecer."

"Não, querida. Não há necessidade. É apenas um assunto privado."

"Bem, ligue se precisar de mim."

"Obrigada, querida Se não tiver notícias minhas, provavelmente estarei descansando."

Choveu no dia seguinte, então Leah compareceu a uma das aulas de Fada e elas foram tomar um café depois, embora Leah mal pudesse se concentrar no que Fada estava dizendo a ela enquanto olhava pela janela, na esperança de localizar Josh. Fazia uma semana desde que ela teve notícias dele pela última vez. Nenhuma ligação, nenhuma mensagem de texto, nada. Talvez ele estivesse esperando que ela entrasse em contato com ele. Quando ela pegou o atalho estreito de volta para Trenown Close, ela fez uma pausa e mandou uma mensagem para ele: *Oi. Como vão as coisas? X*

Ela meio que esperava que quando entrasse em casa, ele tivesse respondido. Mas, é claro, ele estaria trabalhando. Ele poderia estar com um paciente. Provavelmente seu telefone estava desligado. Ela se sentiu culpada por entrar em contato com ele durante o horário de trabalho. Não que ela soubesse quando era seu horário de trabalho. Quando se aproximou da sua casa, ela avistou um homem de cabelos prateados vestindo um terno entrando em um carro que estava estacionado na garagem de Nat. Seu visitante misterioso, sem dúvida. Instantes depois, o vicário e sua esposa também deixaram a casa de Nat. Não querendo ser pega olhando, ela correu para dentro e fechou a porta, dizendo a si mesma que não era da sua conta e que se Nat quisesse contar a ela sobre isso, ela o faria.

Quarta-feira foi um dia de aguaceiros repentinos que pareceram surgir do nada. Num momento o céu estava azul e no seguinte, uma forte brisa rolou uma nuvem de chuva sobre o sol. Ela se sentia cansada e irritada, sem vontade de pintar ou fazer muita coisa. Enquanto estava sentada bebendo chá de ervas e mastigando um biscoito digestivo de chocolate, ela percebeu que estava com raiva de Josh. Ele tinha definido o ritmo. Ele a beijou. Quase chegaram ao ponto de fazer amor! Ele havia insinuado algum tipo de problema, mas disse que resolveria isso. Mesmo que fosse difícil de fazer, não havia motivo para não entrar em contato com ela. Eles eram amigos em primeiro lugar e amigos mantinham contato um com o outro, não é? Ela fez uma careta, pensando em como havia se separado de Cassidy. Que boa amiga ela era. Talvez o silêncio de Josh tenha sido sua vingança.

Seu telefone tocou. Josh? Não, era Nat. "Você pode entrar por alguns minutos, querida? Alguém quer te perguntar uma coisa."

Intrigada, ela tocou a campainha do nº 38 e a porta foi aberta por Helen, que murmurou "Entre" com a boca cheia de bolo.

Leah a seguiu e encontrou Nat no sofá, enrolada em um cobertor e as duas mulheres que faziam cobertores sentadas em poltronas comendo bolo de cereja. Uma mesa no centro da sala de estar tinha sido arrumada com uma toalha de renda e continha um bule e os restos de um pão-de-ló de limão.

"Sirva-se," Nat disse, acenando com o braço móvel enquanto Helen entrava apressada na cozinha para encontrar uma xícara de chá e um pires extra. Nat tinha sua própria mesinha ao lado do sofá, com seu copo especial de chá de limão sobre ela.

"Estamos admirando suas pinturas na parede de Natasha," disse a costureira mais alta de óculos, que se apresentou como Becky Small. "Diga-me, você pinta animais?"

Foi assim que Leah ganhou sua segunda comissão, desta vez para pintar Suzie, uma Yorkshire terrier.

Quando Leah fez uma visita matinal à padaria na manhã seguinte para comprar pão fresco para fazer sanduíches para sua viagem até St. Ives com Nat, Fraser estava saindo. Ele fez menção de passar por ela, mas parou. Enquanto ela tentava pensar em algo para dizer para aliviar a estranheza entre eles, ele falou. Ou melhor, ele não falou apenas desabafou.

"Conheci alguém. No Festival. Nós somos um casal. Desculpe."

"Por que você está se desculpando?" Ela não conseguia entender a atitude dele. Ele e ela nunca saíram em um encontro, então por que ele parecia pensar que a decepcionou?

Ele a encarou, mordendo o lábio inferior. "Achei que pudesse ter lhe dado a impressão errada, que você estava esperando que eu a convidasse para sair. É por isso que quando Josh perguntou se poderia ser o Cavaleiro em vez de mim, eu disse que sim, pois não parecia certo beijá-la quando estava saindo com outra pessoa."

Ele estava vermelho de vergonha. Leah tocou seu braço. "Não pensei isso," ela assegurou-lhe. "Tive uma manhã ótima na sua fazenda, conhecendo as cabras, mas não esperava que isso levasse a nada. Na verdade, também estou saindo com alguém."

O rosto de Fraser relaxou. "Então está tudo bem. Bom."

"Sim. Fico feliz por você. Você disse que vida solitária você leva, tendo que trabalhar longas horas na fazenda. Espero que sua namorada nova goste de cabras."

Fraser sorriu, uma cor nova ruborizando suas bochechas. "Ela gosta. Ela as ama."

"Bem, boa sorte para os dois. Talvez eu possa conhecê-la algum dia."

"Isso seria bom. Todos nós poderíamos sair para comer, você e … er …?"

Ela deixou sua pergunta morrer. Talvez fosse cedo demais para ela e Josh irem a público. Ela nem tinha certeza se eles ainda estavam se vendo. *Oh, vamos lá, Josh, ligue para mim*, ela desejou, enquanto Fraser saltava levemente em seu veículo.

O sol do início de setembro estava brilhando quando Leah e Nat chegaram a St. Ives, mas de repente ficou nublado e começou a chover. Leah teve a sorte de encontrar uma vaga no pequeno estacionamento em Carbis Bay e elas se sentaram devorando seus sanduíches, bebendo chá preto de um frasco que Nat havia desenterrado em seu armário da cozinha e olhando para a baía.

"Que pena que não poderia ser um dia mais agradável, com um mar azul glorioso," Leah reclamou.

"Não me importo. Faz tanto tempo que não fico perto do mar que é maravilhoso apenas sentar e olhar para a água, seja qual for sua cor." Nat pegou um biscoito. Leah pensou como era bom vê-la saboreando sua comida em vez de bicar como um pardal.

Enquanto ficavam sentadas ali em um silêncio amigável, um raio de sol de repente se inclinou através de uma fenda nas nuvens e o mar cinzento dançou com brilhos de diamante.

"Talvez tenhamos um arco-íris," Leah disse com entusiasmo. Desde pequena, ela pensava que arco-íris eram coisas mágicas, criações do mundo das fadas, em vez do efeito refrativo da luz do sol nas gotas de água.

Nat tocou o pulso de Leah. "Veja! Você está certa! Está se formando agora. Não é lindo?" Ela ergueu o rosto pálido como se banhasse em raios invisíveis.

"Richard De York Ganhou Batalhas Em Vão."

Nat riu. "Vermelho, alaranjado…"

"… amarelo, verde, azul, índigo, violeta," Leah terminou por ela. "Oh, que vergonha. Não obteremos um arco-íris completo, apenas metade de um. As nuvens estão se afastando rápido demais."

"Metade de um arco-íris servirá para mim," Nat respondeu. "Metade de um arco-íris é melhor do que arco-íris nenhum e uma moeda é melhor do que uma bolsa vazia."

"Isso é um antigo provérbio russo?"

"Não, apenas as abobrinhas de uma velha sábia!"

"Você nunca me pareceu velha." Leah cobriu a mão fria de Nat com sua mão quente, sentindo uma explosão de afeto por ela.

Houve silêncio entre elas por um momento enquanto o meio-arco se dissolvia no céu claro e o mar camaleão estremecia e mudava de cinza para prata para verde escuro. Nat virou a mão dela para cima e apertou suavemente os dedos de Leah. "Você vai ter outro filho, sabe," ela disse.

Um suspiro saltou da garganta de Leah, um som arrasado no silêncio. "Como você…?" Suas palavras morreram. Nat era médium. Foi assim que ela soube o que Leah nunca disse a ela.

Não, isso é impossível. Devo ter dito algo, devo ter revelado algo.

Nat deu outro apertão pequeno em seus dedos e em seguida removeu a mão e colocou-a no bolso da sua jaqueta de lã azul claro. "Já tive o suficiente," ela disse. "Estou cansada. Por favor, me leve para casa."

Depois de colocar Nat na cama e fazer uma salada com frango frio que encontrara na geladeira - Nina implorou tão lindamente que Leah colocou alguns pedacinhos em sua tigela - Leah voltou para casa. O silêncio e a quietude pareciam quase opressivos e ela se viu olhando de maneira compulsiva para o telefone a cada dez minutos, mais ou menos, mas estava vazio de chamadas e mensagens além de uma mensagem do seu provedor de serviços, oferecendo-lhe o último modelo de telefone por 45 libras por mês.

Irritada, ela a deletou. Onde diabos estava Josh? De que ele estava brincando? Ele não percebeu que ela estaria se preocupando muito, imaginando todos os tipos de cenários dramáticos ... afogando-se em um acidente de surfe, derrapando na beira da estrada e caindo de um penhasco ... às portas da morte, sofrendo de alguma horrível praga estrangeira que pegou de um paciente? Talvez ele estivesse apenas a ignorando.

CAPÍTULO VINTE E QUATRO

No domingo, Leah levou seu bloco de desenho para a casa de Becky, A Costureira dona da Yorkie. Suzie havia sido lavada e penteada para a ocasião e o pelo do topo de sua cabeça havia sido reunido em um cacho e amarrado com uma fita vermelha. Leah estendeu a mão para a cachorrinha que se contorcia e ofegava de excitação e foi recompensada com uma lambida.

A cachorra e a proprietária viviam em uma pequena casa de campo com terraço em uma colina íngreme. Estava bastante escuro lá dentro, sendo ofuscada por uma margem alta na parte de trás, coroada por árvores altas. "Em que tipo de ambiente você gostaria que ela estivesse?" Leah perguntou.

"Em uma almofada, eu acho e gostaria de algumas flores na pintura, também, se você puder."

"Acho que posso lidar com isso," Leah disse alegremente. Ela sabia que almofada e que flores. Elas estavam no solário de Nat. Ela poderia facilmente copiá-las.

"Ainda não discutimos o preço. Quanto vai ser?" Becky perguntou. Ela parecia nervosa e Leah diminuiu mentalmente a quantia que havia pensado inicialmente.

"Setenta e cinco libras?" Ela sugeriu, sabendo que era uma recompensa pequena e preciosa por vários dias de trabalho, mas ela tinha que começar em algum lugar.

O rosto de Becky se iluminou. "Acho que é muito razoável para uma obra de arte original."

Maldição! Leah pensou. Ela deveria ter pedido as 250 libras que havia sido sua ideia inicial. Mas já era tarde demais. De qualquer maneira, se Becky gostasse da pintura, ela poderia recomendar Leah para suas outras amigas. Se alguma delas se interessasse, Leah decidiu dizer que o preço que oferecera a Becky fora um acordo especial para ajudar a lançar sua carreira como pintora de retratos de animais.

Após esboçá-la em vários ângulos, ela tirou algumas fotos de Suzie com o telefone e disse a Becky para esperar o resultado final em uma quinzena. Ela precisava de um prazo. Sem um, apenas passaria horas sem fazer nada, adiando o momento tenso em que precisava começar a fazer marcas no papel em branco.

Leah passou os próximos três dias trabalhando firmemente na pintura. O pelo no rosto de Suzie era difícil. Ele brotava em todas as direções e seus esforços iniciais fizeram a Yorkie parecer mais um pequinês. Mas, eventualmente, ela sentiu que havia captado sua semelhança e capturado os olhos inteligentes e a expressão alegre. Ela havia transplantado a cachorra para uma das almofadas listradas de verde e creme do solário de Nat e, no fundo, havia um parapeito de janela com um glorioso gerânio rosa, também de Nat.

Ela levou a pintura para mostrar a vizinha.

"Está bom," Nat disse. "Você realmente fez a ratinha parecer bonita."

O celular de Leah tocou. Era o consultório médico, pedindo que ela marcasse uma consulta sobre os resultados dos exames de sangue. Ela combinou de ir às 11h40 da manhã seguinte. Quando desligou, descobriu que seu pulso estava acelerado. Ela ia ver Josh. Talvez não fosse a melhor circunstância para ficar sozinha com ele, mas pelo menos eles teriam a chance de conversar, mesmo que apenas por dez minutos. E então ela poderia descobrir por que ele não estava respondendo suas mensagens.

Naquela tarde, Fada terminou a aula de aeróbica que tinha corrido muito bem, tendo conquistado cinco novos membros graças aos anúncios nas vitrines e foi ao encontro dos gêmeos na escola. Mas, embora tenha esperado por muito tempo, não havia sinal deles. Por fim, preocupada, ela foi procurar a professora da turma deles e foi abordada pela própria Ann Barlow.

"Estava prestes a ligar para você. Achei um pouco estranho," ela disse.

Fada sentiu uma pontada de alarme. "O que foi estranho?"

"A mãe deles veio buscá-los. Eu sei que eles não a veem há algum tempo."

"Dois malditos anos!" Fada podia ouvir o pânico em sua própria voz. Sua mente estava acelerada. Era oficial? De repente, o tribunal concedeu-lhe a custódia sem contar a ninguém, nem mesmo Mick? Não, eles não fariam isso... fariam?

"Os meninos pareciam muito satisfeitos em vê-la," Anne disse de maneira vaga. "Olha, me desculpe. Talvez não devesse ter permitido que ela os levasse, mas ela disse que tinha a permissão de Mick e ela é a mãe deles, afinal. Eu acreditei nela."

"A vaca mentirosa!" Fada disse com raiva, digitando 999 em seu celular. Assim que foi encaminhada à polícia, ela disse, com a voz trêmula de medo e raiva: "Alguém pode me ajudar, por favor? Acho que meus enteados acabaram de ser sequestrados!"

Disseram-lhe que um policial ligaria para anotar os detalhes e ela voltou para casa, só para encontrar Mick esparramado no sofá com sua lata usual de cerveja, baseado e jornal aberto nas páginas de corrida. A ansiedade deu lugar a uma raiva crescente quando ela arrancou o jornal dos seus dedos e olhou para seu rosto barbado e respingado de tinta.

"Janine levou os meninos!" Ela gritou.

"Uh? Oh, ela levou?"

"Isso é tudo que você tem a dizer?"

Ele deu um sorriso grande e chapado. Ela não disse a ele que a polícia estava a caminho. Que eles o encontrassem com as evidências incriminatórias nas mãos e ao seu redor. Que Janine fosse julgada um genitor melhor. Que Mick fosse preso. Perfeito! Ela teve o suficiente.

Os dois policiais, um homem e uma mulher, acabavam de sair. Segurando a bochecha dolorida, Fada cambaleou para trás e bateu o cotovelo no batente da porta. Era a primeira vez que Mick levantava a mão para ela e seria a última, ela se certificaria disso.

"Você *sabia* que a polícia estava chegando e não me avisou!" Ele ficou enfurecido. "Você queria que eu lidasse com uma acusação de porte de drogas. Você sabe que isso significa que não vou ter as crianças de volta?" Nenhum sinal do sorriso preguiçoso e chapado agora. O rosto de Mick estava sombrio, a testa franzida de fúria.

"Eu … eu não sabia quando. Achei que seria muito mais tarde. Como eu poderia saber que eles tinham um carro na área e poderiam estar aqui em quinze minutos? Eu estava confusa, Mick, você tem que acreditar em mim. Eu tinha acabado de chegar da escola, onde descobri que Janine tinha levado os meninos."

"Então onde *está* Janine? Imagino que você também saiba e não está me dizendo."

"*Claro* que não sei! Ela é *sua* esposa, *você* deveria saber onde ela está!" Fada estava ciente de que estava gritando. A qualquer minuto, haveria um vizinho preocupado batendo à porta.

"Não sei onde a porra da vaca está. Não tenho notícias dela há dois anos. Acredite em mim, se eu soubesse onde ela estava, poderia ter voltado para ela."

"Ela não o aceitaria. Ela tem outro homem! Certamente você já ouviu falar sobre O Homem de Truro?" Pronto! Isso mostraria a ele. Ela guardou essa fofoca para si mesma todo esse tempo, por medo de arrumar encrenca, de Mick se transformar em detetive e fazer algo violento. Ela ficou quieta pelo bem dos meninos, mas agora todas as cartas estavam na mesa e ela não iria ficar quieta sobre nada mais.

"Você está mentindo," Mick rugiu e levantou a mão como se fosse bater nela novamente.

Fada se recusou a recuar, embora se sentisse como um coelho pego pelos faróis da sua raiva incontrolável. "Pergunte a Joanie," ela disse, falando em um tom baixo e firme. Era como tentar acalmar um animal enfurecido, ela pensou. "Foi ela quem os viu juntos." Joanie era uma surfista que trabalhava meio período na mercearia na metade inferior da aldeia.

"Tudo bem, eu irei. Eu vou agora," ele berrou.

"Bom. Leve suas coisas com você e não volte!"

Poucos minutos depois, segurando uma bolsa de viagem surrada, Mick marchou para fora, batendo a porta da frente com tanta força que as janelas chacoalharam.

Fada trancou a porta por dentro. Em seguida, ela fez o mesmo com a porta dos fundos. Então, com medo repentino de que um Rory vingativo pudesse estar à espreita, ela subiu a escada até o Poleiro do Rory, para encontrá-lo vazio. A pilha de roupas amarrotadas que normalmente ficava no canto havia sumido. Havia algumas revistas femininas em sua cama, uma das quais estava aberta em uma página central de nudez. Ela deixou a revista onde estava. Então, com a orelha esquerda ainda zumbindo com a força do golpe em seu rosto, ela foi para o quarto, abriu seu laptop e se conectou a um site que não tinha sentido vontade de visitar há muito tempo.

Fraser parecia alegre e sem fôlego ao atender a ligação de Cassidy no final da tarde de sábado. "Nós temos gêmeos!" Ele disse. "Ou melhor, Tara, a Toggenburg. Mãe e bebês estão bem."

"Isso é ótimo! Estou feliz por você. Agora, preciso perguntar uma coisa," Cassidy disse. "Você já mora em St. Jofra há algum tempo, não é?"

"Só a minha vida inteira! Por quê?"

"Você participou do festival, não foi?"

"Na verdade, não. Eu deveria estar interpretando o papel de Sir Jofra no desfile, mas desisti no último minuto porque tinha me preparar para os passeios de carroça de cabra."

Era exatamente o que Cassidy queria ouvir. Ela o tinha encurralado. "Então você deve saber o nome da garota que montou o cavalo, aquela com longos cabelos ruivos …"

CAPÍTULO VINTE E CINCO

E ra a primeira vez que Leah voltava ao consultório desde sua consulta acidental com Josh, mas o fato deles ligarem para ela devia significar que Josh a registrou. Quando entrou no consultório, sua mente começou a se agitar com lembranças proibidas. Seus beijos, o calor forte do seu braço ao redor dela, sua voz rouca e sexy enquanto cantava Yesterday, antes que tudo desmoronasse.

"Tenho uma consulta com o Dr. Gray." Seu coração bateu forte quando ela falou o nome dele. Ela esperava que não estivesse corando. Não seria bom para ninguém no consultório adivinhar que eles estavam se vendo. Mesmo se ela tivesse apenas os dez minutos designados com ele, pelo menos ela o veria, mesmo se ele estivesse no modo médico ao invés de namorado. Ou seja, se ela pudesse chamá-lo de namorado, visto que eles deveriam estar 'acalmando as coisas um pouco'. Acalmando o que, exatamente? Eles nem tinham saído em um encontro adequado!

"Ah, Srta. Mason." A recepcionista de aparência maternal, de cinquenta e poucos anos, vestindo um cardigã de lã verde sorriu, interrompendo o devaneio de Leah. Ela olhou para a tela do computador. "Você se importaria de preencher este formulário, por favor?"

Ela entregou a Leah um formulário de registro de paciente. Ela ficou confusa. Isso significava que ele não a registrou, afinal e suas ansiedades eram infundadas? Ela pediu uma caneta emprestada e começou a preencher seus dados.

"Você verá a Dra. Hannah Bond," a recepcionista disse quando Leah entregou o formulário. "Ela é muito legal e descobrimos que nossas pacientes muitas vezes preferem ver uma médica."

Leah franziu o cenho. O que estava acontecendo? Josh tinha persuadido outro clínico geral da clínica para aceitá-la, para que ele pudesse ficar livre para sair com ela? Se sim, então por que ela não teve notícias dele? Certamente ele teria telefonado e explicado. Sua mente estava pulando e acelerando como seu pulso. Talvez ele tivesse descoberto que ainda não podia namorá-la, mesmo que ela não estivesse em sua lista de pacientes. Talvez a proibição de relacionamentos médico-paciente se estendesse a toda a clínica e mesmo se ela fosse registrada com outro médico, ainda não seria permitido. Só havia uma maneira de descobrir.

"Eu … eu pensei que estava registrada com o Dr. Grey." Ela mal conseguiu pronunciar as palavras.

"Receio que ele não esteja mais conosco," a recepcionista disse rapidamente.

"O que … o que você quer dizer?" A sala deu uma guinada repentina e ela cravou as unhas da mão direita nas costas da esquerda, esperando que a dor aguda a trouxesse de volta à realidade.

"Ele teve que nos deixar de repente. Problemas de família, creio eu. Não sabemos quando ele estará de volta."

"Eu … eu lamento ouvir isso." Leah acrescentou mais algumas tragédias horríveis à sua lista de desastres que poderiam ter acontecido com ele. Houve uma morte repentina na família… seu pai ou mãe? Acontecera algo com sua irmã ou com uma das crianças? Ele estava doente? Oh, por favor, Deus, não!

"Srta. Mason?" A voz da recepcionista se intrometeu em seus pensamentos em pânico. "Sala três. Seguindo pelo corredor à direita."

A Dra. Hannah Bond era uma mulher de rosto simples e aparência sensata, com cabelos grisalhos e modos vivos, mas amigáveis. "Recebemos os resultados dos seus exames de sangue do hospital," ela disse. "É exatamente como o Dr. Gray pensou. Você tem um caso grave de anemia por deficiência de ferro, mas não se preocupe, é fácil de curar. Vou lhe dar uma injeção agora, para começar e prescrever uma série de comprimidos de ferro. Se você pode não se dar bem com isso, já que às vezes eles podem fazer seu estômago embrulhar, há outros que eu posso lhe dar. O ferro vem em várias formas. Em breve, você deverá se sentir menos cansada e seus períodos voltarão ao normal. Eu gostaria de fazer um exame rápido, se você não se importar. Quando foi a última vez que você fez um teste de esfregaço? Vou marcar um para você."

Então Josh havia contado a outras pessoas sobre seus períodos irregulares? Oh Deus! Era horrível demais. Mais uma vez, ela foi atingida pelo pensamento de que qualquer tipo de relacionamento entre ela e Josh era, por sua própria natureza, emaranhado e confuso. Como médico, ele sabia coisas íntimas sobre corpos, sobre *seu* corpo, mas nada sobre sua mente, seu coração, seu passado. Ela nunca poderia dizer a ele quem era seu ex-amante, então o relacionamento deles nunca poderia ser aberto e honesto. Era algo com o qual ela teria que conviver, mas pesava muito sobre ela e Josh já sabia demais. Talvez fosse melhor começar do zero com alguém que não sabia, que não faria perguntas. Talvez, ao partir, Josh realmente tivesse feito um favor a ela.

. . .

Depois de levar sua receita à farmácia, que tinha os comprimidos certos em estoque e os forneceu a ela imediatamente, Leah ligou para a casa de Nat porque havia prometido levá-la a uma consulta hospitalar.

Assim que chegaram ao hospital, ela não sabia se deveria entrar com Nat enquanto o médico e a enfermeira estavam fazendo seja o que for que eles estivessem fazendo ou ficar na sala de espera. Nat resolveu o problema sozinha ao agarrar o braço de Leah e não soltar, de modo que Leah teve que entrar no consultório com ela.

Eles pediram a Nat para tirar a roupa íntima e colocar uma camisola de hospital, para que pudesse ser examinada e pesada e ela pediu a Leah para ajudá-la a se despir. Nunca a tendo visto sem roupa antes, Leah ficou horrorizada com quão magra Nat estava. Cada costela estava visível. Sua barriga era quase côncava e sua coluna uma linha de protuberâncias. Não havia nada dela, apenas pele e a sombra de um bronzeado desbotado esticado sobre uma gaiola de ossos.

"Como está seu apetite, Sra. Fleming?" O médico perguntou. Não era o Dr. Sundera hoje, mas um diferente, um Sikh de turbante com uma barba prateada e olhos gentis.

"Ela quase não come nada," Leah começou, mas Nat a silenciou com uma careta.

"Faço três refeições por dia," Nat disse com firmeza. Leah lançou ao médico um olhar desesperado, então percebeu que ele podia ver nitidamente quanto peso Nat havia perdido.

A enfermeira a pesou e o médico fez algumas anotações. Eles auscultaram seu peito e começaram a falar sobre controle da dor.

"Não estou com dor," Nat insistiu.

O médico virou-se para Leah. "Você observou algum episódio?"

"Episódios de quê? Não. E eu passo muito tempo com ela."

O médico rabiscou mais anotações. Então ele se virou para

Nat e sorriu. "Você está indo bem, Sra. Fleming. Voltaremos a vê-la daqui a duas semanas, mas se você tiver algum problema antes disso, é só nos ligar."

Enquanto a enfermeira ajudava Nat a se vestir, o médico acenou para Leah e a conduziu para uma sala adjacente.

"A Sra. Fleming está se segurando no momento, mas ela está muito frágil e pode haver um declínio repentino. Só quero que você esteja ciente. É bom estar preparada," ele disse. Ele entregou a ela um folheto. "Isso diz tudo sobre as casas de repouso. Existem algumas muito boas na área."

Inspirando bruscamente, ela pegou o folheto oferecido e disse: "Obrigada por me contar, doutor," e lutou contra a vontade de chorar enquanto voltava para buscar Nat.

Já era o fim da tarde quando elas voltaram. Leah fez o chá do jeito que Nat gostava e serviu com um prato de biscoitos açucarados. Nat pegou um, deu uma pequena mordida, colocou-o no prato novamente; então deu a Leah uma chave e pediu que ela destrancasse um dos armários do aparador e pegasse os álbuns de fotos. Eram antiquados e pesados, com capas aveludadas cor de vinho e uma borla dourada pendurada na lombada. Ela os colocou na mesa da sala de jantar e acendeu o abajur.

Nat abriu o primeiro álbum. "Esta é minha avó, Katia." A mulher em questão estava na varanda de uma casa de madeira. Ela usava uma blusa com babados com gola alta e vincada e tranças grossas enroladas na cabeça e ao redor das orelhas, das quais pendia um par de brincos magníficos em forma de lustre.

"Ainda tenho esses brincos," Nat disse. "E olhe, aqui estão meus pais, Ilya e Galina Andreyev." Aquela corrente que Nat usava com as iniciais NA: Natasha Andreyev ou seria Andreyeva? "Eles adoravam andar de bicicleta. Eles costumavam pegar o trem para Carlisle e depois pedalar até as Terras Altas da Escócia. Claro, as estradas eram muito mais agradáveis para os ciclistas naquela época. Não havia tantos carros."

Leah sentiu algo bater em suas pernas. Ela balançou a mão para baixo e sentiu o contato de um nariz úmido e uma cabeça dura e questionadora. Ela acariciou Nina distraidamente enquanto Nat continuava a apresentar Leah a seus parentes.

"Quem é essa?" Leah perguntou, apontando para uma menininha bonita com rabo de cavalo loiro prateado, usando um vestido branco elaborado com mangas bufantes e muitos babados e laços.

"Eu, é claro! Eu tinha sete anos e foi meu primeiro vestido de festa." Nat deu um bocejo repentino. "Sabe, acho que gostaria de um pouco de chocolate quente ou alguma bebida com chocolate. Você pode ver o que consegue encontrar no armário?"

Leah encontrou uma lata de chocolate em pó e fez uma bebida para Nat. Quando ela a trouxe de volta, Nat olhou para ela com um olhar penetrante. Havia algo no olhar que fez Leah se sentir levemente arrepiada. Era como se Nat estivesse olhando através dela e vendo algo do outro lado.

"Nunca tenha medo. Nunca deixe seu espírito se abater. Você tem um anjo da guarda cuidando de você," Nat disse. "Estou olhando para ela agora e ela está me dizendo que vai ficar tudo bem, você só tem que ser forte."

Ela? Leah se perguntou.

Os olhos de Nat voltaram ao foco, perdendo seu olhar distante. "Lembre-se do que eu disse sobre metade de um arco-íris," ela disse.

"Quem é meu anjo da guarda?"

"É melhor não saber. Você vai descobrir um dia," Nat disse. Ela tomou um gole do seu chocolate, depois outro. De repente, ela levou a mão à garganta e vomitou violentamente. "Oh, querida," ela engasgou, "Oh, querida." Ela afundou na cadeira, ainda segurando a garganta.

Leah não sabia se corria para pegar um pano ou para o telefone. Isso foi um 'episódio'? Ela deveria chamar uma ambulância?

Nat resolveu o dilema de Leah sozinha, como ela fazia tantas vezes. "Acho que chocolate é muito rico para mim agora," ela disse. "Apenas me ajude a me limpar e ir para a cama."

Enquanto Leah limpava o rosto de Nat e a ajudava a tirar as roupas, ela vivenciou uma onda de dor asfixiante. Ela não era cega. Ela podia ver que Nat estava ficando mais fraca a cada dia. Leah teve que suportar a maior parte do seu peso enquanto a ajudava a entrar no banheiro. E esta foi a primeira vez que ela foi convidada a ajudar Nat a ir para a cama.

"Estarei muito melhor quando você me ver pela manhã," Nat assegurou a ela. "E esqueci de dizer que Melissa prometeu vir aqui e cantar para mim amanhã à tarde. Eu gostaria que você estivesse aqui também. Duas horas. E cuide disso para mim, por favor, caso eu tenha que voltar para o hospital." Ela abriu a gaveta do armário de cabeceira e tirou a corrente de ouro com suas iniciais e a chave do armário que abrigava o ovo de ouro. "Boa noite, querida. Bons sonhos. Te vejo amanhã."

Era apenas 17h47.

Fiel à sua promessa, Nat parecia um pouco mais animada no dia seguinte. Pouco depois das duas, Melissa, com Patrick logo atrás dela carregando duas caixas de instrumentos, tocou a campainha de Leah e eles tiveram uma breve conversa sobre a saúde de Nat antes de irem para a casa ao lado.

"Aha! Você tem trabalhado muito, pelo que vejo," Patrick declarou alegremente, avistando a tela de Leah com o retrato de Suzie secando no cavalete, no solário de Nat. Ele deu uma olhada mais de perto, deu um passo para trás, apertou os olhos à distância e anunciou: "Muito bom, de fato. Talvez você devesse nos pintar!"

"O quê? Você e Melissa?" Ele estava brincando, com certeza. Um pintor pintando outro pintor?

"Sim. Por que não? Você pode exibi-lo no La Galleria."

"Pintar *você*? É isso que você quer dizer? Isso seria ... histórico! Quero dizer, você é famoso." Leah sabia que estava tagarelando, mas estava tão animada. Esta era uma grande oportunidade e Patrick a distribuiu de maneira tão casual como se estivesse fazendo um convite para ir a um pub.

Melissa estava conversando com Nat. Ela abriu um estojo, tirou um instrumento de aparência estranha e passou uma palheta sobre as cordas. "É uma balalaica," ela explicou.

"Meu avô tocava uma," Nat disse sorrindo encantada.

Logo, a sala estava cheia com o som da voz rica e cremosa de Melissa cantando canções em russo, canções que Nat lembrava da sua infância. De vez em quando, Patrick a acompanhava em uma flauta de madeira de tom ofegante e queixoso. Os olhos de Nat estavam semicerrados e ela balançava a cabeça e às vezes batia no joelho no ritmo da música. Leah teve a impressão de que ela não estava realmente nesta sala com eles, mas em outro lugar, em algum lugar distante, tanto em quilômetros quanto em tempo.

Após quarenta e cinco minutos, Melissa parou. Leah estava olhando para Nat neste momento e foi como se alguém tivesse desligado uma luz dentro dela. Seu rosto, que parecia brilhando e em êxtase estava pálido mais uma vez, os olhos cansados, o corpo caído. Enquanto comiam os lanches que Leah havia preparado, ela notou que Nat estava apenas fingindo comer, dando pequenas mordidinhas e goles minúsculos do chá de limão. Um sentimento de proteção brotou dentro dela. Ela sentiu vontade de construir uma barreira suave entre Nat e o mundo exterior, uma parede de algodão, para que nada pudesse sacudi-la, machucá-la ou perturbá-la

"Muito obrigada. Você não faz ideia do quanto isso significou para mim," Nat disse a Melissa, quando ela e Patrick estavam saindo.

"Como ela está, realmente?" Melissa perguntou a Leah em voz baixa.

"Nada bem," Leah respondeu, com um suspiro pesado.

"Avise se houver algo que possamos fazer. Você pode ligar para nós de dia ou de noite," Melissa disse.

"Obrigada. Eu irei." Leah a beijou em gratidão, enquanto esperava fervorosamente que não precisasse fazer essa ligação.

CAPÍTULO VINTE E SEIS

"Sinto muito, Cassidy. Adoraria ver você no próximo fim de semana, mas tenho que visitar um criador de cabras no País de Gales. Que tal o seguinte? Eu poderia encontrá-la no aeroporto ou na estação."

"Eu te aviso," ela disse, a voz brusca com decepção.

No passado, ela tinha sido um membro da brigada 'agradá-los significa mantê-los interessados', mas agora parecia que a situação havia mudado. Ele não apenas não estava disposto a vê-la com a frequência que ela gostaria de vê-lo, mas também a mantinha à distância no que dizia respeito ao sexo. Vamos encarar, ela pensou, sou uma piranha e ele um cavalheiro. Ele a estava cortejando de maneira lenta, atenciosa e antiquada e isso significava que cada vez que ela o via, ela ficava ainda mais desesperada para levá-lo para a cama. Ao mesmo tempo, estava determinada a levar as coisas devagar e se comportar como a senhora que ele obviamente acreditava que ela era. Se ele soubesse como ela realmente era, provavelmente fugiria assustado.

Ele sequer pediu a ela para passar a noite com ele, mas insistiu em levá-la de volta ao hotel. Mesmo assim, ainda era cedo. Ela nunca conheceu ninguém como Fraser e, pela primeira vez na vida, iria deixá-lo ditar o ritmo. Se eles continuassem a se ver, e ela esperava que sim, iria jogar do jeito de Fraser, lento e relaxado, e ver se florescia em um relacionamento adequado, seja lá qual fosse.

Ter que esperar duas semanas também era frustrante por outro motivo. Ela estava absolutamente morrendo de vontade de confrontar Leah para descobrir por que ela havia se afastado de maneira tão brutal não apenas dela, mas de todos os seus amigos. Ela tinha telefonado ou enviado um e-mail para todos os conhecidos de Leah que conhecia e ninguém teve qualquer contato com ela desde que ela fez seu ato de desaparecimento. Cassidy poderia farejar um mistério no ar, um que estava determinada a resolver. O instinto disse a ela que Fraser era, ou tinha sido, muito simpático com Leah. Ela percebeu pelo tom de sua voz quando ele falou o nome dela. *Quão* simpático, exatamente? Ele tinha transado com ela? Isso deu a Cassidy uma sensação horrível e nauseante. Ela levou muito tempo para compartilhar coisas com seus amigos.

Agora ela tinha quinze dias para seus sentimentos apodrecerem. E eles iriam apodrecer. Ela, Tuesday Cassidy, transformou a deterioração em uma forma de arte. Se fosse uma bruxa, faria uma boneca de cera de Leah e colocaria alguns alfinetes nela. Jab, jab. Ela se imaginou fazendo isso e esperava que doessem. *Espero não ser realmente uma bruxa*, ela pensou culpada, retirando mentalmente os alfinetes. *Não sou uma pessoa muito legal, não é? Mas posso mudar. Espero que Fraser nunca descubra como eu realmente sou.*

Ela serviu-se de uma taça solitária de vinho, desejando poder estar em uma festa ou em um bar, qualquer coisa para se distrair de sua decepção por ter que esperar tanto tempo. Ela esvaziou a taça em três goles e, soluçando, serviu outra. Entediada, ela ligou a TV, onde alguns comentaristas estavam pontificando sobre ciclovias e HS2 – o sistema ferroviário de alta velocidade. O nome de um dos palestrantes apareceu na tela. Stephen Clyde. Uma sensação como um choque elétrico chamou sua atenção, deixando-a imediatamente lúcida, como se sentira na única ocasião em que cheirou cocaína. Stephen ... esse foi o nome que Leah deixou escapar uma vez após alguns drinques, quando mencionou que estava namorando um membro do parlamento.

Quando Cassidy sondou, Leah imediatamente se calou, mas Cassidy não conseguia pensar em nenhum outro membro do parlamento atual que se chamasse Stephen, ao invés de Steve. Chamar a si mesmo pelo nome completo o fazia parecer um idiota pomposo, era exatamente como ele aparentava na TV, apesar da expressão séria, da falsa preocupação que estava expressando. Stephen Clyde, membro do parlamento, era bonito, astuto, duro e insincero. Espere aí ... ele estava falando sobre sua esposa e família agora. Então ele era casado! Não admira que Leah não quisesse falar sobre ele.

Um calafrio delicioso percorreu seu corpo enquanto pensava que *talvez pudesse conseguir algum proveito disso.*

A dona de Suzie amou o retrato de Leah da sua pequena Yorkie e pagou em dinheiro, dizendo a Leah que tinha muitos amigos com animais de estimação que gostariam de pintá-los. "Não acho que seria muito boa em pintar tartarugas!" Leah avisou.

Ao caminhar de volta para Trenown Close, de repente ela encontrou-se pensando em Stephen, o que não era tão surpreendente já que seu rosto parecia olhar com lascívia para ela da primeira página de todos os jornais de todos os jornaleiros. Ela podia ouvir a voz dele de maneira muito nítida em sua cabeça: "Faça um aborto. Eu vou pagar." Seus olhos eram facas afiadas apunhalando-a. Ela tinha ficado sentada ali segurando a barriga como se protegendo a vida minúscula e frágil da sua raiva assassina.

"Não. Eu não irei. Não posso," ela disse, sufocada com o

choque e a traição. Como ele poderia pedir a ela para assassinar o filho *deles*, só porque era inconveniente para ele?

Então ele disse as piores e mais dolorosas palavras de todas. "Acho que você fez isso de propósito. Já era o amor … Você estava apenas forrando seu ninho, procurando um bode expiatório para pagar por isso. Bem, suponho que terei que pagar. Quanto você tem em mente?"

O rosto de Cassidy apareceu em sua cabeça, substituindo a imagem de Stephen. *Ela teria ficado orgulhosa de mim. Ela teria dito: "Pegue o dinheiro do bastardo. Pegue todo o dinheiro dele."*

Então Josh passou pela sua mente. O que havia de errado com ela? Por que ela era uma má juíza de homens? Olhando para trás, o episódio com Josh foi muito bobo, muito trivial, absolutamente nada. Algumas conversas interessantes. Alguns olhares significativos que possivelmente ela interpretou errado. Alguns beijos, uma sessão quente em sua casa que ele interrompeu de maneira abrupta. Graças a Deus ele havia voltado a si antes que qualquer um deles se empolgasse e vivesse para se arrepender.

Idiota, idiota, idiota. Não é realmente um relacionamento, mais como uma explosão rápida de desejo. Talvez pudesse ter ido para algum lugar se ambos quisessem, mas não foi. Foi ele quem esfriou as coisas, exceto quando a beijou em seu papel de Cavaleiro. Em retrospecto, esse tinha sido o beijo de despedida, a despedida afetuosa. E quanto a deixar o emprego e a aldeia, talvez ele tivesse sido convidado a sair e a equipe da clínica tivesse sido instruída a inventar uma história vaga para explicar sua ausência. No entanto … por que ele não poderia ter contado a ela? Ou ele tinha feito algo de que tinha vergonha? Deus, era tão irritante não saber!

Ela passou pela entrada da sua rua e continuou subindo a colina até o Mirante, onde sentou-se em uma pedra plana e contemplou o mar. Não estava azul e brilhante naquela tarde de quarta-feira, mas um papel alumínio prateado enrugado que parecia como se uma enorme águia marinha tivesse arrastado suas garras pontiagudas por ele. Ela adoraria pintar a vista daqui de cima, se ao menos o mar permanecesse da mesma cor por tempo suficiente ... se as nuvens mantivessem suas formas em vez de se comportarem como rebanhos rebeldes de ovelhas correndo pelo céu.

Seu celular berrou, destruindo o momento. Era uma mensagem de texto de Fada. *M se foi. Beber hoje à noite?*

Pode apostar, ela respondeu. *Morrendo de vontade de ouvir tudo!*

Antes de saírem naquela noite, Leah ajudou Fada a limpar a casa e se livrar dos destroços e cheiros criados por quatro homens ao longo de dezenove meses. Bem, quase todos os cheiros. Mick havia deixado Barney para trás, dizendo que voltaria para buscá-lo. A polícia encontrou Janine e os gêmeos e informou Fada, dizendo que era um problema doméstico agora e que eles não levariam as coisas adiante, mas Rory ainda estava à solta.

Enquanto aspiravam e tiravam o pó, um furgão parou do lado de fora e buzinou. Após uma espiada rápida para ter certeza de que não era Mick, Fada voltou carregando um pacote. Pegando uma faca na cozinha, ela cortou a fita que o prendia. Enquanto rasgava a embalagem, uma pena rosa fofa flutuou em direção ao chão.

"Você tem asas!" Leah riu.

"Sim. Eu as encomendei outro dia. Posso ser eu de novo agora!" Fada estendeu os braços e deu um giro. "Há um par para você também, se quiser usá-las. Vamos pegá-las e ir para o pub ficar completamente bêbadas!"

Era quase quinze para meia-noite quando Leah cambaleou de volta para Trenown Close. Ela ainda estava usando um par de asas verdes e azuis transparentes, tendo esquecido de devolvê-las a Fada. Quando se aproximou da porta da frente, a luz de segurança acendeu e uma pequena forma branca saltou sobre o muro baixo que separava sua casa da de Nat.

"Nina! O que você está fazendo aqui fora a esta hora da noite? Sua mãe ficará preocupada com você. Vá para casa. Xô!"

Nina não prestou atenção. Ela apenas se sentou, os olhos arregalados e azuis e olhando para Leah. Ela abaixou a mão para acariciá-la e recebeu um tapa por sua dedicação. "Ai! Sua diabinha. Pensei que você fosse uma gatinha tão doce."

Nina soltou um miado alto que foi muito diferente dos seus miados e chilreios normais e de repente, Leah sentiu uma pontada de alarme. Algo estava errado? A gateira tinha ficado presa então Nina não conseguia entrar? Abaixando-se, ela pegou a gata em seus braços e passou por cima do muro divisório para o jardim de Nat. Foi quando percebeu algo incomum: uma luz acesa, à meia-noite. Nat geralmente ia para a cama antes das dez. Muitas vezes, muito mais cedo hoje em dia.

Sua pontada de alarme se transformou em pânico total e seu cérebro confuso pelo álcool de repente ficou nítido e claro e ela sabia com certeza que não queria entrar na casa de Nat sozinha. Ela colocou o gato com gentileza no jardim e, com a mão trêmula, procurou seu telefone e discou o número de Josh. Foi direto para o correio de voz e ela não viu por que deixar uma mensagem. Afinal, ela nem sabia se ele ainda estava em St. Jofra.

Seu cérebro girou através de uma lista de seus conhecidos locais. Melissa, claro! Ela havia dito: "Você pode nos ligar de dia ou de noite", então Leah decidiu acreditar em sua palavra.

"Desculpe, é tão tarde," ela disse, assim que Melissa atendeu.

"Não importa. Ainda estamos acordados, assistindo a um filme. O que é?"

Leah respirou fundo. "Eu … eu acho que algo poderia ter acontecido com Nat. A luz dela ainda está acesa, Nina está agindo de maneira estranha, como se estivesse tentando me dizer algo e estou com medo ... medo de entrar sozinha, caso ..."

"Tudo bem. Acalme-se. Pode não ser nada. Ela pode simplesmente ter adormecido na frente da televisão. Deixe-me calçar os sapatos e estarei aí em dez minutos."

Enquanto esperava, Leah voltou para o nº 36 e tirou as asas brilhantes. Elas foram perfeitas para o bom humor de antes, mas não eram adequadas para a situação presente, se é que havia uma. Ela esperava que não houvesse e que a previsão de Melissa de Nat adormecendo no sono no sofá estivesse certa. Com a chave de Nat no bolso, ela saiu e esperou a chegada de Melissa, grata por ser uma noite quente e seca, mas ainda se sentindo gelada até os ossos e com uma sensação horrível e inquieta por dentro que persistia, não importa quantas vezes disse a si mesma para ficar calma, pois tudo ficaria bem. Ela sabia que tinha uma tendência ao pessi-mismo, resultado de todas as coisas ruins que aconteceram com ela, mas era mais do que isso. Era uma sensação forte e segura, quase como um déjà vu. Nat teria entendido.

Ela bateu o pé inquieta. *Oh, vamos lá, Melissa.* Ela ouviu Nina miar novamente. Então, felizmente, viu faróis subindo pela rua.

"Vou entrar primeiro, se quiser. Dê-me a chave." Melissa estendeu a mão.

Balançando a cabeça, Leah respondeu: "Não, está tudo bem. Ela é minha vizinha. Eu irei."

Ela destrancou a porta e o barulho da TV na sala da frente abalou seus nervos. Ela deu um passo nervoso em direção à porta aberta da sala de estar e olhou para dentro. Nenhum sinal de Nat no sofá. Ela soltou um suspiro de alívio, mas enquanto atravessava a sala para desligar a TV, ela viu. A forma no chão, meio escondida sob a mesa de centro de pinho.

. . .

Paramédicos, policiais, um cirurgião da polícia. Vozes que soam oficiais batendo em meio à névoa de sua dor. Leah estava sentada na cozinha de Nat, o cardigã cinza de Melissa pendurado sobre os ombros, olhando, mas sem ver, para uma caneca de chá fumegante. Uma policial estava fazendo perguntas, mas Leah não conseguia se concentrar pois seus ouvidos se esforçavam para distinguir os sons da sala da frente e do corredor, sons que significavam que Nat estava sendo carregada para fora da sua casa amada para sempre.

As pernas da cadeira arranharam o chão de madeira quando Leah se levantou de maneira desajeitada. "Preciso vê-la," ela disse. Melissa agarrou seu braço para contê-la, mas Leah a afastou. Virando-se para o policial e Melissa, ela disse: "Vocês não entendem. Tenho que vê-la antes que eles a levem embora. Eu preciso. Ela era minha amiga." E antes que alguém pudesse impedi-la, ela saiu pela porta, foi para o corredor e seguiu os paramédicos que carregavam o corpo de Nat para uma ambulância.

"Só um minuto!" Ela chamou. "Antes de levá-la embora, eu preciso dizer adeus."

"Deixe-nos levá-la para a ambulância, senhorita e depois vamos deixá-la sozinha por alguns minutos," disse o homem corpulento na parte de trás da maca.

Eles cobriram Nat com um cobertor cinza, mas o segundo paramédico o dobrou para que Leah pudesse ver seu rosto. Parecia tranquilo, embora houvesse um pequeno hematoma em sua testa, onde ela deve ter batido na mesa quando escorregou do sofá.

Ela não estava com a peruca. "Com licença!" Leah chamou um dos paramédicos. "Ela precisa da peruca. Ela não pode ser enterrada sem a peruca. Ela odiaria isso!"

"Não há necessidade disso ainda. Você pode trazê-la quando entregarmos o corpo aos agentes funerários."

A força da palavra 'corpo' a atingiu no plexo solar. "Não é um *corpo*, é Nat! Ela é ..." Leah parou, engolindo um soluço.

"Desculpe," ela disse. O paramédico deu a ela um sorriso simpático e se virou, dando a ela o momento prometido de privacidade. Leah afundou em um dos bancos acolchoados.

"Oh, Nat ..." As pálpebras estavam fechadas sobre aqueles olhos azuis que ela nunca mais veria, mas Leah falou como se sua vizinha ainda pudesse vê-la e ouvi-la. "Eu gostaria de ter dito a você o quanto você significou para mim. Sua amizade, seu incentivo ... Você me acolheu aqui quando eu estava perdida e confusa e me ajudou a me recuperar e me fez pintar novamente. Eu nunca teria sobrevivido nos últimos meses se não fosse por você. Você não faz ideia ..." Ela ficou sem palavras. Levantando-se, ela disse: "Vou realmente sentir sua falta, mas não se preocupe, vou cuidar de Nina. Ela vai sentir sua falta também."

Quando se levantou para sair da ambulância, incapaz de olhar para o corpo imóvel de Nat por mais tempo, seus olhos se encheram de lágrimas e ela tropeçou e quase caiu, e o paramédico corpulento agarrou seu braço e ajudou-a a pisar no chão.

Um policial se aproximou dela. "Terminamos aqui agora. Você pode trancar a casa. Se tivermos mais perguntas, sabemos onde encontrá-la." Ele entregou um cartão a Leah.

"Nina! Devo encontrá-la. Todas essas pessoas devem tê-la assustado. Melissa, me ajude."

Não havia sinal dela, mas ela estava esperando na porta de Leah quando ela e Melissa voltaram para o nº 36, e ela as seguiu para dentro.

"Devo encontrar a bandeja sanitária," Leah disse.

"Isso pode esperar. É você que precisa de algum cuidado e atenção agora," Melissa disse de maneira tranquilizante. "Você tem algum conhaque?" Leah apontou fracamente para um armário da cozinha e Melissa fez um café para Leah e derramou uma porção generosa do melhor Napoleon da Costcutter nele, dizendo: "Nada para mim, estou dirigindo."

Houve silêncio entre elas por um tempo, enquanto ambas

percebiam a enormidade do que acabara de acontecer. Foi Melissa quem falou primeiro. "Eu conhecia Nat há anos, desde que Patrick e eu nos mudamos para a aldeia. Isso foi em 2008. Nós nos conhecemos na escola de arte em Falmouth. Claro que seu marido George estava vivo então. Homem amável. Nat sentiu muita falta dele."

"Às vezes me pergunto se a vida é só isso. Pessoas desaparecidas."

Melissa deu um tapinha em sua mão. "Pode parecer assim, não é? Mas você tem que se concentrar na vida. Não há nada que você possa fazer pelos mortos."

"Exceto lembrar deles."

CAPÍTULO VINTE E SETE

A pós alguns dias, Leah recebeu um telefonema da polícia dizendo que o corpo de Nat poderia ser liberado para a casa funerária, já que o legista havia decidido que ela havia morrido de causas naturais. A palavra 'corpo' ainda a fazia se encolher. E com qual funerária ela deveria lidar e o que ela precisava fazer? Como Nat não tinha parentes vivos no Reino Unido e nem parentes facilmente rastreáveis na Rússia, a responsabilidade de organizar o funeral recaiu sobre Leah, com Nat a tendo nomeado seu parente mais próximo. Parecera uma honra na época, mas agora ela se perguntava por que Nat não havia escolhido alguém mais velho e experiente, alguém que ela conhecia há algum tempo, como Helen ou Melissa, que saberia o que fazer.

No final, foi para Helen e Geoffey Birchall que ela recorreu, argumentando que, se alguém deveria saber como organizar um funeral, seria um vigário e sua esposa.

"Você sabe qual era sua religião?" Ela perguntou a Geoffrey.

Ele balançou sua cabeça. "George era da Igreja Anglicana, mas não acho que Natasha seguisse nenhuma religião ortodoxa. Certamente nunca a vi na igreja."

"Pode haver algumas instruções em seu testamento," Helen sugeriu.

"Onde isso estaria?"

"Talvez haja uma cópia na casa dela," Helen sugeriu.

"Não posso começar a vasculhar seus papéis particulares. Eu me sentiria como uma ladra," Leah protestou.

"Bem, alguém precisa fazer isso. Tenho certeza de que Nat a perdoaria nessas circunstâncias." Os olhos de Geoffrey brilharam.

"Nat me parecia uma pessoa organizada. Provavelmente ela tem um arquivo contendo seu testamento e os detalhes de seu advogado," Helen disse.

Geoffrey olhou para o relógio. "Tenho uma reunião na igreja em meia hora. Isso só nos dá tempo de dar uma passada na casa de Nat e começar nossa busca."

Quer fosse a organização imaculada de Nat ou sua mão guiando Leah, o testamento foi a primeira coisa que ela viu quando abriu a escrivaninha de mogno brilhante de Nat. Estava em um grande envelope pardo no qual Nat havia escrito com uma caligrafia elegante e arredondada, *Meu Testamento*. Havia outro envelope, menor, com as palavras *Advogado e Informações Bancárias.*

"O que você acha que eu devo fazer?" Ela perguntou, abrindo o envelope menor e tirando um cartão que continha o nome de Peter Johnson e o endereço de um escritório de advocacia em Truro.

"Ligue para eles. Eu farei isso se você não se à vontade," Geoffrey ofereceu.

"Não, está tudo bem. Deveria ser eu."

Usando o telefone fixo de Nat, Deus, havia tudo isso para organizar também, Leah pensou, as empresas de serviços públicos, o banco, cópias da certidão de óbito para serem enviadas aqui e ali. Ela ligou para o número do advogado e deu seu nome à mulher que atendeu, que perguntou qual era o motivo da sua ligação. Ela foi colocada na espera, então um homem com uma voz leve e enérgica veio à linha e disse: "Peter Johnson aqui. Devo presumir que você é portadora de más notícias?"

"Receio que sim. A Sra. Fleming faleceu há alguns dias."

"Entendo." Ela o ouviu suspirar. "É uma notícia triste, mas não estou surpreso. Eu a visitei no hospital recentemente e percebi que ela estava ficando muito fraca. Fui advogado dos Flemings por muitos anos. Eu gostava especialmente da Sra. Fleming." Ele suspirou mais uma vez. Leah tinha a sensação de que gostaria dele, quando e se eles se encontrassem. Ela também se perguntou se os sentimentos dele por Nat tinham sido mais profundos do que os necessários para um mero relacionamento comercial.

"Estava me perguntando se ela havia deixado alguma instrução a respeito dos preparativos para o funeral. Tenho o vigário comigo agora."

"Por favor, dê a Geoffrey meus cumprimentos. Agora, por favor, espere enquanto encontro a pasta da Sra. Fleming."

Ela ouviu o som metálico de um arquivo sendo aberto, ruídos farfalhantes e Johnson pigarreando. Então ele voltou ao telefone. "Ela pediu cremação e tem um plano de funeral. Deixe-me lhe dar os detalhes."

"Obrigada," Leah disse, anotando e abençoando Nat por organizar as coisas. Devia ser difícil colocar as coisas no lugar para a sua própria morte, ela pensou, se perguntando se seria capaz de fazer isso para si mesma ou se acharia muito mórbido.

"Quando você tiver organizado o funeral, me avise, pois eu gostaria de ir, se puder. A Sra. Fleming era uma senhora notável."

"Sim, ela era." Leah sentiu a boca se contorcer em um sorriso melancólico.

"Estou extremamente ocupado agora, pois vou sair férias em alguns dias, mas preciso que você venha me ver. Traga algum documento de identidade com você. Tenho certeza de que posso confiar em você, mas é uma formalidade necessária."

Necessário? Para quê?

"Quando você souber a data do funeral, ligue para mim e marcarei um horário para vê-la aqui no meu escritório."

"Por que você precisa me ver, Sr. Johnson? Não é algo que poderia ser resolvido por e-mail ou por telefone?"

"Receio que não." Seu tom era enérgico e decisivo. Seja qual fosse o motivo pelo qual ele queria vê-la, ele não estava revelando nada. "Tchau agora, tenho um cliente esperando."

Leah desligou o telefone e viu o vigário olhando com impaciência para o relógio.

"Aparentemente, tudo que tenho que fazer é ligar para o número do agente funerário que o Sr. Johnson me deu," ela disse a eles. "Eles vão cuidar de tudo. Tudo está coberto pelo plano funerário de Nat. Vou colocar isso de volta na escrivaninha." Ela estendeu a mão para pegar o envelope contendo o testamento, mas Helen o pegou primeiro.

"Deixe-nos cuidar disso," ela disse, olhando para o marido enquanto colocava o envelope de papel almaço em sua bolsa rosa chamativa.

"Sim. Acho que seria melhor," ele confirmou. "Apenas para o caso da casa ser roubada ou algo assim."

Leah não perdeu o olhar rápido que se passou entre ele e Helen e se perguntou que diabos estava acontecendo. "Bem, é melhor eu começar a entrar em contato com as empresas de serviços públicos," ela disse.

"Você já tem cópias da certidão de óbito?" Geoffrey perguntou.

"Não."

"Olha," Helen disse, "sei que é um pouco confuso, mas vou ajudá-la com tudo. Já fiz isso muitas vezes antes."

"Muito obrigada, Helen."

"Vá, Geoffrey. Vou ficar com Leah um pouco."

• • •

Mais ou menos uma hora depois, quando Helen se foi, após examinar o arquivo que continha as contas de serviços públicos e do imposto municipal de Nat, tudo ordenadamente arquivado em ordem de data, Leah fez uma caneca de chá de ervas e sentou-se por um tempo, absorvendo a paz da casa de Nat e acariciando Nina, que a seguiu e pulou em seu colo.

"Pobre garotinha," ela sussurrou, esfregando o ponto sensível sob o queixo da gatinha. "Você está com saudades da sua mãe, não é? Você e eu!"

O ronronar de Nina somou-se à atmosfera quase hipnoticamente repousante. Ela não tinha a sensação de que esta era uma casa triste e vazia. Nat não tinha falecido e levado a energia com ela; na verdade, parecia exatamente o oposto, como se a personalidade de Nat enquanto ela estava viva tivesse imbuído sua casa com um calor ensolarado, uma força silenciosa. Isso fez Leah se sentir mais viva, mais criativa, tanto que ela foi para o solário, caminhou até seu cavalete, que havia deixado lá depois de terminar o retrato de Suzie, a Yorkie, pegou seu bloco de desenho A3 e começou um novo trabalho em lápis aquarela. Apresentava Carbis Bay, pintada de memória. No canto esquerdo, ela esboçou Nat de perfil, olhando de maneira sonhadora para o mar. Então, pegando primeiro uma cor depois outra, ela empilhou as sombras do arco-íris e as mesclou em um arco que se dissolveu em um azul aquoso.

Ela sentiu algo batendo em sua perna e largou o giz de cera pastel. Nina estava de pé sobre as patas traseiras, tentando chamar sua atenção. Olhando para a hora em seu telefone, ela descobriu que eram quase cinco da tarde.

"Desculpe, gatinha. Esqueci que era sua hora de jantar. Vamos."

Ela trancou a casa de Nat e foi até a casa ao lado. Nina havia corrido na frente e estava esperando na porta da frente. Leah entrou, alimentou-a, em seguida engoliu seu comprimido de ferro com um copo de água, estremecendo quando o líquido frio gelou sua garganta. Ela tinha muito que fazer, mas agora se sentia no controle, não mais vagando como uma folha em um riacho. Ela iria enfrentar as coisas de frente, uma por uma. Com a ajuda de Helen, ela tinha os arranjos de Nat sob controle. Agora era hora de cuidar de seus problemas pessoais e no topo da lista estava Josh e isso envolvia uma viagem de carro.

Enquanto passava pelo centro comunitário na Bruxa, ela avistou Fada descendo os degraus e perguntou se ela gostaria de um passeio de carro.

Fada deslizou para o banco do passageiro em uma túnica branca fina, asas cor de rosa brilhantes e leggings azuis curtas. "As aulas são uma merda no verão," ela resmungou. "Todo mundo está fora. Preciso pensar em uma atividade paralela logo ou não terei nada para comer além das minhas asas."

Leah deu a ela um olhar de soslaio. "Posso pensar em um." Era algo sobre o qual ela vinha refletindo há algum tempo e agora, em seu atual humor prático, parecia o momento certo para mencioná-lo.

"O quê?"

"Bem, você sabe que acabou de mencionar asas?"

"Sim?" Fada parecia um pouco desconfiada.

"Você não acha que elas poderiam ser, er, aperfeiçoadas?"

"Você está dizendo que elas parecem cafonas?" Fada disse de maneira ríspida, imediatamente defensiva.

Leah percebeu que poderia ter sido mais diplomática, mas estava tão ansiosa para compartilhar sua ideia com a amiga que estava saindo tudo errado. "Não, de jeito nenhum! Mas … bem, você já pensou que elas poderiam ser menos festa infantil e mais … não sei. Menos brilhante e fofo, um pouco mais adulto. Mágico, como em um filme." Cuidado, ela pensou. Não seria bom alienar sua melhor amiga na aldeia. "Olha, quando voltarmos…"

"Voltarmos de onde? Para onde você está me levando?"

"Você vai ver. Quando voltarmos, mostre-me alguns daqueles sites nos quais você compra suas coisas. Acho que talvez possamos trabalhar em algumas ideias juntas. Talvez até abrir um negócio, vendendo fantasias e itens de fantasia para fadas adultas."

"Minha própria loja," Fada disse de maneira sonhadora, reclinando seu assento para que ficasse quase na horizontal. "Posso ver isso agora. Na rua principal ao lado da livraria. Uma placa de néon dizendo Fantasia de Fada. Ou talvez devesse ser Caverna da Fada."

"Fada Bêbada, é uma descrição mais precisa!" Leah riu. "Bem, igualmente bêbada, de qualquer maneira. Planos para hoje à noite?"

"Você está convidada. Agora, para onde vamos? Uau! Eu estava quase no banco de trás então!" Ela ergueu seu assento novamente com um estalo, enquanto Bruxa continuava a subir abruptamente. "Acho que não estive aqui antes. Para onde isso vai?"

"Não faço ideia," Leah disse. "É o que está aqui à esquerda que me interessa." Ela parou e puxou o freio de mão sem demora. "Vê ali?" Ela apontou para uma palmeira em um jardim.

"De quem é aquela casa?"

Fada sabia sobre seu quase relacionamento, mas não a informou sobre as últimas notícias, sobre o fato dele ter deixado a clínica, então ela disse a ela agora. Ela também mencionou o que Emma disse sobre os relacionamentos médico-paciente.

"Não consigo entender que eles o teriam despedido quando vocês dois não eram exatamente um casal. Quero dizer, vocês não dormiram juntos, então ele não fez nada de errado. Ainda. Então porque estamos aqui?"

"A recepcionista disse que ele saiu por causa de problemas familiares. Quero saber se ele ainda mora na aldeia ou se voltou para Bristol, onde seus pais moram. Achei que a casa dele seria um bom lugar para começar."

"Certamente você tem o número do celular dele?"

"Claro que sim, mas ele nunca atende e também não respondeu as minhas mensagens de voz ou de texto. Até liguei para ele para contar sobre Nat e ele não respondeu. Não consigo entender."

"É muito estranho. Mesmo que ele não fosse o médico pessoal de Nat, ela era uma das pacientes da clínica. E você pensaria que ele gostaria de apoiá-la ou pelo menos prestar seus respeitos, especialmente porque ele sabe o quanto você gosta de Nat."

"Sim. Que hora para terminar com alguém, hein? Mas estou determinada a chegar ao fundo disso e pelo menos conseguir um pedido de desculpas dele. Agora, devo ir sozinha ou você vem comigo?"

Fada estremeceu quando seus finos sapatos de bailarina de cetim rosa fizeram contato com o cascalho afiado no jardim. "Deveria ter mantido meus tênis," ela reclamou.

"Ssh!" Leah levou o dedo aos lábios. Ela tinha ouvido sons dentro de casa. Uma TV ou rádio tocando. Um súbito ataque de nervos a fez hesitar; então, recuperando seu espírito positivo anterior, ela apertou a campainha com força.

Uma mulher jovem, magra e de cabelos escuros com um bebê choramingando nos braços atendeu a porta. Leah sentiu uma pontada rápida e enjoativa. Eles poderiam ser o 'problema da família'?

"Sim?" Ela disse, com um sotaque estrangeiro. Leste Europeu?

"Estamos procurando o Dr. Joshua Gray. Ele está aqui?"

"Não. Nós moramos aqui agora. Faz três semanas."

Então era verdade, ele havia deixado a aldeia. "Você tem o endereço dele?"

"Não. Sem endereço. Desculpe." Ela fechou a porta com um clique agudo, deixando-as paradas ali.

"Acho que a pessoa de quem ela está alugando a casa pode saber para onde ele foi."

Leah considerou a sugestão de Fada. "Isso significa tocar a campainha de novo e não acho que ela queira falar conosco. Você viu como ela foi fria."

"Talvez seja o mesmo agente que alugou Shangri-la para você. Por que não perguntar a eles?"

"Boa ideia. De qualquer maneira, é um lugar para começar."

O sol poente lançava sombras compridas, salpicando o carro com desenhos de folhas. Leah olhou para o relógio. "18:20. É muito cedo para uma taça de vinho, Titânia?"

"Que grande nome para minha loja! Espere, deixe-me acenar minha varinha. Eu, a Rainha das Fadas, declaro hora de vinho!"

Elas passaram a noite na casa de Fada, visitando sites de fadas em seu laptop. Elas haviam comprado peixe com batatas fritas no caminho para casa e Leah foi ao supermercado e comprou duas garrafas de vinho rosé efervescente. Ela colocou um na geladeira, abriu o outro e serviu uma taça para as duas.

"Brindemos à Nat!" Ela sugeriu.

"Sim. Vamos comemorar sua vida e dizer a ela que iremos visitar uma médium em breve para ter uma boa conversa com ela!" Fada disse. Ela ergueu o copo bem alto. "A Nat!"

"A Nat!"

Foi estranho, pensou Leah, mas ela não sentia tristeza agora, embora o funeral ainda não tivesse acontecido. Ela se sentiu animada, quase como se Nat estivesse lhe dizendo para não se preocupar, mas para seguir com sua vida e tudo ficaria bem. Ela não se sentia tão animada há muito tempo. Em uma maré criativa, ela espalhou folhas de papel na mesa e logo, ela e Fada foram cobrindo-as com desenhos, designs, ideias para tecidos, plumas, brilhos e babados. O Baú do Tesouro de Titânia estava a caminho.

CAPÍTULO VINTE E OITO

Cassidy dobrou com cuidado uma jaqueta Jigsaw azul-marinho nova e a colocou com delicadeza em sua mala. Era muito inteligente para a fazenda de Fraser, mas ela esperava que ele a levasse a algum lugar legal. Ela também havia embalado o maiô preto com sutiã push-up embutido, caso o tempo de setembro estivesse quente o suficiente para a praia. Este longo fim de semana seria o grande teste. Ela estava determinada a descobrir como ele era na cama. Ela pensou em levar alguns preservativos com ela, mas decidiu que uma mulher com seus próprios preservativos poderia afastar o tímido e antiquado Fraser. A última coisa que ela queria era que ele pensasse que ela tinha muita experiência sexual. Ela poderia até fingir que ainda era virgem! Ela sorriu com o pensamento. Sim, era uma ideia muito boa. Ela o deixaria assumir a liderança e seduzi-la ... embora ele pudesse precisar de um pouco de persuasão gentil.

Quando se tratava de entrar em contato com Leah, ela estava dividida. Rejeição de qualquer tipo, fosse causada por sua mãe, namorados, empregos que ela se candidatou e não conseguiu ou Leah, levantou duas reações emocionais nela, ambas as quais ela reconheceu e pensou muito ao longo dos anos.

A primeira e mais imediata foi a criança magoada, a garotinha confusa que se perguntava o que tinha feito para que sua mamãe deixasse de amá-la. A segunda era uma raiva incandescente: como ousavam tratá-la assim, quando ela não tinha feito nada para merecer isso? Quando ela era uma garota tão boa? Quando ela atendeu a todos os caprichos do amante, brilhou na entrevista de emprego, foi uma amiga tão generosa e divertida, foi tão boa em todos os sentidos?

Ela sabia que nunca seria capaz de explicar totalmente, nem mesmo para um terapeuta, o que a rejeição fez com ela. Acendeu um rastilho, desencadeando uma reação em cadeia, uma explosão de dor emocional. Ela realmente queria passar por isso de novo? Talvez ela devesse esquecer entrar em contato com Leah, mas, por estar na mesma aldeia, estaria constantemente olhando por cima do ombro, tentando localizá-la, tentando se esconder. Talvez fosse melhor enfrentá-la e acabar logo com isso ou, melhor ainda, nem sair de casa e passar o tempo todo na cama com Fraser.

Havia também a questão de Stephen Clyde. Um plano estava se formando em sua mente, um plano tão perverso que ela não acreditava que fosse má o suficiente e louca o suficiente para levá-lo adiante. Isso envolveria muito blefe e especulação. Ela era uma atriz boa o suficiente? E era realmente tudo especulação? Olhando para trás, ela estava cada vez mais convencida de que a aparência estranha e o comportamento de Leah naquelas últimas semanas poderiam ser causados apenas por uma coisa: ela estava grávida. E, como ela não mencionou nenhum namorado para Cassidy desde que mencionou o nome Stephen, havia todas as chances do culpado ser ele ...

Quando chegou à estação de Truro no dia seguinte e viu o sorriso no rosto de Fraser quando ele acenou para ela da plataforma, ela colocou todos os pensamentos sobre Leah e

Stephen de lado, tomada por uma onda de excitação e afeto quando ele jogou os braços ao redor dela em um abraço. Então ele deu um passo para trás e passou os olhos sobre ela.

"Você está fantástica," ele disse.

Sua reação normal teria sido fazer alguma observação depreciativa do tipo 'O quê? Essa coisa velha?', mas com Fraser ela era uma pessoa diferente, impregnada de timidez no lugar do seu sarcasmo atrevido habitual. Ela corou, realmente corou, algo inédito no compêndio de Cassidy de reações emocionais. Sorrindo, os olhos castanhos mal conseguindo encontrar os verdes dele, ela murmurou: "Obrigada."

Ele pegou a mala dela. "O Land Rover está no estacionamento. Eu o limpei em sua homenagem."

"Obrigada," ela disse mais uma vez. As palavras estavam falhando. Ele estava lindo, com um bronzeado dourado. O sol pintava mechas prateadas em seus cabelos louros e seus olhos verdes brilhavam, não com o fogo frio das esmeraldas, mas com algo mais quente. *Crème de menthe*, talvez? Ela estremeceu um pouco quando ele a envolveu com o braço, conduzindo-a até o carro enquanto perguntava sobre sua viagem. Ela já havia se esquecido disso. Tudo que ela estava ciente era do sol de setembro e Fraser.

Entre elas, Fada e Leah entraram em contato com todos os agentes imobiliários que conseguiram encontrar, mas nenhum deles havia lidado com o aluguel da casa de Josh.

"Não entendo," Leah resmungou. "Deve ter sido um aluguel particular, talvez através de alguém da aldeia ou alguém ligado a clínica. Que diabos eu vou fazer?"

Por que não posso simplesmente deixar para lá? Por que não posso deixá-lo ir?

Ela sabia a resposta. Ela sentiu a conexão visceral entre eles, o conhecimento intuitivo que ia além de qualquer razão.

Foi como aquela primeira impressão que você tem quando conhece alguém. Você não sabia nada sobre ela, mas algo lá dentro, algo que desafiava a lógica, fazia você gostar ou não dela à primeira vista. Em sua experiência, o instinto nunca mentia. Olhando para trás, relembrando sua primeira impressão de Stephen, ela sabia que não gostava dele, mas o considerou sexualmente atraente. Veja onde isso a levou!

"Você já experimentou o Twitter e o Facebook?" Fada sugeriu. Ela abriu o laptop, mas elas também não obtiveram nada ali. Joshua Gray parecia não ter nenhuma presença nas mídias sociais, o que era estranho para um homem na casa dos trinta. Ela se perguntou se era porque ele era um médico e não queria ser contatado por um monte de hipocondríacos perguntando sobre seus sintomas. Claro, se ele fosse um especialista privado, teria um site, lista de preços, depoimentos e detalhes de contato. Droga!

Fada passou a mão por seus cachos, em seguida, bateu a mão na mesa. Barney, que estava embaixo dela, soltou um latido assustado. "É ridículo! Você vai pensar que sou louca!"

"Você teve uma ideia brilhante sobre como encontrar Josh?"

"Não. Desculpe. Isso é sobre mim. Nunca pensei que iria, mas sinto saudades de Wayne e Ross. A casa está tão vazia sem eles. Sinto saudades de Mick como uma louca e Barney também. Sei que ele tinha seus defeitos, mas ele era caloroso, engraçado, trabalhador e ótimo na cama. Até sinto um pouco a falta de Rory. Eu me preocupo com ele. Perguntei a todos seus amigos. Acho que Luke Boscoe pode saber de alguma coisa. Ele foi muito evasivo e não olhava nos meus olhos, mas não consegui arrancar isso dele."

Ela respirou fundo e exalou ruidosamente. "Eu gostaria de saber como estão os gêmeos. As crianças da sua classe continuam vindo até mim na rua e perguntando quando os gêmeos vão voltar para a escola e tudo que posso dizer a elas é que eles foram morar com a mãe."

"Mick não entrou em contato? Nem mesmo para perguntar como Barney está? Eu teria pensado que ele voltaria para buscá-lo. Ele ama aquele cachorro."

"Ele não responde a nenhuma das minhas mensagens de voz ou de texto. Exatamente como Josh está fazendo com você. Acho que ele tem medo de ser preso por porte de drogas e não quer ser rastreado. Suponho que, se ele está ficando com amigos, eles não teriam espaço para um cachorro grande como ele."

Leah tirou o pé do chinelo e acariciou o pelo áspero de Barney com a sola do pé descalço. Havia algo reconfortante nisso. Talvez eu consiga um cachorro um dia, ela pensou, então lembrou a si mesma que Nina provavelmente não permitiria. Ela mudou de assunto da busca pelos meninos para sua própria busca por Josh.

"Isso é ridículo, não é? Estamos vivendo em uma época de sobrecarga de comunicação, mas não conseguimos encontrar três crianças e dois homens adultos. Detetive particular? Exército da Salvação?"

"Você não disse que a família dele é de Bristol?" Fada sugeriu. "Você já tentou procurar por Greys lá?"

"Não adianta. Como posso entrar em contato com um completo estranho pelo telefone ou internet e perguntar se conhecem um médico chamado Josh Gray que evidentemente não quer nada comigo? De qualquer maneira, Gray é um nome comum. Deve haver dezenas deles."

"Entendo seu ponto. Mas tenho um pressentimento sobre isso," Fada disse. "Sinto forças externas em ação." Ela pegou uma das suas varinhas de brinquedo e acenou com ela. "Abracadabra, Josh Gray, vamos encontrar você!"

Leah riu e deu um tapinha no braço de Fada.

"Veja! A varinha está tremendo! Está apontando para o norte!" Fada insistiu.

"Não, não está. Está apontando para o Atlântico. Talvez ele tenha fugido para o mar."

Quando Leah disse essas palavras, ela foi inesperadamente transportada de volta ao dia em que Nat tinha lido a cera da vela para ela. Ela podia ouvir a voz de Nat em sua cabeça, dizendo: 'Nada acontece antes do que deveria acontecer, não importa o quanto você deseje'.

"É sexta-feira," Fada anunciou, interrompendo seu devaneio. "Será que duas garotas lindas vão apenas apodrecer dentro de casa ou vamos sair para encontrar um ficante?"

Leah suspirou. Ela estava relutante em sair para encontrar um 'ficante' como Fada disse. Ela já tinha fracassado com os dois únicos homens atraentes em St. Jofra, então qual era o sentido em ficar bonita e sair para um bar ou boate onde todos tinham cerca de dezenove anos? Ela sabia que Fada estava apenas tentando impedi-la de cair de cabeça em um poço escuro de depressão ao pensar no funeral de Nat, que aconteceria na próxima sexta-feira. Ela ergueu os ombros, depois os relaxou, girando o pescoço para liberar o início de uma dor de cabeça causada pela tensão.

"Bem?" Fada encorajou ansiosa. "Mofar ou ficar bonita?"

"Mas vamos comer algo primeiro, pois não quero me sentir mal de manhã. Estou trabalhando em uma pintura nova e Patrick diz que haverá algum espaço de exposição em La Galleria em duas semanas, então preciso pintar como uma louca para ter algumas coisas para vender. Ha-ha. Como se alguém quisesse comprar algum dos meus borrões."

"Não se rebaixe. Acho que você é realmente talentosa," Fada disse de maneira leal. "E Patrick também. E a opinião dele conta para alguma coisa."

"Sim, conta. Eu te disse que passei uma hora no estúdio dele na semana passada?"

"Pintando, eu espero!" Fada interrompeu.

"Como se eu gostasse de Patrick! Ele apenas me deu algumas dicas sobre perspectiva e combinação de cores, coisas que eu sabia da escola de belas artes, mas tinha esquecido. Foi muito útil. Ele também não me deixou pagar."

"Provavelmente ele está esperando por pagamento em espécie. Ele tem uma reputação terrível, você sabe."

"Provavelmente é tudo conversa. Melissa parece controlá-lo com uma vara de ferro."

"Oh, então é disso que eles gostam. Achei que havia algo pervertido naqueles dois!" Fada riu.

"Confie em você! Agora, o que vamos vestir para a nossa sessão de ficar bonita? Banalidade glamourosa ou apenas um pouco de brilho?"

"Um pouco de brilho vai servir," Fada disse. "St. Jofra não está pronta para Lily Savage completa."

"Vou para casa me arrumar. Te vejo você mais tarde, por volta das oito, ok?"

Depois que Leah foi embora, Fada sentou-se no sofá absorta nos próprios pensamentos, polindo de maneira distraída a cabeça de Barney com círculos rítmicos da mão. Havia dois mistérios urgentes a serem resolvidos. Um era o paradeiro de Rory. Claro, ele poderia estar com Mick ou Janine, mas ela duvidava e ele nunca atendeu o telefone, então ela desistiu de ligar para ele. Ela sabia onde surfistas gostavam de frequentar. Era onde Rory e seus amigos provavelmente eram encontrados à noite, menores de idade ou não. Mas ela podia se lembrar nitidamente de Rory ter dito a ela, de maneira muito agressiva, que ela nunca deveria colocar os pés em Surf's Up, então este era o primeiro lugar que ela pretendia visitar e perguntar por aí para ver se alguém o tinha visto.

Ele não era mais responsabilidade dela, é claro: na verdade, nunca fora. Mas, apesar de sua atitude, da sua agressividade, ele era apenas um adolescente mal-humorado e confuso e precisava de ajuda e ela não podia contar com nenhum dos seus pais para fornecê-la. Tudo que ela queria fazer era garantir a ele seja o que for que ele estivesse fazendo, ela não iria denunciá-lo. Ela só queria oferecer a ele um ouvido simpático ou até mesmo seu quarto no sótão de volta, se ele estivesse realmente preso. E alguém precisava garantir que ele ainda estava indo à escola. Ela não podia contar com Mick para organizar isso.

O outro mistério era o paradeiro de Josh. Se ela não conseguia rastrear Rory ou Mick, então como diabos iria ajudar Leah a localizar alguém que provavelmente nem estava na Cornualha?

CAPÍTULO VINTE E NOVE

"Então, onde vamos hoje à noite?"

"Ta-da!" Fada tirou uma garrafa de prosecco da geladeira. "Vamos tomar alguns copos fortificantes de espumante e depois …" Ela tamborilou na bancada da cozinha, "depois vamos descer cambaleando colina até Surf's Up. Se pudermos encontrar alguns dos colegas de Rory lá, podemos descobrir onde o menino está se escondendo."

"Oh, Deus. Surf's Up? Você está falando sério? Eu vou me sentir como a vovó de alguém lá. E estou vestindo todas as roupas erradas. Preciso de jeans rasgados e uma camiseta com uma prancha de bodyboard e um pôr do sol havaiano nela."

"Todos estarão todos muito loucos lá para notar o que estamos vestindo."

"Ok. Mas…" Leah fez uma pausa. "Você não acha que é errado da minha parte sair para festejar quando Nat acabou de morrer, não é?"

"O que Nat lhe diria para fazer?" Fada olhou para o teto. "Ei, vocês aí em cima! Ligando para Nat Fleming! Leah tem permissão para sair para beber hoje à noite?"

Leah deu um tapa no braço de Fada. "Pare com isso!"

Parecia irreverente da parte de Fada usar o nome de Nat assim.

"Aqui, beba isso e pare de se preocupar," Fada insistiu, entregando-lhe um copo cheio. "Nat era apenas sua vizinha. Você não era parente dela."

Apenas minha vizinha ... Isso era tão falso. Nat era muito mais do que isso. No entanto, como ela poderia explicar a alguém o afeto que sentia pela mulher idosa, especialmente porque ela só a conhecia há alguns meses? Quase desde a primeira vez que tomaram café juntas, Leah sentiu como se tivesse mais em comum com Nat do que com alguns membros da sua própria família. Não era um vínculo de sangue, era um parentesco da alma e não poderia ser explicado em poucas palavras. Ela sentia isso da mesma maneira que sentia o canto das cores e a dor das formas no papel.

Ela balançou a cabeça e tomou um gole de vinho, lutando contra um espirro quando a efervescência atacou a parte de trás de suas narinas. "Não, eu não era parente dela, mas de certo modo era."

"Não tenho certeza se entendi o que você quis dizer, mas vamos fazer um brinde a ela. Eu não a conhecia bem, mas ela era uma mulher adorável." Fada levantou seu copo. "A Nat!"

"A Nat!" Leah tilintou os copos, unindo o dela ao brindo.

"Beber tudo de uma vez, sem parar!"

Havia uma pitada salgada de névoa do mar no ar quando as duas desceram aos tropeções a colina íngreme em direção ao bar Surf's Up, que dava para o mar na ponta da Baía de Jofra, cantando *Dancing Queen* a plenos pulmões. No momento em que se aproximaram do bar, elas estavam berrando *Waterloo*.

Fada apertou o braço de Leah, colocou os dedos nos lábios e disse: "Sssh. Não queremos chamar atenção para nós mesmas, queremos? Somos avós velhas, lembra?"

"Provavelmente nem nos deixarão entrar." Leah soluçou, então deu uma risadinha.

Um jovem corpulento com um agasalho esportivo azul marinho e uma camiseta vermelha estava parado na porta, sob um modelo de golfinho de plástico azul, olhando para elas cautela. "Tudo bem, senhoras?" Ele piscou.

"Não gosto muito do seu," Fada disse, em um sussurro teatral.

"Aí vem o seu agora." Leah a cutucou e acenou com a cabeça na direção de um homem mais velho um pouco curvado com uma pequena barba.

"É Patrick!" Fada se curvou e deu um tapa em ambas as coxas, ofegando de tanto rir.

Com um "Boa noite, garotas" murmurado, ele acenou para o homem na porta e esgueirou-se para dentro.

"Pegando menores de idade, eu aposto," Leah disse.

"Ou procurando por modelos de nu artístico."

"Vocês vão entrar? A banda vai começar em alguns minutos," o homem na porta gritou para elas.

"Como se chama?" Leah perguntou.

"Crumble."

"Nunca ouvi falar. São bons?"

"Nada mal. Eles são jovens, são locais e escrevem suas próprias músicas. Eles já tocaram aqui algumas vezes e se dão bem com a multidão. Dê uma chance a eles."

"Nós iremos," Fada disse, saltitando para dentro.

Enquanto Leah seguia o rastro de sua amiga, o porteiro sorriu para ela. Ela estava com o cabelo solto que cascateava em ondas até a metade das costas. *Talvez ele pense que eu sou uma surfista.* Elas encontraram um canto do bar e pediram um spritzer de vinho branco cada uma em um copo alto para que durasse mais. Leah podia ver alguns rostos locais que reconheceu, mas havia apenas um que ela estava procurando. Ela esperava não vê-lo, pois, se ele estivesse na área e não tivesse entrado em contato, ela saberia com certeza que ele havia dado o fora nela.

Uma área perto das portas da frente abertas que davam para o mar havia sido reservada para a banda. A área ostentava um kit de bateria rudimentar, apenas três baterias e um conjunto de pratos e duas guitarras apoiadas em suportes. Um microfone guinchou com feedback quando um roadie girou os botões de um amplificador Marshall de aparência desgastada. O número de amassados na frente atestava uma vida difícil na estrada em furgões velhos e surrados e sendo derrubado e chutado em mais do que algumas ocasiões.

Um jovem esguio de preto da cabeça aos pés, incluindo esmalte ébano e um monte de maquiagem escura nos olhos, caminhou até o microfone. "Olá, todos vocês, marujos e marinheiros de água doce, nossa primeira música hoje à noite é uma que alguns de vocês irão conhecer. Chama-se *Subindo a Merda do Rio!*"

"Sem um remo!" Disse em coro vários membros da plateia.

O garoto de preto parecia ser o vocalista e quando o resto da banda subiu correndo e reivindicou seus instrumentos, Fada agarrou o braço de Leah, fazendo com que ela errasse a boca com o copo. "Olha quem está tocando guitarra rítmica!" Ela gritou.

Em um restaurante italiano, pequeno e íntimo, em Helston, Cassidy estava ouvindo Fraser. Na verdade, ela estava apenas ouvindo pela metade enquanto ele falava dos seus planos para o negócio, porque ela estava muito ocupada estudando a maneira como a vela na mesa acendia chamas douradas em seus olhos verde-musgo. *Alguém já disse a ele quão bonito ele é?* Ela se perguntou. Ele era tão natural, tão ingênuo.

Ela não tinha visto nenhum produto de beleza masculino

em seu banheiro além do desodorante e um frasco da fragrância Paco Rabanne, um presente da sua irmã, talvez? O único hidratante que ele possuía parecia ser a velha lata de Nivea que ela vira no armário do banheiro. Ela sabia que era errado bisbilhotar, mas havia decidido anos atrás que verificar roupas masculinas e produtos de higiene pessoal era um atalho para descobrir o que os motivava. Era o que um detetive faria, ela disse a si mesma. Um detetive era o que ela desejava ser quando estava crescendo, mas, em vez disso, notas excelentes em Língua e Literatura Inglesa a colocaram em um curso de jornalismo. Agora as pessoas pensariam que ela era simplesmente intrometida, mas, ao espiar, ela assumia o papel de uma Miss Marple júnior e se imaginava na tela da TV. Talvez não fosse tarde demais, ela meditou enquanto remexia, tomando cuidado para não tocar ou mover nada.

Uma lata enferrujada de Nívea falava de um cara que não era vaidoso sobre sua aparência, mas estava despreocupado quase ao ponto da negligência. Isso era algo que podia ser remediado, ao passo que um cara tão consciente da sua imagem que se lambuzava de hidratantes e géis não tinha como consertar. Portanto, o Nivea era um ponto a favor de Fraser.

O criador de cabras parecia levar uma vida simples. Seu guarda-roupa, que ela espiou enquanto ele estava no andar de baixo, continha seis camisas, dois pares de calça jeans e dois pares de calças cáqui, enquanto na parte inferior, em uma pilha cuidadosamente dobrada, estavam shorts e algumas roupas velhas, desbotadas, mas limpas que provavelmente eram suas roupas de trabalho na fazenda. Ela admirou sua organização. Ele não jogava as roupas na cadeira para morar ali pelas próximas semanas. Ela se perguntou o que ele faria com seus armários e gavetas abarrotados. Se algum dia ela fosse morar com Fraser, teria que colocar todas as suas coisas de grife no eBay e se resignar a viver de maneira tão simples quanto ele. Pelo ridículo que passou no

Jofra Arms quando foi vestida com suas roupas de Londres, ela sabia que não havia lugar para aquele tipo de vestimenta sofisticada aqui.

Eu sentiria falta disso? Eu sentiria falta do salário que me permite comprar todas as roupas que quero e sentiria falta de todas as festas deslumbrantes e bares onde posso usá-las? E todos os meus sapatos? Oh, eu não poderia me separar dos meus maravilhosos Louboutins de couro envernizado ...

Clique.

"O q-quê?"

"Terra para Cassidy. Aterrisse, por favor." Fraser estalou os dedos na cara dela mais uma vez. Ele estava sorrindo. "Onde você estava?"

Ela mordeu o lábio inferior e arregalou os olhos para ele. "Desculpe. Estava apenas pensando sobre as diferenças entre a vida em Londres e a vida na Cornualha. Estava me perguntando se poderia me tornar uma garota do campo ou se sentiria muita falta da minha antiga vida."

Ela mordeu o lábio com mais força. Talvez ela não devesse ter contado a ele. Era agir de maneira prematura. Se ele pensasse que ela já estava se imaginando morando com ele, isso poderia afugentá-lo. Por outro lado, se ele suspeitasse que ela era uma garota londrina de coração, ele poderia recuar e desistir. Ele era sensível, ela sabia. Ele traia isso pelas emoções que passavam abertamente por seu rosto. Suas paixões eram profundas. Ele era como um tesouro que ela queria liberar. Mas ela conseguiria lidar com os sentimentos que poderia encontrar se liberasse esse tesouro? Se o liberasse?

Talvez, comparado a si mesmo, ele a achasse muito superficial. Ela tinha certeza de que carecia de emoções profundas. Ela nem tinha muita imaginação ou criatividade, não como Leah, que era pretensiosa *in extremis*. Em contraste, ela, Cassidy, era só aparência, dura e instável, espirituosa e atrevida. Mesmo se tivesse profundezas escondidas, ela estava com muito medo de encontrar o que estava lá para permitir que alguém levantasse a tampa.

A cadeira de madeira de Fraser rangeu quando ele se balançou para trás nela. Ele colocou os cotovelos sobre a mesa, juntou as mãos bem formadas e fortes, mas habilidosas - *ele precisa de creme para as mãos, a pele deve secar e rachar no inverno* - e apoiou o queixo nelas. "E o que você decidiu?" Ele perguntou.

"Que eu poderia tentar algum dia." Ela pensou que, ao adicionar 'algum dia', ele se sentiria seguro. Ela não queria que ele pensasse que ela quis dizer quase de imediato. Ela não tinha intenção de apressar as coisas. Afinal, ela acabara de conhecê-lo. Como ela sabia se o relacionamento deles duraria mais do que os quatro ou cinco meses que pareciam ser seu recorde habitual? A maneira como ele estava olhando para ela era um pouco desconcertante. Se ela pudesse ler sua mente.

"Acho relaxante aqui. O ar é tão fresco e é ótimo não ter que colocar roupas elegantes para trabalhar e ser o tipo de pessoa que meus colegas esperam que eu seja," ela acrescentou, perguntando-se se ele esperava que ela fizesse *dele* um de seus motivos para se mudar. Oh, céus. Ela tinha trocado os pés pelas mãos?

"Entendo." Ele disse devagar, com um traço de diversão, o tempo todo direcionando um sorriso para ela que a fez querer abrir os braços e implorar para que ele a abraçasse e beijasse. "Então, quem é a verdadeira Cassidy?"

Ela abriu a boca, prestes a fazer um de seus comentários petulantes habituais, mas fechou-a de novo. "Com toda honestidade não sei," ela admitiu. "Nunca tive a chance de descobrir."

"Então vamos ver se podemos descobrir juntos. Eu adoraria realmente conhecer você. A mulher que vejo diante de mim é deslumbrante, inteligente, esperta e bonita. Mas tenho a sensação que é apenas a superfície e que há uma mulher ainda mais deslumbrante escondida lá dentro. Você é como uma crisálida esperando para eclodir em uma borboleta requintada." Ele franziu o cenho. "Isso soa pretensioso? Tenho a ideia de que estou balbuciando e sem fazer sentido. Deve ser o vinho."

"Mas você quase não bebeu."

"Isso é porque eu vou levá-la para casa muito em breve e quando chegarmos lá ..."

Naquele momento crucial, o garçom apareceu com a conta. Ele ignorou suas tentativas de contribuir e ela sentiu que o momento estava perdido e pedir que ele continuasse e dissesse o que estava prestes a dizer seria desajeitado. Seria muito melhor imaginar e antecipar.

"Você tem certeza? Com aquele chapéu mole e maquiagem estranha, não consigo dizer quem é."

"Aquele chapéu costumava ser de Mick até que Rory 'pegou emprestado' um dia e nunca mais devolveu. E o outro guitarrista é seu amigo de escola, Luke. Oh, Leah, eu o encontrei!"

Fada foi dar um passo à frente, mas Leah a deteve e puxou-a para um canto escuro. "Deixe-os terminar seu set. Se ele a vir agora, pode arruinar tudo para ele. E sabe de uma coisa? Aquele sujeito estava certo. Eles são muito bons. Mas quem é esse baterista? Ele parece mais velho do que os outros três."

Fada semicerrou os olhos através do bar escuro. "Nunca o vi antes. Talvez ele seja uma relíquia de alguma banda antiga de rock." Lembranças passaram pela sua mente. Rory empolgando-se muito com uma velha guitarra acústica no Poleiro do Rory. Naquele dia, ela havia esbarrado com Rory do lado de fora da loja de batatas fritas e ele disse que estava praticando com Luke e ela presumiu que ele estivesse falando sobre jogos de computador. E se ele estivesse falando sobre tocar música, música ao vivo, praticando com o violão? Havia algo um pouco estranho acontecendo, mas ela não conseguia definir o que era. No entanto, tinha certeza de que iria descobrir.

Fada fez sua jogada depois que o show terminou, quando Crumble estava retirando seus instrumentos para abrir caminho para a banda principal da noite, um grupo de jazz-funk de Falmouth.

"Rory." Ela colocou uma mão restritiva em seu braço enquanto ele caminhava em direção ao furgão da banda, um velho Ford Transit azul escuro com arcos de roda enferrujados.

Ele ergueu os olhos, com uma expressão assustada. "Me larga! Eu disse para você não vir ao Surf's Up."

"Porque você não queria que eu descobrisse que você se juntou a uma banda? Olha, Leah e eu estamos impressiona-das, não é, Leah?" Fada desejou que sua amiga entendesse a dica e acumulasse elogios. Felizmente, Lea atendeu.

"Sim. Você é muito bom. Quem escreveu aquela música *Subindo a Merda do Rio*?"

"Eu."

"O quê?" Fada interveio. "Não me lembro de você escre-vendo canções quando morava comigo!"

Rory deu um sorriso de superioridade. "Bem, eu escrevia. O que você acha que eu estava fazendo todas aquelas vezes que fiquei no sótão?"

Fada poderia pensar em algumas coisas, mas não iria dizer a ele. "Estou muito impressionada," ela disse. "Estou falando sério. É uma música muito cativante e as pessoas parecem já ter aprendido. Acho que pode ser um sucesso."

O baterista veio caminhando, ajustando a faixa vermelha que usava na testa. Agora ele estava perto, seu rosto, bruto e com barba por fazer com um piercing em uma sobrancelha, parecia vagamente familiar, mas ela não conseguia identificá-lo. "Sim, nós também achamos, não é, rapazes? Estaremos gravando toda a semana que vem e já entrei em contato com algumas estações de rádio locais que prometeram tocá-la. Crumble vai fazer sucesso."

Fada não gostou nem um pouco da sua atitude de dono. "E você é...?"

"Sou Paul Fleet, o empresário deles. Eu também participei de uma banda. Os Blue Movies. Conheço o negócio pelo avesso."

"Conhece? Então você está ciente de que pelo menos um deles é menor de idade e deveria estar na escola?"

Ela viu um olhar disparar entre Rory e seus companheiros de banda.

"Ainda estou indo à escola. Só não a mesma."

"Qual?"

"Não é da sua conta."

"Vamos, rapazes, vamos colocar essas coisas no furgão." Ele se colocou entre Fada e Rory, quase a empurrando para o lado.

Alarmes tocavam na cabeça de Fada. Quem era este homem? Ela nunca tinha ouvido falar dos Blue Movies. Mesmo se Paul Fleet fosse Keith Moon reencarnado, que direito ele tinha de se nomear empresário do Crumble? Era oficial de alguma maneira? Ele estava pegando uma parte do dinheiro ou até mesmo tudo?

Ela cruzou os braços e se endireitou para ele e viu Leah se mover para ficar ao lado dela para apoio moral. "Não me importa a qual banda você pertenceu, não gosto da sua atitude. Ei, Rory, Luke, er ..."

"Scott," o cantor respondeu, em uma voz que era surpreendentemente profunda em comparação com as notas agudas que ele havia cantado a plenos pulmões.

"Ok. Só quero dizer que, se ele lhes der algo para assinar, certifiquem-se de que um advogado dê uma olhada. Se essa música decolar e vocês ficarem famoso, s não querem que ele fique com a maior parte do dinheiro, não é?"

"Confie em você para estragar tudo," Rory disse com raiva.

"Não estou estragando nada. Estou apenas cuidando de você. Quero o melhor para você."

"Huh!" Rory disse, mas seu tom foi menos agressivo do que antes.

"Cuide-se e lembre-se do que eu disse. Vamos, Leah." Fada deu o braço para a amiga e percebeu que estava tremendo. Este confronto a esgotou. O choque de encontrar Rory e descobrir o que ele esteve aprontando todos esses meses, seu prazer ao perceber como ele era talentoso e seus medos pelo futuro de Rory e dos seus companheiros de banda, com aquela figura desagradável responsável pelas suas carreiras.

"Você está bem?" Leah perguntou, preocupação em seu tom, enquanto elas marchavam de volta morro acima em direção à rua principal depois de assistir o 'empresário' conduzindo os meninos para o furgão.

"Sim, embora precise de outra bebida. Eu me pergunto se Mick sabe o que está acontecendo?"

"Aposto que sim."

"Eu me pergunto se ele está envolvido também? Talvez ele esteja chamando a si mesmo de relações públicas do Crumble ou roadie chefe ou algo assim."

"Espero que ele não esteja fornecendo drogas a eles," Leah disse, preocupada.

"Eles foram bons, não foram? Você acha que eles conseguiriam?"

"É o começo. Quem sabe? Mas se essa música for alguma indicação, eles podem. Eles são todos bonitos também, exceto aquele baterista. Se ele é o empresário deles, não deveria estar tocando também. E ele é muito velho. Ele arruína a imagem deles."

"Também acho" Fada concordou. "Preciso descobrir quem ele é. Vou dar uma palavrinha com os pais de Luke, ver se eles sabem. Tenho certeza de que eles não deixariam seu filho tocar na banda se houvesse algo duvidoso acontecendo. Uau, estou ficando velha ou esta colina ficou mais íngreme durante a noite?"

CAPÍTULO TRINTA

Com uma grande ajuda do vigário e de sua esposa, Leah conseguiu organizar um funeral. Helen Birchall se encarregou de obter cópias da certidão de óbito e enviá-las a todas as empresas e instituições necessárias, o que foi um grande alívio, pois Leah não saberia por onde começar. O grupo que produzia colchas se ofereceu para fazer uma lista de pessoas locais que poderiam querer comparecer e isso foi um peso a menos na mente de Leah, pois ela ainda não conhecia muitas pessoas na área.

Agora, restava apenas o próprio serviço providenciar que uma folha da 'programação dos eventos' pudesse ser impressa, para ser distribuído no dia. Nat havia pedido um hino, *All Things Bright and Beautiful*, o Salmo Vigésimo Terceiro e uma canção russa, que Melissa estava aprendendo. Como ela seria cremada, a cerimônia seria realizada no crematório nos arredores de Truro.

Eram onze da manhã e o grupo de planejadores do funeral havia se reunido na casa de Leah.

"É comum colocar uma foto do falecido na primeira página da programação dos eventos," Geoffrey Birchall disse, afastando a coleira de sua garganta. Ele fazia isso com tanta frequência que Leah às vezes se perguntava se ele era alérgico a isso. "Mas suponho que você não tenha uma, não é?"

"Há uma foto emoldurada de Nat com o marido. Está na escrivaninha em sua sala de estar. Devo ir buscá-la?"

Nas três semanas desde a morte de Nat, Leah só fez visitas esporádicas à casa de Nat, para regar as plantas e mudou seu cavalete e materiais de arte de volta para sua própria casa. Ela estava com medo de entrar na sala de estar, o lugar onde Nat havia morrido. Ela sabia que era irracional, mas parecia um pouco assustador. Ela meio que esperava entrar e ver Nat ainda deitada ali.

Desta vez, ao entrar, notou a camada de poeira que se estendia por todas as superfícies e de repente percebeu a grande responsabilidade que era cuidar de outra casa além da sua. A poeira não foi tudo que notou. Havia uma fragrância no ar... leve, quase imperceptível, que ela só poderia descrever pela cor, como rosa quente. Era efervescente, edificante. Ela sentiu vontade de pular e dançar.

Intrigada, ela tentou localizar a fonte do cheiro inebriante. Pot pourri? Não, ela não conseguia ver um daqueles recipientes especiais com orifícios na parte superior. Será que algumas flores altamente perfumadas secaram em um vaso em algum lugar? Ela vagava de cômodo em cômodo: o quarto, que Helen já havia esvaziado de roupas e havia doado a um abrigo para sem-teto; o quarto de hóspedes, com sua cama de solteiro, sobre a qual roupas de cama limpas, mas não usadas há muito tempo, estavam cuidadosamente dobradas.

Preparando-se, ela abriu a porta da sala, que sibilou ligeiramente contra a pilha do tapete. Para seu alívio, ela descobriu que não havia nada assustador ali. A atmosfera na sala era a mesma de sempre; calma, com a luz do sol filtrando-se entre as cortinas verde-claras parcialmente fechadas e espalhando dedos dourados no tapete verde desbotado e rosa mais claro. O cheiro não era mais forte aqui do que em qualquer outro lugar da casa. Mesmo assim, o perfume recusou a revelar seu segredo. Enfim, ela decidiu que deveria ser a própria Nat, infundindo em sua casa a essência de si mesma: calorosa, amigável, exótica e um pouco sobrenatural.

"Olá, Nat."

Leah estava parada no meio do solário agora, pois sentiu que se o espírito de Nat estivesse vagando ao redor da sua antiga casa, este era o lugar onde ela provavelmente passaria seu tempo, olhando para o jardim e o mar distante, que hoje era uma tira de prata cintilante. O silêncio na sala era profundo. Também era muito calmante. Isso fez Leah sentir que Nat estava ao seu lado, orientando-a na organização do funeral e de todas as coisas que vinham com isso.

Quando voltou para a porta ao lado com a fotografia, ela encontrou Becky, a dona de Suzie, sentada com Nina em seu colo. Helen fez chá e preparou um prato de biscoitos.

"Aqui está," Leah disse, mas pouco antes de entregar a foto ao vigário, ela percebeu algo. "Olha, aí está a Nina!"

Havia de fato um gato na foto, pendurado no ombro de Nat. Quando olhou para a foto no passado, ela achou que a forma peluda e límpida era um lenço fofo de algum tipo, mas agora tinha claramente assumido a forma de um gato. Era estranho que ela nunca tivesse visto isso antes.

"Não pode ser Nina," Becky disse. "Essa foto foi tirada há cerca de vinte anos, na celebração do trigésimo aniversário de casamento de Nat e George. Eu sei porque estava lá."

"Eu também," comentou Valerie, amiga de Becky e colega do grupo que fazia colchas.

"Poderia ser ela," Helen observou. "Não sabemos quantos anos Nina tem. Os gatos geralmente chegam aos 20 anos."

Leah engoliu em seco. Suas entranhas se reviraram de medo. Ela passou a gostar muito da gata branca delicada. Ela não queria perdê-la além de Nat.

"Ou poderia ter sido a antecessora de Nina. Sua mãe, talvez. Você deveria levar Nina ao veterinário e ver se a idade dela está no microchip," Becky sugeriu. "Se não estiver, muitas vezes eles conseguem adivinhar a idade de um gato pelo estado de seus dentes. De qualquer maneira, poderia ser uma ideia fazer um exame dela. Ela pode estar atrasada em algumas injeções anuais."

"Você está certa," Leah disse. "Com tudo que está acontecendo, não tive tempo de me concentrar em Nina, além de alimentá-la e acariciá-la." Ela mal teve tempo para cuidar de si mesma. Ela sabia que seu cabelo estava uma bagunça, muito longo e desgrenhado e cheio de pontas duplas e quanto a seu rosto, ela não conseguia pensar quando o havia hidratado pela última vez e prestado atenção nele.

Helen avançou e deu um tapinha na mão dela. "É compreensível," ela disse. "Você passou por muita coisa nas últimas semanas."

Se você soubesse, Leah pensou. Ela deu um sorriso animado. "Muito obrigada a todas por me ajudar. Não tenho ideia do porquê Nat disse ao hospital que eu era sua parente mais próxima e não uma de vocês. Eu mal a conhecia, mas todas vocês a conheciam há anos. Sou muito grata a vocês. Simplesmente não havia como eu ter organizado tudo sozinha. Não fazia ideia de que havia muito o que fazer quando alguém morria."

"Acho que Nat gostava muito de você, embora ela só a conhecesse há seis meses," Helen disse. "Ela falava muito sobre você. Ela disse que você era como a filha que ela gostaria de ter tido."

Leah se lembrou de Nat ter dito algo semelhante a ela uma vez, explicando que, por mais que ela e seu marido George quisessem ter filhos, isso nunca tinha acontecido. Era uma pena, Leah pensou. Ela teria sido uma mãe e uma avó maravilhosas.

Geoffrey Birchall se levantou e puxou a coleira do seu cachorro mais uma vez. "Vamos querida," ele disse a sua esposa. "Acho que temos tudo que precisamos agora. Uma sala foi reservada no Jofra Arms para bebidas e petiscos após a cerimônia."

Outra coisa que ela não tinha pensado! Claro, todos os enlutados naturalmente gostariam de se misturar e conversar depois do funeral. "Muito obrigada," Leah disse a ele. "Vou pagar por tudo no final do dia."

"Não há necessidade," o vicário disse. "Os refrescos são por minha conta."

***

Finalmente aconteceu. Fraser a levara para casa depois da refeição e, sem sequer discutir o assunto, eles foram direto para a cama e foi … Cassidy não conseguia pensar em como descrever e normalmente ela nunca ficava sem palavras. Sorrindo, ela esticou os braços e as pernas e afundou a cabeça em uma cavidade confortável no travesseiro. Fraser se levantou há muito tempo para cuidar de seus animais. Examinando mentalmente seu corpo da ponta dos pés ao topo da cabeça, ela descobriu que se sentia bem por toda parte. Mais do que bem. Ela se sentia como uma planta que tinha sido regada após uma longa seca, sua seiva fluindo, suas veias cantando com vida mais uma vez … se as plantas tivessem veias. O canto alto dos pássaros vibrava da árvore do lado de fora da janela do quarto.

"Morning has broken, like the first morning. Blackbird has spoken…" *Meu Deus, estou cantando hinos agora! Melhor levantar e ver se posso ajudar Fraser.*

Ela colocou as pernas para fora da cama, caminhou até a mala e tirou uma calcinha limpa, jeans preto elástico e um blusão de moletom cinza. Ela fez uma careta enquanto examinava o moletom antes de colocá-lo. Era um moletom barato de uma barraca no Mercado de Camden e era o primeiro item sem marca que ela possuía há muito tempo, mas, se fosse bancar a esposa do fazendeiro, ela precisava de algo para vestir que pudesse ser jogado em uma máquina de lavar se ficasse bagunçado, em vez de ter que ser lavado a seco. Quando puxou o blusão pela cabeça, estalou tanto com a estática que ela podia sentir seu cabelo esvoaçando.

Enquanto se vestia, ela se lembrou da noite anterior.

"Você tem o corpo mais bonito que eu já vi," ele disse.

"Quantos corpos você já viu exatamente?" Ela perguntou com irreverência.

"Não muitos." *O corpo de Leah?*

"É ainda mais bonito do que o corpo de Alice, a Alpaca?"

"Hmm. Não tenho certeza sobre isso. Ela tem um pelo tão adorável e sedoso ..."

"Você...!" Ela pegou um travesseiro e bateu nele e então eles estavam caindo na cama juntos em uma brincadeira simulada que logo se tornou apaixonada.

Fraser era tudo o que ela sempre sonhou em um amante. Gentil quando ela precisava de gentileza, vigoroso quando ela precisava de vigor, preocupado com seu prazer, mas grato quando ela o satisfazia sexualmente. Ela nunca conheceu tal dar e receber ... nunca conheceu orgasmos tão colossais, que consumiam tudo, alucinantes, que separavam as nuvens. Aqueles outros homens não significavam nada. Ela desejou ter sido capaz de chegar a ele virgem e pura, sem nenhuma história sexual. No entanto, provavelmente ele também tinha uma história. Talvez um dia eles se sentassem e conversassem sobre isso. Ou talvez não. Talvez os dois decidissem obliterar o passado e existir em sua própria bolha especial.

Um pouco mais tarde, enquanto ajudava Fraser a colocar palha em um carrinho de mão, limpar os currais da maternidade e distribuir ração e água potável, seus pensamentos se voltaram novamente para Leah. Era estranho saber que ela estava tão perto ... provavelmente não mais do que alguns quilômetros de distância. Aquele velho sentimento de rejeição começou a irritar novamente. Leah e Stephen Clyde ... Oh, isso era um escândalo esperando para acontecer.

Ela estava começando a montar cenários alternativos que poderiam ter feito Leah vazar para a Cornualha. Talvez a esposa dele os tivesse descoberto e ele tivesse insistido que Leah se escondesse para não prejudicar sua carreira política. Ou ... e aqui, ela se pegou ofegando com indecência disso ... talvez ela tivesse tido o filho dele! Sim, estar grávida do Bajulador Stephen seria um bom motivo para se esconder e não contar a ninguém, nem mesmo a sua melhor amiga.

Se as colunas de fofocas descobrissem ...

Primeiro, porém, ela queria confrontar Leah e descobrir a verdade. Fraser não sabia o endereço de Leah, mas esse era um problema menor. Uma aldeia era uma aldeia. Alguém saberia onde ela morava. Tudo que precisava fazer era perguntar por aí. Mas nesse momento, havia o garotinho marrom e branco mais doce balindo por uma mamadeira. Sua mãe o rejeitou e Cassidy sabia exatamente como deveria ser. E Fraser disse que ela poderia dar um nome ao bebê abandonado.

CAPÍTULO TRINTA E UM

L eah publicou o anúncio do funeral no jornal bem a tempo na semana anterior, pois estava sendo impresso mais tarde naquele dia. Ela também enviou os detalhes do funeral para um site de avisos de óbito em Birmingham, caso houvesse algum velho amigo da família de Nat ainda morando lá. Ela não tinha ideia de quem poderia aparecer. Ela havia entrado em contato com seu senhorio, Sr. Edwards, embora duvidasse que seu pai idoso estaria bem o suficiente para vir da Escócia.

Ela tinha certeza de que Josh gostaria de prestar seus respeitos se ainda estivesse na aldeia e ela mandou uma mensagem com os detalhes, mas, como sempre, não houve resposta. Ela podia muito bem desistir dele, ela decidiu. A lembrança de ter se oferecido a ele e ser rejeitada ainda a fazia se contorcer de vergonha. Melhor esquecê-lo e arquivá-lo como 'erros que cometi'.

Já era terça-feira e o funeral ocorreria na sexta-feira e seu compromisso com o advogado de Nat, Sr. Johnson, estava marcado para a terça-feira seguinte. Ela esperava que Nat tivesse lhe dado rédea livre para escolher uma bagatela para se lembrar dela. Havia apenas uma coisa que ela queria e era o glorioso ovo de ouro com seus segredos ocultos. Ela sorriu ao pensar naquele minúsculo cervo dentro dele, enroscado aos pés do seu pai, que o guardava para sempre. Se fosse apenas uma cópia de uma peça original, então não havia motivo para que ela não pudesse tê-lo para se lembrar de Nat. Sim, era isso que ela pediria.

O tempo havia mudado e grandes gotas de chuva caíam pelas vidraças, fazendo-a sentir como se estivesse olhando através de um vidro velho e empenado. A caneca de café em sua mão estava morna e ela fez uma careta quando a bebeu, então se levantou e jogou o resto na pia da cozinha. Um baque duplo a alertou para o fato de que Nina havia pulado de algum lugar e agora estava vindo em sua direção, esperando que sua presença na cozinha pudesse significar que a comida estava iminente.

Com o funeral pesando em sua mente, ela descobriu que não conseguia chegar a nada criativo e sentia-se culpada por assistir televisão durante o dia. Ela precisava fazer algo ativo ou enlouqueceria com esse tempo. Então ocorreu-lhe a ideia de que *havia* algo útil que ela poderia fazer e era limpar a casa de Nat, como uma maneira de homenageá-la, limpando o caminho para seu espírito, que poderia estar pairando por aí, esperando que o funeral acontecesse para que pudesse ir para o céu, nirvana para onde quer que os espíritos estejam destinados a ir. As pessoas simplesmente não paravam e desligavam quando morriam, como uma bateria gasta, ela tinha certeza disso. A energia única que formava o espírito de cada pessoa em particular tinha que se dispersar em algum lugar. Mas ela não tinha certeza se acreditava em fantasmas. Ela nunca tinha visto um ou conhecido alguém que tivesse.

Se fantasmas existem, então tenho certeza de que Nat já teria aparecido para mim, Leah pensou enquanto passava o aspirador de pó nos tapetes. A poeira era a próxima da lista. Era um trabalho complexo e demorado, pois Nat tinha muitos enfeites, vasos e bugigangas, todos tinham significado algo

especial para ela. *Se ao menos eu a conhecesse há mais tempo ...*
Se ao menos ela pudesse ter me contado a história disso. Leah
olhou para a escultura de um cervo que estava segurando.
Era algo russo ou Nat apenas gostava de cervos? Ela nunca
saberia. Ela espanou a escultura e a recolocou na prateleira,
então ouviu, meio que esperando ouvir ou pelo menos sentir,
uma mensagem de Nat, mas não houve nada. Apenas aquela
tranquilidade profunda e, ainda assim, aquela fragrância
evasiva e exótica no ar.

Ela soltou a respiração que estava prendendo e retomou
suas tarefas de limpeza. Enquanto realizava suas tarefas no
piloto automático, batendo em teias de aranha dos cantos com
uma escova de cabo longo e despejando alvejante no vaso
sanitário, sua mente voltou ao dia em que Nat havia lido sua
sorte com a cera da vela e algo acendeu em sua mente. O espírito de Nat podia não ser capaz de falar com ela, mas talvez
ela pudesse se comunicar com Leah por meio da clarividên-
cia! Largando o espanador no chão, ela procurou nos armários da cozinha e encontrou uma vela, então encheu uma
bacia com água. Ela não tinha certeza se funcionaria durante
o dia, mas, mesmo assim, faria uma tentativa.

Ela se sentou à mesa de pinho escovado da cozinha de Nat
e esperou. A chuva batia nas vidraças. O relógio elétrico na
parede pareceu estalar vários milhões de segundos antes que
cera líquida suficiente se acumulasse no topo da vela. O que
Nat fez? O que ela disse? Houve algum tipo de encantamento? Ela simplesmente não conseguia se lembrar. Ela
estava muito nervosa, muito equilibrada em antecipação.
Com cuidado, Leah ergueu a vela de seu castiçal enferrujado
e pingou a cera na água.

Que diabos foi isso? Uma fila de pequenos glóbulos e uma
forma irregular que parecia um E torto. Ela fechou os olhos
com força, esperando que alguma imagem psíquica se
formasse em sua mente. Nada. Ela abriu os olhos de novo.
Um barulho repentino a assustou. Ela se levantou, se pergun-

tando se algo que estava espanando havia caído de uma prateleira. Não encontrando nada fora do lugar – ufa, graças a Deus Nat não tinha retornado como um poltergeist! – ela saiu para o corredor e encontrou algumas cartas no capacho de entrada. Sem saber o que fazer com elas - entregá-las ao Sr. Johnson na terça-feira? - ela as levou para a cozinha, que, após seus esforços de limpeza, cheirava a fresco e limão e as deixou sobre a mesa, então apagou a vela e se desfez das evidências de sua tentativa fracassada de predizer o futuro. Nada de estande da Leah Cigana para mim à beira-mar, ela pensou com ironia.

Quando voltou para sua casa pouco antes das 14h, seu telefone tocou com uma mensagem. Era de Fada. Tudo que dizia era: *NOVIDADES!* Ela ficou intrigada, mas decidiu não responder até que tivesse tomado um banho muito necessário e lavado a poeira do seu cabelo. Ela passou algum tempo se deleitando sob o jato quente e forte. Ela lavou bem o cabelo e aplicou um tratamento condicionador; então, após enxaguá-lo e prender os cabelos grossos em um turbante com a toalha, decidiu tratar o rosto negligenciado com uma máscara hidratante que tinha sido um brinde de uma revista que comprara. Era verde, pegajoso e a fez parecer um zumbi.

Ela ajustou o cronômetro de seu telefone para 20 minutos, deitou-se na cama e fechou os olhos, mas assim que o fez, o rosto de Josh se formou em sua mente. *Vá embora*, ela pensou. *Poderíamos ter sido amantes, mas você sequer é um amigo. Apenas caia fora! Não quero mais pensar em você.*

Ela ainda estava tentando bani-lo quando a campainha tocou e continuou tocando, com tanta insistência que Leah sentiu que devia haver alguma emergência. Ela não podia se deixar ser vista assim, enrolada em toalhas e com o rosto coberto de uma gosma verde. Oh, meu Deus, ela pensou, e se for Josh? E se fosse um J na vela, não um E e eu o convoquei?

Brrrrring. Brrrrring. Ela se levantou, foi na ponta dos pés até a sala de estar e moveu ligeiramente a cortina transparente para que pudesse ver quem era e encontrou-se olhando para um cabelo cor de ameixa e um nariz com um grande par de óculos de sol de armação dourada equilibrados sobre ele e um ombro sobrecarregado pela alça larga de camurça preta de uma bolsa de ombro grande. Ela tinha visto os óculos de sol e a bolsa antes. Havia apenas uma pessoa a quem poderiam pertencer.

Ela largou a cortina, correu de volta para o banheiro e ligou o chuveiro para não ouvir a campainha. Seu coração estava batendo forte. Como diabos Cassidy a rastreou? O que ela diria quando elas ficassem eventualmente cara a cara? Porque isso aconteceria, era certo. Quando Cassidy colocava algo na cabeça, ela nunca deixava para lá.

Ela ficou embaixo do chuveiro até a água gelar, perguntando-se que diabos ela poderia usar como desculpa para seu desaparecimento. De maneira nenhuma ela poderia contar a verdade. E se alguma coisa escapasse, talvez uma noite em que Cassidy tivesse bebido demais e se sentisse tentada a contar uma fofoca picante para um dos seus contatos na imprensa? Se isso acontecesse, os advogados de Stephen fariam ... fariam o quê, exatamente? Processá-la? Era muito para pensar. Ela não conseguia enfrentar nada disso.

Ela enxugou-se com a toalha o mais vigorosamente que conseguiu, foi para o quarto, escolheu algumas roupas limpas e se vestiu de maneira distraída, incapaz de pensar em mais nada a não ser em Cassidy e no tremendo fardo de culpa que carregava por ter fugido. Se ao menos ela tivesse sido capaz de compartilhar a notícia de sua gravidez em vez de concordar em não contar a ninguém, então ela teria tido algum apoio durante aquelas semanas sombrias após o aborto. Como ela poderia contar a Cassidy agora? Ela ficaria horrorizada. Ela nunca a perdoaria. Ela seria incapaz de entender os motivos. Ela acharia que Leah era uma idiota fraca por ceder às ameaças e exigências de Stephen.

Mas eu estava grávida. Meu cérebro estava confuso. Minhas

emoções estavam confusas. Eu não estava pensando direito. De maneira nenhuma Cassidy conseguiria algum dia entender como é a sensação.

Fada não conseguia entender por que Leah não tinha retornado de imediato. Ela pensou que ela estaria louca para descobrir quais eram as novidades importantes. Ela tentou mais uma vez e foi para o correio de voz. Ela devia estar ocupada. Talvez ela estivesse discutindo com Geoffrey e Helen os preparativos de última hora para o funeral. Ela certamente tinha muito a dizer quando elas finalmente entrassem em contato.

Sua visita aos pais de Luke na noite anterior tinha sido muito frutífera, de fato. Acontece que o empresário do Crumble não estava blefando e realmente conhecia o mundo da música. Ele era um baterista respeitado que costumava tocar em uma banda de sucesso, mas foi forçado a sair após sofrer uma lesão no braço direito, o que dificultou longas sessões de bateria. Ele agora ensinava bateria e tinha um pequeno número estável de bandas locais que ele gerenciava. Mas a grande notícia era que ele era o Homem de Truro da mãe de Rory! Ele possuía uma grande casa vitoriana que tinha um estúdio de gravação à prova de som em um anexo no jardim. Explodindo de orgulho óbvio, o pai de Luke disse a Fada que a banda já havia gravado algumas faixas demo.

"Você sabe se eles têm um contrato com ele? Em caso afirmativo, foi devidamente analisado?"

O Sr. Boscoe, o pai de Luke, a deixou à vontade, dizendo que, como Luke ainda não tinha dezoito anos, ele precisava do consentimento dos pais para assinar um contrato, então ele o levou para o trabalho e pediu ao advogado da empresa para examiná-lo. Aparentemente, era justo e às claras, com Fleet recebendo nada mais do que o corte normal, que era de quinze por cento. Os pais do cantor, que tinha dezessete anos, também fizeram com que seu contrato fosse verificado e deram sua permissão e Fada presumiu que Janine havia concordado que Rory assinasse o dele.

Fada se sentiu aliviada. "Você sabe se os gêmeos estão bem?" Ela perguntou. "Eles estão morando com a mãe, não é?"

"Sim. Rory também mora lá," disse a Sra. Boscoe. "Há espaço suficiente. Eles têm cinco quartos e a au pair tem um quarto com banheiro privativo no sótão."

Au pair, hein? Paul Fleet deve estar bem se pode pagar por uma dessas, Fada pensou. Talvez ele estivesse ganhando uma fortuna em royalties com todos os discos em que havia tocado.

"Eu cumprimentei os gêmeos quando peguei Luke em um ensaio na noite de quinta-feira. Eles pareciam bem," a Sra. Boscoe acrescentou.

Aposto que eles não me mencionaram. "Diga-me … você viu Mick em algum lugar?"

Os Boscoes balançaram a cabeça.

"Acho que ele vai aparecer como um centavo ruim um dia desses," Sr. Boscoe disse, com um sorriso.

Fada não sabia se ficaria satisfeita ou lamentaria se o centavo ruim aparecesse em sua porta. Ela passou a gostar muito do Barney peludo e não queria entregá-lo ao seu dono igualmente peludo. Ela se perguntou se havia uma lei que declarava que se você cuidasse de um animal por um certo período de tempo, o animal se tornaria seu? Ela iria pesquisar assim que chegasse em casa… só que ela não foi direto para casa. Ela foi para a casa de Leah.

"Qual é o problema? Parece que você viu um fantasma!" Fada disse, quando uma Leah de aparência pálida abriu a porta. "Não me diga que Nat a visitou?"

"Eu gostaria que ela tivesse! Não, este foi um fantasma mais recente. Uma pessoa que eu realmente não queria ver."

"Ex-namorado?"

"Não. Uma mulher que costumava ser minha melhor amiga, até … bem, até que várias coisas aconteceram." Leah sabia que estaria sujeita a um interrogatório em algum momento, mas agora não era o momento. Ela sorriu fracamente. "Entre. Você disse que tinha novidades."

Fada alcançou atrás dela e ajustou uma de suas asas - azul martim-pescador iridescente hoje - fazendo-as vibrar. Ela dançou até a sala de estar, retirou uma varinha combinando do cós da sua saia de lantejoulas e a acenou, entoando: "Eu, por meio desta, limpo esta casa de más vibrações e maus amigos. Shazzam!" Em seguida, recolocou a varinha dentro do cós, com apenas a parte superior brilhante para fora.

"Viu? Eu te fiz rir! Você parecia realmente irritada quando abriu a porta. Então, aqui está o que eu descobri."

Assim que terminou de contar a Leah sobre Rory e os gêmeos, o empresário e o contrato, Leah bateu palmas e disse: "Isso pede café ou até vinho!"

Elas tinham acabado de tilintar as taças de vinho quando a campainha tocou novamente.

"Não atenda!" Leah exclamou, mas era tarde demais. Fada já havia dançado até a porta e aberto o trinco.

"Quem diabos é você? Sininho?" Disse uma voz zombeteira. "Você está ensaiando para a pantomima de Natal?"

Horrorizada, Leah entrou no corredor e confrontou sua visitante indesejável. "Esta é minha amiga, Fada." Ela deu um aperto amigável no ombro de Fada.

"Fada?" Cassidy deu uma gargalhada. "Bem, *Fada*, esta é a amiga de Leah, Cassidy." Cassidy segurava sua enorme bolsa de camurça como se fosse uma bomba que estivesse prestes a lançar.

Leah se irritou com a maneira como Cassidy estava olhando para Fada, como se ela fosse um pedaço de ouropel barato caído de uma árvore de Natal.

"Posso ver que seu gosto por amigos foi por água abaixo

desde que você se mudou para onde Judas perdeu as botas," Cassidy disse com sarcasmo.

Leah ficou entre elas. "Não sei como você me encontrou, mas gostaria que você fosse embora. Agora, se você não se importa."

Cassidy plantou o pé na porta. "Não antes de você explicar por que desapareceu sem dizer uma palavra e sequer respondeu aos meus e-mails. Você tem ideia de como isso foi doloroso? Achei que deveríamos ser amigas! E não finja que não me viu quando chamei mais cedo. Eu vi aquela cortina se mexendo."

"Não podia atender a porta. Não estava vestida. Eu tinha acabado de sair do banho e estava com uma máscara facial."

"Oh, vamos lá! Chamei por muito tempo. Você teve muito tempo para limpar o rosto e colocar algo. Ou você foi pega *em flagrante*? Deleitando-se um pouco à tarde, hein?"

"Claro que não!" Leah disse com veemência.

"*Jeeesus*! Que diabos aquilo?" Cassidy gritou quando quase caiu sobre Nina. A gata, obviamente expressando sua própria opinião sobre Cassidy, disparou entre suas pernas e correu para a grama dos pampas.

"Aquela é minha gata."

"Aquilo não é um gato, é um rato de colarinho azul."

"Devo cutucá-la no olho?" Fada pegou sua varinha e acenou de maneira ameaçadora.

Cassidy afastou a varinha com tapa, com uma ordem sarcástica: "Cresça, você não tem mais cinco anos."

"Não tenho nada a dizer a você," Leah insistiu. "Tive meus motivos para deixar Londres e eles não tinham nada a ver com você, então apenas vá, por favor e não diga a ninguém onde estou. Ninguém. Estou falando sério. É muito importante." Ela ouviu sua voz tremer e torceu para que Cassidy reconhecesse que seu apelo era genuíno.

Cassidy fungou. "Você não quer saber o que estou fazendo em St. Jofra?"

"Não estou interessada."

"Acho que você vai estar. Não pense que esta é a última vez que você me verá." Cassidy tirou suas sapatilhas Dolce & Gabbana um pouco enlameadas da porta e, com um sorriso malicioso final, saiu tropeçando pela rua.

"Oh, Deus," Leah disse enquanto fechava a porta. "Acho melhor contar tudo a você, Fada, pois tenho a sensação de que a merda está prestes a bater no ventilador."

CAPÍTULO TRINTA E DOIS

Q uando Cassidy voltou a Londres naquela noite, ela ligou para Deliveroo para pedir uma comida para viagem, depois sentou-se com um copo de seu Shiraz australiano favorito enquanto repassava tudo o que tinha acontecido nos últimos quatro dias. Tinha sido tumultuado e ela não conseguia se imaginar tendo que ir trabalhar no dia seguinte como se nada tivesse acontecido, quando na verdade dois dos eventos mais importantes da sua vida haviam acontecido. Ela sempre foi boa em resumir as coisas à sua essência, em ser sucinta quando era necessário, a fim de escrever manchetes e artigos interessantes para a revista de negócios que editava. Era para isso que ela recebia um bom salário. Se ela fosse resumir seu longo fim de semana na Cornualha com o mínimo de palavras possível, essas palavras seriam: No amor, no ódio.

Fraser ... Um brilho de prazer a invadiu e ela se recostou na cadeira, sorrindo. Quem teria imaginado? Ela, uma garota urbana moderna, bem paga, apaixonada por um caipira que amava cabras! Ela conseguia realmente se imaginar saltando em campos lamacentos em galochas e macacão jeans? Ela estremeceu um pouco, pensando em todas as roupas requintadas penduradas em seu guarda-roupa que nunca mais seriam usadas. Não, ela não poderia fazer isso. Não era ela.

Então, ela pensou em quão caloroso e gentil, genuíno e generoso ele era... em seus braços fortes ao redor dela... na maneira como ele a tratava como uma dama, não mais como uma deusa. De repente, uma vida inteira em galochas não parecia tão ruim. Quanto àqueles cabritos queridos ... bem, ela nunca ligou muito para crianças, mas eram o tipo de criança de que ela realmente gostava! Seus olhos estranhos, orelhas agitadas, cascos dançantes e suas bocas pequenas e sugadoras, especialmente o adorável pequeno Rudi, o cabrito abandonado que ela havia batizado. Depois havia Alice, a Alpaca, com seus olhos enormes, cílios ridiculamente longos e boca que sempre parecia estar rindo. Cassidy nunca teve um animal de estimação, nem mesmo quando criança. Ela nunca amou um animal, mas corria o risco de amar alguns dos animais de Fraser, assim como o próprio homem. Droga, ela já amava!

Ela tomou outro gole de vinho. Quanto mais ela pensava sobre o arranjo de Fraser com a fazenda de cabras, mais seu cérebro de negócios via uma grande oportunidade. Os produtos à base de cabra eram populares e Fraser e sua irmã não estavam aproveitando todas as oportunidades de marketing. Eles forneciam queijo de cabra e leite para as lojas locais, mas e quanto a roupas de malha e tapetes? Que tal uma linha de beleza... leite de limpeza e hidratante? E uma variedade de banho: leite de banho para peles sensíveis e com tendência para eczema? Sim, produtos como esses já estavam no mercado, mas os deles seriam melhores e, além disso, seriam fornecidos em embalagens ecológicas. Significaria que Fraser e sua irmã colocariam algum dinheiro na fazenda, comprariam equipamentos especiais ou enviariam o produto bruto para ser processado e ele precisaria de um rebanho maior, mas por que pensar pequeno quando você podia expandir e mirar grande? Ou Fraser não conseguiu lidar com isso?

Talvez cabesse a ela abrir os olhos dele e expandir sua visão. Claro, sua irmã também fazia parte do negócio. Ela nunca a conheceu. Ela poderia ser um osso duro de roer.

E por falar em osso duro ... *Leah*. Que diabos faria com ela?

De repente, seu vinho ficou com um gosto ácido e ela empurrou o copo de lado. Muitos homens a rejeitaram, o último sendo Adam, mas a mágoa que sentiu tinha sido uma coisa transitória. Contudo, ser rejeitada por sua melhor amiga a magoou profundamente. Quatro anos era muito tempo. Nenhum dos seus relacionamentos durou mais do que alguns meses. Todas as risadas, as bebidas, as fofocas sobre namorados... Ela compartilhou mais com Leah do que com qualquer outro ser humano. Ela mostrou à amiga seu verdadeiro eu, permitiu que ela vislumbrasse o lado sensível e frágil que normalmente era mantido firmemente sob embalagens com etiquetas de grife e agora Leah estava rindo dela, jogando todas as suas confidencias e confissões mais privadas de volta na sua cara, excluindo-a de sua vida e exibindo sua nova amiga hippie pobre na cara dela.

Bem, duas poderiam jogar nesse jogo. Ela sabia quem iria rir por último. Se Leah não estava preparada para contar a ela o que tinha acontecido, havia outra pessoa que poderia fornecer os detalhes, se abordada da maneira certa. Um plano começou a se formar quando ela pegou sua taça de vinho novamente.

"Oh, Leah! Não sei o que dizer. Não fazia ideia de que você tinha passado por tanta coisa. Fale sobre traumático! Perder um bebê assim ... Não sei como você lidou com isso. Isso me destruiria."

Leah voltou os olhos cheios de lágrimas para Fada. "O que tornou tudo ainda pior foram todas as condições com as quais

Stephen me fez concordar. Até tive que prometer não contar para minha família! Você não faz ideia das terríveis consequências com as quais ele me ameaçou se eu contasse a alguém que tivemos um caso e eu engravidei. Ele me disse que contaria ao mundo que eu era uma vagabundazinha iludida e mentirosa que estava procurando riqueza e que minha credibilidade seria arruinada e ninguém jamais me empregaria novamente." Um soluço reprimido obstruiu sua garganta e ela desviou o olhar e procurou por um lenço de papel no bolso da calça jeans.

"Mas agora você me contou." Fada tocou a mão de Leah. "Nunca vou contar a ninguém. Por favor, acredite em mim. Estou comovida e lisonjeada por você ter confiado em mim o suficiente para me contar e eu prometo manter isso para mim. Sempre."

Leah engoliu em seco e conteve uma nova torrente de lágrimas. "Obrigada. Eu simplesmente não conseguia mais manter isso em segredo. Acho que a morte de Nat trouxe tudo à tona. Bem, isso e ter Cassidy aparecendo assim, do nada. Não consigo imaginar como ela me rastreou. Eu me esforcei tanto para cobrir meus rastros."

"Você acha que sua mãe ou sua irmã podem ter dito algo?"

"Não. Ela nunca as conheceu. Ela não sabe onde elas moram em Canterbury."

"Facebook? Twitter?"

"Mãe não está nas mídias sociais e o sobrenome de Emma não é mais Mason."

"Mas ela ainda poderia ter rastreado sua mãe. Talvez através da lista de eleitores? Você disse que ela era jornalista."

"Editora. Notícias de negócios e outras coisas. De qualquer forma, não importa como ela descobriu, o que importa é que ela me encontrou e que pode ser bastante vingativa quando quer."

"Como vocês duas poderiam ter sido amigas se ela é tão horrível?"

"Porque ela também tem muitos pontos positivos, o que equilibra sua veia desagradável. Ela é alegre, inteligente e pode ser uma ótima companhia. Ela ilumina uma sala. Faz girar as cabeças. Ela é espirituosa, me faz rir mais do que qualquer outra pessoa. Ela é ... bem, não há ninguém como Cassidy. Você descobriria isso logo se a conhecesse."

"Huh. Não acho que seja muito provável. Devo dizer que você pintou uma imagem muito estranha dela. Ela parece um pouco perturbada. Você disse que ela poderia ser vingativa. O que ela fez de tão terrível?"

Leah começou a contar a Fada sobre uma vingança elaborada que Cassidy havia realizado contra um ex-namorado que estava prestes a pedi-la em casamento (de acordo com Cassidy, enfim) e então a largou por uma modelo ucraniana de quase dois metros de altura. "Então você não pode me culpar por temer o pior," ela concluiu. "Já estou me perguntando se devo me mudar, embora só esteja na metade do meu contrato anual de aluguel."

"Você não pode permitir que ela arruíne sua vida!"

"Parece que sou perfeitamente capaz de fazer isso sozinha."

Fada colocou um braço ao redor de Leah e deu-lhe um abraço. "Talvez você precise falar com ela ... diga a ela um pouco do que você me disse."

"Não posso!"

"Quer dizer que você não confia nela? Então, ela não é muito amiga. Ela parece um osso duro e desagradável de roer para mim."

"Se você realmente a conhecesse, veria que ela também tem um lado suave e afetuoso. Ela simplesmente faz esse ato duro e irritável. Para se proteger, eu acho. Ela teve uma educação péssima, abandonada pela mãe, então seu pai teve que criá-la sozinho e não tinha muito tempo para ela, já que estava sempre muito ocupado com o trabalho e gostava muito de álcool também. Ela me disse que se sentia indesejada e que atrapalhava. Tive pena dela, pois tive uma ótima infância e, embora meus pais tenham se separado, eles ainda se dão bem."

Fada deu outro abraço nela. "Meu irmão e eu estávamos sempre brigando, mas não era sério. Apenas crianças difíceis. Sempre houve amor de sobra em nossa casa. Mãe e Pai foram maravilhosos. Eu realmente sinto falta deles agora que estão do outro lado do mundo."

"Eu me pergunto que tipo de mãe eu teria sido? Que tipo de educação meu filho teria tido ..." Leah suspirou e pegou uma almofada do sofá, abraçando-a e balançando para frente e para trás. O movimento rítmico era calmante. Ela virou a cabeça e sorriu para Fada.

"Obrigada por ser uma amiga tão boa." Ela colocou a almofada de lado. "Obrigada por ouvir. Não sei como teria sobrevivido nestes últimos meses se não fosse por você. Gostaria que houvesse algo que eu pudesse fazer por você em troca, para agradecer."

"Tenho certeza de que vou pensar em algo." Fada olhou para seu relógio azul brilhante. "Ei, aqui está uma maneira de você me ajudar. Tenho uma aula de aeróbica em meia hora e aposto que apenas cerca de seis pessoas vão aparecer, então me faça um favor e aumente para sete, está bem? Pode fazer você se sentir melhor também."

Fez. Mas Leah recusou a oferta de Fada de café ou uma bebida depois e foi para casa trabalhar em seu discurso fúnebre para Nat. Ela tinha certeza de que outras pessoas iriam querer falar sobre suas próprias lembranças de Nat, mas para Leah, ela tinha sido uma pessoa especial que levantou seu ânimo quando ela estava no ponto mais baixo de todos os tempos, encorajando-a a pintar novamente e abrindo seus olhos para a beleza ao seu redor.

Era quase meia-noite e ela estava com dor de cabeça

quando ficou satisfeita com o que havia escrito. Faltava apenas mais um dia para o funeral e ela não tinha ideia de quantas pessoas apareceriam. No trabalho, como designer, ela ficava principalmente em segundo plano e nunca teve que organizar um grande evento. Ela teve a sorte de ter a ajuda e o apoio dos amigos de Nat na aldeia, pois sentia que, se fosse deixada por conta própria, teria se atrapalhado, mesmo tendo sentado com Fada e pesquisado *como organizar um funeral* na internet e feito anotações abundantes.

Na manhã seguinte, durante o café da manhã e com Nina sentada à mesa, dando tapinhas na caneta enquanto escrevia, ela repassou suas anotações, verificando as coisas. Música, flores... ela esperava ter cópias suficientes da Programação dos Eventos... e oh, havia mais uma coisa. Ela queria colocar uma foto de Nina em cima do caixão, então tirou uma com seu telefone e correu para Fada para perguntar se ela se importaria de imprimi-la.

Fada não estava em casa e Leah estava se virando para ir embora quando ouviu um latido familiar e se virou para ver Barney abanando o rabo e puxando a guia de sua coleira vermelha.

"Acabei de levá-lo ao Mirante para uma caminhada. Não o deixe pular em cima de você, suas patas estão cobertas de lama," Fada disse a ela.

Leah explicou o propósito de sua visita.

"Você pode segurar Barney por um minuto?" Fada disse, passando a guia para Leah. Ela entrou, pegou uma toalha velha e esfarrapada do lado de dentro da porta, voltou e ergueu cada uma das patas grandes e enxugou-as antes de permitir que o cachorro entrasse.

Leah a seguiu. "Você tem um tapete novo. Eu amei!" Era azul com estrelas brancas e se encaixava perfeitamente no espaço entre o sofá, a mesa e o assento da janela. "E olhe essas luzes brilhantes!"

"Sim. Decidi optar pela aparência completa de gruta de

fada, agora que não há ninguém por perto para arruiná-la. Além das patas enlameadas, é claro. E dei uma repensada na minha ideia da loja. O que você acha de Baú do Tesouro de Titânia? Eu poderia encher a vitrine com seixos, conchas, estrelas do mar, pesos das redes de pescadores e ter um grande baú do tesouro no meio, transbordando com varinhas brilhantes e joias. Não que eu tenha uma loja ainda ..." Fada revirou os olhos.

"Mas pode-se sonhar..."

"É claro! E se eu não conseguir uma loja, talvez possa abrir uma barraca em algum lugar. Oh, é tão maravilhoso ter um plano!" Fada agarrou as mãos de Leah e puxou-a em um giro, então parou de maneira abrupta, colocando a mão sobre a boca. "Oh, desculpe, eu não estava pensando. O funeral é amanhã." Seu rosto mudou de superexcitado para solene em um instante.

Leah sorriu de volta. "Adorei a ideia e tenho certeza de que Nat também adoraria. Ela adorava coisas bonitas e brilhantes. Ela as colecionava. Você já deu uma olhada naquela cristaleira dela?"

"Só vi a sala da frente."

"Sua impressora está funcionando? Se não estiver, talvez a equipe da imobiliária faça isso por mim, especialmente porque é por uma causa tão nobre."

Fada foi até seu quarto e voltou após alguns minutos, dizendo: "Você se importa muito se pedirmos ao agente imobiliário para imprimir a foto? Minha tinta amarela acabou e isso significa que a maldita impressora não funcionará até que eu a substitua."

"Vamos levar Barney?"

Ao som de seu nome, o cão em questão ergueu olhos ambarinos brilhantes e inquisitivos e bateu com o rabo no sofá.

"Não. Ele pode ficar aqui. Ele só encontraria algo não mencionável para rolar."

O cachorro deu um pequeno gemido como se resignado com seu destino e quando elas caminharam em direção à porta sem tirar a guia do gancho ao lado dela, ele caiu no tapete e afundou a cabeça entre as patas.

Fada acenou com o dedo para ele. "Fique! E não se atreva a babar!"

Ao se aproximarem do Jofra Estates, os agentes com os quais Leah havia lidado quando alugou sua casa, um homem saiu e começou a se afastar subindo a rua principal. Como artista, Leah havia sido treinada para observar e havia algo terrivelmente familiar sobre a postura e o balanço dos ombros, o cabelo escuro e os passos rápidos e determinados, embora não reconhecesse a jaqueta de couro. Ela agarrou o braço de Fada prestes a apontar para o homem, mas naquele exato momento ela foi saudada por Charles, o dono da Galleria Jofra, que perguntou se Leah já tinha alguma pintura para eles exibirem. Fada entrou no pequeno supermercado para pegar um pacote de biscoitos de cachorro, deixando-os conversando e quando Leah terminou de falar, o homem havia desaparecido.

Enquanto esperava pela impressão – tamanho A3 em papel brilhante – Leah repassou as imagens do homem que vira. Quando Fada entrou, com latas de comida de cachorro e laranjas saindo da bolsa de lona, Leah perguntou: "Você notou aquele homem que saiu pouco antes de nós chegarmos?"

"Não, desculpe. Estava muito ocupada notando Lascivo John olhando com malícia para mim do outro lado da rua. Por quê? Você acha que era alguém que você conhecia?"

Leah pensou sobre isso mais uma vez. "Não," ela disse com uma risada. "Estou sendo idiota. Não poderia ser quem eu pensei que era. Vamos, vamos voltar e alimentar aquele pobre cachorro faminto."

CAPÍTULO TRINTA E TRÊS

Não foi difícil encontrar Stephen. Cassidy tinha boa memória e podia se lembrar nitidamente do telefonema animado que recebera de Leah, dizendo que conheceu um político lindo chamado Stephen, cujo pai era um construtor milionário e ele queria vê-la novamente. Ela perguntou a Leah qual era o nome da empresa e arquivou em seu computador para referência futura, caso pudesse incluí-los em sua revista algum dia.

Ela abriu sua agenda de endereços online, encontrou o nome e procurou o site. Havia uma fotografia e uma biografia do chefe, William Clyde e, na sinopse abaixo, encontrou uma menção a seu filho famoso, Stephen Maximilian Clyde, membro do parlamento, que ainda trabalhava para a empresa como consultor. A foto mostrava uma versão mais jovem do rosto que ela reconheceu dos jornais e da televisão. Agora, suas têmporas estavam ficando grisalhas, as rugas de sorriso estavam mais profundamente gravadas e as bolsas sob os olhos estavam começando a se formar. Como diabos Leah já tinha gostado dele?

Por um segundo, ela se perguntou se havia entendido tudo errado e o comportamento estranho de Leah e a fuga subsequente não tinham nada a ver com ele, mas sua intuição rejeitou sua hesitação. Se Leah tivesse se envolvido com um homem comum, tinha certeza de que ela teria contado tudo sobre ele. Mas Stephen era famoso e isso vinha com um conjunto de regras completamente diferente. Ela não podia deixar de sentir que, uma vez que Leah começou a se relacionar com a elite, ela decidiu deixar de lado os meros mortais em sua vida. Uma amizade com Cassidy tinha sido o suficiente para Leah nos dias pré-Stephen, mas assim que encontrou um grupo de amigos mais rico, brilhante e mais interessante, abandonou o antigo e ficou com o novo.

Obviamente não tinha funcionado, ela pensou de maneira presunçosa, lembrando o cabelo oleoso e desgrenhado de Leah, as roupas surradas e o bangalô sem graça em que ela morava. St. Jofra era bem diferente de St. Tropez.

Foi um trabalho fácil entrar em contato com Stephen e marcar uma entrevista. Ela foi informada que ele teria vinte minutos para falar com *Business Trends News* por telefone no dia seguinte. Ela sorriu ao pensar que o que iria dizer não levaria vinte minutos, nem mesmo dez. Ela tinha certeza de que duas palavras bastariam para torná-lo massa de vidraceiro em suas mãos.

Ela ainda estava se recuperando do seu encontro com Leah. Ela esperava um pedido de desculpas, pelo menos. Na melhor das hipóteses, esperava uma reconciliação … que Leah gritasse de alegria e corresse para lhe dar um abraço, dizendo o quanto havia sentido sua falta. Ser cumprimentada com tanta frieza e rejeitada não apenas aprofundou a mágoa que já sentia, mas a deixou positivamente incandescente com uma raiva justificável. Quatro anos de amizade próxima obviamente não significaram nada para Leah. Ela tinha 'tido seus motivos', de fato! Para que servia um amigo, senão para confiar, para fornecer um ombro para chorar quando necessário?

Cassidy ficou irritada ao se encontrar piscando para

conter as lágrimas. *Pare com isso!* Ela disse a si mesma de maneira severa. Ela tinha amado Leah como a irmã que nunca teve. Mas Leah já tinha uma irmã, Emma, e sem dúvida foi ela a quem recorreu quando precisou de ajuda e conselho. *Por que ela não poderia ter falado comigo?* Nunca uma rejeição magoou tão profundamente. Ela não poderia aceitá-lo de maneira submissa. Esta seria a vingança mais rápida e satisfatória que ela já havia colocado em movimento e Leah realmente a merecia.

No dia seguinte, funcionou ainda melhor do que ela esperava. Ajudou o fato dela ter dado um nome falso à secretária, fingindo ser Paula, sua própria assistente. Na hora marcada, 10h40, Cassidy ligou para o número que havia recebido e, para sua alegria, o próprio Stephen atendeu e de imediato deu início a uma palestra nitidamente pré-preparada em elogio às práticas de negócios da empresa familiar e seus próprios pontos de vista sobre habitação social como membro do parlamento.

Quando ele fez uma pausa para respirar, Cassidy interrompeu com suas duas palavras: "Leah Mason."

Ela ouviu uma respiração entrecortada rouca do outro lado da linha, seguida por silêncio, além de um leve som de papéis farfalhando.

"Esse nome significa alguma coisa para você?" Ela continuou, sorrindo para si mesma, imaginando o pânico dele enquanto ele se perguntava o que ela sabia.

"Se você me der um número que eu possa ligar para você em particular, podemos discutir os termos," ela disse, em seu tom mais sedoso. Deus, ela estava se divertindo. Isso era quase melhor do que um orgasmo!

"Só um momento…" Sua voz parecia em pânico. "Você é da imprensa?"

"Você poderia dizer que sim," ela disse com doçura.

"Anote isso." Ele falou o número quase rápido demais para ela rabiscar. Ela leu de volta para ele e ele grunhiu em confirmação. "Ligue para mim entre onze e onze e quinze hoje à noite. Tchau ... er, Paula."

Sorrindo, Cassidy apertou o botão vermelho de 'encerrar chamada' em seu telefone. Não era o seu telefone do dia a dia, mas um pré-pago sobressalente que ela mantinha para emergências. Ela precisava ser indetectável ... pelo menos, até chegar a um acordo para receber seu pagamento. Ela merecia. Isso ajudaria a aliviar seus sentimentos extremamente magoados.

O dia pareceu interminável. Ela estava nervosa demais para comer. Mesmo uma longa caminhada por Hampstead Heath até Kenwood House e vice-versa não fez nada para acalmar seu nervosismo. Era sua única chance de ganhar uma grande quantia de dinheiro e era vital que ela jogasse suas cartas da maneira certa, pois não poderia se dar ao luxo de estragar tudo. Naquela noite, com nada além de café em seu organismo, já que o álcool poderia entorpecer seus sentidos normalmente aguçados e ela não queria ser enganada por um homem que, por seu perfil público, sabia ser inteligente e atento. Ela escreveu e praticou seu script. Então ela discou.

Ele obviamente estava esperando por sua ligação.

"Clyde!" Ele gritou.

Ela respirou fundo. "Paula." Ela falou seu nome falso rapidamente, esperando que ele não ouvisse o tremor nervoso em sua voz.

"De quanto estamos falando?"

Ela sorriu para si mesma. Ela estava gostando disso, sua primeira tentativa de chantagem e ainda mais porque ele havia tropeçado e se incriminado. Ela já havia decidido uma quantia, não absurdamente grande, mas não tão pequena, que ele a consideraria uma idiota, uma amadora. Ela sabia que ele podia pagar, pois seu pai era milionário.

"Cem mil será o suficiente."

Ela o ouviu ofegar e aproveitou a vantagem. "Acho que você vai descobrir que não é muito quando se trata de preservar sua posição e sua futura carreira e manter seus segredos sórdidos longe da imprensa. Pense nisso, Stephen. Pense em sua esposa e filhos."

Tensão efervescia no ambiente. Houve um longo silêncio durante o qual Cassidy tamborilava os dedos na mesa à sua frente, sua mente cheia de pensamentos dispersos sobre comprar seu próprio apartamento, roupas novas e férias, investir nos negócios de Fraser. Então, finalmente, ele falou de novo e sua voz estava diferente desta vez. Bajulador, insinuante.

"Ora, vamos Paula ou seja lá qual for o seu nome ..." Ele estava obviamente tentando superá-la nas apostas da persuasão sedutora, "você não pode esperar que eu me separe de uma soma tão grande sem mais informações. Pelo que sei, você poderia estar apenas tentando me enganar. Você poderia ter ouvido algum boato idiota e interpretado como verdade. Precisamos de alguma confiança mútua aqui. Você deve me dizer tudo que sabe, deve prometer nunca revelar nada a ninguém e talvez, apenas talvez, eu lhe dê algum dinheiro. Mas não cem mil. Que tal vinte?"

Te peguei! Ao fazer uma oferta a ela, ele revelou sua culpa e não fazia ideia de que ela estava gravando a conversa. Mas as coisas tinham ficado complicadas agora, já que ela não tinha detalhes sobre o caso dele com Leah ou sequer quanto tempo durou, embora não se importasse em apostar que a partida rápida e secreta de Leah tivesse algo a ver com isso. Não pela primeira vez em sua vida, ela se sentiu grata por sua excelente memória quando uma série de lembranças agudas surgiram em sua mente. Leah havia desistido de beber, ela não parecia bem nas últimas vezes que se encontraram e ela engordou um pouco. Para ela, essas ações em separado somavam-se a apenas uma coisa e decidiu ir para onde as pistas a levavam.

"Ok, Stephen, você venceu," ela disse de maneira doce.

"Você teve um caso com ela, engravidou-a e expulsou-a da cidade para não prejudicar sua preciosa reputação."

"E você sabe isso como?"

"Porque sou a melhor amiga dela." *Era* sua melhor amiga.

"Ela disse a você com suas próprias palavras?"

"É claro," ela mentiu.

"Você poderia estar blefando," ele disse de maneira seca. "Preciso verificar com ela. Que endereço você tem para ela? Qual é o número de telefone dela?"

"Oh, vamos lá. Certamente você sabe?" Para onde isso estava indo? Para que tipo de armadilha ele estava tentando conduzi-la?

"Claro que sei. Mas quero ouvir de você. Pelo que sei, todo esse conto elaborado, e não estou dizendo que há qualquer verdade nisso, é pura suposição. É por isso que preciso que você me dê o endereço e o número dela. Apenas como meio de fazer uma verificação cruzada."

Hmm. Isso não estava indo como planejado. Ela sentiu que o jogo de poder entre eles estava equilibrado no fio de uma navalha. Um movimento em falso agora e adeus cem mil, já que ela certamente não estava preparada para aceitar meros vinte mil.

"Trinta e seis, Trenown Close, St. Jofra, Cornualha." Ela havia gravado isso na memória.

"Está correto. Ok, o número do telefone dela, por favor."

Oh meu Deus! Ela esqueceu de pedir a Fraser o número de Leah. Que diabos iria fazer agora? Convocando sua astúcia, ela disse: "Acho que você tem todas as informações de que precisa. Você sabe que tenho o suficiente para ir à imprensa. Imagine o escândalo! Pague, ou é exatamente o que farei."

Ele riu. O bastardo realmente riu dela! "Diga a eles o que quiser, Paula. Não acho que irão se interessar. Ter um filho secreto com sua amante não impediu Boris Johnson de se tornar primeiro-ministro, não é? De qualquer maneira, para sua informação, minha esposa e eu estamos passando por um divórcio amigável e estou desesperado para descobrir onde Leah está, pois estou com saudades dela e gostaria de voltar com ela e talvez até ser um pai adequado para nosso filho. Espero que ela sinta o mesmo.

"A propósito, quando vir Leah, direi a ela que amiga desleal, avarenta, chantagista e vadiazinha nojenta que você é. Adeus agora e não ligue para este número novamente, pois estou descartando o cartão SIM de imediato."

Ela tinha sido enganada. Stephen não sabia onde Leah estava e ele a usou para descobrir. Ela não acreditou por um instante que ele estava apaixonado por Leah, mesmo se ela estivesse por ele. Por tudo que ela sabia, Stephen tinha ameaçado Leah de alguma maneira e foi por isso que ela fugiu e cobriu seus rastros com tanto sucesso.

E agora ela o levou direto à sua porta e quando descobrisse que não havia nenhuma criança, como ele reagiria? Oh, doce Jesus! O que ela deveria fazer?

Passou pela sua mente ligar para Fraser e perguntar se ele iria ver Leah e avisá-la. Mas avisá-la sobre o que exatamente? Que seu ex estava a caminho e tudo era culpa dela? E o que Fraser pensaria das suas ações? Pensar nele a inundou de ternura. Ele não tinha nenhum lado. Palavras como 'vingança' não faziam parte do seu vocabulário. Havia uma inocência nele. Uma imagem de Alice, passou pela sua mente e ela sentiu uma pontada de culpa. Ela não era digna de um homem que era bom, puro, genuíno e altruísta como Fraser. Ele não se aproximaria um milhão de quilômetros dela se descobrisse o que ela tinha feito. Não, ela não poderia envolver Fraser.

Como foi que Stephen a chamou? Desleal, desagradável e uma cadela. Ela era tudo isso. Uma sensação quente e irritadiça tomou conta dela, uma espécie de horror. Horror consigo mesma, a pessoa que ela era. Nem mereço ser chamada de pessoa, ela pensou. Sou uma não pessoa. Sou má. Eu teria sido afogada ou queimada como uma bruxa nos séculos anteriores. Existe algo de bom em mim ... alguma coisa?

Leah disse que teve um bom motivo para cortar o contato. Cassidy se perguntou que tipo de ameaças Stephen havia feito que levariam Leah a largar seu emprego e seus amigos. E por que ele teria feito isso? Como ele acabara de dizer, amantes e filhos não eram impedimento para a carreira política hoje em dia. Não, tinha que haver mais do que isso. Mas, enquanto estava sentada aqui pensando, Stephen poderia estar fazendo planos para viajar para St. Jofra de manhã bem cedo.

Havia apenas uma coisa que ela poderia fazer, ela percebeu. Chegar até Leah antes de Stephen.

O trem noturno Night Riviera chegou à estação de Truro às 7h30 da manhã. Cassidy estava nele.

CAPÍTULO TRINTA E QUATRO

Leah tinha acabado de terminar seu café da manhã quando a campainha tocou. Nina, sendo uma gata muito nervosa, pulou do sofá e correu para o quarto principal enquanto Leah caminhava em direção à porta. Eram apenas 8h30 da manhã, então devia ser algum tipo de entrega, ela calculou.

Um homem estranho estava parado ali. No final da meia-idade, careca, com tufos de cabelo grisalho que se projetavam acima das orelhas. Óculos de armação de arame equilibra-vam-se na ponte acidentada de um nariz estreito e seu sobre-tudo cinza de tweed parecia pesado demais para o final de setembro. Ele definitivamente não era um entregador.

Ele estendeu a mão ossuda em sua direção. "Ian Edwards," ele se apresentou. "Sou seu senhorio."

"Oh!" A mão de Leah voou para a boca. Ela ainda estava de roupão e a casa não estava particularmente arrumada. Como ele poderia aparecer de repente?

"Não o esperava. Por que o agente não me avisou?"

"Sinto muito." Ele piscou e empurrou os óculos no nariz. "Vim para o funeral da Sra. Fleming. Estou hospedado em uma pousada em Wheal Mundy. Achei que se aparecesse mais cedo, poderia pegá-la antes de você sair."

"Você veio inspecionar o trabalho que fiz na casa? Lamento que esteja tão desarrumada. Eu teria organizado tudo se soubesse que você estava vindo."

No momento em que Edwards entrou em casa, começou a espirrar, com tanta frequência e de maneira tão explosiva que Leah correu para a cozinha e voltou correndo com um rolo de papel-toalha.

"Estou tão … *ATCHIIIM*! Desculpe," ele disse. "Normalmente não fico assim, a menos que haja gatos por perto. Sou alérgico."

Leah sentiu seu rosto ficar vermelho, pois sabia que seu contrato de aluguel tinha uma cláusula proibindo animais de estimação. "Tem uma gata, receio. Ela pertencia a Nat e eu não poderia simplesmente abandoná-la quando Nat morreu. Suponho que terei que levá-la de volta à casa." *De maneira nenhuma,* ela pensou, dando a ele um olhar arrependido.

Ian Edwards fez uma careta entre espirros. "Será um requisito você quiser ficar aqui," ele disse de maneira rígida. "Agora, mostre-me tudo o que você fez até agora. Estou muito ansioso para ver a casa. Suas melhorias ficaram muito boas nas fotos, mas não há nada como vê-las pessoalmente, não é?"

Leah puxou o roupão com mais força ao redor dela, esperando que não estivesse mostrando nada a ele.

Ela o conduziu pela casa, explicando o fato de que tinha mandado colocar portas novas de armário da cozinha nas velhas carcaças, para economizar dinheiro e comprado um fogão recondicionado que se encaixou perfeitamente no vão da bancada. Ele tirava fotos enquanto a seguia, admirando a pia nova e o piso laminado e comentando sobre os esquemas de cores e móveis. Quando ela o conduziu ao jardim e mostrou-lhe como havia podado os arbustos crescidos, arrancado as ervas daninhas dos canteiros e plantado bulbos e amores-perfeitos, ele respirou profundamente o ar fresco e parou de espirrar enquanto elogiava seu trabalho.

Quando entraram, ele passou correndo pelo resto dos quartos, aprovando os esquemas de cores que ela havia escolhido e o layout prático dos móveis. Ele espirrou novamente no quarto principal, então Leah adivinhou que Nina estava se escondendo debaixo da cama.

"Não vou incomodá-la por uma xícara de chá, acho que você pode adivinhar por quê," Edwards disse, com um pedaço de papel toalha preso ao nariz. "Acho que você fez um trabalho muito bom e tenho certeza de que meu pai concordará, assim que ver as fotos. Na verdade, ele e eu estivemos discutindo sobre a casa …"

Ele fez uma pausa. *O que vem a seguir?* Leah se perguntou. *Espero que ele não me peça para supervisionar um telhado novo ou uma extensão.*

A preocupação dela deve ter transparecido em seu rosto, porque ele acrescentou: "Não se preocupe. Não é nada ruim. Na verdade, meu pai e eu temos uma proposta para você. Não sabemos se podemos nos preocupar com todo o trabalho de administrar aluguéis de férias do outro lado do país, então nos perguntamos se você consideraria comprar a casa, agora que a redecorou tão bem? Estou em contato com corretores para que possa planejar uma hipoteca, se você estiver interessada, é claro. Ou talvez você queira continuar alugando por um longo prazo." Ele deu a ela um olhar interrogativo que se tornou um pouco cômico pelo fato do punhado de lenços de papel ter derrubado seus óculos.

"Você tem muito tempo para pensar sobre isso," ele continuou. "Seu contrato ainda tem seis meses pela frente. Mas, por favor, livre-se dessa maldita gata. Se não o fizer e se não quiser comprar a casa, posso ter que lhe pedir que saia, pois violou um termo do contrato de aluguel." Ele fez uma careta, tapou outro espirro e acrescentou: "Entendido?"

Ela assentiu e abriu a porta para ele.

"Te vejo você no funeral amanhã." Ele fez menção de tirar um chapéu inexistente para ela e desceu a rua em direção aonde quer que estivesse hospedado, segurando seu punhado de lenços de papel como um buquê de flores brancas.

Que estranho, Leah pensou. Embora ele tivesse todo o direito de avisá-la para desistir, ela não tinha nenhuma intenção de que Nina fosse realocada. Mesmo se não tivesse passado a gostar tanto da gatinha, ela não poderia fazer isso com Nat. Comprar a casa estava fora de questão. Mesmo se colocasse todo o dinheiro restante de Stephen nisso, ela ainda precisaria de uma hipoteca pesada e isso significaria ter que encontrar um emprego. Agora que havia relaxado em um estilo de vida em que era capaz de se levantar quando queria e não ter que se deslocar para o trabalho em todos os climas e agora que tinha começado a ganhar dinheiro com suas pinturas – não muito, mas tinha certeza de que poderia desenvolvê-lo – ela não conseguia suportar a ideia de ter que trabalhar como escrava o dia inteiro em um escritório para se sustentar de novo, mas teria que encontrar algo em breve.

Além disso, ela queria passar o resto dos seus dias em St. Jofra? Ela poderia ter feito uma boa amiga em Fada, mas ela tinha sua própria vida agitada para levar. Quanto ao romance, até agora suas tentativas de encontrar um namorado – um criador de cabras e um médico desaparecido – haviam sido um fracasso deprimente. Onde quer que ela fosse, a sombra de Stephen iria assombrá-la. Ela nunca deveria ter assinado aqueles papéis, ela percebia agora. Ela deveria ter procurado aconselhamento jurídico. Que direito ele tinha de dizer a ela como conduzir sua vida? Ele poderia ter comprado seu silêncio, mas, quanto a insistir que ela deixasse seu trabalho, sua casa e seus amigos, isso não era violar seus direitos humanos? Algo assim, de qualquer maneira.

Ela afundou em uma poltrona e afundou ali como se tivesse ficado sem fôlego. Ela tinha sido uma tola fraca. Ela deveria tê-lo enfrentado e dito onde enfiar seu dinheiro sujo. *Eu estava grávida ... Meu cérebro estava cheio de hormônios. Eu não estava pensando direito.*

Nina trotou com uma cauda rígida que se enrolava como um ponto de interrogação na ponta. Ela chilreou para Leah, que se abaixou e passou a mão pelas suas costas sedosas, em seguida acariciou sua cabeça e ao redor das suas orelhas, como Nina gostava. Leah se perguntou se Nat a havia acariciado da mesma maneira. Ela se perguntou o quanto Nina sentia falta dela.

Sinto uma falta terrível de Nat. Eu poderia ter contado a ela sobre tudo isso. Eu poderia ter confiado nela. Ela teria me aconselhado.

Sua mente voltou ao choque que sentira na viagem a St. Ives, quando Nat lhe disse que ela teria outro filho, como se ela tivesse adivinhado que Leah havia perdido um. Sem planejar, ela ergueu o rosto para o teto e imaginou que podia sentir Nat sorrindo para ela, sua peruca dourada clara perfeitamente em posição, seus olhos azuis brilhando.

A campainha tocou mais uma vez, estilhaçando a visão agradável. Definitivamente um carteiro ou um mensageiro desta vez. Ela suspirou e se levantou para atender.

"Oh, meu Deus!" Leah ofegou.

Os grandes óculos de sol estavam colocados no alto de uma cabeça cor de ameixa. "Eu disse que você não tinha me visto pela última vez, não disse?" Cassidy passou por ela, andando tão rápido que Leah sentiu a corrente de ar quando ela passou e se jogou na poltrona recentemente desocupada por Leah.

Como ela se atrevia a entrar assim, Leah pensou com raiva. Ela estava prestes a repreendê-la quando algo no comportamento de Cassidy a impediu. Ela não se parecia em nada com seu jeito normal, confiante e mal-humorado. Muito pelo contrário, ela parecia bastante envergonhada. Perplexa, Leah olhou para sua ex-melhor amiga.

"Suponho que é melhor confessar," Cassidy disse. "Tenho estado muito mal." Ela torceu a boca em uma careta. "Antes mesmo de começar, vou dizer sinto muito, sinto muito, sinto muito." Ela encolheu os ombros e abriu os braços, segurando as palmas das mãos para cima. Era quase caricaturesco, Leah pensou. Uma caricatura de desconsolada.

"Você não vai gostar disso e acho que nunca será capaz de me perdoar, mas me ouça, por favor e depois se quiser me enxotar na ponta da sua bota..." Ela olhou para os pés descalços de Leah. "Bem, na unha do seu dedão..." Leah pressionou os lábios, desejando que não se contorcessem em um sorriso. Cassidy era esperta assim, mudando rapidamente o clima de uma conversa para melhorar as coisas para ela. "...você pode."

Leah cruzou os braços e olhou para Cassidy, pairando sobre ela enquanto ela se encolhia na poltrona. Foi bom se sentir no assento do motorista pela primeira vez.

"Alguma chance de uma xícara de café?" Cassidy perguntou, com um olhar esperançoso. "Estive viajando a noite toda e estou com sede. E morrendo de fome. Torradas também seria bom," ela sugeriu, esperançosa.

A noite toda? Algo dentro dela deu uma guinada desagradável. Isso tinha que ser algo ruim, ela simplesmente sabia disso. *Se eu sair para fazer café, isso dará a ela mais tempo para preparar o discurso. Não. Estou no comando. Ela pode tomar um café mais tarde, depois de me contar do que se trata esse ato confessional.*

"Sem café," ela disse de maneira rígida. "Ainda não. Apenas me diga o que você fez. Você já insinuou que não vou gostar, então vamos lá, desembucha." Leah percebeu a nitidez de seu tom e ficou surpresa. Ela não achava que era capaz de soar tão ácida. Ela quase parecia Cassidy.

Para sua surpresa, Cassidy começou a chorar. Cassidy nunca chorava. Ela nunca tinha derramado uma lágrima em todos os anos em que se conheciam. Leah estava atônita. Ou

Cassidy estava fingindo muito bem ou realmente tinha feito algo terrível. Ela se preparou para algum tipo de choque.

Cassidy soluçou e esfregou os olhos, espalhando rímel no rosto. "Eu realmente, realmente sinto muito," ela sussurrou.

"Não pense que você consegue me enrolar chorando," Leah disse de maneira ríspida, indiferente a essa demonstração de humilhação e sem vontade de acreditar que as lágrimas pudessem ser genuínas. "Sei que boa atriz você é. Eu já a vi em ação em muitas ocasiões, não se esqueça."

"Não é … não é assim," Cassidy engasgou entre soluços. "Não consigo me perdoar pelo que fiz. Eu me odeio. Eu quero mudar. Eu não quero mais ser assim."

Leah sentiu suas sobrancelhas franzirem com mais força. Ela não gostou desse ato patético que Cassidy estava fazendo. Ela estava tentando manipulá-la e Leah não ia deixar isso acontecer. "Apenas vá em frente," ela disse de maneira seca.

Cassidy lançou um olhar rápido para ela e, em seguida, olhou para baixo novamente, para onde suas mãos estavam presas com tanta força no colo que os nós dos dedos brilhavam brancos.

"Temo que Stephen saiba onde você mora. Eu disse a ele."

"O quê?" A mente de Leah ficou em branco com o choque.

"Espero não ter colocado você em perigo …" A voz de Cassidy estava trêmula e ofegante, uma voz de menina.

"Perigo?" O cérebro de Leah ainda parecia confuso e vago. Foi um grande esforço se recompor e parar seus pensamentos de repente. "Porque você pensaria isso? Não, eu não tenho medo de Stephen dessa forma. Ele não me machucaria. É … outra coisa."

Descobrir que ela não teve o bebê dele? Pedir seu dinheiro de volta? O que isso importava agora? O importante era descobrir o papel de Cassidy em tudo isso. "Como você me rastreou?" Ela perguntou.

Cassidy fez uma careta envergonhada, como uma criança que escutou algo escondido ou quebrou um brinquedo. Isso fez Leah se sentir um pouco enjoada. Ela teve a súbita sensação de que havia entrado em um universo paralelo onde tudo estava fora de ordem, não muito racional. Muito louco, na verdade. Ela engoliu em seco, tentando manter o controle.

"Eu ... é complicado," Cassidy começou, com a voz trêmula e ofegante, os olhos fixos no tapete. "Vim aqui há algumas semanas, para o louco festival do Worm, tirei algumas fotos e, quando cheguei em casa, reconheci você em algumas delas. Você estava em um cavalo grande, vestindo algo leve e deu um enorme beijo apaixonado em um sujeito em um cavalo ainda maior. O que foi tudo aquilo?"

"Pare de mudar de assunto. Então você me reconheceu. Como você descobriu meu endereço?" Por que diabos Cassidy teria vindo para St. Jofra em primeiro lugar? Aldeias rurais não eram o cenário dela.

"Eu, er, conheci alguém. Um homem. Ele e eu somos ... bem ... Ele conhecia você e me disse que você morava em Trenown Close. Fui a sete casas antes de encontrar a casa certa, na última vez que estive aqui."

Última vez? Quantas visitas houveram? E quem era esse homem? O que em St. Jofra poderia ter capturado a atenção de uma mulher como Cassidy? Era o proprietário artístico e teatral da Galleria, Charles? Ou poderia ser Patrick? Ela não se importaria em apostar que ele teve muitos casos pelas costas de Melissa.

Oh Deus, por favor, não deixe ser Josh!

Leah pigarreou. "Tenho outras perguntas, mas vamos voltar à principal, Stephen. Por que você entrou em contato com ele? Por que você disse a ele onde eu estava?" *Por que tentar bagunçar minha vida nova?*

Cassidy engoliu em seco e começou sua história.

Quase uma hora depois, Leah finalmente fez café. Elas beberam em silêncio hostil por um tempo. Nina cutucou os bigodes ao redor da porta para verificar a visitante e Leah quebrou o gelo na sala com: "Não chegue perto dela, Nina. A última vez que ela esteve aqui, ela a chamou de rato." Não havia nenhum humor em seu tom.

Mais silêncio se seguiu. Leah ficou tão chocada com as revelações de Cassidy, mas tão comovida com suas descrições de como se sentiu magoada e abandonada quando Leah a abandonou de repente e como isso trouxe de volta as lembranças dolorosas de quando sua mãe foi embora, que um conjunto de emoções apareceu para cancelar o outro. Por um lado, havia choque, raiva e preocupação e, por outro, simpatia, compreensão e uma vontade de abraçar Cassidy, que ela resistiu com firmeza.

Depois de um tempo, Cassidy falou, ainda soando subjugada, como deveria, Leah pensou. "O bebê ... Você *estava* grávida, não estava? Aquela vez em que você parou de beber e ficou um pouco rechonchuda. Adivinhei certo? O que aconteceu?"

Leah fechou os olhos brevemente, lutando contra a pontada de dor que a cortava. Ela os abriu mais uma vez e olhou para o rosto arrependido de Cassidy, feio de tanto chorar. "Você estava certa sobre tudo. Eu tive um aborto espontâneo. E ele me subornou para deixar a cidade."

"Oh, Leah, sinto muito. Deve ter sido terrível para você."

"Sim, foi."

"Eu só queria que você pudesse ter me contado e que eu pudesse ter ajudado. Então Stephen não sabe?"

"Não."

"O que você vai dizer a ele?"

"Espero que ele não cumpra sua ameaça de entrar em contato comigo. Mas se o fizer, suponho que terei de contar a ele e então acho que ele pedirá seu dinheiro de volta."

"Quanto ele te deu para ficar quieta e nunca deixar ninguém saber que o bebê era dele?"

"Cento e cinquenta mil."

Cassidy ergueu as sobrancelhas em espanto. "Só isso? Quanto tempo isso deveria manter você e o bebê? Dificilmente pagaria para ir para Eton ou Roedean, não é?"

"Não tinha pensado nisso. Tenho tentado viver com frugalidade. Tenho a maior parte restante. Parece sujo e contaminado. Eu me sinto culpada por insistir nisso. Acho que devo devolver."

"De maneira nenhuma! Não seja idiota! Você ganhou esse dinheiro depois de tudo que ele fez você passar. Ele não tinha o direito de impor todas essas condições. Bani-la de Londres? Fazê-la deixar seu trabalho? Isso daria uma história muito melhor para a imprensa do que a de um membro do parlamento tendo um filho bastardo!"

O olhar duro que Leah deu a ela deixou Cassidy atordoada em um silêncio temporário, mas logo ela continuou seu discurso retórico. "Não que eu fosse fazer isso," ela disse. "Estava falando sério quando disse que mudei. Mas seria bom ameaçá-lo, não seria?"

Leah balançou a cabeça. Ela não conseguia imaginar Cassidy mudando. Ela era muito enérgica por natureza. Era sua qualidade bizarra que a tornava única. Ela era o tipo de pessoa que você amava ou odiava, mas por quem nunca poderia se sentir neutro.

"Se ele bater na porta e pedir o dinheiro de volta, diga a ele para ir embora e não lhe dê um centavo," Cassidy continuou. "Você não quebrou os termos de seu acordo miserável ou como quiser chamá-lo. Devo dizer que gostaria de lê-lo em voz alta na Câmara dos Comuns, depois colocar fogo nele e talvez nas calças dele também, mas isso não vem ao caso. O fato de adivinhar o que ele fez com você foi puro acaso, com base em alguns fatos frágeis."

"Ele poderia não ver isso assim, no entanto."

"Suponho que não. Mas olhe. Vou ficar por aqui até o final do fim de semana. Dê-me seu novo número e me ligue se o bastardo aparecer e ficarei ao seu lado e irei falar umas verdades para ele."

"Onde você vai ficar? Gostaria de ficar aqui? Tenho um quarto extra." Leah franziu o cenho, perguntando-se por que estava fazendo a oferta. Talvez fosse o fato de que seus instintos lhe diziam que sua velha amiga estava realmente arrependida.

"Isso significa que você me perdoou?"

"Não."

Leah sabia que nunca poderia. Não completamente. Ela ficou chocada que Cassidy, ou mesmo qualquer pessoa, pudesse querer tanto vingança por uma ofensa imaginária que iria tão longe e pudesse ser tão avarenta que tentaria obter um lucro financeiro com o infortúnio de outra pessoa. Esses pensamentos nunca passariam pela cabeça de Leah. Não era da sua natureza machucar ninguém, especialmente de maneira intencional. Ela nunca poderia ser tão rancorosa e egoísta. Mesmo assim … bem, ela podia imaginar como Cassidy deve ter se sentido magoada, pensando que tinha sido dispensada sem motivo aparente. Ela precisava de tempo para refletir, para pensar sobre tudo isso.

Cassidy interrompeu seus pensamentos. "Obrigada pela oferta, mas não, obrigada. Posso ver que não sou querida aqui e não a culpo. Vou para a casa de Fraser."

"Fraser? Fraser, o criador de cabras? *Esse* Fraser?" Leah certamente não conhecia mais ninguém na área com esse nome incomum.

O rosto de Cassidy ficou vermelho e ela desviou o olhar.

"Você e o Fraser? Não, eu não consigo entender." Era o acasalamento mais impossível que Leah poderia imaginar. A Cassidy moderna, esperta, espirituosa, metropolitana com o Fraser quieto, calmo, prático, amante do campo? Fale sobre atração de opostos!

"Devo contar a você sobre isso?"

"Agora não." De repente, Leah se sentiu terrivelmente

cansada. "É o funeral da minha vizinha amanhã e eu tive que providenciá-lo. Vai ser um dia pesado. Podemos conversar novamente no fim de semana."

"Ok. Promete que vai me ligar se Stephen aparecer?"

"Prometo."

Cassidy se levantou e foi abraçá-la como nos velhos tempos e Leah se encolheu, então Cassidy deu um tapinha em seu braço. Leah podia sentir a distância entre elas, estranha e pesada, como uma pedra que precisaria das duas para deslocá-la. Ela segurou a porta aberta.

"Até mais."

"É o seguinte. É uma longa caminhada e aquela bolsa parece bem pesada. Por que eu não levo você até lá? Ele poderia estar fora se não estiver esperando por você."

Cassidy deu um sorriso tímido. Leah sentiu a rocha entre elas se mover ligeiramente.

A oitocentos metros de distância, em uma pequena cabana cinza na rua principal, Fada estava sentada espremida em uma extremidade do sofá com Barney esparramado junto com o resto, a cabeça em seu colo. Ela esfregou suas orelhas devagar e ele suspirou contente em seu sonho canino. A casa estava tão silenciosa. Nenhum som de Ross e Wayne se espancando com travesseiros ou gritando que um havia beliscado o brinquedo favorito do outro ou quebrado sua última criação de Lego. Nenhum toque e zumbido de guitarra distante do Poleiro de Rory. Nenhum farfalhar de papéis de Rizla enquanto Mick enrolava outro baseado.

O lugar ainda tinha um cheiro diferente. Sem meias velhas ou suor de adolescente. Nada de migalhas rançosas ou nuvem repentina de desodorante Lynx que pulverizava as narinas. Nenhum cheiro forte de maconha pairando no ar. Barney ainda tinha o mesmo cheiro, de cachorro sujo. Era um cheiro reconfortante. Inclinando-se, ela deu-lhe um abraço e ele fez um som estridente e resmungão sem abrir os olhos. Ela beijou sua cabeça, em seguida, limpou os lábios com as costas da mão, caso estivesse cheio de germes. Suas asas estavam dobradas em uma cadeira. Ela não estava com humor para usá-las. Ela nunca se sentiu tão só.

Isso não vai dar certo! Ela disse a si mesma de maneira severa. Colocando uma almofada sob a cabeça de Barney, ela deslizou os joelhos debaixo dele, caminhou pela sala em suas meias azuis sujas e ligou a TV em um programa de música. Nostalgia dos anos 80. Cindy Lauper estava cantando *Girls Just Want To Have Fun*. Fada começou a dançar e cantar junto. Era uma das canções favoritas de sua mãe. Ela se lembrava de sua Mãe cantando para ela quando ela era pequena e segurando suas mãos para que pudessem dançar juntas. Ela sentiu as lágrimas brotarem em seus olhos. Ela sentia falta da mãe. Falar no Skype ou Facetime simplesmente não era a mesma coisa que vê-la de verdade, sentir o cheiro familiar de sua Mãe e ser capaz de dar um abraço nela.

Suspirando profundamente, Fada parou de dançar. Seus pés pareciam como se blocos de concreto tivessem sido amarrados a eles. Por mais que tentasse, ela não conseguia visualizar nada em sua vida para pensar no futuro. Nem mesmo o Baú do Tesouro de Titânia. Muito esforço e não funcionaria e, de qualquer maneira, ela não tinha dinheiro para abrir um negócio. Afundando no chão e descansando a cabeça no flanco quente de Barney, ela chorou.

CAPÍTULO TRINTA E CINCO

A pesar de ter tanta coisa em mente, ou talvez por causa disso, Leah dormiu profundamente e foi acordada pela campainha. Imediatamente, sua mão voou para a garganta e seu coração começou a bater com violência. Stephen! Ela foi na ponta dos pés até a sala da frente e espiou pela janela, os olhos procurando por um grande carro preto brilhante, talvez dirigido por um motorista de boné pontudo. Em vez disso, ela chegou bem a tempo de ver o furgão verde e branco da Florabella, a floricultura local, se afastando lentamente do meio-fio. Ela também percebeu que parecia um bom dia. Bom. Este funeral era para ser uma celebração de uma vida plena e interessante e chuva não teria parecido certo.

Ela soltou a respiração ruidosamente. Que horas eram? Voltando para o quarto, ela olhou para seu despertador digital e viu que eram oito e vinte. O funeral era às onze e ela ainda nem havia lavado e secado o cabelo e se vestido! Ela correu para a cozinha, deixou Nina sair, jogou um pedaço de pão na torradeira - ela se saciaria com a refeição depois - e correu para a porta da frente, onde pegou o grande buquê de rosas cor de rosa que parecia caro, lírios e algumas coisas alaranjadas que ela não sabia o nome. Alguém obviamente o

300

encomendou para o funeral e não sabia onde estava acontecendo, então, em vez disso, enviou-o para ela.

Lírios … eram venenosos para gatos! Ela não poderia ter o buquê em casa, então pegou as chaves do carro da mesa do corredor, levou o buquê para o carro e colocou as flores com cuidado no banco de trás.

Uma hora depois, Leah estava pronta. Ela disse às pessoas para não se vestir de preto, mas para celebrar a vida de Nat vestindo algo colorido, de preferência floral, já que Nat amava tanto flores. Ela mesma estava usando um vestido midi azul claro salpicado de flores vermelhas e azuis. Tinha mangas três quartos e Nat sempre a admirou nele. Ao sair de casa, teve o pensamento fugaz de que seria bom levar Nina com ela para que pudesse se despedir de sua amada mãe, sua *mamushka*. No entanto, como a gata no momento tinha uma pata traseira esticada no ar enquanto cuidava vigorosamente de suas regiões inferiores, ela deixou a ideia de lado. De qualquer maneira, ela não tinha certeza se tinha visto uma transportadora para gatos em qualquer lugar da casa de Nat.

Ela pegou duas das senhoras que faziam colchas, Becky e Valerie e, no último minuto, teve que espremer Melissa e Patrick também, porque eles tinham ido a uma festa na noite anterior e estavam preocupados que ainda pudessem estar acima do limite. As flores foram para o porta-malas, junto com uma coroa de Becky e Valerie. Seu carro estava lotado de pessoas, mas as conversas eram esporádicas porque Melissa e Patrick estavam de ressaca e os Becky e Valerie estavam com um humor solene, preparando-se para prantear uma boa e velha amiga. Leah estava muito feliz em dirigir em silêncio. Ela sabia que ficaria emocionada quando o funeral começasse, então era bom não ter que falar.

Ela empurrou Cassidy com firmeza para o fundo de sua mente, então ela não estava preparada para que pensamentos sobre Josh invadissem seu espaço mental calmo. Por que ele? Porque agora? Era um aviso de que ele estaria no funeral, então era melhor ela se preparar para ficar cara a cara com outro homem que a tratou mal? Ela girou o volante de maneira brusca para a direita, fazendo uma curva fechada que os levou para a pista estreita que levava ao prédio branco e reluzente que abrigava o crematório e ouviu um tumulto no banco de trás quando as pessoas caíram umas nas outras.

"Desculpe," ela disse. "Quase perdi a curva."

Ela não tinha. Ela sabia muito bem quando isso aconteceria, pois já estivera ali para discutir os preparativos para o funeral, mas seu humor calmo havia evaporado agora e a ansiedade e a frustração assumiram o controle. Se Josh aparecesse, então, funeral ou não, ela se aproximaria e diria umas verdades para ele.

Leah estacionou e todos saíram, Melissa quase dando um tropeção na bengala de Valerie. Leah esperava que Melissa não estivesse com muita ressaca para cantar. Ela abriu o porta-malas e tirou a coroa e o buquê. Suas flores foram enviadas diretamente para a capela, com instruções de que deveriam ser colocadas em cima do caixão. Após discutir com Geoffrey e Helen, a decisão foi tomada para reservar a menor das duas capelas, pois como Nat não tinha família conhecida, eles esperavam que os enlutados consistissem principalmente de aldeões. No entanto, quando as pessoas começaram a entrar em fila e se sentar em uma das cadeiras de madeira forradas de azul, logo ficou claro que os retardatários teriam que ficar em pé.

Ela reconheceu muitas pessoas da aldeia e avistou Ian Edwards, o filho de seu senhorio, mas havia pelo menos vinte pessoas lá que ela nunca tinha visto antes. No entanto, ficou animada com a ideia de que Nat teria uma boa despedida.

Melissa estava com uma voz maravilhosa enquanto cantava a canção folclórica russa simples com sua melodia assustadora e Leah relaxou, sabendo que essa era uma preocupação que ela poderia esquecer. Várias pessoas se levantaram para dizer algumas palavras sobre Nat, incluindo um casal que disse que eram amigos de infância de Nat e frequentaram a mesma escola em Birmingham onde Nat, aparentemente, tinha sido uma estrela brilhante que acabou como monitora-chefe. Essa informação fez Leah se sentar e piscar. Ela não conseguia imaginar Nat mantendo a ordem entre as crianças mais novas e distribuindo detenções!

Leah fez seu próprio discurso curto, dizendo que nos poucos meses que conheceu Nat, passou a ter grande afeição por ela e foi um privilégio organizar seu funeral. Engolindo em seco, ela ouviu sua voz vacilar enquanto dizia aos enlutados reunidos que sentia falta da sua amiga e vizinha todos os dias, mas tinha um lembrete vivo na forma de Nina, que estava retratada com Nat na fotografia encostada no caixão.

Depois, enquanto lembrava às pessoas que refrescos estariam disponíveis no Jofra Arms, um homem idoso com cabelo branco ralo e ostentando uma postura militar rígida se aproximou e se apresentou como o advogado da Sra. Fleming, Peter Johnson. Era o homem que ela vira saindo da casa de Nat na terça-feira antes de sua viagem para St. Ives.

"Obrigado por um serviço adorável. Foi muito comovente. Acho que você deixou a Sra. Fleming orgulhosa. Receio não poder ir de carro a St. Jofra para o velório, mas não se esqueça do nosso encontro. Você se importaria se fizéssemos segunda-feira em vez disso? Tenho que representar um cliente no tribunal na terça-feira. Onze horas serviria para você?"

Quando Leah assentiu, ele disse, "Muito bom. Até mais," ele apertou a mão dela vigorosamente e caminhou rapidamente para o estacionamento.

Enquanto Leah estava levando seus passageiros de volta ao Jofra Arms, ela se pegou lembrando dos nomes e dos rostos das pessoas que compareceram ao funeral. Fraser não esteve lá, graças a Deus, pois ele poderia ter trazido Cassidy e ela sentia que o espírito de Nat teria ficado muito zangado de fato com as coisas terríveis que Cassidy havia feito, o que incluía insultar sua gata amada. Houve outro ausente notável:

Josh. Leah não tinha certeza se sentia-se satisfeita ou arrependida. Refletindo, ela pensou que ele tinha feito a coisa certa ao não comparecer e esperava que ele não fosse ao pub. Ele teria que ser muito insensível para não saber que isso poderia incomodá-la, em um dia em que ela estava fadada a se sentir emotiva de qualquer maneira. Bons ventos o levem, ela pensou, enquanto seguiam o fluxo de carros ao longo da A30.

A sala que fora reservada para eles no Jofra Arms estava quente e abarrotada de gente. Leah se descobriu esquecendo nomes enquanto tantos estranhos se apresentavam brevemente e murmuravam algumas palavras sobre como conheciam Nat. Aqueles com quem ela mais queria falar, o casal de Birmingham, estavam bem na outra extremidade da mesa longa, conversando com Lascivo John, que estava prestando pouca atenção a eles, estando muito ocupado olhando com malícia para a garota da mercearia, que estava vestida com um vestido verde esmeralda justo.

De repente, sua atenção foi desviada por um intruso - um vagabundo de aparência suja que se servia de sanduíches e enroladinhos de salsicha, enchendo a boca e os bolsos alternadamente. Abrindo caminho por entre um grupo de pessoas, ela o abordou.

"Ei, você! Este é um almoço de funeral privado. Mostre algum respeito! Você pode ficar com o que pegou, mas, por favor, saia agora ou vou pedir aos funcionários do bar para expulsá-lo."

Fada apareceu de repente ao seu lado e deu um passo à frente, olhando para o homem desgrenhado cujo jeans e jaqueta estavam engessados com lama e provavelmente coisa pior. "Você! Achei que era você. Seu desgraçado! Que diabos você está fazendo aqui?"

"Expressando minhas condolências e me perguntando quanto tempo faz desde a última vez que tive uma boa refeição dentro de mim," disse a voz inconfundível de Mick Laine.

"Por favor, se vocês vão ter uma briga, façam isso lá fora," Leah disse, dando ao par um empurrão gentil nas costas.

Enquanto Mick cambaleava para fora da sala, ela podia ouvir a voz estridente de Fada: "Vou lavá-lo com a mangueira," e Mick respondendo: "Não antes de terminar meus enroladinhos de salsicha."

Mais tarde, após alimentar Nina, Leah se jogou no sofá e ligou a TV. Um programa de variedades estava passando, os comentaristas conversando sobre assuntos do dia e Leah semicerrou os olhos, deixando que isso tomasse conta dela e notando a poeira na sombra de seu abajur. No momento em que estava se repreendendo por negligenciar as tarefas domésticas, seu telefone tocou. Droga! Ela o pegou e viu que era Melissa na linha.

"Oi. Você estava com uma voz ótima hoje. A música era linda. Você deixou Nat orgulhosa."

"Deixei? Ok. Erm …" Melissa parecia estranha, um pouco agitada. "Você olhou as flores?"

"Você está falando sobre os tributos florais para Nat?"

"Bem, nem todos eram para Nat."

"O que você quer dizer?"

"Você notou um grande buquê com lírios e rosas?"

"Sim, claro. Eu o trouxe. Foi deixado na minha porta hoje de manhã."

"Você viu de quem era?"

Leah franziu o cenho. Josh?

"Na verdade, está errado," Melissa continuou balbuciando. "Você viu *para* quem era? Você leu o cartão?"

"Não. Eu estava com pressa, então simplesmente coloquei-o no porta-malas."

"Acho que você precisa voltar e pegá-lo. Era para você. De alguém chamado Stephen."

Leah sentiu como se alguém tivesse jogado um balde água

gelada sobre ela. *"V-você* leu o cartão?" Ela gaguejou. "O que dizia?"

"Ele obviamente pensa muito de você." Melissa deu uma risadinha. "Dizia, *Para a querida Leah. Espero vê-la em* breve. *Com todo meu amor, Stephen.* Tirei o cartão do buquê para o caso de incomodar algum dos presentes. Eu guardei para você, se quiser. Você é uma caixinha de surpresas, Leah. Você nunca mencionou que tinha um namorado novo. Você deve trazê-lo aqui algum dia."

"Nunca em mil anos! Ele não é meu namorado. E, por favor, jogue esse cartão fora. Melhor ainda, queime."

Leah estava tremendo quando encerrou a ligação. Seus piores temores haviam se concretizado. Stephen estava se aproximando. Ele já poderia estar em St. Jofra. Bem, ele poderia ter o que sobrou do seu dinheiro de volta e poderia enfiar suas flores em seu traseiro listrado. Ela esperava que os espinhos ainda estivessem nas rosas.

CAPÍTULO TRINTA E SEIS

Quando Barney viu Mick e ouviu sua voz familiar, ele entrou em êxtase, latindo e pulando e só pôde ser acalmado com um enroladinho de salsicha que desceu por sua garganta com uma mordida.

"Fora!" Fada estava apontando para o casaco imundo de Mick, ao invés de Barney.

Ele o tirou e deixou cair no chão e Barney agarrou-o e começou a roê-lo como se fosse um rato morto.

Oh, Deus, o que eu fiz? Fada pensou. *Eu tinha acabado de deixar minha casa limpa e arrumada e torná-la minha novamente. Mas, ei, não estou pedindo a ele para voltar. Vou apenas deixar que ele tome um banho e se limpe, mas essas roupas dele terão que ser queimadas. É melhor ver se ainda há algo dele ou de Rory por aí que ele possa usar.*

Não havia, então, quando um Mick rosa e brilhante saiu de debaixo do chuveiro, tudo que ela pôde entregar a ele foi sua maior toalha de banho e o roupão muito grande que ela usava sobre as roupas nos dias frios de inverno. Ela fez duas canecas de chá e quando as levou para a sala, Mick e Barney estavam esparramados no sofá juntos, como nos velhos tempos, com o cabelo longo e molhado de Mick pingando no cachorro.

"Obrigado, boneca," ele disse, dando-lhe seu sorriso preguiçoso e atrevido. Ela ficou chocada ao descobrir que isso ainda fazia seu coração disparar.

"Sei que os meninos estão com a mãe, então onde você esteve nas últimas semanas?" Ela o interrogou.

"Em celeiros e sob sebes, principalmente." Ele deu de ombros. "Não consegui fazer com que nenhum dos meus amigos me aguentasse por muito tempo porque não podia pagar pela minha estadia."

"Não encontrou trabalho? Por que você não poderia dormir no furgão?"

"Alguém roubou a maldita coisa com todas as minhas ferramentas dentro."

"Oh, Mick!" Fada sentiu uma onda de simpatia. "Você denunciou?"

"Não me atrevi. Estava tentando me esconder da polícia caso eles me prendessem por posse de drogas."

"Mas você só tinha uma pequena quantidade para consumo pessoal."

"Eu estava com os meninos aqui, não é? Eu sabia que, se fosse condenado por posse de drogas, nunca mais teria permissão para cuidar deles. Embora pareça que minhas chances disso sejam nulas agora, de qualquer maneira. Você sabia que Janine está noiva daquele dildo, daquele cretino, daquele … daquele …" Ele gaguejou momentaneamente até parar, tendo ficado sem insultos. Fada tentou não rir.

"Aparentemente, os dois vão se casar assim que o divórcio sair," ele continuou. "Janine está gritando para eu assinar os papéis e aquele idiota do Paul Fleet nem me deixa entrar na casa para visitar meus filhos. E Rory também não quer saber de mim. Apareci em um de seus shows e ele me expulsou!"

"Não estou surpresa, se você parecia e cheirava como

quando entrou no pub hoje. Ele tem sua imagem de estrela pop a considerar. Você sabia que eles têm um álbum sendo lançado?"

"É seu décimo sexto aniversário na próxima semana. Eu adoraria vê-lo."

"Não pense nisso ainda. Olha, as lojas estão fechadas agora, mas amanhã de manhã, vou dar uma passada nas lojas de caridade em Redruth e ver se encontro algo que sirva em você. Jeans, camiseta, blusão de moletom, jaqueta … o que mais você precisa?"

"Você pode encontrar algumas cuecas para mim? Ficar sem roupa de baixo está esfolando meu…"

"Muita informação! Farei o meu melhor. Agora, porém, acho que tudo que quero fazer é desmaiar na frente da televisão."

Depois disso, foi como nos velhos tempos, Fada pensou. Ela, Mick e Barney espremidos em uma pilha confortável no sofá. A única diferença era que não havia meninos para zombar e desaprovar quando ela deslizou timidamente a mão sobre a de Mick e em seguida, descansou a cabeça em seu ombro. Logo depois, o programa de televisão foi esquecido.

Leah precisava de alguma coisa para tirar sua mente do estresse do dia anterior, algo vazio, algo fácil e divertido. Então, após visitar a padaria por um croissant quente de chocolate, ela foi até a banca de jornal na rua principal e comprou o jornal local e uma seleção de revistas. Ela estava relaxando na cama ao lado de Nina, folheando preguiçosamente as páginas enquanto a Radio Cornualha tocava baixinho ao fundo, quando percebeu que, embora as flores de Stephen pudessem estar murchando a vários quilômetros de distância, ele estava bem ali em seu quarto, seu rosto olhando com malícia da página impressa.

Ao lado da sua foto estava uma de sua esposa, Adrienne, em pé ao lado de uma piscina em um biquíni escarlate com um coquetel em uma das mãos. Ela parecia uma boneca sexual inflável, Leah pensou. Seus lábios carnudos e beiçudos estavam pintados de escarlate e seus cachos dourados caíam em cascata sobre seios grandes e improváveis que estavam saindo da parte de cima do biquíni como toranjas gêmeas. Nenhum seio natural era tão firme e alto, especialmente após ter dois bebês, Leah pensou, olhando com cara feia para a foto. Sim, Adrienne era a Sra. Implantes Mamários e Facelift. Provavelmente ela também fez um *lifting* de bumbum.

Ela leu o texto que serpenteava entre as fotos e ficou surpresa ao descobrir que Adrienne vinha de uma das famílias aristocráticas francesas fabulosamente ricas. O casal estava separado há dois anos, com Adrienne passando a maior parte do tempo em sua casa no sul da França, onde, de acordo com a revista, ela havia lançado um negócio de beleza e fitness de sucesso. Eles estavam se divorciando inconteste e os filhos deveriam morar com a mãe.

O jornalista acrescentou um comentário malicioso no final, no sentido de que o negócio do pai de Stephen estava em crise financeira, então talvez Stephen em breve implorasse à esposa por um emprego de motorista para poupar seu salário parlamentar. Hmm, Leah pensou. Se ele não podia mais contar com doações do Banco de Adrienne e seu pai não podia se dar ao luxo de ajudá-lo, havia ainda mais motivo para ele voltar à vida dela e pedir seu dinheiro de volta.

Ela largou a revista no tapete e se levantou, seu humor relaxado se foi. Parecia que desde que Nat havia falecido, as nuvens estavam se formando e ela não podia considerar como garantido mais nada. Como não tinha intenção de se separar de Nina, ela não se sentia mais segura nesta casa e, devido à intromissão de Cassidy, não sabia se poderia ficar em St. Jofra. Mas para onde mais ela poderia ir? Parecia que ela estava fugindo há meses.

Deprimida e desanimada, ela afundou de volta na cama. Não é à toa que Josh decidiu que não estava interessado. Não somente ela tinha um passado questionável, mas deve ter parecido neurótica, não confiável e em um constante estado de ansiedade. E estou, ela percebeu. Especialmente agora, forçada a viver em um estado constante de ansiedade, sem saber quando Stephen poderia aparecer de repente.

Se ao menos ela pudesse ir embora. Ficar com a mãe um pouco, talvez. Mas se ela fizesse isso, quem cuidaria de Nina? Mesmo se ela providenciasse alguém para alimentá-la - Fada, talvez - não havia como saber se Ian Edwards ou o corretor de imóveis poderiam aparecer de repente e expulsar Nina e trocar as fechaduras. Ele teria permissão para fazer isso?

Seu cérebro parecia sobrecarregado, prestes a explodir e ela afundou a cabeça entre as mãos e desejou que alguém colocasse um braço afetuoso, amigável e reconfortante ao redor dela e lhe dissesse que tudo ia ficar bem. Mas não ia. Como poderia? Ela estava tão ansiosa que parecia que ia enlouquecer, então fez uma loucura e ligou para Cassidy.

———

Quanto devo dizer a ele? Ou devo ficar quieta e não dizer nada?

Cassidy estava em um dilema. Ela não queria fazer nada que pudesse afetar seu novo relacionamento lindo e delicado com Fraser … Qualquer coisa que pudesse fazer com que ele olhasse para ela com olhos críticos e percebesse que sob o exterior brilhante e espirituoso espreitava um demônio cruel que não pensaria duas vezes em destruir a vida de uma velha amiga e não apenas isso, mas também encher os bolsos de maneira desonesta por causa disso. Ela era um monstro. Ela realmente iria mudar. Ela tinha que fazer isso, para seu próprio bem.

Não sou mais essa pessoa, ela disse a si mesma com firmeza, enquanto alimentava Alice, a Alpaca com uma maçã suculenta. Desde que chegou de maneira tão inesperada na manhã de quinta-feira, dizendo a Fraser que a vida em Londres era muito solitária sem ele, ela tirou fotos de Alice e abriu uma conta no Instagram para ela. Já tinha mais de trezentos acessos. Ela também estava pensando em criar uma para Rudi, o cabritinho abandonado.

Quando seu telefone tocou, ela ficou bastante surpresa ao ver o nome de Leah aparecer. Ela não tinha certeza de como havia deixado as coisas entre elas. Morno? Mas ela disse a Leah para ligar se Stephen aparecesse, então talvez …

"Oi, Leah."

"Posso te ver?"

As sobrancelhas de Cassidy se ergueram. Isso foi inesperado. "Claro. Você gostaria de vir até aqui?"

"Sim, por favor. Preciso sair de casa porque meu cérebro está me deixando louca com 'e se'. Fraser está por aí?"

"Sim. Ele está no galpão de cabras."

"Então ele não está ao alcance da voz. Bom! Eu precisava saber se você disse algo a ele sobre … você sabe."

Cassidy não costumava corar com frequência, mas podia sentir um rubor de culpa aquecendo suas bochechas "Hum, não. Veja você…"

"Não precisa explicar. Tudo que eu queria dizer era, vamos esquecer, varrer tudo para debaixo do tapete, deixar o passado no passado e todos os outros clichês que você puder pensar. Vamos fingir que não brigamos e ainda somos boas amigas. E não vamos mencionar o assunto Stephen na presença de Fraser."

"E se ele aparecer e eu precisar sair correndo para sua casa?"

"Então basta dizer que é um ex meu com rancor e que preciso de reforços."

Cassidy sentiu um peso abandoná-la. "Ainda sem sinal, então?"

"Ainda não, mas não acho que vai demorar muito. Ele me enviou flores. Que diabos ele estava pensando? Não percebi que eram para mim, então as levei ao funeral da minha vizinha. Melhor lugar para elas. Na verdade, há algo que quero perguntar a Fraser. É um favor. Você conhece a gata preta dele, Holly? Ela se dá bem com outros gatos? Só imaginei se poderia deixar Nina aí se quisesse ir ver minha mãe por alguns dias. Não me atrevo a deixá-la sozinha em casa." Leah explicou sobre o senhorio e o aluguel.

"Tenho certeza de que Fraser não se importará. Ou Holly. Ela é uma coisinha doce e amigável. E Leah, eu não estava falando sério sobre Nina parecer um rato. Eu gosto de gatos, você sabe que gosto ... embora esteja começando a pensar que talvez prefira cabras ... e alpacas! Ei, isso significa que estou perdoada?"

"O perdão parcial foi emitido. O perdão total demorará mais. Mas ..." Leah fez uma pausa, então continuou. "O perdão funciona de duas maneiras. Preciso saber que você também me perdoou. Por desaparecer assim. Por parecer que não confiava em você. Claro que você sabe o motivo pelo qual eu tive que fazer isso agora."

"Sim, mas ainda dói."

"Touché."

"Te vejo você assim que você puder chegar aqui, então. E Leah, se eu conseguir persuadir Fraser a sair hoje à noite, você acha que poderia convidar Sininho? Ela parecia uma mulher interessante e eu gostaria de conhecê-la se vou passar muito tempo em St. Jofra."

Leah passou o dia na fazenda com Cassidy. Foi maravilhoso estar ao ar livre, distribuindo feno para o rebanho para complementar seu pastoreio e cuidando das fêmeas grávidas no galpão de parto. Rudi, a quem Cassidy se referia como seu bebê, trotou até a cozinha pela sua mamadeira, depois disso ele saltou com os quatro cascos do chão ao mesmo tempo, emitindo balidos agudos e trêmulos que fizeram Leah dar risadinhas.

Fraser recusou a ideia de convidar três mulheres para sair à noite, alegando que precisava de um banho e de tempo para acompanhar as últimas notícias sobre esporte na TV. Quando Leah ligou para Fada, foi informada de que Crumble estava no Surf's Up naquela mesma noite, então eles decidiram se encontrar no bar.

Quando Leah viu o homem de ombros largos e cabelos loiros ao lado de Fada, ela pensou que Fada tinha arranjado um namorado novo às escondidas. Quando se aproximou e percebeu que era uma versão enxuta e muito limpa de Mick, que tinha um corte de cabelo, cortesia da tesoura de costura mais afiada de Fada e feito a barba, ela ficou boquiaberta de espanto.

"Desculpe, mas não o reconheci!"

"Suponho que devo parecer muito diferente do pobre homem sem-teto que estava roubando comida do seu bufê ontem. Estive dormindo na rua por algumas semanas. Eu estava faminto. Vi o aviso sobre o funeral em um jornal que peguei de uma lata de lixo e decidi que poderia ser minha única chance de uma refeição grátis."

Eles passaram alguns minutos colocando o assunto em dia. Fada foi fria com Cassidy no início, mas cedeu um pouco quando Cassidy se desculpou e se ofereceu para comprar uma garrafa do melhor espumante do bar para todos compartilharem.

"Estou realmente animado. É a primeira vez que tenho a chance de ver a banda do meu filho tocar. Espero que Rory não se importe que eu tenha vindo junto," Mick disse.

"Provavelmente ele não irá reconhecê-lo. Você pintou o cabelo ou algo assim? Ficou muito loiro," Leah disse.

"Acho que descoloriu pelo sol. E o fato de que Fada o lavou com detergente *Fairy Liquid* porque estava sem xampu."

A sala estava lotada e eles tiveram que se espremer na parte de trás ao lado do bar. A banda caminhou até a área do palco e quando Rory anunciou: "Somos Crumble de St. Jofra e vamos tocar nosso novo single para você. É uma música que vocês já devem conhecer, chamada Subindo a Merda do Rio." O grito de Mick, "Vá em frente, meu filho!" enviou todas as cabeças girando em sua direção.

Leah encolheu-se contra o bar de vergonha. Ela não começou a relaxar novamente até que o público começou a gritar o refrão: "Sem um remo!"

Logo ela estava balançando para cima e para baixo, tão perdida na música que quando sentiu alguém tocar seu ombro, ela o afastou. Então ela sentiu seu braço ser puxado e finalmente se virou e não foi apenas o vinho que fez sua cabeça girar, foi o rosto da pessoa que a agarrou … a última pessoa no mundo que ela esperava ver. Josh.

"Venha para fora," ele murmurou. Os outros não o viram e estavam muito envolvidos com a música para notá-los partir.

Atordoada, ela o seguiu até a parte de trás do bar, onde um grupo de jovens fumava sob uma pérgula com cordas leves de fada, protegidos do vento. Antes que ela pudesse abrir a boca para dizer uma palavra, ele entregou-lhe um envelope branco, dizendo: "Eu ia colocar isso na sua porta esta noite."

"O que é isso? Você quer que eu abra agora?" Tudo parecia ligeiramente nebuloso, ou então uma névoa do mar tinha soprado do Atlântico. Ela deixou seus olhos vagarem sobre ele. Ele parecia mais magro … mais velho de alguma maneira. Talvez sua suspeita de que algo ruim tivesse acontecido com ele estivesse correta.

"Agora não," ele disse. "Mais tarde, quando você estiver sozinha."

Com as mãos trêmulas, ela desabotoou a bolsa de ombro e colocou o envelope sem olhar, enquanto perguntava: "Como você sabia onde me encontrar?"

"Não sabia. Acredite ou não, vim ouvir a banda! O filho da minha irmã... você se lembra do Ryan? ... é louco por eles. Ele já baixou o single, embora seus pais não aprovem a linguagem. Quero dizer, 'merda do rio'!" Ele riu.

Ela amava sua risada. Ela pensou que nunca mais a ouviria. Mas ... a carta. Por que uma carta? Então ela perguntou a ele.

"Quando você tem muito a dizer e quando uma parte é um pouco estranha, pode ser mais fácil escrever. Às vezes fico com a língua presa, especialmente em situações emocionais. Tudo que quero dizer é ... bem, apenas leia e quando tiver digerido, me ligue. Isto é, se quiser me ligar. Você decide. Eu vou embora agora, mas há algo que eu quero fazer primeiro ... Algo que eu queria fazer há muito tempo."

Ele estendeu a mão para ela e puxou-a para si. Ela sentiu a bochecha dele roçar em seu rosto e então seus lábios encontraram os dela e o beijo foi gentil no início, depois mais profundo, esmagando sua boca, deixando-a ofegante e fazendo suas pernas ficarem tão bambas que se ele não a estivesse segurando com tanta força, ela teria afundado no chão.

Uma salva de palmas, assobios e gritos de "Consigam um quarto!" do grupo de adolescentes, arrastou Leah de volta à realidade. Josh a soltou e deu um passo para trás, passando a mão pelo cabelo. "Uau!" Ele disse.

"Sim, de fato." Ela sorriu para ele, sentindo-se abalada, mas sabendo que havia um novo brilho em seus olhos, um novo formigamento em seu sangue.

Ela o observou subir a colina e se perguntou por que ele não ficava para o resto do show. Mas ele estava de volta a St. Jofra e isso bastava.

E ela tinha a carta e o que quer que estivesse nela não

poderia ser tão ruim, porque ele a beijou. Sua ansiedade em relação a Stephen diminuiu como um balão estourado. O que quer que ele tentasse dizer ou fazer não importava para ela agora.

Josh está de volta e ele me beijou!

CAPÍTULO TRINTA E SETE

Era quase meia-noite quando eles deixaram o Surf's Up. De braços dados, os quatro subiram cambaleando a colina íngreme do bar à beira-mar, gritando as palavras de *Subindo a Merda do Rio* e sentindo-se eufóricos com os efeitos combinados da música animada e duas garrafas de espumante. No topo da colina, eles pararam para recuperar o fôlego. Leah estava abraçando seu segredo, mas agora se sentia muito feliz para não compartilhá-lo.

"Nenhum de vocês notou que eu sumi por alguns minutos?" Seus amigos balançaram a cabeça. "Eu saí para dar um beijo apaixonado!"

Três pares de olhos arregalaram e olharam para ela. "De jeito nenhum! Com quem?" Fada exigiu.

"Josh!" Leah disse triunfante.

"Não!" Fada gritou. Agarrando as mãos de Leah, ela girou em uma dança feliz.

"Lembra quando fomos à imobiliária para tirar a fotocópia da foto de Nat e eu perguntei se você notou o homem que acabara de sair?"

Fada olhou para ela de maneira inexpressiva.

"Você disse que a única coisa que notou foi John olhando com malícia para você?"

"Oh, sim! Eu me lembro agora. Você achou que poderia ter sido Josh?"

"Sim. E agora tenho certeza que era!"

"Quem é Josh?" Cassidy exigiu.

"Volte para a minha casa e eu direi a você. Fraser provavelmente já está dormindo com suas cabras agora, então você pode muito bem passar a noite."

"Eu disse que poderia chegar tarde, mas é melhor mandar uma mensagem para ele," Cassidy disse, procurando seu telefone em sua bolsa.

"Tem alguma bebida na sua casa? Quero outra bebida," Mick disse. "Esqueci o gosto do álcool nas últimas semanas."

"Oh, vamos então. Tenho certeza de que posso encontrar alguma coisa," Leah disse, examinando mentalmente o conteúdo da sua cozinha. Ela tinha certeza de que tinha uma garrafa de vinho branco na geladeira e comprou algumas cervejas uma vez, pensando que Josh poderia aparecer, mas ele não apareceu. Ela não queria encerrar a noite ainda. Ela estava fervendo de excitação. Algo mudou e não era apenas por causa de Josh. Era como se um quarto sombrio dentro dela de repente tivesse sido inundado pela luz do sol. Ela não conseguia parar de sorrir.

Assim que voltaram para Shangri-la, as perguntas começaram a voar. Leah fez a sua primeiro. "Vocês dois estão juntos de novo?" Ela perguntou a Fada.

Fada e Mick se entreolharam. "Não sei. Estamos?" Ele perguntou a Fada.

"Hmm. Veremos. Não quero que nada atrapalhe o Baú do Tesouro de Titânia."

Cassidy se inclinou para frente. "O que é isso? Gosto de como soa, embora não tenha certeza sobre a parte do baú. Os Tesouros de Titânia é mais cativante."

Fada contou a ela sobre seu sonho de abrir um negócio que vendia itens de fadas e fantasia.

"Sabe," Cassidy disse com a fala um pouco arrastada. "Quando eu te vi pela primeira vez, usando aquelas asas brilhantes e acenando uma varinha, pensei que você não tinha nada entre as orelhas além de lantejoulas e penugem, mas agora posso ver que estava errada. Eu adoraria ajudar, se houver algo que possa fazer. Escrever textos para anúncios ou seu site, talvez?"

"Talvez você possa," Fada disse, tomando um grande gole de vinho. "Quando você vai voltar para Londres?"

"Amanhã, no final da tarde. Tenho que voltar ao trabalho na segunda-feira."

"Venha amanhã por volta do meio-dia...você também, Leah. Dê uma olhada no que fiz até agora. Claro, o que eu realmente adoraria é uma loja física, não na web, mas sei que tenho que começar pequeno, pois tenho que adquirir meus produtos e descobrir como ganhar dinheiro com eles."

A conversa foi interrompida por Mick de repente escorregando do sofá e caindo com um baque no tapete.

Cassidy e Leah puxaram-no de volta para cima.

"Vamos, meu velho, acho que você bebeu o suficiente por uma noite. Vamos levá-lo de volta para a minha casa," Fada disse. "O coitado do Barney deve estar cruzando as pernas agora."

Entre as três, elas o ajudaram a chegar à porta da frente. O ar cortante da noite pareceu reanimá-lo um pouco. "Acho que estive vivendo de brisa e água de vala por algumas semanas, então um pouco de bebida subiu à minha cabeça", ele disse com a fala arrastada.

"Um pouco? Eu diria que você guardou a melhor parte de uma garrafa de vinho, assim como dois litros de cerveja," Fada disse com desaprovação.

Depois que eles foram embora, Leah contou a Cassidy sobre Josh. Sobre como ele esfriou as coisas após a refeição em sua casa e sobre seu súbito desaparecimento e falta de comunicação. "Ele é um cavalheiro," Cassidy decretou. "Ele está permitindo que você defina o ritmo."

"Hmm. Talvez não tão cavalheiro então. Acho que algo está acontecendo nos bastidores," Cassidy disse. "Você não acha que ele esteve fraudando a clínica e foi demitido, não é?"

"O que você quer dizer? Roubando?" Leah ficou chocada. O Josh que ela conhecia nunca faria algo assim. Mas ela o conhecia, mesmo um pouco?

"Prescrições falsas. Fornecendo drogas para viciados, esse tipo de coisa."

"De maneira nenhuma! Ele não faria isso."

"Pense nisso," Cassidy disse. "Ele pode não ter tirado licença prolongada ou tido problemas familiares. Isso poderia ser apenas uma desculpa da clínica por ter que deixá-lo ir. Ele não teria entrado em contato com você porque estaria muito envergonhado, especialmente se tivesse que comparecer ao tribunal."

Não parecia verdade para Leah. De maneira nenhuma. Ela era boa em captar vibrações das pessoas. A vibração de Josh era forte, clara e verdadeira. Ela tinha certeza de que não estava errada sobre ele. De qualquer maneira, se ele tivesse feito algo errado, por que voltar para a aldeia? Ela decidiu mudar de assunto. Ela se lembrou do artigo que leu sobre Stephen e percebeu que precisava atualizar Cassidy e mostrou-lhe o artigo da revista.

"Maldita Nora, olhe só essas aldravas de plástico!" Cassidy exclamou. Enquanto ela ria, sua taça de vinho inclinou e espirrou vinho tinto sobre a página. Para Leah, pareciam gotas de sangue. "Ela seria candidata à página três, se ainda houvesse uma. Oh, espere, ela é francesa. Página *soixante-neuf*, então."

Era quase 2 da manhã. Leah se levantou de repente e exclamou: "Coelhos brancos![1]" Em seguida, foi até o calendário na parede perto da porta, reproduções de Gauguin, um presente de sua mãe, e virou a página para outubro.

"Sempre fizemos 'beliscar, socar, primeiro do mês[2]'," Cassidy disse. "Sua versão parece *Alice no país das maravilhas*."

"E vou cair na toca do coelho se não dormir um pouco logo." Leah bocejou cansada. "Vamos, você. Hora de dormir. Reivindico o banheiro primeiro."

Somente quando acordou meio grogue, às nove da manhã seguinte, Leah se lembrou da carta. Ela se levantou e abriu a bolsa. Nada ali. Isso era estranho. Ela tinha uma vaga lembrança de tê-la colocado ali. Ela balançou a cabeça. Pense, cérebro, pense! Ela pegou a jaqueta jeans que havia usado na noite anterior. Ambos os bolsos estavam vazios. Ela soltou um bufo de exasperação. Ela tentou relembrar tudo o que tinha acontecido na noite anterior, mas o choque de ver Josh novamente depois de tantas semanas, além de vários copos de vinho espumante e o beijo alucinante que haviam compartilhado, havia apagado a maioria das outras coisas. Talvez estivesse em um dos bolsos da calça jeans. Ela a pegou da cadeira onde a tinha pendurado na noite anterior e procurou, mas não conseguiu nada mais uma vez. *Droga!*

Frustrada e com raiva de si mesma por perder possivelmente a carta mais importante da sua vida, ela caminhou descalça até a cozinha e ficou horrorizada ao ver Nina no parapeito da janela, olhando com olhos como lascas de gelo safira. Ela deve ter saído correndo quando todos eles entraram cambaleando na noite anterior ou quando Fada e Mick saíram cambaleando.

Quando Leah abriu a porta dos fundos, Nina entrou e farejou o ar com desconfiança, depois esfregou-se nas pernas de Leah enquanto ela lutava para abrir um sachê de comida de gato e espremer o conteúdo em uma tigela. Era um design tão pobre, ela pensou; algumas gotas invariavelmente permaneciam no sachê caro. As palavras 'frango cozido no vapor' surgiram em sua cabeça. *Ok, Nat. Mensagem recebida.*

"É de manhã?" Cassidy apareceu, vestindo o velho roupão branco de toalha que Leah mantinha no banheiro e ainda conseguindo parecer uma rainha da moda do Instagram.

"Receio que sim. Café ou chá?"

"Eu não diria não a uma caneca grande de chá com dois açúcares. Dane-se a dieta! Vou tomar um banho rápido depois, se estiver tudo bem."

Enquanto Cassidy tomava banho, Leah saiu e caminhou até atalho para a rua principal, mas não havia sinal da carta. Mais tarde, ela teria que refazer seus passos até Surf's Up. Ela voltou para Shangri-la, fez dois chás e colocou uma fatia de pão na torradeira. Mas não teve a chance de comê-lo. Assim que enfiou a mão na gaveta para pegar uma faca para passar manteiga, a campainha tocou.

Ótimo! Alguém trouxe a carta.

Sorrindo para si mesma, ela soltou a corrente de segurança e abriu a porta e encontrou-se olhando para um rosto horrivelmente familiar. Com o coração batendo forte e boquiaberta de puro desânimo, ela tentou fechar a porta novamente, mas ele passou por ela e marchou direto para a sala.

Leah correu pelo corredor e bateu na porta do banheiro.

"Cassidy!" Ela gritou com urgência, esperando ser ouvida por cima do barulho do chuveiro. "Cassidy, rápido! Eu preciso de você!"

Ele a estava seguindo, as solas de seus sapatos de couro preto brilhante rangendo no chão laminado, suas sobrancelhas escuras quase se encontrando em uma careta. "Onde ele está?" Ele demandou. "Quero ver meu filho. Ou filha," ele acrescentou. A emenda apressada encheu Leah de fúria.

Stephen agarrou seu ombro e a girou para encará-lo. "Sua vadia mentirosa!" Ele disse, a voz uma rouquidão raivosa. "Não há bebê. Você nunca esteve grávida, não é? Você me tomou por um idiota. Onde está meu dinheiro? Eu quero de volta, cada centavo. Não era para você, só para o meu filho."

Leah encontrou-se ofegando de raiva e estresse, mal conseguindo encher os pulmões de ar suficiente para falar. Ela pensou em como ele parecia pomposo em seu terno azul-marinho; quão presunçoso, quão envaidecido. Ele também era mais baixo do que ela se lembrava, embora ela se lembrasse que eles passaram a maior parte de seu 'relacionamento' na horizontal.

"Bem?" Ele gritou com ela.

Ela finalmente conseguiu reunir fôlego suficiente para falar. "Bem, nada. Eu estava grávida. Eu tive um aborto espontâneo." Ela sentiu seus olhos se encherem de lágrimas.

"E você não pensou em me dizer? Apenas deu no pé com meu dinheiro? Muito conveniente para você." Ele empurrou seu rosto tão perto do dela que ela podia sentir a saliva espirrando em sua pele.

E pensar que uma vez ela beijou aqueles lábios e permitiu que aquela língua cruel entrasse em sua boca! Seu estômago embrulhou. Ela pensou em como outrora abriu as pernas para ele e engasgou e quase vomitou em seus sapatos brilhantes. Como diabos ela já se imaginou apaixonada por ele, um bastardo egoísta e sem coração como ele? Ela devia ter ficado louca. Ou desesperada.

O rosto de Josh deslizou em sua mente e ela o afastou. Outro sinal de loucura.

"Como eu poderia contar quando você me ordenou para que nunca mais entrasse em contato com você? E como eu poderia devolver o dinheiro quando você o enviou de alguma conta bancária estrangeira estranha sem o número ou código da agência adequado?"

"Você ainda deveria ter entrado em contato comigo. Você sabia onde me encontrar. Você poderia ter feito isso de maneira discreta, por meio do meu advogado. Em vez disso, você me enganou. Aborto espontâneo, de fato! Inventa outra!

Achei você uma garota tão doce, honesta e ingênua quando estávamos tendo nosso pequeno caso, mas você acabou se revelando uma prostituta traiçoeira, assim como todas as outras. Assim como minha esposa! Ela tem fodido amante jovens e enfiado cocaína no nariz há sabe-se Deus quanto tempo. Jesus, devo ser facilmente convencível ou algo assim. E pensar que vim hoje imaginando que iria conhecer meu filho, que teria … o que … quatro meses agora? Eu ia até sugerir se você gostaria de continuar nosso relacionamento … de maneira discreta, é claro. Talvez, com o passar do tempo, assim que o divórcio terminasse, pudéssemos oficializá-lo."

"Então sou uma prostituta, sou igual a todas as outras? Quantas 'outras' houve, Stephen?" Leah plantou os pés firmemente separados e colocou as mãos nos quadris, em posição de confronto. Onde diabos estava Cassidy quando ela precisava dela? Talvez ela não tivesse levado nenhuma roupa para o banheiro e não pudesse sair.

"Oh, hum… Não quis insinuar… eu, er…" Ele vociferou.

"Três? Quatro? Uma dúzia? Vamos lá, Stephen. Quantos entalhes existem na coluna da sua cama?"

Ele realmente teve a ousadia de sorrir! A bochecha descarada, arrogante e machista do homem! Ela teve vontade de tirar o sorriso do rosto dele. Ele olhou para as mãos e começou a contar nos dedos. "Uma, duas … sete, eu acho. Oh, espere. Havia aquela garota em Cardiff. Oito."

"E onde eu figurava na contagem?"

Ele mudou de posição e recostou-se na parede do corredor estreito, bloqueando a luz que filtrava pelo painel de vidro da porta da frente. "Você era o número cinco. Lembro-me disso porque cinco é o meu número da sorte."

"Não é mais, não é!"

Leah viu os olhos de Stephen arregalarem e ficar boquiaberto enquanto examinava a aparição que surgiu atrás dela. Ela se virou e sua boca abriu em um suspiro quando viu Cassidy. Ela usava uma toalha de banho amarela enrolada ao redor dela como uma toga e brandia um telefone celular. "Tenho todas as palavras, Sr. Clyde, ex-membro do parlamento. Ouvi muito através da porta do banheiro."

Então era por isso que ela estava tão quieta, Leah percebeu. Ela estava gravando. Oh, isso era bom demais para ser verdade!

Stephen passou por ela e deu um salto para o telefone e Cassidy segurou-o acima da cabeça e deu a ele um sorriso arrogante.

"Tarde demais. Já carreguei o arquivo na conta de e-mail do meu escritório e dei à minha assistente, Paula, instruções para leiloá-lo à imprensa quando eu disser a ela. Veja, garoto Stevie, alguns de nós são ainda mais *malandros* do que você." Ela colocou grande ênfase na palavra e seu sorriso foi de pura malícia. Ela entrou rapidamente no banheiro, houve o som de uma chave girando e ela voltou sem o telefone e continuou a atormentar Stephen.

"Vamos ver..." Ela olhou para as mãos e começou a contar os pontos em seus dedos. "*Um*: você admitiu ser pai de um filho ilegítimo e haverá registros médicos para comprovar o fato de que Leah estava grávida. Como isso vai parecer no tribunal do divórcio? Lá se foi um divórcio inconteste! A querida Adrienne vai vencê-lo de lavada, especialmente porque, *dois*: você revelou que tem uma conta bancária numerada com sabe-se Deus quanto dinheiro guardado. *Três*: você insultou e caluniou uma mulher inocente que uma vez professou amar. Sabemos que foi uma mentira, não é? Você apenas queria se divertir! *Quatro*: quando ela estava fraca e deprimida, tendo acabado de descobrir que estava grávida, você a rejeitou e fez com que ela assinasse documentos sem sentido e ilegais obrigando-a a deixar sua casa, seu emprego e mantendo-a longe de seus amigos. Isso não se sustentaria no tribunal por um segundo!"

Cassidy fixou Stephen com um olhar de laser. "Ninguém tem o direito de expulsar alguém da cidade para salvar sua pele política. A imprensa iria fazer a festa com isso. E agora, depois de arruinar a vida da minha melhor amiga, você surge implorando na porta dela, tentando recuperar seu suborno? Você não é apenas um rato, você é patético. Você deveria ser banido de cargos públicos. Como alguém pode confiar em um homem como você?"

Leah olhou com cara feia para Stephen. Ele ficou pálido e seu pomo de adão balançava para cima e para baixo enquanto ele engolia em seco convulsivamente. Ele pigarreou e se dirigiu a Cassidy. "Você acabou de dizer que era a melhor amiga de Leah. Era você no telefone, não era, se passando por sua assistente, Paula? Aposto que você não contou a sua *melhor amiga* sobre sua débil tentativa de chantagem! Ou ela estava nisso e vocês duas planejavam dividir os lucros se tivessem sido bem-sucedidas?"

"É claro que ela me disse," Leah disse com veemência. "Mas não naquele momento. Só descobri ontem, quando tivemos uma sessão de confissão mútua. Foi uma coisa boba de se fazer, na minha opinião, mas se ela tivesse conseguido, eu não teria pensado nisso mais do que você merece, Stephen. Você me tratou de maneira abominável. Você partiu meu coração. Por ter assinado seus documentos idiotas, não pude contar a ninguém próximo a mim quando tive o aborto espontâneo. Tive que passar por isso sozinha e, com toda honestidade, acho que sofri uma espécie de colapso nervoso, porque certamente não estava pensando de maneira racional quando assinei aqueles formulários."

Ela olhou por cima do ombro para Cassidy, que acenou com a cabeça para que ela continuasse, então ela encarou Stephen novamente, olhando para aqueles olhos cinza que uma vez a emocionaram, mas agora pareciam poças de água suja. "Foi uma época muito sombria, dolorosa e solitária para mim, Stephen. Se você tivesse sentido um pingo de amor por mim, você não teria … você não …"

Leah desabou em soluços profundos e angustiantes

enquanto revivia a angústia física e mental do aborto. Ela sabia que ficava horrível quando chorava, o rosto vermelho, os olhos semicerrados pequenos e feios, mas não se importou. Deixe Stephen ver o que ele a fez passar. "Você pode ter seu dinheiro de volta," ela desabafou. "Não o quero. Você pode enfiá-lo onde o sol não brilha!"

Ela viu um lampejo cruzar seu rosto. Foi um sorriso malicioso de satisfação ao pensar em conseguir o que veio buscar?

Cassidy passou por Leah e parou bem na frente de Stephen e largou a toalha. Ela girou em um dedo do pé, deixando-o ver a visão lateral dos seus seios firmes e barriga lisa antes de encará-lo de frente novamente. "Gosta do que vê, Stephen?" Ela alongou o 'S' como o sibilo de uma cobra. "Bem, você não vai consegui-lo e o mesmo se aplica ao seu dinheiro. Leah ganhou esse dinheiro. Na verdade, não é uma grande recompensa pela dor e inconveniência que você causou a ela … é muito menos do que a imprensa pagaria por sua história. Se ela concordar, faremos uma doação para a caridade. Em seu nome, se quiser."

Ela mostrou a ponta da língua para ele e se enrolou na toalha. "Agora, vá se foder. Não entre em contato com minha amiga novamente. Lembre-se, eu tenho aquela gravação."

CAPÍTULO TRINTA E OITO

"Deus, Cassidy, você foi magnífica!" Leah abraçou a amiga, que, felizmente, agora estava completamente vestida. "Nunca teria pensado em gravar a conversa."

"Ainda bem que levei meu telefone para o banheiro."

"E aquele flash que você deu a ele. Eu quase me molhei quando vi seu rosto! A língua dele estava quase no chão!"

"Não acho que você terá mais problemas com ele."

Leah sentou-se devagar no sofá e deu um tapinha no joelho para Nina pular. "Mas ainda não me sinto feliz em ficar com o dinheiro."

"Estive pensando sobre isso." Cassidy se sentou ao lado de Leah e estendeu a mão para acariciar a cabeça de Nina.

"O que você quer dizer?" Leah enrijeceu e Nina reagiu cravando as garras nas suas coxas. "Ai! Preciso de um cortador de unhas para você. Sinto muito, Cassidy. Prossiga."

"Quanto mais penso na ideia de negócio de Fada, mais eu gosto. O que você acha de nós duas investirmos nela e ajudá-la a administrá-lo? Obviamente, teríamos que colocar isso para ela e ela poderia não concordar …"

"Aposto que ela irá!"

O telefone de Cassidy tocou. Era Fraser. Enquanto faziam

os preparativos, Cassidy estava partindo para Londres naquela noite no trem das 17:28 e eles queriam passar algum tempo juntos antes dela ir. Leah pensou no que Cassidy havia sugerido. Com seus talentos artísticos, as habilidades para frasear de Cassidy e o entusiasmo e contatos de Fada, poderia dar certo. Elas poderiam começar pequeno, fazendo negócios com fornecedores e vendendo online e então talvez, se uma oportunidade se apresentasse para Fada abrir uma loja física ...

É claro! Leah ofegou quando percebeu que não havia necessidade de procurar espaço de varejo. Alguém que tinha uma barraca na Galleria Jofra tinha acabado de sair e seria o local perfeito para lançar os Tesouros de Titânia, com ou sem o Baú! Elas precisariam persuadir Charles, o proprietário, a dar-lhes uma quantidade razoável de espaço na janela para uma exibição atraente. Leah se perguntou que porcentagem dos lucros das vendas ele esperava receber. Sem dúvida haveria alguma disputa. Ele ainda estava esperando que ela produzisse aquelas pinturas também, mas não havia muita pressa agora. A temporada turística chegava ao fim e ela tinha todo o inverno para se dedicar à pintura.

"Era Fraser," Cassidy disse, desnecessariamente. "Ele me quer na fazenda imediatamente. A irmã dele está vindo. É minha primeira chance de conhecê-la e tenho algumas ideias para mostrar a ela."

"Vou te levar lá na Bruxa. Com os Tesouros de Titânia e Fraser, você se mudará para St. Jofra antes que perceba!"

Cassidy bateu na lateral do nariz e piscou. "Coisas estranhas aconteceram."

"Você e Fraser ... como está indo?"

Houve um breve silêncio em que Leah percebeu bastante e então Cassidy disse: "Muito bem. Quase bem demais. Fico esperando que algo dê errado."

"Espero que não."

"Eu também. Ele é um cara muito legal."

"Falando nisso, que tal aquele seu homem ... Josh, não é?"

"Oh, meu Deus, a carta dele! Alguém já poderia tê-la encontrado. Toda a aldeia poderia ter lido!"

"Ligue para ele. Isso é o que eu faria."

"Mas se eu fizer isso, ele vai esperar que eu tenha lido sua confissão, ou seja o que for. O que vou dizer?"

Cassidy colocou a mão no joelho de Leah e deu um aperto de brincadeira. "Providencie um encontro com ele. Em seguida, diga a ele que perdeu a carta e peça-lhe para lhe dizer o que havia nela. Sem dúvida, ele ficará constrangido e talvez um pouco ofendido, mas não será capaz de se esquivar disso e você saberá onde está e se deseja ou não continuar a vê-lo."

"Hmm. Não sei se eu ..."

"Sim você pode! É a única maneira, porque ele não vai ligar para você. Se você não entrar em contato com ele, ele pensará que é porque algo em sua carta a aborreceu e você não quer mais nada com ele. Então veja, você *tem* que ligar para ele, não é?"

Leah fez uma careta. Ela gostaria de ser mais parecida com Cassidy. Ela se sentia uma violeta encolhendo por completo ao lado da sua amiga ousada e atrevida. "Eu, er, suponho que sim," ela murmurou.

"Vá então. Não vou embora até você ir."

"Ok, então. Você se importaria de colocar a chaleira no fogo ou algo assim? Quero fazer esta ligação em particular."

Cassidy cruzou os braços sobre o fino suéter de cashmere vermelho. "Não vou sair deste lugar até ter certeza de que você entrou em contato com ele."

Leah se sentiu enrubescer de aborrecimento. Cassidy a conhecia bem demais. Ela teria fingido discar e depois cancelado a ligação rapidamente, mas agora estava sendo intimidada para continuar com isso. Oh bem. Custe o que custar ... Ela percorreu sua lista de contatos e, com um dedo trêmulo, apertou o botão de discagem verde.

. . .

Era isso! Com as pernas trêmulas, Leah caminhou lentamente em direção ao Jofra Arms, onde havia combinado de se encontrar com Josh. Era o começo do domingo à noite e, quando entrou no pub, havia apenas alguns clientes e nenhum deles era Josh. Ele havia mudado de ideia? Ela verificou a hora em seu telefone. Passavam alguns minutos das sete, hora marcada para o encontro. Ela foi até o bar, pediu uma taça de vinho e sentou-se em um canto, sentindo-se um pouco nervosa. Dez minutos ... quinze se passaram e ainda nada de Josh. Leah estava checando seu telefone em busca de mensagens novamente quando sentiu alguém parado na frente dela e olhou para cima.

"Olá." Seu sorriso era ligeiramente tímido. Deve ter começado a chover na hora em que ela entrou no pub porque a jaqueta de couro dele estava salpicada de gotas e ele estava com a gola levantada. Ele balançou a cabeça e as gotas voaram. "Maldito clima da Cornualha," ele resmungou. "É como chuvas de abril o ano todo. Desculpe, estou atrasado. Estou ficando na casa de um amigo e o carro não pegava, então tive que andar. Posso pedir outro para você?" Ele acenou com a cabeça em direção a sua taça de vinho.

"Sim, por favor." Ela já estava se sentindo um pouco tonta por ter bebido a primeira taça tão rápido. Ela sabia que devia se controlar. Ela precisava se concentrar. Ela teria que tomar decisões. Mas estava nervosa e isso a fez sentir que precisava do impulso que o álcool proporcionaria.

Ela olhou para ele enquanto ele estava no bar. O que ela realmente sentia por ele? Ela gostava dele. Ela estava atraída por ele. No entanto, talvez houvesse algo um pouco nervoso, um pouco não confiável sobre ele... algo que a fazia duvidar sobre confiar nele, que a fazia querer manter distância. Era uma pena, então, que sempre que ele olhava em seus olhos, ela se sentisse derreter por dentro. Deus, sentimentos são tão traiçoeiros, ela pensou. Os relaciona-mentos humanos eram um campo minado, e não apenas entre homens e mulheres. Veja o que aconteceu entre ela e Cassidy. Tantos altos e baixos quanto as Montanhas Rochosas!

Ouviu-se um baque surdo quando a base da taça de vinho – ela comprou uma única, mas esta era definitivamente uma grande! – encontrou o tampo duro da mesa de madeira. A almofada de couro falso vermelho e esfarrapada do banco do pub fez um barulho um pouco rude quando Josh se sentou e os dois riram, a risada dela soando mais como um risinho nervoso.

Ele tirou a jaqueta úmida, colocou-a ao lado dele no banco e prendeu-a com aquele olhar e ela tentou não ficar toda sentimental. Esse era um momento sério e seu pulso acele-rado e aquele formigamento quente que ela sentiu eram total-mente inadequados. *Controle-se, mulher!*

Ela não ia falar primeiro. Ela estava esperando por ele.

Ele tomou um gole da sua cerveja Cornish Best e balançou a cabeça. "Hah! Coisa boa. É bom voltar para a cerveja local."

"Por que? Onde você esteve?" Leah perguntou.

Ele franziu o cenho perplexo. "Eu te disse na minha carta. Você leu, não leu? Você deve ter lido, caso contrário, por que você estaria aqui? Eu pensei …" Ele parou, desviou o olhar e olhou de novo. Ele parecia envergonhado e inquieto, como se não tivesse certeza se deveria se levantar e ir embora.

Leah sabia que tinha que confessar. "Acho que a perdi. Sinto muito. Quando cheguei em casa do Surf's Up, simples-mente não estava lá. Procurei em todo lugar."

"Oh, Deus. Então você não sabe. Por que você me ligou então?"

"Para dizer que perdi a carta e perguntar o que havia nela." Ela pegou sua taça de vinho e tomou um gole grande, ciente de que sua mão tremia. Ela se sentia tão estressada que nem tinha certeza se queria saber o que estava na carta infeliz.

Nunca uma visita a um bar foi mais como esperar no dentista para um tratamento de canal.

Ele passou a mão pela cabeça e sibilou por entre os dentes cerrados. "Não é uma coisa fácil de falar," ele finalmente disse. "Você vai pensar que sou um covarde ou um bastardo sem coração. Ok, acho que vou precisar de outra cerveja para isso. E vou pegar outra taça de vinho para você."

"Ainda nem comecei essa," ela protestou.

"Vou pegar uma para você mesmo assim. Você pode descobrir que precisa."

Isso soou ameaçador. Sua mente saltava de maneira frenética por uma série de possibilidades. Ele tinha uma doença horrível? Ele era um viciado? Ele estava vendendo prescrições falsas, como Cassidy sugeriu? Ela não tinha certeza se poderia aguentar o que ele diria e tomou outro gole de vinho para se fortalecer. Talvez ela precisasse daquela terceira taça, afinal.

Quando Josh voltou com a nova rodada, ele atacou direto. "Isso não é fácil para mim. Por favor, não me julgue ou interrompa até que tenha ouvido tudo o que tenho a dizer."

Ele desviou o olhar, olhando vagamente para longe. "Casei-me há sete anos."

Casado? De repente, ela se sentiu fria e um pouco enjoada. Não outro homem casado! Ela teve vontade de se levantar e sair, mas lembrou-se de que havia prometido ouvi-lo.

"Minha esposa ... bem, ela não era muito estável mentalmente. Ela tinha problemas. Eu não sabia que ela tinha problemas quando nos casamos. Eu não a conhecia há muito tempo. Ela era atraente, barulhenta, extrovertida, completamente diferente de mim e me deixou de queixo caído. Ela já tinha sido casada antes. Ela era mais velha do que eu. Ela me disse que estava grávida e que era meu, então eu fiz o que achei ser a coisa certa e foi o início de um período infernal para mim, porque ela não estava grávida. Ela mentiu para me prender. Ela achava que eu logo me tornaria um médico com um consultório particular, ganhando muito dinheiro. Ela não fazia ideia de como o sistema médico funciona. Eu ainda estava treinando, pelo amor de Deus. Então eu a deixei ..."

Suas palavras bateram na mente de Leah. *Grávida* ... era muito familiar. As palavras cruéis de Stephen vieram à tona. Josh tinha usado outras palavras semelhantes quando descobriu que sua esposa o enganou? Não que Leah tivesse enganado Stephen. Ela estava genuinamente grávida.

"... e foi quando ela tentou pela primeira vez."

Leah voltou bruscamente ao presente. "Desculpe, não entendi bem. Tentou o quê?"

"Matar-se. Ela teve uma overdose. Disse que me amava, que não poderia viver sem mim e queria que eu voltasse. Então eu voltei. Mas as coisas estavam tão ruins que fui embora mais uma vez."

"E então ela tentou de novo, eu suponho. Oh, desculpe. Você me disse para não interromper."

"Está tudo bem. É apenas a necessidade de contar com minhas próprias palavras ... descrever como foi para mim." Ele alisou o cabelo novamente no que parecia um gesto nervoso e tomou um grande gole de cerveja. "A segunda vez que deixei Liz, ela cortou os pulsos, mas os cortes não foram profundos o suficiente para causar muitos danos." Ele tocou o braço de Leah. "Isso está te chateando? Eu gostaria que você pudesse ter lido a carta."

"Eu também." Ela estava falando sério. Deve ser doloroso para ele ter que remexer no passado assim. Ela teria que passar pela mesma coisa, se e quando ele perguntasse sobre seu próprio passado. Ela sentiu uma onda de simpatia ... mas era por ele ou pela sua pobre esposa mentalmente doente? Ela deve ser muito insegura, Leah raciocinou. Ou era porque ela amava Josh tanto que não conseguia viver sem ele e queria mantê-lo com ela a todo custo? Esse pensamento deu-lhe uma pontada de culpa enquanto se perguntava que direito tinha de querer Josh também.

"Cada vez que eu voltava, ela esperava que eu a mimasse

com roupas, festas, joias. Eu era um médico iniciante, trabalhava muitas horas e não ganhava muito. Eu não conseguia
acompanhar suas exigências. Logo ela começou a reclamar,
dizendo que eu a havia desapontado. Então ela anunciou que
estava me deixando por um cara rico que conheceu. E receio
ter pensado 'bom'! Ela me expulsou, mas algumas semanas
depois que eu saí e me acomodei em um apartamento
compartilhado perto do hospital, ela tentou novamente.
Comprimidos para dormir desta vez. O 'cara rico' só existia
na sua cabeça. Ela esperava que eu ficasse com ciúmes e
começasse a mimá-la novamente.

"Então você voltou para ela de novo?" A simpatia de Leah
pela esposa de Josh estava diminuindo. Agora, ela parecia um
tipo diferente de louca; não louca de amor, mas louca por
status e dinheiro e isso era algo pelo qual Leah não conseguia
sentir empatia, pois era tão estranho à sua própria natureza.

"Por um breve momento, sim. Mas eu realmente não
aguentava e então, eu a odiava. Abominava. Não aguentava
ficar perto dela. Percebi que tinha me sentido atraído por ela
pelos motivos mais superficiais e tinha cometido um grande
erro. Comecei a me candidatar a empregos e quando este
surgiu em St. Jofra, aproveitei a chance de começar do zero.
Fiz as malas, disse a Liz que queria o divórcio e vim para cá
há dez meses."

"Então, você só estava aqui alguns meses antes que eu
chegasse?"

"Sim, isso mesmo."

"Nós dois estávamos fugindo de uma situação ruim,
então," Leah disse. "Vou contar minha história outro dia.
Então, o que aconteceu para fazer você desaparecer algumas
semanas atrás? Liz havia encenado outra tentativa de
suicídio?"

"Ela conseguiu desta vez."

O choque fez Leah ofegar em voz alta. "Oh, meu Deus,
que horrível!" Ela não sabia como reagir. De repente, foi como

se as luzes do bar se apagassem, a música de fundo e as conversas morressem e eles estivessem sozinhos na sala, lidando com essa coisa terrível e monstruosa.

"Sinto muito," ela sussurrou.

Seu rosto estava virado para longe dela e ela pensou ter visto o brilho de lágrimas abaixo dos seus olhos. Ele fungou, passou a mão pelo rosto e se virou para ela. "Sim. Foram algumas semanas difíceis."

"Como ela …" Assim que as palavras saíram, ela desejou ter ficado quieta. Talvez ele não quisesse falar sobre isso. Talvez ela não quisesse ouvir.

"Bateu o carro contra uma árvore após tomar um monte de comprimidos e beber quase uma garrafa de vodca. Devo admitir que fiquei em estado de choque por um tempo. Eu me senti meio morto. Em branco. Eu estava finalmente livre, mas que maneira de ganhar minha liberdade."

Ele se virou para Leah e agora ela podia ver que seus olhos castanhos dourados realmente estavam vidrados de lágrimas. "Eu me sinto tão culpado. Talvez tenha sido em parte minha culpa. Talvez eu pudesse tê-la ajudado mais, em vez de apenas desistir e deixá-la. No entanto, era uma situação impossível para mim."

Ele agarrou a mão de Leah com tanta força que doeu. "Você entende agora? Você consegue entender por que não poderia entrar em contato com você? Como eu poderia esperar que você entendesse? Não era algo que eu pudesse explicar em um telefonema ou mensagem de texto."

Leah balançou a cabeça. "Eu entendo. Mas…"

Josh apertou a mão dela novamente e ela disse "Ai!" e ele se desculpou, relaxando seu aperto firme, mas mantendo a mão sobre a dela. Ela moveu a outra mão e a colocou em cima da dele, percebendo que ele precisava de alguma garantia. Em vez de terminar o que estava prestes a dizer, ela ficou em silêncio. Esperando. Sentindo-se um pouco impotente.

"Lamento não estar aqui para apoiá-la quando Nat morreu."

"Está tudo bem. Eu tinha muitas pessoas por perto. Melissa, os Birchalls … todos ajudaram."

"Você deve ter se perguntado por que não fui ao funeral."

Ela deixou o silêncio falar por ela.

"Vai demorar um pouco para eu aceitar isso, Leah. Estou tendo aconselhamento. Mas a clínica tem sido maravilhosa. Eles me deram todo o tempo que eu precisar. Mas, quer saber? Durante todo esse tempo terrível, apenas uma coisa me manteve em movimento e … Não sei como você vai reagir a isso, Leah, mas foi pensar em você que me ajudou. Agarrei-me à coisa boa que tínhamos … Vi você como a luz no fim do meu túnel escuro. Eu realmente gosto muito de você."

Ela tirou a mão da dele e se recostou na cadeira, de repente ciente da conversa de um casal que acabara de se sentar em uma mesa próxima … feliz com a distração que fez sua mente parar de girar.

Josh fez uma careta. "Falei demais? Não a envergonhei, não é?"

Envergonhar? Sua revelação a deixou sem fôlego, mas ela não ficou envergonhada. 'Oprimida' era uma descrição melhor de seus sentimentos.

"Sim, eu falei, não é? Sinto muito," ele disse, interpretando errado o silêncio dela.

"Não, Josh." Ela cobriu a mão dele com a sua novamente. A dele estava fria. "Não, você não me envergonhou. Me surpreendeu, talvez, mas no bom sentido."

Ele deu um sorriso hesitante. "Então, para onde vamos a partir daqui? Se você quiser, claro."

Ela sorriu de volta e concordou com a cabeça e um sorriso aliviado relaxou o conjunto tenso das feições dele. "Quero," ela disse. "Então, vamos começar tudo de novo e ir devagar."

Agora ela entendia por que ele se comportou daquela maneira na noite da refeição na casa dele. Tudo fazia sentido.

Ele não sentia que estava livre para começar um relacionamento novo e estava com medo de cometer outro erro. Assim como ela. Ambos eram feridos ambulantes. Eles precisavam de tempo para curar. Talvez eles pudessem se ajudar ao longo do caminho. Não importava quanto tempo levasse.

CAPÍTULO TRINTA E NOVE

Cassidy não gostou nem um pouco da irmã de Fraser, Jéssica, mas isso era bom, na sua opinião. Quando você trabalhava com pessoas de quem gostava, tinha que levar em consideração os sentimentos delas e não podia expor seus pontos de vista com tanta firmeza quanto faria se não gostasse delas. Assim, tendo avaliado Jessica durante o almoço de trabalho na fazenda de cabras, ela descobriu que podia dar sugestões claras e incisivas e expor suas ideias quase como um fato consumado.

Jessica, com sua tez avermelhada e cabelo loiro escuro e grisalho, era como uma versão mais grosseira de Fraser de se olhar. Era óbvio quem havia herdado toda a beleza. Ela era bastante disforme e usava um vestido largo de linho azul marinho com bolsos na frente que pareciam bolsas de canguru. Ela também tinha pernas cabeludas, Cassidy notou e seus pés largos e atarracados estavam enfiados em sandálias desmazeladas com muitas tiras de velcro. Oh, céus. A irmã de Fraser provaria ser um obstáculo se ela e Fraser quisessem ficar juntos permanentemente? Mas ela não estava pensando em coisas assim ainda ... estava?

Enquanto o trem passava em direção a Londres Paddington, ela se lembrou de algo que Jessica havia dito quando estava partindo ... que com três filhos para cuidar, ela estava achando cada vez mais difícil ajudar o irmão e os filhos *dele,* do tipo caprino. Ela se sentiu orgulhosa por ter aprendido uma palavra nova. Ela brincou brevemente com ela, tentando aplicá-la aos tipos de produtos de cabras que havia mencionado a Jessica, então desistiu, tomada pelas memórias da hora arrebatada que ela e Fraser passaram na cama antes que ele a levasse a Truro para pegar seu trem.

Parecia que Jessica estava cansada de todo esse negócio de cabra. Nesse caso, Fraser precisaria de alguém novo para ajudá-lo, alguém com entusiasmo e ideias. Quem melhor do que ela? Ela aprendia rápido. Quando mencionou produtos de saúde e beleza para Jessica, ela a viu estremecer. Obviamente, ela não queria considerar nada que pudesse aumentar sua carga de trabalho, então ...

Cassidy sorriu, cruzou os dedos sob o queixo e olhou de maneira sonhadora para fora da janela riscada pela chuva, mal percebendo a paisagem que passava zunindo. Por fim, ela havia encontrado algo ao qual queria realmente se dedicar. Ela se sentia animada, inspirada e havia um novo sentimento perturbador, mas incrível, a considerar também: o amor.

Ela se tornaria indispensável para Fraser. Juntos, eles adquiririam um rebanho leiteiro maior. Ela usaria seu fundo especial para o Futuro de Cassidy para ajudar a expandir os negócios. Abrir um zoológico infantil com a participação de Alice, a Alpaca, que já tinha conquistado mais de dois mil acessos no Instagram! Lançar uma linha de produtos da Alice com seu lindo sorriso cheio de dentes em camisetas, canecas... As possibilidades eram infinitas. Ela suspirou. Ela percebeu que não se sentia tão relaxada e saudável há muito tempo. Sua pele estava limpa, seu cabelo brilhante. O ar da Cornualha obviamente concordava com ela. Assim como Fraser. Ela mal podia esperar para vê-lo novamente no próximo fim de semana e eles já haviam feito planos para o Natal.

Fada levou Mick até Truro para visitar os meninos. Ela havia convencido Mick a ligar para Janine e insistir - sim, realmente se impor de uma maneira nada parecida com Mick – para ver seus filhos. Janine não tinha o direito de impedi-lo e Paul Fleet poderia ser o empresário do grupo de Rory, mas não tinha voz na educação dos meninos, especialmente porque ele e Janine estavam apenas morando juntos. Fada se perguntou o que aconteceria se eles se separassem. Janine largaria os meninos de volta com Mick e sairia em busca de outro homem próspero?

Ela também estava curiosa para descobrir como Janine era. Ela esperava que ela fosse grande, loira e desarrumada, então se surpreendeu quando a porta foi aberta por uma mulher pequena em roupas de ginástica pretas justas de Lycra, cujo cabelo escuro e brilhante estava cortado em um *bob* bem-feito. Não havia maquiagem visível em sua pele perfeita, nem mesmo uma pincelada de delineador. Esta tem que ser a au pair, ela pensou, esperando que ela falasse com um sotaque do Leste Europeu.

Ela ficou chocada quando a mulher a ignorou e falou diretamente com Mick. "Ah, é você. Suponho que seja melhor você entrar."

"Olá, Janine. Esta é Lyndsey."

Janine resmungou e recusou-se a cumprimentá-la, embora ela estivesse vestida de maneira normal para variar, sem uma lantejoula ou uma asa à vista. Fada se perguntou se deveria oferecer para esperar no carro. Talvez ela pudesse ir ao Tesco e fazer algumas compras. Seu plano foi frustrado quando Mick agarrou sua mão e a empurrou para dentro, sussurrando: "Por favor, não vá. Eu preciso de você."

Precisar dela? Desde quando Mick Laine precisava dela? Oh, espere um minuto. Quando ele mudou os meninos para a casa dela. E o cachorro. Quando ele caiu fora e a deixou com Barney. Quando ele apareceu depois do funeral parecendo um vagabundo. Quando ele precisava que ela o alimentasse, vestisse e fornecesse um teto sobre sua cabeça enquanto ele se organizava. Quando ele a pegava e fazia amor apaixonado com ela, o que foi ontem à noite. Ela e Mick tinham história. Suas vidas estavam interligadas. Quando ela o expulsou, sentiu sua falta e tentou encontrá-lo. Os últimos dias, desde que ele voltou, os encontrou rindo juntos, curtindo a companhia um do outro. Ela, Mick e Barney, eles eram uma unidade, Fada percebeu. Ela precisava dele tanto quanto ele precisava dela. Então, sim, ela lhe daria seu apoio agora. Tesco poderia esperar.

"Eles estão ali." Janine apontou para o outro lado de uma enorme sala de estar com piso de carvalho e dois lustres enormes e brilhantes, onde um solário se abria para um jardim tão grande que parecia um parque.

"Olá, Pai. Veja o que o Tio Paul nos deu," não foi a melhor saudação que Mick poderia ter recebido de Wayne. Fada podia senti-lo ficar tenso.

Os dois garotos estavam jogando em iPads novinhos em folha, que fez o velho laptop de Fada parecer tão obsoleto quanto um Amstrad dos anos 80. Fada podia sentir o 'humph' desaprovador de Mick, embora ele não tivesse dito uma palavra.

"Barney sente falta de vocês," Fada disse.

Ross ergueu os olhos do jogo, grunhiu "Coisa velha fedorenta" e voltou a tocar e pressionar a porcaria de dispositivo.

Fada olhou de relance para Mick. "Não fale assim com seu pai."

Os meninos ergueram os olhos e ela ficou satisfeita ao ver sorrisos gêmeos e ouvir a risadinha de Ross.

"Você o trouxe com você, Pai?" Wayne perguntou.

"Não. Mas vou perguntar à sua mãe se você pode ir visitá-lo e levá-lo para uma caminhada até o Mirante."

"Legal," Wayne disse.

Naquele momento, Rory entrou brigando, usando seus tênis como alpercatas frente única, seu penteado gótico obscurecendo metade do seu rosto. "Oi, Pai," ele disse. "O single está indo muito bem. Quase cinco mil downloads até agora."

"Isso é bom?" Mick disse, parecendo um pouco estupefato. "Isso significa que está entre os dez primeiros?"

Rory riu. "Nem perto. Mas poderíamos ser o número oitenta e nove."

Mick enfiou a mão no bolso. "Sei que não é até a próxima semana, mas feliz aniversário, filho." Ele entregou a ele um pequeno pacote.

"Vou abri-lo no meu aniversário," Rory disse. "O que é?"

"Você vai ver," Mick disse.

Quando eles voltaram para casa do que acabou sendo uma visita bastante agradável, onde Janine os deixou sozinhos e Paul estava completamente ausente, Fada perguntou: "Então, o que você deu a Rory?"

"Duzentas libras e um pacote de preservativos."

Quando ela parou de rir, Fada perguntou: "Onde diabos você conseguiu o dinheiro? Achei que você estava completamente falido."

"Tenho guardado um pouco por muito tempo, toda vez que era pago por um trabalho."

"Espere um minuto," Fada disse, intrigada. "Dois dias atrás, você estava nas ruas, vivendo como um sem-teto. Por que não usou esse dinheiro para si próprio? Teria pago por um pouco de comida e algumas noites em uma pensão."

"O quê? De maneira nenhuma!" Mick parecia chocado. "Esse dinheiro era para Rory. Eu preferia morrer de fome do que enfiar a mão nisso."

"Venha aqui." Fada passou os braços ao redor do novo

Mick, sem barba e magro. "Eu te amo, seu grande fofo." Era a primeira vez que ela dizia isso.

"E eu também te amo." Era a primeira vez que *ele* dizia isso.

Eles se separaram. Fada sabia que seus olhos estavam brilhando. Barney lambeu a mão dela, ganindo baixinho.

"Vamos para a cama?" Mick sugeriu.

"Você estava falando sério?" Fada perguntou.

"Falando sério sobre o quê?"

"Que me ama."

"É claro que eu amo, Cabeça de Ouropel!"

"Então sim, Worzel, vamos para a cama!"

CAPÍTULO QUARENTA

Tarde da noite de domingo, Leah lembrou que tinha uma reunião com o advogado de Nat pela manhã. Tanta coisa estava acontecendo que ela não tinha pensado nisso nenhuma vez. Ela chegou cinco minutos mais cedo e sua secretária a conduziu direto para o escritório arrumado, com suas estantes de grandes livros jurídicos e pinturas a óleo de navios antigos no mar.

Depois que ele falou, ela ficou sentada piscando para ele, sem saber se tinha ouvido corretamente. "Você deve ter entendido errado, Sr. Johnson," ela disse. "Eu ouvi você dizer que posso escolher uma lembrança da casa, algo para me lembrar de Nat. Isso é muito gentil da parte dela. Espero que ela tenha dito que eu também poderia ficar com Nina. Mas…"

Suas palavras morreram enquanto sua mente girava com as implicações do que Peter Johnson acabara de lhe dizer. Ela tinha certeza de que havia entendido errado. Talvez ela devesse ter dado uma espiada na cópia do testamento que estava na escrivaninha de Nat, a cópia que o vigário e sua esposa haviam levado com eles.

De repente, ocorreu a ela que eles provavelmente sabiam tudo sobre a herança de Nat e poderiam até estar testemunhando o testamento naquele dia quando ela viu o Sr. Johnson e os Birchalls saindo da casa de Nat. Obviamente, eles não gostariam que ela descobrisse o que testamento continha antes que o Sr. Johnson tivesse a chance de discuti-lo com ela.

O advogado empurrou os óculos até a ponta do nariz e olhou para ela por cima deles, depois empurrou os óculos de volta e consultou o testamento de novo. "Sim, ela disse que gostaria que você cuidasse de Nina e ela deixou algum dinheiro para as contas futuras do veterinário, se necessário."

"Ela não precisava fazer isso. Eu poderia ter pago as contas. Eu amo aquela gatinha." Leah enrolou uma mecha do seu longo cabelo castanho ao redor de dois dedos da mão direita, um hábito dela em situações tensas.

"No entanto, o dinheiro está aqui. Duas mil libras. E a casa, é claro, como acabei de lhe dizer, número 38 da Trenown Close, St. Jofra, Cornualha."

Leah respirou fundo e prendeu a respiração. Sua cabeça girou mais uma vez. Tudo isso estava errado. Nat não poderia ter deixado a casa para ela. Ela nem era parente. Ninguém daria a um quase estranho um presente tão grande e valioso como uma casa! Ela sentiu as lágrimas brotarem em seus olhos.

"Você está falando realmente sério?" Ela sussurrou.

"Estou. Tenho a chave para você aqui, embora eu saiba que você já tem uma, porque esteve cuidando da casa desde que a Sra. Fleming faleceu. Esta é sua chave pessoal em seu chaveiro especial." O Sr. Johnson procurou dentro de um envelope marrom acolchoado e tirou um chaveiro azul com a foto de uma gata branca. "Você só precisa assinar este papel e a casa é sua."

"Posso ficar com o ovo de ouro? Aquele com o pequeno cervo?" Ela perguntou.

"Ah." O Sr. Johnson olhou para o testamento novamente. "Isso é a única coisa que você não pode ter, eu receio. É muito valioso e Nat o deixou para um museu. Tenho ordens de recolhê-lo sozinho ... quarta-feira, se for conveniente. Mas você pode escolher outra coisa. Você também pode manter qualquer um dos móveis que desejar. O resto das miudezas da Sra. Fleming, especialmente os itens russos, devem ser vendidos em leilão e os lucros doados a um orfanato russo que era sua instituição de caridade favorita."

Ele parou de falar e tirou um envelope creme da pasta que continha o testamento de Nat. "Nat escreveu uma carta para você." Ele estendeu a carta para ela. "Talvez você prefira lê-la em particular, quando chegar em casa."

Leah pegou a carta, esfregando o papel grosso e de boa qualidade entre o polegar e os dedos. Ela já tinha visto aquele papel de carta antes, na escrivaninha de Nat. Ela foi colocá-la na bolsa, mas sua mão tremia e o envelope errou o alvo e caiu no espesso tapete verde.

"Desculpe," ela disse, "Hoje sou uma verdadeira mão de alface," e se abaixou para pegá-la.

Sr. Johnson sorriu e seus olhos brilharam por trás dos óculos de leitura. "Não é surpreendente. Você teve um choque. Agradável, espero."

"Oh, sim. Ainda não consigo acreditar. Você ...?" Ela hesitou, mordendo o lábio inferior. "Vou ler agora," ela deixou escapar de maneira impulsiva.

Um raio de sol disparou como uma adaga entre as venezianas e iluminou a unha do seu polegar justo quando ela estava inserindo-a na aba do envelope. Ela levantou a cabeça bruscamente, sentindo um arrepio percorrer seu corpo. *Nat?* Não, não seja tola, ela disse a si mesma. Mesmo assim...

A única folha de papel deslizou como um sussurro para fora de seu invólucro. Alheia ao homem gentil sentado a uma mesa de distância, ela leu:

Minha querida Leah
   Sem dúvida será um choque que eu tenha deixado em

testamento minha casa para você, especialmente porque nos conhecíamos há tão pouco tempo. Quando nos conhecemos, no dia em que você se mudou, suspeitei de você. Quem era essa jovem estranha que parecia ter a intenção de destruir a casa do querido Sr. Edwards? Que destruição adicional você iria causar? Você ia fazer barulho, atrapalhar meus últimos meses de vida?

Logo percebi que meus temores eram infundados. Você é uma alma gentil, calorosa e atenciosa. Na verdade, você é muito parecida com a garota que eu costumava ser. Lembro-me de ter dito que você era como uma filha para mim. Eu deveria ter dito neta, já que há mais de cinquenta anos entre nós. Oh, como eu gostaria que fôssemos parentes! Mas, além de adotá-la legalmente, não há nada que eu possa fazer a respeito, especialmente porque você já tem uma mãe muito legal. Mas sempre há lugar para uma fada madrinha!

Então, minha querida, fiz a segunda melhor coisa e, espero, te dei um bom começo em sua vida nova longe de Londres e daquele homem horrível. Sim, eu sei que você nunca me falou sobre ele, mas tenho uma pequena habilidade de ver o futuro ... e o passado.

Quando você ler isto, eu também pertencerei ao passado. Desfrute da minha casa com seu glorioso vislumbre do mar. Cultive esses seus talentos especiais - e não conheço apenas os seus talentos artísticos. Dê a Nina um lar amoroso e, nos momentos de ócio, pense em mim às vezes. Você não faz ideia do quanto sua amizade significou para mim nestes últimos meses. Ninguém poderia ter me apoiado e ajudado mais. Você tem sido meu raio de sol no vale sombrio da dor. Aquele homem que finalmente merecer você terá conquistado uma esposa maravilhosa.

Com amor e gratidão,
Sua amiga e vizinha,
Natasha

Leah leu duas vezes, piscando o filme de lágrimas para longe dos seus olhos e colocou a carta com cuidado em sua bolsa, certificando-se de não errar dessa vez. Ela sabia que sempre que se sentisse infeliz no futuro, ela pegaria e releria a carta. A carta de Nat seria seu talismã.

Ela se despediu do advogado e voltou para o carro, onde ficou sentada por um tempo, certificando-se de ter assoado o nariz e enxugado os olhos pela última vez antes de ligar o motor.

Sou dona de uma casa! O que vou dizer às pessoas? O que mamãe vai dizer? E Emma? E Josh, Fada, Cassidy? E quanto ao meu aluguel?

Uma infinidade de perguntas passou pela mente de Leah enquanto ela dirigia para casa na Bruxa. Seu primeiro pensamento foi contar a Fada, mas não houve resposta quando ela foi até lá, então voltou para Trenown Close, pegou o chaveiro azul de Nat e entrou em sua casa nova.

Era um dia claro de outubro, quase meio-dia e a luz do sol entrava por entre as cortinas semicerradas. Partículas de poeira dançavam em feixes de luz e a sala de estar parecia ligeiramente irreal. Tinha uma qualidade enevoada, quase mágica, com suas cores suaves e apagadas, o tapete outrora brilhante desbotou em tons pastel, o sofá verde e as almofadas dourado claro ainda parecendo ter o contorno da última vez que Nat se sentou ali.

Leah caminhou tranquilamente pela casa silenciosa. Quando alcançou o armário, ela o destrancou com uma das chaves da corrente de ouro de Nat e tirou o ovo precioso de seu suporte de madeira. Abrindo-o, ela olhou para o veado em miniatura com olhos de rubi e o minúsculo veado jovem perolado a seus pés e sentiu uma onda de emoção comovente percorrer seu corpo. "Adeus, criaturas maravilhosas," ela disse. "Nat estava certa. Sua beleza deve ser compartilhada por milhares de pessoas, não apenas uma."

Ela deu uma última olhada, recolocou o ovo e trancou o armário. Ao se virar, ela olhou através do vidro do solário para a distante faixa safira de mar. Enquanto olhava, percebeu as sombras enevoadas que se formavam acima dele, não um arco-íris inteiro, apenas parte de um, as cores se misturando suavemente com o céu azul claro e de repente ela estava de volta no carro com Nat, no dia em que a levou para o mar.

Aquela fragrância floral estava no ar novamente. Leah fechou os olhos e inalou profundamente. Quando abriu os olhos novamente, as cores do arco-íris haviam desaparecido, o cheiro havia sumido e ela viu Nina olhando para ela do jardim. Ela ouviu gateira bater e então a gatinha branca estava ao seu lado, encostada em seu tornozelo, ronronando. Ela se abaixou para acariciá-la.

"Olá, garotinha," ela disse. "Bem-vinda a casa."

O FIM

Querido leitor,

Esperamos que você tenha gostado de ler *Metade de um Arco-íris*. Por favor, reserve um momento para deixar um comentário, mesmo se for um curto. Sua opinião é importante para nós.

Descubra mais livro de Lorna Read em https://www.nextchapter.pub/authors/lorna-read-romance-author-liverpool-uk

Quer saber quando um dos nossos livros está gratuito ou com desconto para Kindle? Cadastre-se no boletim informativo em http://eepurl.com/bqqB3H

Saudações,
Lorna Read e a Equipe Next Chapter

NOTES

CAPÍTULO 7

1. Um esporte humorístico cujo objetivo é lançar uma bota Wellington o mais longe possível. N. da T.

CAPÍTULO 37

1. Segundo a superstição, o ditado pretende dar-lhe boa sorte, se for dito no primeiro dia do mês antes do meio-dia. N. da T.
2. Segundo a superstição, dizer essas palavras é uma maneira de dar as boas-vindas a um novo mês e se proteger do azar. N. da. T.